고마워요, 여러분!
2012년 봄

한 명희

나의 삼촌
브루스리
1

나의 삼촌 브루스 리 1

초판 1쇄 발행 2012년 2월 1일 **초판 19쇄 발행** 2024년 9월 11일

지은이 천명관
펴낸이 최순영

출판1 본부장 한수미
라이프 팀장 곽지희

펴낸곳 ㈜위즈덤하우스 **출판등록** 2000년 5월 23일 제13-1071호
주소 서울특별시 마포구 양화로 19 합정오피스빌딩 17층
전화 02) 2179-5290 **홈페이지** www.wisdomhouse.co.kr

ⓒ 천명관, 2012

ISBN 978-89-5913-668-1 04810
      978-89-5913-670-4 (세트)

* 이 책의 전부 또는 일부 내용을 재사용하려면 반드시 사전에 저작권자와 ㈜위즈덤하우스의 동의를 받아야 합니다.
* 인쇄·제작 및 유통상의 파본 도서는 구입하신 서점에서 바꿔드립니다.
* 책값은 뒤표지에 있습니다.

나의 삼촌 브루스리 1

천명관 장편소설

위즈덤하우스

차례

정무문 **1** ...007

정무문 **2** ...065

맹룡과강 **1** ...133

맹룡과강 **2** ...197

사망유희 **1** ...281

사망유희 **2** ...359

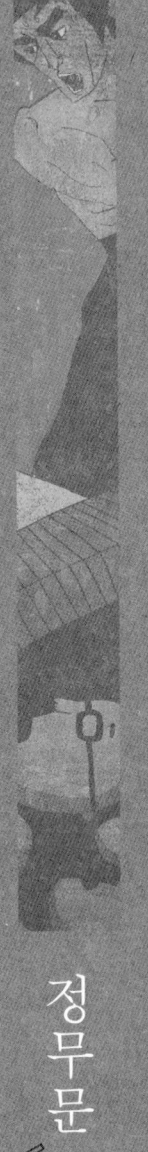

정무문 {1}

이것은 브루스 리, 이소룡에 대한 이야기가 아니다. 물론 나의 삼촌이 브루스 리라는 얘기는 더더욱 아니다. 삼촌은 그저 이소룡을 흠모했던 평범한 사내들 중 하나일 뿐이었다. 당시 우리는 모두 이소룡의 팬이었다. 쌍절곤을 휘두르다 뒤통수 한 번 안 맞아본 남자가 있었던가? 우리는 이소룡처럼 빠르고 강한 주먹과 멍석처럼 넓은 광배근을 갖고 싶어 했다. 말하자면 남자가 되는 과정에서 우리에게 이소룡은, 수음과 더불어 선택이 아닌 필수과목이었던 것이다. 삼촌 또한 그렇게 이소룡을 추종하는 무리 중의 하나였지만 그에게 이소룡은 단순한 선망의 대상 그 이상이었다. 그는 이소룡을 지극히 흠모한 나머지 그가 간 모든 길을 뒤따르고 싶어 했으며 아주 멀리까지 나가고자 했다. 그래서 이소룡이 그러했듯 저 높은 곳에 올라가 별이 되고자 했다.

그러나 꿈은 깨어지게 마련이고 희망은 부서지게 마련이다. 빠르고 강한 주먹과 찰고무처럼 질긴 근육, 땅을 박차 오르며 찬연히 타오르는 싱싱한 육체, 절대강자의 여유와 자신감! 그것은 불완전한 실존을 초월하고자 하는 모든 이들의 꿈이지만 초월의 욕망이 크면 클수록 우리는 더욱 무겁게 어깨를 짓누르는 중력의 절망과 육체의 좌절을 경험한다. 심장은 터질 듯 고통스럽고 숨은 턱까지 차오르며 두 다리는 힘없이 무너져 내린다. 우리의 육체는 두부보다 무르며 유리보다도 부서지기 쉽다는 것, 또한 그 안에 깃든 정신은 그보다도 더 믿을 수 없다는 것을 깨닫는 순간, 우리의 불안한 영혼은 더 어둡고 구석진 곳으로 숨어든다.

삼촌도 그랬다. 꿈은 부서지고 사랑은 돌려받지 못한 채 자신의 머리 위에 드리워졌던 서출(庶出)의 장막을 끝내 걷어내지 못했다. 죽을 고비도 여러 번 넘겼다. 만일 그가 일찍 죽었더라면 그도 이소룡처럼 신화가 되었을까? 물론 그렇진 않았을 것이다. 이소룡은 불꽃처럼 타올랐다 연기처럼 사라져 신화가 되었지만 삼촌은 한 번도 저 높은 곳에 이르지 못했다.

아류는 아무리 잘해도 주류나 본류와는 근본적으로 차이가 있으며 짝퉁과 진품의 차이는 아주 사소한 것일지라도 그 결과는 하늘과 땅 차이만큼이나 큰 법, 삼촌의 인생은 어쩌면 자신이 끝내 이소룡이 될 수 없다는 것을 확인한 기나긴 과정진술이었을지도 모른다. 그래서 그것은 끝내 저 높은 곳에 이르지 못한 안타까운 비극이었을까? 아니면 그저 소란스럽고 우스꽝스럽기만 한 한바탕 희극이었을까?

산다는 것은 그저 순전히 사는 것이지, 무엇을 위해 사는 것이 아니다.

이는 이소룡의 말이다. 그는 또 말했다. 삶의 의미는 그저 사는 것일 뿐이라고. 그의 말대로라면 그곳이 어디가 됐든 부서지고 깨어진 자리에서 다시 일어나 살아가는 일, 그것이 바로 인생일 터인데 삼촌의 경우도 바로 그랬다. 평생 주먹 한 번 시원하게 뻗어보지 못하고 끝내 아무것도 창조하지 못했지만 그는 인생의 구석진 곳을 떠돌며 꾸역꾸역 살아남아 인생이 어떤 것인지를 모두 증명해 주었다. 그리고 비록 짝퉁으로 출발했으나 긴 세월을 거쳐 스스로 인생유전의 고유한 스토리를 완성했다. 말하자면, 이것은 표절과 모방, 추종과 이미테이션, 나중에 태어난 자 에피고넨에 대한 이야기이며 끝내 저 높은 곳에 이르지 못했던 한 짝퉁 인생에 대한 이야기이다. 그것이 희극이든 비극이든 말이다.

*

1973년 여름, 이소룡(李小龍)이 죽었다. 그 소식을 맨 처음 알려준 사람은 물론 삼촌이었다. 워낙 유명한 월드스타이다 보니 마릴린 먼로나 엘비스 프레슬리가 죽었을 때만큼이나 세상이 시끄러웠다. 사망 원인을 둘러싼 억측도 구구했다. 자살이란 설도 있었고 타살이란 설도 있었다. 약물과다복용이라는 주장과 함께 마약 관련설도 흘러나왔다. 독극물에 의한 암살이란 얘기도 있었고 사망 당시 함께 있었던 여배우 딩페이(丁佩)와 사랑을 나누다 복상사를 했다는 요상한 소문도 떠돌았다. 그 외에도 삼합회나 야쿠자가 개입했다는 둥 중국의 전통무술을 보호하기 위해 소림사의 고승들이 염력을 써서 제거했다는 둥 믿기지 않는 풍문도 떠돌았지만, 소문이야 어찌되었건 분명한 사실은 이소룡이 죽었다는 것이다.

그날, 삼촌은 나와 형을 데리고 추모제를 지내기 위해 뒷동산에 올라갔다. 그는 미리 준비해 놓은 북어포와 술잔을 가방에 챙겨 넣었고 나는 영정사진으로 쓰기 위해 방에 붙어 있던 이소룡의 전신 사진을 떼어냈다. 그것은 잡지를 샀을 때 별책부록으로 딸려온 영화배우 화보집에서 오려낸 것으로 이소룡이 쌍절곤을 옆구리에 낀 채 왼손을 앞으로 내밀어 상대를 견제하는 듯한 자세를 취하고 있는 사진이었다.

가는 길에 종태를 만나 일행이 한 명 더 늘었다. 종태는 큰 덩치에 늘 순한 웃음을 달고 사는 동네 친구였는데 논둑길 옆에서 개구리를 잡다 멀리서 우리를 발견하고 한달음에 달려왔다. 종태는 특유의 바보 같은 웃음을 지으며 삼촌에게 꾸벅 인사를 했다. 그의 허리춤엔 철사에 입을 꿴 여남은 마리의 개구리가 매달려 있었는데 하나같이 혀를 빼물고 죽어 있었다. 종태는 무작정 우리의 뒤를 따라오며 어디를 가느냐고 물었지만 나는 입을 꾹 다문 채 아무런 대답도 하지 않았다. 이소룡이 죽어서 추모제를 지낸다는 걸 종태가 이해할 것 같지도 않았지만 그날은 왠지 함부로 입을 놀려선 안 될 것 같았기 때문이었다.

마을을 벗어나 산중턱에 있는 도라지 밭을 지나는데 흰색과 보라색이 뒤섞인 도라지꽃이 너른 밭 가득 피어나 야산을 아름답게 장식하고 있었다. 늘 보던 꽃이었지만 이소룡의 죽음으로 마음이 무거워서였을까, 그날따라 이상하게 더 쓸쓸하고 처연한 느낌이었다. 종태도 평소와 다른 분위기를 눈치 챘는지 더 이상 묻기를 포기하고 군말 없이 뒤를 따라왔다. 걸음을 뗄 때마다 그의 허리춤에선 죽은 개구리들이 덜렁거렸다. 당시 우리는 초등학교 6학년, 아직 사타구니에 털도 나기 전이었다.

숲길을 헤치고 언덕으로 올라서자 문득, 장송이 병풍처럼 둘러싼 아늑한 공터가 나타났다. 그곳은 삼촌이 새벽마다 올라와 무술을 연마하는 장소로 시멘트로 만든 역기와 아령 등 운동기구가 여기저기 산만하게 흩어져 있었다. 삼촌은 소나무 둥치 아래 이소룡의 사진을 기대 놓고 그 앞에 북어포를 놓았다. 그리고 정성스럽게 술을 따라 고인에게 바쳤다. 우리는 삼촌을 따라 함께 절을 올렸다. 아무도 입을 열지 않아 분위기는 더없이 엄숙했다. 시끄럽게 울어대던 매미들도 분위기를 알아챘는지 어느 순간 울음을 그쳐 사위가 적막했다. 원래 우리 권 씨 집안의 제사는 인근에서도 알아주리만치 유난스러웠지만 이소룡의 추모제는 조촐하기 그지없었다. 맑은 술 한 잔에 말라비틀어진 북어 한 마리뿐이었다.

나는 절을 올리며 이소룡의 얼굴을 쳐다보았다. 상대를 깔보는 듯 턱을 빳빳이 치켜들고 있는 특유의 오만한 표정엔 자신감이 넘쳐흘렀고 날카로운 눈은 아무런 회의나 두려움이 없었다. 오랜 시간 공들여 다듬은 근육은 활시위처럼 팽팽하게 당겨져 당장이라도 아비요! 하는 괴성과 함께 주먹이 뻗어 나갈 것 같았다. 요컨대 살아 있는 모든 이들의 사진이 그러하듯 그 역시 죽음에 대해선 단 한 번도 생각해 본 적이 없다는 표정이었다. 그런데 그가 왜 죽었을까?

내가 아는 한, 이 세상에서 제일 센 사람은 이소룡이었다. 당시 우리는 아직 '누가 더 강한가'에 대해서만 관심이 머물러 있을 때였다. 사자와 호랑이가 싸우면 누가 이길까와 같은 순진한 호기심에서부터 알리와 이노끼*가 한 판 붙는다면? 혹은 삼촌과 도치가 맞짱을

---

* 70년대를 주름잡던 권투선수 무하마드 알리와 일본의 프로레슬러 안토니오 이노끼

뜬다면? 나아가 미국과 소련이 한바탕 전쟁을 치른다면? 그 유치한 관심은 '무엇이 더 멋있는가'와 '무엇이 더 올바른가'를 잠깐 거쳐 결국 '무엇이 더 안전한가'로 귀결되기 마련이지만 누군가는 '무엇이 더 멋있는가'의 과정을 건너뛰기도 하고 누군가는 끝내 '무엇이 더 안전한가'에 도달하지 못하며 또 누군가는 '무엇이 더 올바른 것인가'에 대한 관심이 아예 결락되기도 하는 바, 그 인식의 차이에 따라 예술가와 범죄자, 정치가와 깡패 등 미래의 모습이 결정되기도 할 것이다.

당시 우리는 '누가 더 센가'와 '무엇이 더 멋있는가' 사이에서, 말하자면 무지와 낭만 사이에서 어정쩡하게 맴돌고 있는 나이였는데 우리가 보기엔 멋있는 것으로 치나, 센 것으로 치나 외팔이 왕우*는 물론 알리나 이노끼도 이소룡의 적수가 아니었다. 그는 그냥 강했다. 그리고 아름다웠다. '강한 것은 아름답다'는 말을 그처럼 극명하게 보여준 예는 없었다. 그는 남자의 육체, 그것도 동양남자의 육체가 아름다울 수 있다는 것을 처음으로 세계에 보여준 사람이었다. 그런 이소룡이 죽다니! 그 무엇보다도 안타까운 건 우리가 더 이상 이소룡이 나오는 영화를 볼 수 없다는 사실이었다. 하지만 그 안타까운 심정은 삼촌이 열 배, 백 배 더 클 거라고 짐작했다. 그래서 그에게 왜 이소룡이 죽었는지 차마 물어볼 수 없었다. 추모제를 지내는 내내, 삼촌의 표정은 바위처럼 무거웠다. 우리는 삼촌의 얼굴에 어려 있는 비장한 분위기에 짓눌려 입을 다문 채 그가 시키는 대로 묵묵히 추모제를 치렀다.

---

* 60년대 홍콩영화 최초로 백만 관객을 동원한 영화 〈외팔이〉의 액션배우

술을 바치고 절을 하고 난 뒤에도 삼촌은 자리를 뜨지 못하고 한동안 이소룡의 영정을 바라보았다. 그러다 갑자기 생각난 듯 종태를 돌아보며 한 마디 했다.

― 너, 너, 너, 너도 한 잔 올려라.

종태는 수업시간에 선생님에게 지적을 당했을 때처럼 난감한 표정으로 나를 쳐다보다 엉거주춤한 자세로 이소룡 영정 앞에 가 무릎을 꿇었다. 삼촌은 종태가 잡고 있는 잔에 술을 따라주며 말했다.

― 저, 저, 저, 절은, 두, 두, 두 번 반만 하는 거야.

종태는 잔을 올린 후, 눈치를 보며 어정쩡한 자세로 절을 했는데 나는 조금 서운한 마음이 들었다. 이소룡을 흠모한 것으로 치자면 삼촌 다음엔 무조건 내가 잔을 올려야 했고 나이 순으로 쳐도 형이 먼저 올렸어야 했다. 그런데 그날 삼촌은 나와 형에겐 따로 술을 올리란 말을 하지 않았다. 왜 삼촌은 나나 형이 아닌 종태에게 술을 올리는 영예를 주었을까? 그는 우리와 종태가 서로 갈 길이 다르다는 걸 미리 알았던 걸까? 아니면 훗날 종태가 제자가 되어 자신과 같은 길을 걷게 되리라는 걸 미리 예감했던 걸까? 종태는 나름 진지한 표정으로 절을 올리고 나서 어색한 눈빛으로 삼촌을 쳐다보았다. 이때 형이 대뜸 물었다.

― 근데, 삼촌. 이소룡은 왜 죽은 거야?

삼촌의 눈썹이 꿈틀했다. 나는 형이 얄미웠다. 눈치도 없이 삼촌에게 그런 잔인한 질문을 하다니! 형은 언제나 그런 식이었다. 언젠가 한번은 온 식구가 모여 밥을 먹는 자리에서 '근데 삼촌이 서자라면서, 그게 진짜야?'라고 물어 모두를 당황시키기도 했다. 눈치가 없어서인지 호기심이 많아서인지는 알 수 없지만 어쨌거나 그는 전교 일등, 권 씨 집안의 희망이었다. 나는 삼촌이 화를 낼까 두려웠지만 그는 길게 한숨을 내쉬며 입을 뗐다.

— 그, 그, 그, 그, 그, 그건…….

그날따라 삼촌은 유난히 심하게 말을 더듬었다. 그것은 삼촌이 우리 집에 들어와 함께 살게 되면서부터 생긴 버릇이었다.

— 나, 나, 나, 나, 나도 아직 몰라.

신문에도 이소룡이 죽었다는 얘기만 있을 뿐 정확한 사인을 보도한 기사는 없었다. 그러니 삼촌이 아무리 이소룡에 대해 잘 안다고 해도 불과 하루 전, 홍콩에서 일어난 일까지 알 수는 없었을 것이다.

당시 삼촌은 고등학교 2학년, 나와는 다섯 살 차이, 중학교에 다니는 동구 형과는 불과 세 살 차이로 한 형제로 봐도 하등 이상할 게 없는 나이였다. 실제로 우리는 형제처럼 격의 없이 잘 어울려 지냈다. 여름이면 저수지로 함께 수영을 하러 다녔고 참외밭 원두막에서 밤하늘의 별을 보며 도란도란 이야기를 나누다 함께 잠들었으며 겨울밤엔 플래시를 들고 처마 밑을 돌며 참새를 잡으러 다녔다.

처음 이소룡 영화를 보러 읍내 극장에 간 것도 삼촌과 함께였다. 삼촌만큼은 아니었지만 나 또한 거대한 스크린을 가득 채운 이소룡의 카리스마에 단숨에 매료되었다. 수많은 적들에게 둘러싸여 있어도 그의 존재는 오롯이 빛났고 아무리 작은 움직임에도 관객들은 숨을 죽였다. 그런 이소룡을 다시 볼 수 없다니!

나는 추모제가 너무 빨리 끝나버린 것이 아쉬웠다. 술 한 잔 올리고 절 한 번 하고 나니 달리 할 게 없었다. 그날의 비장한 분위기에 걸맞지 않게 추모제는 싱겁기 그지없었다. 그런데 삼촌도 같은 생각이었을까? 말라비틀어진 북어포를 내려다보던 삼촌이 문득 생각난 듯 나를 불렀다.

— 사, 사, 사, 상구야.

상구는 나의 이름이다.

— 왜, 삼촌?

— 아, 아, 아무래도 배, 배, 배, 뱀을 한 마리 잡아와야겠다.

— 뱀?

— 뱀은 왜……?

— 제, 제, 제, 제물이 있어야 하는데, 부, 부, 북어포는 어울리지 않아. 이, 이, 이소룡은 용(龍)이니까 배, 배, 뱀이 좋겠어. 배, 뱀은 이무기가 되고, 이무기는 요, 요, 요, 용이 된다잖아.

삼촌은 아마도 희생양(犧牲羊) 같은 제물을 생각한 모양이었다. 나는 삼촌의 말이 그럴 듯하다고 생각했다. 우리의 영웅이 죽은 마당에 용이나 이무기까지는 아니지만 뭔가 비슷한 거라도 잡아 바쳐야 제대로 된 추모가 될 것 같았기 때문이었다.

— 근데 뱀을 어디서 잡아?

형이 물었다.

— 여, 여, 여긴 원래 배, 뱀이 많은데, 지, 지, 지금은 더워서 다들 구, 구, 구, 굴속에 들어가 있을 거야. 그, 그, 그러니까 미끼를 써야지.

삼촌은 종태의 허리춤에 달려 있는 개구리를 쳐다보았다. 종태는 삼촌의 말이 무슨 뜻인지를 깨닫고는 재빨리 개구리를 엉덩이 뒤로 감추며 말했다.

— 이, 이, 이, 이건 다, 다, 다, 닭 모이 줘야 되는데…….

어찌된 일인지 평소에 말을 더듬지 않던 종태까지 말을 더듬었다.

― 야, 나중에 우리가 잡아줄 테니까 일단 내놔.

내가 나서자, 종태는 할 수 없다는 듯 허리춤에 매단 개구리를 내주었다. 우리는 뱀이 나올 만한 수풀 이곳저곳에 죽은 개구리를 던져놓고 숨을 죽인 채 나무 뒤에 숨어서 뱀이 나오길 기다렸다. 다시 매미가 요란하게 울기 시작했다. 날씨는 무더웠고 모기에 물린 자리가 자꾸만 가려웠다.

― 근데 원래 뱀은 죽은 개구리를 먹지 않잖아.

한참을 기다려도 아무런 소식이 없자 형이 말했다.

― 그래도 지가 배고프면 나오겠지.

― 요즘 먹을 게 지천인데 뭐 하러 죽은 개구리를 먹으러 나오겠어.

― 자, 자, 자, 잠깐만 더 기다려보자.

삼촌의 말에 우리는 다시 입을 다물고 뱀이 나오길 기다렸다. 기다린 지 얼마나 지났을까? 모기들은 더욱 극성스럽게 달려들어 팔다리를 물어뜯었다.

― 뱀 나오긴 그른 것 같은데 그냥 가자, 삼촌.

형이 다시 채근하자 삼촌이 종태에게 물었다.

― 조, 조, 조, 종태야. 네, 네, 네가 만약에 뱀이라면 어, 어, 어떻게 하겠니? 그냥 시, 시, 시원한 굴속에서 자, 잠을 잘 것 같니, 아니면 개, 개구리를 먹으러 나오겠니?

― 난…… 그냥 굴속에서 잠을 자는 게 나을 것 같은데요.

― 그, 그, 그, 그렇구나. 그럼 그만 내려가자.

삼촌의 말에 종태는 뭔가 뜨악한 표정으로 쳐다보았고 우리는 가져간 제구를 챙겨 내려갈 채비를 했다. 이때였다. 갑자기 종태가 후다닥 풀 속으로 뛰어들었다.

— 뱀이다!

우리도 종태를 따라 급히 풀 속으로 달려가 보니 과연 작은 갈참나무 아래 커다란 쇠살무사 한 마리가 똬리를 틀고 있었다. 확실히 종태의 눈은 쓸 만했다. 살무사는 독이 바짝 오른 듯 머리를 꼿꼿이 치켜들고 혀를 날름거렸는데 세모꼴의 머리 한복판에 다이아몬드 무늬가 선명했다. 우리는 살무사가 도망가지 못하게 포위를 했지만 독이 오른 독사를 맨손으로 어찌할 수는 없었다. 급히 달려오는 통에 들고 있던 막대기를 모두 내려놓고 온 거였다. 잔뜩 겁을 먹은 나는 다리가 자꾸만 후들거렸다. 동네 친구들을 따라다니다 아이들이 잡은 뱀을 한두 번 만져본 적은 있지만 내 손으로 직접 뱀을 잡은 적은 한 번도 없었다.

— 마, 마, 막대기가 있어야 되는데…….

삼촌 또한 살무사의 독기에 눌려 선뜻 달려들지 못하고 옆에 있는 개암나무 가지를 꺾으려고 애썼지만 가지는 좀처럼 부러지지 않았다. 이때, 살무사가 똬리를 풀며 내가 있는 쪽으로 빠르게 기어왔다.

— 마, 마, 마, 막아!

삼촌이 소리를 질렀지만 나는 기겁을 하고 놀라 뒤로 물러서다 나무 그루터기에 걸려 벌렁 나자빠지고 말았다. 살무사는 빠르게 내 옆을 통과해 잡목 사이로 도망쳤다. 한 시간 넘게 기다려 겨우 나타난 뱀을 놓칠 판국이었다. 이때도 역시 누구보다 먼저 종태가 나섰다. 그는 살무사를 향해 비호처럼 몸을 날려 재빨리 뱀의 꼬리를 덥석 움켜쥐었다. 그리고 붕붕 소리가 나게 공중에서 휘돌리다 바닥에 패대기를 쳤다. 살무사는 기절한 듯 길게 쭉 뻗어버렸다. 그제야 삼촌은 쑥스러운 듯 히죽 웃고 있는 종태의 어깨를 한 번 쳐준 후 기절한 살무사의 목을 틀어쥐었다.
 우리는 살무사를 가지고 다시 이소룡 영정 앞으로 돌아왔다. 삼촌은 마치 그리스 신전 앞에서 의식을 치르듯 살무사를 두 손으로 잡아 하늘 높이 들어올렸다. 1미터 가까이 되는 큰 뱀이었다. 그는 주머니칼을 꺼내 단숨에 뱀의 목을 땄다. 다들 뭔가 대단히 장엄한 행사를 치르는 기분에 가슴이 뿌듯했다. 뱀의 피는 흙 위에 뿌려졌고 우리는 다시 한 번 절을 했다. 그제야 삼촌은 만족한 듯 고개를 끄덕였다. 희생 제물이 된 살무사는 다시 종태에게 건네졌다.
 ─ 이, 이, 이, 이건 다, 다, 닭 모이로 줘라.
 종태가 히죽 웃으며 뱀을 받아들었을 때였다. 형이 종태의 손에서 피가 나는 것을 발견했다.
 ─ 어? 너, 손에서 피 나는데…….
 ─ 뱀 피 아냐?
 종태가 바지춤에 손을 쓱 문질러 피를 닦아내고 자세히 들여다보니 손등에 뱀의 이빨 자국이 선명했다.
 ─ 너, 배, 배, 뱀에 물린 것 같은데…….
 삼촌이 걱정스러운 듯 말했다. 아무도 눈치 채지 못했지만 종태가 살무사의 꼬리를 잡았을 때 이미 뱀의 날카로운 이빨이 한 번 스치고 지나간 모양이었다.
 ─ 아이 씨, 어쩐지 가렵다 했더니…….
 종태는 아무렇지도 않다는 듯 손등을 입에 대고 피를 빨아내 퉤 하고 바닥에 뱉어냈다. 둔한 건지 담대한 건지, 나는 뱀에게 물리고도 태연한 종태가 놀라웠다.
 ─ 조, 조, 종태야. 빨리 배, 배, 배, 뱀을 깨물어.

삼촌이 말했다.
― 왜요?
― 배, 배, 배, 뱀에 물렸을 때, 그, 그, 그 뱀을 잡아서 이빨로 깨물면 도, 도, 독이 다시 뱀한테로 가게 돼 있거든.
― 정말요?
아무리 눈에는 눈, 이에는 이라고는 하지만 아무래도 믿기지 않는 얘기였다. 하지만 종태는 찝찝한 표정으로 뱀을 쳐다보다 대뜸 뱀의 허리께를 덥석 물었다.
― 더, 더, 더, 더, 세, 세게!
종태는 눈을 질끈 감고 뱀의 허리를 힘껏 깨물었다. 우두둑, 하며 뱀의 등뼈가 부서지는 소리가 들렸다. 나는 종태가 뱀을 물고 있는 장면을 차마 볼 수 없어 고개를 돌렸다.
우리가 소란을 떠는 사이에 해는 뉘엿뉘엿 넘어가 서쪽 하늘이 붉게 물들었다. 따지고 보면 복잡할 것도 없는 추모제였지만 왠지 기운이 다 빠진 기분이었다. 배도 고팠다. 우리는 제구들을 챙겨 터덜터덜 산을 내려왔다. 종태의 허리춤에선 개구리 대신에 죽은 살무사가 매달려 덜렁거렸다.

*

이소룡이 죽은 다음 날부터 삼촌은 무술연습을 중단했다. 추모기간이라는 거였다. 과연 삼촌은 학교에 다녀오면 말도 없이 있는 듯 없는 듯 조용히 방에만 틀어박혀 지냈는데 표정이 더없이 경건하고 엄숙해 나도 함부로 말을 붙일 수 없었다. 알고 보니 삼촌은 무술연습만 중단한 게 아니라 학교에도 가지 않았다. 그것은 삼촌의 친구인 경식이 형이 찾아와서 알게 된 사실이었다. 아침마다 가방을 들고 집을 나서긴 했지만 삼촌은 학교로 가지 않고 읍내를 배회하다 하교시간에 맞추어 돌아오곤 했던 것이다. 때마침 삼촌이 집에 없어 아버지까지 그 사실을 알게 되었다. 나중에 삼촌으로부터 '이, 이, 이, 이소룡이 주, 주, 주, 죽어서'라는 해명을 들은 아버지는 '미친놈, 이쇠룡이가 도대체 누구냐'며 불같이 화를 내 삼촌은 다음 날부터 다시 학교에 나가게 되었다.

  결석을 한 건 삼촌만이 아니었다. 추모제를 치른 다음 날 종태도 학교에 나오지 않았다. 알고 보니 살무사에 물린 자국이 부어올라 팔뚝이 허벅지만 해지고 밤새 고열에 시달렸다고 했다. 다음 날 보건소에 가서 처치를 받고 난 후에야 겨우 열이 내리긴 했지만 3일 만에 학교에 나온 종태는 눈이 퀭하게 들어가고 부어오른 팔뚝은 뽀빠이처럼 두꺼워져 있었다. 결국 종태는 오른손 검지와 중지가 반쯤 구부러진 채 굳어져 평생 똑바로 펼 수 없게 되었다. 심각한 장애는 아니었지만 이 때문에 그는 가위 바위 보를 할 때마다 늘 오해를 받았으며, 무언가를 정면으로 가리킬 때마다 손가락은 언제나 90도로 꺾어진 채 왼쪽을 향해 있어 사람들을 헷갈리게 하곤 했다. 하지만 그 일로 우리를 원망한 적은 한 번도 없었다. 손가락이 자동으로 구부러져 글씨 쓸 때 오히려 더 편해졌다며 예의 바보 같은 웃음을 지어 보였을 뿐이었다.

  우리 동네, 학촌은 권 씨가 모여 사는 집성촌이었다. 동천읍에서 버스를 타고 30분 거리에 있는 한적한 농촌마을이었는데 한 집만 건너면 모두가 친척뻘이어서 촌수를 외우는 것만 해도 쉬운 일이 아니었다. 예컨대, 개울 건너 감나무집 아저씨가 당숙인지 재종인지 늘 헷갈렸으며 나랑 한 동갑인 선미가 실은 같은 항렬이 아니고 고모뻘이라 아줌마로 불러야 한다는 것도 이상했다. 당시만 해도 우리 마을은 갓을 쓰고 다니는 노인이 여러 명 있을 정도로 유교적 기율이 엄격했다. 따라서 어른들은 그저 '뉘 집 자식 못 쓰겠더라'라는 말이 나오지 않게 아이들 단속을 해야 했고, 남녀칠세부동석, 여자들은 행여나 사람들 입방아에 오르내릴까 몸가짐에 각별히 신경을 써야 했다.

학촌에 삼촌이 등장한 것은 10여 년 전 가을이었다. 당시 나는 너무 어려서 기억나지 않지만 점심이 막 지났을 무렵, 입성이 초라하고 얼굴이 새까만 한 사내아이가 찾아왔다고 했다. 그리고 줄줄 흘러내리는 코를 연신 소매로 훔쳐내며 혹시 여기에 권자, 순자, 조자 쓰시는 분이 계시냐고 물었다. 권순조는 몇 해 전 돌아가신 할아버지의 이름이었다. 엄마가 네가 누군데 돌아가신 이 댁 어른을 찾느냐고 묻자 아이는 잔뜩 실망한 듯 대답도 없이 돌아섰다. 뭔가 이상한 예감에 엄마는 아이를 집으로 불러들여 밥상을 차려냈는데 어지간히 배가 고팠는지 큰 주발에 고봉으로 눌러 담은 밥을 게 눈 감추듯 뚝딱 먹어치웠다. 상을 물린 후 엄마가 차분히 연유를 물으니 아이는 한참을 망설이다 겨우 입을 열었는데 사연인즉, 과부인 엄마가 재가를 하면서 아이는 외할머니와 단둘이 살았다고 했다. 그런데 얼마 전 그녀마저 세상을 떠 아이는 어린 나이에 그만 오갈 데 없는 천애고아 신세가 되고 말았는데 외할머니가 눈을 감으면서 그에게 친부를 찾아가라며 이름 석 자가 적힌 종이를 한 장 내밀었다고 했다. 그 종이에 적힌 이름이 바로 권자, 순자, 조자, 나의 할아버지였다.

엄마는 기함을 하고 놀라 달려가 당장 할머니에게 사실을 알렸다. 한바탕 소동이 벌어지고 마침내 아이는 사랑방에서 할머니와 마주 앉았다. 집안 권속들이 모두 사랑방 앞에 모여들어 숨을 죽인 채 안에서 흘러나오는 소리에 귀를 기울였다. 두런두런 방 안에서 조용히 몇 마디가 오고갔다. 다들 방에 대고 귀를 쫑긋 세웠지만 이따금씩 내쉬는 할머니의 깊은 한숨 소리 이외엔 단 한 마디도 알아들을 수 없었다. 그러다 마침내 할머니가 문을 열고 엄마를 불러들였다. 다시 조용히 몇 마디가 오고갔고 그날부터 아이는 우리와 함께 살게 되었다. 당시 그의 나이 겨우 여덟이었다.

할아버지는 동네에서 매우 신망이 두터운 어른이었다. 비록 한촌의 이름 없는 촌부였지만 문아풍류를 제법 아는 데다 예의범절을 중히 여겨 그의 말엔 늘 무게가 있었다. 어려운 문중 일에도 발 벗고 나서 친지들로부터 존경도 받았다. 그런데 세상을 떠난 지 3년 만에 할아버지의 숨겨진 삶이 세상에 드러난 것이다.

오래전 할아버지는 시골에서 농사를 짓다 우연한 기회에 인삼장사에 손을 대게 되었다. 농사를 짓고 글을 읽으며 사농공상의 구분에 엄격하던 그로선 거간 노릇으로 이재를 취하는 게 사대부의 도리가 아니라고 생각했지만 몇 마지기 되지도 않는 논배미에서 줄줄이 딸린 자식들을 건사하기가 쉽지 않아 결국 장사치로 나서게 된 것이다. 시골을 돌며 질 좋은 인삼을 사서 큰 도시의 약재상에 넘기는 식이었는데 수완이 좋았는지 운이 좋았는지 벌이가 제법 괜찮았다. 큰 돈을 만지다보니 자연스레 돈의 다정한 친구인 술과 여자가 뒤따랐다. 삼촌의 엄마와 만난 것은 어느 요릿집이라고 했다. 남편과 사별한 뒤 혼자된 여자였는데 까무잡잡한 얼굴 어딘가에 사내의 마음을 끄는 자태가 있어 할아버지는 곧 여자와 따로 살림을 차렸다. 아이도 낳아 이름을 길 도(道)자, 구름 운(雲)자, 도운이라고 지었다. 객지를 떠돌다 얻은 자식에게 어울릴 법한 이름이었다.

그로부터 몇 년 뒤 내가 태어나던 해, 할아버지가 갑작스런 심장마비로 세상을 떠났다. 생전에 그가 어찌나 주도면밀했던지 밖에 따로 살림을 차린 사실을 눈치 챈 사람은 아무도 없었다. 삼촌의 친모 또한 그가 죽은 사실을 알지 못했다. 그리고 이듬해 아이를 외할머니 손에 맡기고 양계장을 하는 이웃마을의 남자에게 재가를 했다. 만일 할아버지가 갑자기 세상을 떠나지만 않았어도 삼촌을 위해 뭔가 생계의 방편을 마련해 놓았겠지만 미처 유언도 남기지 못한 채 죽는 바람에 그에게 남겨진 것은 그 잘난 권 씨 성 말고는 아무것도 없었다.

*

밖에서 시앗을 봐 낳은 자식을 데려다 키우는 일이 당시엔 드물지 않은 일이었으나 친부가 이미 죽은 마당에 서자를 데려다 키우는 경우는 없었다. 이 때문에 친척뻘 되는 동네 여자들이 번갈아 드나들며 할머니에게 경우가 아니라는 둥 남의 새끼를 키워서 뭐에 쓰냐는 둥 말을 보탰지만 할머니는 인정머리 없는 년들이라며 고개를 가로

젖곤 했다. 처마에 깃들인 제비도 내쫓지 않는 법인데 하물며 의지가지없는 아이를 내칠 수는 없는 노릇이라는 거였다.

이웃마을로 시집간 큰고모는 삼촌이 할아버지의 자식인지 어떻게 믿을 수 있냐고 의심했다. 누군가 집안 사정을 잘 아는 이가 꾸며낸 일일 수도 있지 않느냐는 거였다. 그 말에 사람들이 새삼 아이의 용모를 뜯어보니 집안 남자들이랑 닮은 데라곤 한 군데도 없었다. 권 씨 집안 남자들은 대개 키가 훤칠하고 얼굴이 희멀건했는데 아이는 새까만 얼굴에 키도 작아 어느 모로 보나 할아버지의 자식이라고는 믿기 어려운 용모였다. 큰고모의 주장에 잠시 동네가 시끄러웠지만 그 말을 전해 들은 할머니는 삼촌의 오뚝한 콧날 한가운데 갈라진 금이 망할 놈의 권가네 씨라는 증거가 아니면 대체 뭐겠냐며 고모의 말을 대번에 일축했다. 이는 발가락이 닮았다는 주장과 별반 다를 바 없었으나 실제로 아버지와 형, 그리고 나 또한 코를 만져보면 가운데가 살짝 갈라져 있는데 이는 할아버지로부터 유전된 권 씨 남자들만의 독특한 형질 중의 하나였다. 그래서 한동안 동리 어른들은 삼촌을 길에서 만날 때마다 정말로 갈라진 금이 있는지 없는지 코를 만져 확인해 보곤 했다.

할머니는 의지가지없는 삼촌을 선뜻 받아주었지만 그렇다고 따로 살갑게 대하는 법도 없었다. 그녀가 삼촌을 내치지 않은 것은 그저 할아버지가 세상에 남긴 업보를 자신이 대신 감당함으로써 후손들에게 나쁜 영향을 주지 않게 하려는 의도 때문이었다. 또한 저승에 가 있는 할아버지가 그 업을 씻음으로써 이왕이면 조금이라도 더 견딜 만한 곳에 머물게 하려는 뜻이기도 했을 것이다. 삼촌은 아버지에게 자식뻘 되는 나이여서 어떻게 대해야 할지 난처했는데 누구보다 곤란한 건 엄마였다. 난데없이 자식 같은 어린 시동생이 생겨 버렸으니! 우리 식구들은 대체로 인정이 많은 편이었지만 경솔하고 무심한 측면도 있어 알게 모르게 삼촌에게 가끔 상처도 입혔다. 그것은 대체로 엄마 쪽에서 그런 편이었는데 달리 악의가 있어서가 아니라 세심함이 부족해서 생긴 일들이었다.

그해 겨울, 할아버지 기제에 할머니는 삼촌을 불러 따로 술을 한 잔 올리게 했다. 이 때문에 문중 어른들 사이에서 잠시 소란이 일기도 했지만 아무도 할머니의 고집을 꺾지는 못했다. 그 의미를 여덟 살짜리 천둥벌거숭이가 이해했을까?

권 씨 집안 제사는 동네잔치를 방불케 할 정도로 유난스러웠다. 제사에 따라 차이가 있기는 했지만 어떤 때는 절을 하는 남자만 해도 수십 명이어서 머리가 희끗한 중늙은이들도 어지간한 항렬로는 대청마루에 올라서는 것도 쉽지 않았고 우리 같은 꼬맹이들은 멍석이나마 비집고 올라갈 자리가 없을 정도였다. 횟수도 너무 잦아 대개는 철상을 한 뒤에도 누구 제사인지 모르고 음복을 할 때가 많았다. 그 엄숙한 분위기에 잔뜩 주눅이 든 삼촌은 문중 어른들의 눈치를 살피며 엉거주춤 대청마루에 올라서서 제사를 주관하는 친척 어른의 지시에 따라 영정 앞에 무릎을 꿇었다. 이때 삼촌은 할아버지가 죽은 뒤 처음으로 친부의 얼굴을 마주했다. 마지막으로 친부를 본 것은 다섯 살 무렵이었다. 외지를 떠돌다 손님이 객주에 들르듯 이따금씩 집에 찾아와 며칠씩 묵어가던 친부의 얼굴을 삼촌은 기억하고 있었을까? 그 자리에서 그는 뭔가 해답을 찾으려는 듯 뚫어지게 할아버지의 영정을 바라보았지만 그것은 붓으로 그려낸 죽은 이의 애매한 형상이었을 뿐, 그가 확인할 수 있는 것은 아무것도 없었다.

　잠시 혼란스런 기분에 멍하게 앉아 있던 아이는 어서 잔을 올리고 절을 하라는 친척 어른의 채근에 자리에서 일어서긴 했지만 제사에 참석해 보기는커녕 옆에서 지켜본 바도 없었으니 뭘 어째야 하는지 알 수 없어 잔을 든 채 엉거주춤 서 있기만 했다. 그로선 빨리 불편한 자리를 빠져나가고 싶은 심정뿐이었을 것이다. 결정적인 순간 앞에서 늘 머뭇대고 쭈뼛대며 지레 겁을 먹고 도망가는 서자의 영혼은 그렇게 일찍이 두려움과 혼란에 둘러싸인 채 자신의 머리 위에 운명적으로 드리워진 어두운 장막을 보았다.

　그 상황이 아홉 살 사내아이가 감당하기엔 너무 가혹했던 걸까? 삼촌은 그 자리에서 그만 혼절을 하고 말았다. 제사상이 엎어지고 제수가 바닥에 흩어졌다. 다들 놀라 소란스런 와중에 누군가 축 처진 아이를 옆방에 데려다 눕히고 손발을 주무르고 물수건을 얹어주었다. 삼촌이 말을 더듬게 된 것은 바로 그 사건 이후였다. 어찌된 일인지 아무리 쉬운 단어라도 그의 목구멍을 통과하는 데 늘 애를 먹었다. 마치 오래된 경운기의 시동을 걸 듯 첫 음절을 몇 번 더, 더, 더, 더, 더듬은 후에야 겨우 뒤의 말들이 따라 나왔다. 원래 말이 많은 편은 아니었지만 이때부터 삼촌은 더욱 눈에 띄게 말수가 줄어들었다. 그의 머리 위에 드리워진 장막이 한 겹 더 두꺼워진 것이다.

*

　이소룡이 사망했던 해 겨울, 그의 유작인 〈용쟁호투(龍爭虎鬪)〉가 개봉되었다. 영화에서 다시는 그를 못 볼 줄 알았는데 유작이 있다니! 그것도 제목이 〈용쟁호투〉라니! 다른 이들은 이해할 수 없겠지만 당시 우리는 〈당산대형(唐山大兄)〉이나 〈맹룡과강(猛龍過江)〉과 같은 영화 제목을 보며 네 글자의 한자가 주는 독특한 매력에 흠뻑 빠져들었다. 비록 의미를 제대로 이해하진 못했지만 포스터 한복판에 힘 있는 붓글씨체로 쓰인 한자 제목은 각 글자마다 저마다의 의소(意素)를 갖는 압도적 존재감으로 천자문도 다 못 뗀 몽매한 우리를 흥분시키며 한껏 기대를 고조시켰다. 과연 용과 호랑이가 싸우면 누가 이길까? 물론 용이 이기리라는 것을 빤히 알고 있었지만 우리는 영화가 하루 빨리 읍내 극장에 내걸리기만을 목이 빠져라 기다리는 한편, 이소룡이 이번엔 과연 어떤 액션을 보여줄지 궁금해 미리 내걸린 포스터 앞에서 떠날 줄 몰랐다.

마침내 영화가 개봉되는 날, 무료하게 겨울방학을 보내던 까까머리 중고생들은 모두 극장으로 몰려들었다. 인근 중고등학교의 남학생들이 한 명도 빠짐없이 모여든 듯 극장 앞은 인산인해를 이루었다. 아이들은 한껏 기분이 들떠 쌍절곤을 꺼내들고 장난을 치며 여기저기서 괴성을 질러댔다. 삼촌은 나와 동구 형, 그리고 종태를 데리고 극장에 들어갔는데 추모제 때문에 뱀에 물리게 한 것이 미안했는지 종태의 입장료까지 대신 내주었다. 극장에 처음 와보는 종태는 입이 찢어져라 신이 났다. 종태네는 책가방을 살 돈이 없어 보자기에 책을 싸갖고 다닐 정도로 가난했으니 극장은 평소에 꿈도 못 꿀 일이었다.

극장 안은 사춘기의 남학생들이 뿜어내는 온갖 호르몬의 뜨거운 열기와 온갖 종류의 가스와 냄새로 가득 차 금방이라도 폭발할 것 같은 분위기였다. 우리는 좌석에 앉지도 못하고 가운데 통로 계단에 자리를 잡았는데 나머지 아이들은 만원 버스에 매달려 가듯 겨우 가장자리 통로에 비집고 들어가 몸이 을(乙)자로 꼬인 채 두 시간 내내 서 있어야 했다. 이윽고 극장에 불이 꺼지고 음악과 함께 워너브라더스사의 로고가 떠올랐다. 그 순간! 동공은 터질 듯 확장되고 호흡은 가빠지며 가슴이 뻐근해질 만큼 벅차오르는 그 순간! 우리의 인생에 그보다 더 짜릿하고 가슴 벅찬 순간이 몇 번이나 있었을까? 우리는 일제히 박수를 치며 환호했고 여기저기서 휘파람을 불어댔다.

과연 이소룡은 더 강해지고 빨라졌다. 쌍절곤을 다루는 기술은 더욱 화려해졌으며 동작은 더할 것도 뺄 것도 없을 만큼 간결해 우리는 그의 움직임을 하나라도 놓칠세라 조바심이 나 눈을 깜박이는 것조차 아까울 정도였다. 그날 처음 영화를 본 종태는 오래전 삼촌이 그랬던 것처럼 단숨에 이소룡에게 영혼을 사로잡히고 말았다. 그는 뭔가 귀신이 씌운 듯 눈동자가 풀려 입가에 침이 흘러내리는지도 모른 채 영화에 흠뻑 빠져 있었다. 사방에 거울이 달려 있는 방에서 악당 두목과 대결을 벌이는 클라이맥스에서 관객의 몰입도는 최고조에 달했다. 극장을 가득 메운 그 엄청난 수의 관객들이 숨소리조차 내지 않아 극장 안은 이소룡의 괴이한 기합소리만 가득해 극장 안의 풍경 자체가 하나의 스펙터클이나 다름없었다.

나는 영화를 보다 문득 옆을 돌아보았다. 삼촌의 얼굴은 금방이라도 울음을 터뜨릴 듯 슬픔이 가득했다. 그에게 있어서 이소룡의 유작을 본다는 것은 아마도 사라진 영웅의 진혼곡을 듣는 기분이었을 것이다. 다른 관객들이 모두 감탄의 환호성을 터뜨릴 때도 그는 무겁고 쓸쓸한 표정으로 묵묵히 이소룡의 마지막 작품을 지켜보고 있었다.

영화가 끝나고 극장 안에 불이 켜졌을 때, 관객들은 모두 화려한 액션의 세례에 혼이 나간 듯 멍한 표정이었다.
— 근데 이상해.
화장실에 들렀다 나오는 길에 형이 뭔가 못마땅한 표정으로 말했다.
— 뭐가?
— 이소룡이 경비실에 뱀을 집어넣잖아. 근데 겨우 뱀 한 마리 때문에 경비원들이 유리창을 깨고 도망간다는 게 말이 돼? 다 큰 어른들인데? 그리고 왜 이소룡은 뱀을 맨손으로 잡는데도 멀쩡한 거야? 종태처럼 물리지도 않고. 그것도 이상하지 않아?
영화 속에선 이소룡이 뱀을 이용해 경비원들을 쫓아내고 악당들의 소굴에 잠입하는 장면이 나온다. 따지고 보면 형의 말이 완전히 틀린 건 아니었다. 하지만 영화를 보고 나오자마자 그런 말을 지껄이다니! 예의도 없이! 이건 예배를 보고 있는 교회 앞에 와서 목탁을 치는 꼴 아닌가! 이소룡교(敎)의 열렬한 신도였던 나는 형의 주둥이를 찢어버리고 싶었다.
— 그리고 어차피 나중에 경찰이 올 텐데 숨어서 기다리면 되지, 왜 위험하게 싸우는지 모르겠어.
그래, 네 똥 굵다. 이 잘난 인간아. 나는 속으로 욕을 하면서 그때까지도 반쯤 넋이 나가 있는 종태를 끌고 극장을 나왔다. 그리고 주위를 두리번거리며 삼촌을 찾는데 극장 뒤편으로 사람들이 웅성거리며 몰려가는 게 눈에 띄었다. 무슨 일인가 싶어 건물 뒤로 돌아가

보니 막다른 골목에서 대여섯 명의 불량배들이 교련복을 입은 한 학생을 에워싸고 있었다. 사람들 틈을 비집고 들여다보니 다름 아닌 삼촌이었다. 무슨 일인지 모르지만 삼촌과 그들 사이에 시비가 붙은 모양이었다.

불량배 가운데 유난히 다부져 보이는 인상의 땅딸보는 우리도 익히 아는 인물이었다. 키가 160센티미터나 될까, 도치라는 별명을 가진 그는 학생들 사이에서도 유명 짜한 주먹이었는데 일찌감치 고등학교를 중퇴하고 학원가를 무대로 학생들에게 삥을 뜯으며 미래에 대한 야무진 꿈, 그러니까 동천읍 유일의 건달 조직인 역전파의 조직원이 되어 어깨에 힘 좀 주고 살아보겠다는 야망을 키워가는 중이었다. 당시 그는 삼촌과 비슷한 또래였지만 이미 피에 밥을 말아먹고 살아온, 노회한 건달의 분위기를 풍기고 있어 도저히 10대라고는 믿어지지 않는 얼굴이었다.

— 삼촌……

나는 뒷골목의 살벌한 분위기에 겁을 잔뜩 집어먹고 조심스럽게 삼촌을 불렀다. 삼촌은 우리를 발견하고 괜찮다는 듯 손을 들어 보였다.

— 니, 니, 니, 니들은 집에 먼저 가 있어.

먼저 가라고는 했지만 나는 삼촌이 위험에 처해 있는 걸 보고 걸음을 뗄 수가 없어 망설이고 있는데 형이 손을 잡아끌었다.

— 야, 뭐해? 삼촌이 먼저 가라잖아.

형은 잔뜩 겁을 집어먹은 표정이었다. 나는 형의 손을 뿌리치고 구경하는 학생들 틈에 끼어 도치 패거리들이 하는 양을 지켜보았다.

도치는 입에 물고 있던 담배를 구둣발로 눌러 끄며 앞으로 나섰다.

— 야, 이 씹새야. 그날 내가 학교 끝나고 기다리라고 했지? 근데 왜 그냥 갔어? 이 좆만아. 내 말이 말 같지 않아?

도치는 삼촌에게 다가와 손가락으로 턱을 툭툭 쳤다. 아마도 어디선가 삼촌과 이미 한 번 부딪친 적이 있는 모양이었다.

— 너, 돼지게 맞을까봐 겁나서 토긴 거냐? 응?

도치는 삼촌의 볼을 손가락으로 꾹꾹 누르며 을렀지만 삼촌의 표정엔 아무런 변화가 없었다.

— 이 좆만 한 새끼 보게, 너 어디서 좀 놀았냐?

삼촌은 말없이 고개를 가로저었다.

— 어쭈, 이 씹새가 꼬라보네? 눈깔을 확 빼버릴까 보다. 너 나랑 여기서 한 판 뜰래?

여기서 '씹새'는 새의 이름이 아니다. 씹새끼의 준말이다. 그는 씹에서 파생된 수많은 욕 가운데서도 씹새를 유난히 선호했는데 어찌나 살벌하고 차지게 욕을 해대는지 듣는 사람의 오금이 다 저릴 판이었다. 도치가 삼촌을 을러대는 동안 영화를 보고 나온 학생들이 더 많이 몰려와 좁은 골목 안은 구경꾼들로 가득 들어찼지만 살벌한 분위기에 감히 나서서 싸움을 말리는 이는 아무도 없었다.

— 나, 나, 나, 난 너희들하고 싸, 싸, 싸우고 싶지 않아.

이윽고 삼촌이 더듬거리며 입을 뗐다.

— 왜, 왜, 왜, 왜 안 싸우고 싶은데?

도치가 삼촌의 말더듬이 흉내를 내자 패거리들이 일제히 웃음을 터뜨렸다. 순간 삼촌의 눈썹이 꿈틀 움직였다. 좋지 않은 징조였다.

— 나, 나, 나는 이, 이, 일반인들하고는 싸우지 않아.

삼촌이 감정을 한껏 억누르며 말했다.

─ 일반인하고 안 싸우면, 넌 뭐야? 넌 이반이냐?

도치의 말에 옆에서 구경을 하던 아이들까지 일제히 웃음을 터뜨렸는데 그들은 이소룡 영화 말고도 또 하나의 재밌는 구경거리가 생겼다는 듯 기대에 들뜬 표정으로 오늘의 희생자인 삼촌을 지켜보고 있었다. 삼촌은 잠시 망설이다 입을 열었다.

─ 나, 나, 나, 나는…… 무, 무, 무, 무도인이지.

─ 뭐? 무도인?

─ 그래. 무, 무, 무도인이 일반인이랑 싸우는 건 바, 바, 반칙이야.

도치는 삼촌의 말이 무슨 뜻일까, 잠시 생각하다 피식 웃었다.

─ 아, 나 진짜 돌아버리겠네. 이 씹새가 지금 무슨 개소리를 하고 있는 거냐?

도치는 패거리를 돌아보더니 갑자기 삼촌을 향해 주먹을 날렸다. 아무도 예측 못한 날카로운 선빵이었다. 하지만 삼촌은 가볍게 몸을 옆으로 피했고 도치는 달려오는 힘에 못 이겨 보기 좋게 앞으로 나자빠지고 말았다.

─ 너 오늘 뒈졌어!

도치는 수많은 구경꾼들 앞에서 쪽팔리는지 오뚝이처럼 벌떡 일어나 이를 악물고 좀더 신중하게 공격을 해왔다. 하지만 그는 뒷산에서 수 년간 무술을 연마한 삼촌의 적수가 될 수 없었다. 달려드는 도치는 삼촌이 가볍게 뻗은 주먹에 코를 정통으로 맞고 바닥에 쭉 뻗어버리고 말았다. 방금 영화 속에서 본 이소룡의 액션 그대로였다. 주변에서 싸움을 지켜보던 아이들의 입에선 감탄사가 흘러나왔다. 나 또한 삼촌이 뒷동산에서 무술 연습하는 건 자주 보았지만 실전에서 상대를 쓰러뜨리는 장면을 본 건 처음이었다. 종태는 자신도 모르게 환호성을 지르며 박수를 쳤다.

도치가 한 방에 나가떨어지자 나머지 패거리들은 삼촌이 만만치 않은 상대라는 걸 깨달은 듯 신중하게 삼촌을 에워쌌다. 그들이 삼촌을 향해 막 달려들려는 순간이었다. 바닥에 나자빠져 있던 도치가 벌떡 일어서며 소리를 질렀다.

— 야! 니들은 빠져! 이 싸움에 끼어드는 씹새는 누가 됐든 다 내 손에 뒈진다!

도치의 악다구니에 패거리들이 뒤로 물러서자, 그는 옆에 있던 콜라병을 집어들어 전봇대에 힘껏 내리쳤다. 콜라병이 부서지며 유리 조각이 튀었다. 병이 박살나는 소리에 구경꾼들은 다들 겁을 먹고 뒤로 물러섰다. 삼촌도 다소 긴장했는지 주먹을 쥔 손에 잔뜩 힘이 들어갔다. 도치는 깨진 콜라병을 삼촌에게 겨눈 채 천천히 다가왔다.

— 너 이 씹새, 오늘 잘못 걸렸어.

뭔가 끔찍한 일이 벌어질 것 같은 살벌한 분위기였다. 나는 겁이 나서 심장이 두근거리고 오금이 저렸다. 도치는 콜라병을 마구 휘두르며 삼촌에게 달려들었다. 날카로운 유리 끝이 삼촌의 몸을 아슬아슬하게 스칠 때마다 구경꾼들은 탄성을 발했다. 그러던 어느 순간, 삼촌이 골목 끝으로 몰리자 도치는 기다렸다는 듯 삼촌의 옆구리를 겨누고 직선으로 찔러 들어갔다. 막다른 골목이라 피할 곳도 없었다. 사람들은 모두 삼촌이 당했다고 생각했다. 하지만 그는 팽이가 돌아가듯 제자리에서 360도로 몸을 회전하며 도치를 향해 발을 뻗었다. 순간, 휘청하며 도치의 고개가 돌아갔다. 실로 전광석화처럼 빠른 뒤돌려차기였다. 구경꾼들은 일제히 탄성을 질렀다. 패거리들은 넘어진 도치를 향해 몰려가고 삼촌은 가볍게 손을 털며 우리를 향해 돌아섰다. 종태와 나는 영화를 볼 때보다 더 흥분해서 큰 소리로 환호성을 질렀다. 그런데 도치가 다시 오뚝이처럼 발딱 일어섰다.

― 너 거기 서!

삼촌이 돌아보자 도치는 피가 섞인 침을 퉤 뱉어내고 삼촌을 향해 다가왔다. 뒤돌려차기가 턱에 제대로 들어갔을 텐데도 버티는 걸 보면 대단한 맷집이었다.

― 싸움 아직 안 끝났어. 이 씹새야.

얼굴은 부어올랐고 입술에선 피가 흘러내렸지만 입은 여전히 살아 있었다. 그리고 손에는 아직 깨진 콜라병을 쥐고 있었다.

― 너 어디서 좀 놀아본 모양인데, 잘 봐봐. 씹새야.

그리고 도치는 그 자리에서 전혀 예기치 못한 행동을 했다. 갑자기 윗도리를 훌렁 뒤집어 배를 내보이더니 깨진 콜라병으로 자신의 배를 죽죽 긋기 시작한 것이다. 방금 본 영화 〈용쟁호투〉에서 이소룡이 악당 두목의 공격에 의해 상처를 입은 것처럼 곧 도치의 배에서도 피가 줄줄 흘러내렸다. 이를 지켜보던 구경꾼들이 놀라 비명을 질렀고 비위가 약한 아이는 바닥에 토하기까지 했다.

― 씨발 새끼, 오늘 내가 뒈지든 네가 뒈지든 한 놈은 반드시 뒈지는 거다.

도치가 콜라병으로 배를 그으며 '다구빨'을 세우자 삼촌도 겁을 먹었는지 얼굴이 굳어졌다.

예나 지금이나 실제 싸움 실력보다는 누가 더 깡다구가 센가, 누구 성깔이 더 더러운가에 의해 싸움이 판가름 나는 경우가 많기 때문에 싸우기 전에 옷을 홀딱 벗는다든지, 면도칼을 씹어 먹는다든지, 아니면 도치처럼 병이나 칼로 배를 긋는 극단적인 자해의 방법으로 자신의 강기를 보여줌으로써 기선을 제압하는 경우가 더러 있다. 도치 또한 그날 처음으로 자신이 평소 존경하는 역전파 형님으로부터 얻어들은 비기(秘技)를 선보였지만 그건 어디까지나 여러 명으로부터 일방적으로 다구리를 당하게 되었을 때 쪽수가 불리한 쪽에서 선택할 수 방법이었지 결코 도치 쪽에서 먼저 배를 그을 상황은 아니었다. 그러니까 도치는 전혀 엉뚱한 상황에서 엉뚱한 상대에게 엉뚱한 기술을 써먹은 셈이었는데 그거야 뭐 아직 경험이 없으니까 그럴 수 있다 치더라도 한 번의 연습도 없이 실전에서 바로 써먹기에는 너무 고급 기술이었을까, 도치는 그만 압(壓)을 조절하는 데 실패하고 말았다.

날카로운 유리에 두툼한 뱃살이 허옇게 갈라지며 피가 흘러내리기 시작해 상대를 겁먹게 한 것까지는 성공적이었으나 적당한 선에서 피가 멈추어야 하는데 어찌된 일인지 피가 멈추지 않고 계속 흘러내려 며칠 전 읍내 양복점에서 큰 맘 먹고 맞춰 입은 흰색 기지바지가 검붉은 피로 푹 젖어버리고 말았던 것이다. 옆에서 이를 지켜보던 패거리들은 사람이 과연 저렇게 피를 많이 흘려도 괜찮나, 싶은 걱정에 싸움을 말리려 했지만 배에서 피가 철철 흘러내리는 와중에도 도치는 계속 언놈이든 싸움에 끼어드는 놈은 배때기를 그어주겠다며 깨진 콜라병을 흔들어대는 통에 가까이 다가가지도 못하고 그저 옆에서 걱정스럽게 지켜볼 수밖에 없었다.

그건 삼촌의 입장도 마찬가지였다. 온통 피범벅이 된 채 깨진 콜라병을 휘두르는 상대를 도대체 어쩌겠는가! 도치 또한 삼촌에게 선뜻 달려들지도 못하고 그저 누가 뒈지든 반드시 한 놈은 뒈진다는 말을 주문처럼 외우며 애먼 콜라병만 자꾸 흔들어대는데 이상하게 땅이 뱅글뱅글 돌며 눈앞이 어지럽고 점점 더 다리에 힘이 풀려 서 있기조차 힘들었다. 급기야 배에서 흘러내린 피는 바지를 붉게 물들이고 번쩍거리던 백구두를 물들이고 바닥의 흙까지 붉게 물들여 도치가 서 있는 자리는 온통 붉은 피로 웅덩이를 이루었다. 구경꾼들은 도대체 이 엽기적인 호러 쇼가 얼마나 계속될까 궁금해 자리를 뜨지 못했는데 사람의 피가 샘물처럼 끝없이 흘러나올 수는 없는 법, 어느 순간 도치는 휘청하며 피가 고여 만들어진 웅덩이 위에 풀썩 주저앉고 말았다. 그것으로 팽팽한 대치 상황은 끝이 났다. 예상과는 전혀 다른 뜻밖의 결말에 구경꾼들은 놀라 웅성거렸고 삼촌은 그저 어리둥절한 표정으로 지켜보고만 있었다. 도치 패거리들이 달려가 도치를 안았을 때 그는 이미 얼굴이 창백해져 상태가 심각했다. 그들은 혼절한 도치를 둘러메고 급히 인근 병원으로 달려갔는데 그가 쓰러지기 직전 삼촌에게 한 말은 '너 오늘 죽었다고 복창해'였다.

*

삼촌과 도치의 첫 번째 대결은 그렇게 어이없이 끝났다. 하지만 두 사람 사이에서 있었던 뒷골목의 용쟁호투는 수많은 이야깃거리를 남겨 전광석화 같았던 삼촌의 뒤돌려차기에 대해 곧 아이들 사이에서 소문이 파다하게 퍼졌다. 마침내 숨어 있던 고수가 세상에 모습을 드러낸 것이다. 그날은 삼촌이 공식적으로 강호에 첫발을 내디

딘 날이었지만 그보다 사람들 입에 더 많이 회자된 건 단연 도치의 다구빨이었다. 그는 병원에 실려가 백 바늘에서 딱 두 바늘 모자라는 아흔여덟 바늘을 꿰매고 일주일 만에 퇴원을 했는데 나중에 그가 벌인 원맨쇼에 대해 자세한 얘기를 전해 들은 역전파 형님은 야, 이 병신아. 그때 내가 얘기한 건 그런 뜻이 아니고, 어쩌고 하며 그가 전수한 비기의 잘못된 용례들에 대해 긴 설교를 늘어놓았다.

그날 이후, 삼촌은 권소룡이란 별명을 얻었다. 그리고 곧 수많은 학원 주먹들의 도전을 받아야 했다. 그때마다 삼촌은 일반인과는 싸울 수 없는 무도인의 윤리에 대해 설명했지만 아무도 그의 더듬는 말을 귀담아듣지 않았다. 그들은 삼촌이 다니는 학교 정문에서 기다리고 있다가 싸움을 걸어오곤 했는데 많을 땐 하루에 다섯 명이 나란히 서서 차례를 기다리기도 했다. 이에 대해 일일이 대응하는 게 귀찮아진 삼촌은 가방 안에 쌍절곤을 넣어가지고 다니다 누군가 앞에 나타나, '네가 바로 권소룡이냐' 하는 순간, '아비요!' 하며 쌍절곤을 휘둘러 상대의 코를 깨놓고는 뒤도 안 돌아보고 걸어가곤 했다. 삼촌은 실제로 이소룡과는 전혀 다른 인물이었다. 그에겐 이소룡과 같은 야망이나 과시욕, 쇼맨십이 없었다. 사람들 앞에 나서는 것도 좋아하지 않았다. 도치와의 결투 이후, 그는 학생들 사이에서 곧 유명인사로 통했지만 그는 평생 주목을 받아본 적이 없었기에 그 사실을 매우 부담스러워했다. 그래서 늘 모자를 깊숙이 눌러쓰고 사람이 없는 한적한 길을 골라 다녔다.

삼촌의 출생에 대해 내가 처음 알게 된 것은 잠결에 한 친척 아주머니와 엄마가 나누는 대화를 우연히 엿듣게 되고부터였다. 처음에 나는 서자라는 말이 무슨 뜻인지 몰랐지만 친척 아주머니와 엄마가 비밀 얘기를 나누듯 워낙 작은 소리로 속닥거렸기 때문에 나는 왠지 그 말이 보지나 자지처럼 불경스런 말이라 입 밖에 내서는 안 될 것 같다는 느낌이 들었다. 그래서 오랫동안 그 말을 가슴속에 묻어두었다 나중에 홍길동전을 읽고 나서야 비로소 서자란 말이 어떤 느낌인지 어렴풋이 알게 되었다. 그 느낌의 요체는 말하자면, 아버지를 아버지라 부르지 못하고 형을 형이라고 부르지 못한다는 거였는데 당시 나는 서자라는 말이 어쩐지 그럴듯하게 느껴졌다. 그것은 서자 출신인 홍길동이 힘없는 사람들을 돕는 의적이기 때문이기도 했을 터인데 삼촌에겐 어느 정도 홍길동과 같이 어느 무리에도 속해 있지 않은 방외인만의 고독하고 자유로운 분위기가 있었다. 그래서 나는 잠시 멋있는 사람은 다 서자 출신이 아닐까, 하는 엉뚱한 생각을 갖기도 했다.

겨울방학이 끝나고 종태와 나는 나란히 중학교에 입학했다. 동구 형이 다니는 학교였다. 전교 일등이었던 형은 단연 선생들의 사랑을 독차지하고 있어 당연히 신입생이 된 나에게도 관심이 쏟아졌다. 하지만 나는 형만큼 머리가 좋지 않았는지, 아니면 노력이 부족했는지 내 성적은 그저 반에서 중상 정도를 유지하는 정도였다. 시험을 한 번 치르고 나자 선생들은 곧 내게서 관심을 거두어갔고 나는 소외감과 함께 약간의 상처를 받았다. 아마도 나는 삼촌과 달리 사람들에게 주목을 받고 싶은 타입인 모양이었다. 하지만 공부를 잘하는 것도 아니고 운동을 잘하는 것도 아닌 평범한 중학생이 남들에게 주목을 받을 일이 뭐가 있을까? 이때, 나는 단 한 방의 뒤돌려차기로 학생들 사이에서 영웅이 된 삼촌을 떠올렸다. 삼촌과 함께 읍내를 걸어갈 때면 학생들이 수군거리며 우리를 선망의 눈길로 쳐다보곤 했는데 내가 원한 건 바로 그런 눈길이었다. 나는 당장 삼촌에게 무술을 배우기로 결심했다. 이제 사타구니에 털도 조금 나고 뼈도 여물어가고 있어 무술을 시작하기에 적당한 나이였다.

그날 저녁, 나는 종태와 함께 뒷동산으로 삼촌을 찾아갔다. 매일 얼굴을 마주보는 삼촌에게 무술을 배운다는 게 왠지 쑥스러워서 종태를 꼬드긴 거였다. 함께 무술을 배우자는 말에 종태는 신이 나서 당장 따라나섰다. 지난겨울, 〈용쟁호투〉를 본 이후 그도 이미 우리처럼 이소룡교(敎)의 열렬한 신도가 되어 있었던 것이다.

이즈음 삼촌은 영춘권(詠春拳)이란 무술에 빠져 있었다. 이소룡이 미국으로 건너가기 전, 홍콩에서 영춘권의 정통 계승자인 엽문에게 직접 무술을 사사 받았다는 기사를 보고 난 이후였다. 기사가 실린 잡지엔 이소룡이 엽문 사부와 함께 찍은 사진과 나무인형을 상대로 영춘권 수련을 하는 사진이 실려 있었다. 삼촌은 이소룡 무술의 뿌리가 영춘권이란 것을 알고는 자신도 당장 영춘권을 배워야겠다고 결심했다. 하지만 당시 한국에서 영춘권이란 무술을 아는 이가 있을 리 없었다. 이웃도시에 있는 쿵푸도장까지 모두 뒤져보았지만 영춘권을 가르치는 도장은 단 한 군데도 없었다. 삼촌은 영춘권을 수련하는 데 사람 모양을 본뜬, 목인춘(木人春)이란 나무인형이 쓰인다는 사실을 알고 직접 나무를 깎아 사진 속의 인형과 비슷하게 만들어 뒷동산에 세워놓았다. 하지만 거기까지였다. 소리도 없고 움직이지도 않는 죽은 나무를 상대로 뭘 어째야 하는지 알 수 없어 매가리 없이 손을 놀리다 단단한 나무에 뼈가 부딪쳐 비명을 지르곤 했다.

삼촌이 정식으로 무술을 배운 것은 초등학생 합기도 도장을 1년 다닌 게 전부였다. 늘 동네 아이들에게 얻어맞고 다니는 어린 이복동생이 안쓰러워 아버지가 한 달에 쌀 일곱 되씩 주기로 하고 이웃 마을에 있는 합기도 도장에 넣어준 거였다. 삼촌은 서자 출신이라는 약점이 있는 데다 키도 작고 말까지 더듬어 대부분 친인척 관계인 동네 아이들에게 공격의 대상이 되기 일쑤였다. 사실 천진한 아이들이라 하더라도 일단 패거리가 되면 하이에나처럼 잔인하고 집요한 공격성을 띠어 삼촌의 어린 시절은 늘 눈물과 코피로 얼룩져 있었다. 그런데 쌈질에 재능이 있었는지 도장을 다닌 지 불과 1년 만에 삼촌은 전혀 다른 아이가 되어 동네 아이들마다 보는 족족 코를 깨놓고 다녔다. 이에 아버지는 동네 어른들에게 사과를 하러 다니느라 농사일을 돌볼 시간이 없을 정도였다. 당시 동네에서 '뉘 집 자식이냐?'는 말을 가장 많이 들은 사람은 단연 삼촌이었다. 그가 이웃에 사는 한 재종의 코를 깨놓은 날, 아버지는 너무 속이 상해 생전 처음 회초리를 들어 삼촌의 종아리를 때렸다. 그러면서 이렇게 속을 썩일 거면 당장 집에서 나가라고 했는데 그때, 삼촌은 울며불며 아버지의 바짓가랑이를 붙잡고 매달렸다고 했다. 그것이 서자 된 자의 절박한 생존 본능이었을까? 아버지는 삼촌을 진짜로 쫓아낼 마음까지는 없었는데 울며 매달리는 모습이 어린애답지 않게 애절한 데가 있어 그만 슬그머니 회초리를 거두어들였다. 대신 도장에 다니는 것을 금지시켰고 그날 이후, 삼촌은 아이들과 다시는 싸우지 않았다.

— 나, 나, 나, 나, 나, 나, 나, 나한테 무, 무술을 배우겠다고?

삼촌은 당황한 듯 길게 말을 더듬었다.
— 응. 종태하고 같이 배우려고.
— 나, 나, 나, 난 누굴 가, 가르쳐본 적이 없는데…….
— 이제부터 가르치면 되잖아. 그러니까 우리가 삼촌의 첫 번째 제자가 되는 거야.
— 제, 제, 제, 제, 제자? 그, 그, 그, 그, 그, 글쎄…….
삼촌은 쑥스러운 듯 저만치 걸어가 갑자기 팔굽혀펴기를 하기 시작했다. 나는 삼촌 앞에 쪼르르 달려가 계속 졸라댔다.
— 그냥 우리끼리 연습할 테니까 옆에서 조금씩 가르쳐주면 되잖아.
— 무, 무, 무술은 그렇게 쉬, 쉽게 되는 게 아냐.
삼촌의 팔굽혀펴기가 점점 더 빨라졌다.
— 이소룡도 미국에서 제자들을 가르쳤다고 그랬잖아.
— ……
— 내가 아버지한테 용돈 받으면 반씩 줄게.
— 도, 도, 도, 돈은 필요 없어.
삼촌의 팔굽혀펴기는 더욱 빨라져 마치 피스톤이 움직이는 것 같았다.
— 그럼, 왜 안 가르쳐주는 건데?
— 나, 나, 나, 난 아직 그럴 자, 자, 자격이 없어.
— 왜 없어. 삼촌은 도치도 이겼잖아.
— ……
— 삼촌……!
삼촌은 갑자기 벌떡 일어섰다. 이마엔 땀이 흥건했다. 그는 한동안 가쁜 숨을 몰아쉬다 마침내 결심한 듯 입을 열었다.

— 조, 조, 조 좋아. 대, 대, 대신, 열심히 해야 돼.
— 알았어, 걱정 마!

종태와 나는 입이 쭉 찢어졌다.

— 그, 그, 그리고, 우선 너희들 나한테 저, 저, 절부터 해.
— 절은 왜?
— 이, 이, 이제부터 너희들은 내, 내, 내 제자잖아. 그, 그러니까 앞으론 나를 사, 사, 사부님이라고 불러야 돼.

난데없이 중국영화도 아니고 웬 사부람? 난 삼촌을 갑자기 사부님이라고 부르는 게 쑥스러워 망설였는데 종태는 기다렸다는 듯 넙죽 절을 하며 대뜸 큰 소리로 '사부님!'이라고 불렀다. 내가 할 수 없다는 듯 엉거주춤 절을 하자 삼촌은 그제야 고개를 끄덕이며 입을 뗐다.

— 이, 이, 이제부터 너희들이 배울 무술은 저, 저, 저, 절권도라고 하는 무, 무술이다.

— 절권도?

나는 난생 처음 들어본 말에 어리둥절했다. 그냥 쿵푸를 배우는지 알았더니…….

— 그, 그래. 그걸 창시하신 분이 바로 이소룡이야. 너, 너, 너희들은 이소룡을 그냥 여, 영화배우라고 알고 있겠지만 그, 그, 그분은 지, 지, 진정한 무도인이셨다.

삼촌은 비장한 표정으로 절권도에 대해 더듬거리며 뭔가 설명을 했는데 무슨 말인지 하나도 알아들을 수가 없었다. 그것은 말을 더듬어서가 아니라 삼촌 자신도 절권도에 대해 정확히 아는 바가 없었기 때문이었다. 그도 그럴 것이 그가 절권도에 대해 아는 거라곤 이소룡 영화를 보고 그의 동작들을 따라해보거나 잡지에 실린 단편적인 삽화를 통해 독학으로 배운 것뿐이었다. 훗날, 이소룡이 절권도에 대해 직접 쓴 책이 나오긴 했지만 그것은 한참 뒤의 일이었다. 그렇다고 해서 삼촌의 무술 실력이 허접하다는 건 아니었다. 이론적인 체계는 없었지만 그는 몸으로 이해하고 몸으로 습득해서 몸으로 구현하는 것에 재능이 있었다. 따라서 그가 우리를 가르치는 방식은 그저 직접 몸으로 보여주고 따라해보라는 식이었는데 그것이 나에겐 요즘송을 따라 부르는 것만큼이나 힘든 일이었다. 그렇게 매일 어설픈 몸으로 삼촌을 따라하다 보니 여기저기 멍이 들어 곧 온몸이 상처투성이가 되었다. 이를 발견한 엄마는 '삼촌이 애들까지 다 베려놓는다'며 애꿎은 삼촌을 탓했지만 나는 개의치 않고 매일 아침 일찍 일어나 삼촌과 함께 뒷동산에 올라갔다.

　종태는 나에 비해 운동신경이 좋았는지 삼촌이 하는 동작들을 곧잘 따라했다. 근력이 좋은 데다 유연성까지 있어 나에겐 그토록 어려운 뒤돌려차기를 일주일 만에 비슷하게 따라할 수 있게 되었다. 그것은 개구리나 뱀을 잡는 것 이외에 종태에게서 발견한 유일한 재능이었다. 종태 자신도 그 사실을 깨달았을까, 날이 갈수록 그는 무술 연습에 열심이었다. 당연히 실력이 일취월장해 몇 달 뒤엔 쌍절곤도 제법 붕붕거리며 돌릴 줄 알게 되어 나는 무척 속이 상했다. 내가 종태보다 못하다니!

　종태네는 권 씨가 모여 사는 집성촌에선 보기 드물게 성씨가 다른 집안이었다. 그의 성은 배 씨였다. 종태의 아버지는 육이오 때 국방군으로 참전했다 포탄에 다리를 다쳐 절름발이가 되었는데 몸도 성치 않은 데다 그나마 농사지을 땅이 없어 권 씨 문중의 도지를 얻어 겨우 입에 풀칠이나 하는 정도였다. 대신 종태네는 가축이 많았다. 개는 물론이고 돼지와 염소, 토끼와 닭을 키우느라 늘 집에선 가축의 배설물 냄새가 났다. 비가 오는 날이면 냄새가 더욱 심해졌고 한겨울만 빼곤 사철 내내 파리가 들끓었다. 그것은 농사일이 적은 대신 조금이라도 살림에 보탬이 될까 싶어 키우는 가축들이었다.

가축을 키우는 일은 형제들에게 배분되었다. 염소를 먹이는 건 종태의 형이 맡아 하고 토끼풀을 뜯어다주는 건 누나가, 그리고 닭 모이를 주는 건 종태가 책임지는 식이었다. 종태는 그 가축들이 번식을 해서 어느 정도 규모가 되면 한꺼번에 모두 팔아 소를 한 마리 사는 게 목표라고 했다. 소는 잘만 먹이면 큰돈이 되기도 했는데 최종적인 목표는 물론 그 소를 팔아 농사지을 땅을 사는 거였다.

그에 비해 우리 집은 동네에서 꽤 부자 축에 속했다. 그것은 일찍이 할아버지가 인삼 장사로 돈을 벌어 여기저기 땅을 사두었기 때문인데 아버지가 혼자 농사를 짓기에 버거울 정도여서 소출이 좋은 상답만 일부 맡아 직접 농사를 짓고 나머지는 모두 도지로 내주었다. 삼촌은 중학교에 입학하면서부터 누가 따로 시키지 않아도 학교가 끝나면 곧바로 집에 돌아와 지게를 지고 나가 꼴을 베어오거나 아버지를 따라 들에 나가 일손을 도왔다. 아버지는 혹시 동네에서 이복동생을 심하게 부려먹는다는 얘기가 나올까 싶어 그만 들어가 공부를 하라고 해도 삼촌은 한사코 괜찮다며 해질 녘까지 고집스럽게 들에 남아 있곤 했다.

눈칫밥을 먹는다는 게 그런 거였을까? 먹어보지 않은 사람이면 절대 그 맛을 알 수 없는 그것은 누가 달리 눈치를 주어서가 아니라 자신의 입장과 처지를 깨닫는 순간, 매일 먹던 밥이 갑자기 거칠게 느껴지고 매일 마시던 물이 쓰디쓰게 느껴져, 한솥밥을 먹어도 같은 맛이 아니었는지 형과 나는 한창 농사일이 바쁠 때 어쩌다 아버지가 들에 데려가려는 눈치가 보이면 미꾸라지처럼 재빨리 빠져나가 나중에 경을 치기 일쑤였는 데 비해 삼촌은 집안의 농사일이 마치 자신의 일이라는 듯 솔선해서 나서곤 했다. 이에 대해 언젠가 삼촌과 함께 중국영화를 보고 돌아오다 그 연유를 짐작할 만한 얘기를 들은 적이 있었다.

— 주, 주, 중국영화를 보면 바, 밥그릇을 손으로 들고 먹잖아. 그게 왜, 왜, 왜 그런지 아니?

— 몰라. 밥풀 흘릴까봐 그러는 거 아냐?

— 아, 아, 아냐. 그, 그건 두, 두 가지 의미가 있는데 하, 하, 하나는 나, 나, 남에게 고, 고개를 숙이지 않겠다는 뜻이고, 다, 다, 다른 하나는 내, 내, 내 밥은 내가 벌어먹겠다는 뜻이야.

결국 자신의 밥값은 자신이 하면서 살겠다는 의지 때문이었을까, 삼촌은 열댓 살이 넘어가면서 이미 장정 한 사람 몫의 일을 거뜬히 해내 이웃 사람들은 우리 집에 뒤늦게 업이 들어왔다며 다들 부러워했다. 따라서 할머니와 아버지가 의논 끝에 삼촌을 농업고등학교에 보내기로 한 것은 어쩌면 당연한 결정일지도 모른다. 공부도 바닥을 기는 데다 재주도 없고 숫기도 없고 시골에서 달리 할 만한 일도 없던 터에 다행히 집에 땅이라도 있으니 적당히 고등학교를 마치면 적당히 농사를 짓다 군대에 다녀와 적당한 혼처가 나타나면 결혼을 시켜 적당한 때에 논이나 몇 마지기 떼어주면 아들딸 낳고 적당히 농사꾼으로 사는 게 적당하다고 생각했던 것이다. 그것도 나름대로 적당히 한 살이가 될 수도 있었겠지만 출생부터 그러했듯 삼촌의 운명은 아버지와 할머니의 바람대로 그렇게 적당하게 흘러가지 않았다.

*

그 꿈이 언제부터 시작되었는지 삼촌 자신도 알지 못했다. 삼촌은 언제나 꿈속에서 악당과 싸웠다. 2미터 가까운 키에 왕방울만 한 고리눈을 한 악당은 매우 무자비하고 잔혹한 자였다. 착하고 힘없는 사람들을 잔인하게 죽이고 여자들을 겁탈했다. 삼촌은 그를 갈고리라고 불렀다. 잘려나간 팔 대신 날카로운 쇠갈고리가 달린 의수를 하고 있었기 때문이었는데 그 무시무시한 갈고리가 바로 그의 무기였다.

당시 마을엔 육이오 때 장애를 입은 상이군인이 나타나 집집마다 돌며 구걸을 하러 다니는 일이 종종 있었다. 그들은 대부분 쇠갈고리가 달린 의수를 하고 있었는데 더러는 뭔가 비위가 맞지 않으면 갈고리를 휘두르며 행패를 부리는 경우도 있어 말이 구걸이지 실은 협박을 통한 갈취라고 할 수 있었는데 꿈속에 등장하는 갈고리가 삼촌이 현실에서 마주친 인물이었는지, 아니면 이소룡 영화에 등장하는 악당이었는지는 알 수 없다. 다만 삼촌이 꿈속에서 상대하는 악당은 언제나 그 갈고리였으며 잠을 자는 내내 삼촌은 악당이 휘두르는 갈고리를 힘겹게 피해 다녔다.

비록 꿈속이지만 삼촌도 공격을 해보려고 빈틈을 노리기도 했다. 악당을 물리치고 여자를 구해내 정의를 실현해야 했기 때문이었다.

그런데 어찌된 일인지 현실에서 그토록 열심히 연마한 무술 실력은 꿈속에서 전혀 통하지가 않았다. 지독한 독감에라도 걸린 듯 천근만근 몸이 무거워 마음먹은 대로 팔다리가 움직여지질 않았던 것이다. 악당을 물리쳐 정의를 실현하기는커녕 그가 휘두르는 무시무시한 갈고리를 피해 다니는 것조차 버거워 밤새 갈고리에게 쫓겨 다니다 잠에서 깨어나곤 했는데 꿈을 꾸고 나면 삼촌은 몸이 녹초가 될 만큼 혼곤해져서 한동안 멍한 표정으로 앉아 있곤 했다. 이때 그는 갈고리와 싸우는 꿈이 무엇을 암시하는지, 그 꿈에 어떤 힌트가 있는지 알아내려고 눈을 가늘게 뜨고 미간을 잔뜩 모으곤 했지만 그 생뚱맞은 꿈이 자신의 인생과 어떤 관련이 있는지 도무지 짐작할 수 없었다.

우리가 중학교에 입학하던 그해는 가을이 될 때까지 그렇게 별일 없이 지나갔다. 종태와 나는 새벽마다 뒷동산에 올라가 운동을 했고 졸업반이 된 삼촌은 학교에 가는 둥 마는 둥 바쁜 농사일을 도우며 수업을 자주 빼먹었지만 새벽 운동만은 거르는 법이 없었다. 당시 삼촌은 무슨 생각을 하고 있었을까? 할머니와 아버지의 바람대로 적당히 농사나 지으며 살 궁리를 하고 있었을까, 아니면 자신의 우울했던 과거와는 다른 빛나는 미래를 꿈꾸고 있었을까? 그는 운동을 하다 말고 문득문득 산 아래 너른 들판을 막막한 표정으로 오랫동안 바라보곤 했다.

한편, 형은 고등학교 진학 때문에 밤 열 시까지 도서관에서 공부를 하다 돌아오곤 했다. 그에게 관심이 있는 건 오로지 이웃 도시의 명문 고등학교를 수석으로 입학하느냐, 마느냐 하는 거였다. 따라서 이젠 아예 이소룡 따위에겐 관심도 없었고 한때 그토록 열광했던 무협영화를 허황되고 유치한 만화쯤으로 치부해 버렸다. 그는 우리가 영화 속에서 보는 모든 장면이 카메라 트릭이라고 했다. 그것은 일종의 속임수인데 그 점에 있어선 이소룡도 마찬가지라고 했다. 다만 그가 다른 배우들보다 더 돋보이는 이유는 카메라 트릭을 더 많이 썼기 때문이며 결국 이소룡도 사기꾼에 지나지 않는다는 거였다. 이때, 형의 얘기를 듣고 있던 삼촌의 눈썹이 꿈틀, 움직였다. 이는 삼촌이 정말 화가 났을 때 보이는 반응이었다. 그는 분노로 심하게 말을 더듬으며 다음과 같이 말했다.

— 나, 나, 나, 난 그, 그, 그, 그런 식으로 말하는 거, 지, 지, 진짜 싫은데…….

그동안 나의 쿵푸 실력도 많이 향상되었다. 발차기도 능숙해지고 쌍절곤도 자유자재로 갖고 놀 수 있게 되었다. 하지만 어쩌다 종태와 대련을 해보면 나는 이미 그의 상대가 아니었다. 그는 더 빠르고 강해져 삼촌과 대련을 해도 제법 어울릴 정도였다. 이 때문에 나는 열등감과 자괴감에 괴로워했는데 어릴 때부터 늘 종태를 우습게 생각해 온 터라 속이 더욱 쓰라렸다. 그 쓰라린 마음을 나는 학교에서 아이들과 싸우는 것으로 풀었다. 나의 먹잇감은 덩치는 크지만 동작이 굼뜨고 겁이 많은 아이들이었다. 우선 적당한 상대를 골라 먼저 시비를 건 다음 점심시간이나 방과 후에 학교 뒷산으로 불러내 그동안 연습한 기술로 상대를 제압하곤 했다. 한 명씩 꺾을 때마다 서열이 한 단계씩 올라가는 재미에 나는 몇 달 내내 쌈질만 해댔다. 하지만 거기까지였다. 서열이 어느 정도 올라가고 나니 맨 뒷줄의 노는 아이들만 남았다. 그들은 감히 내가 건드릴 수 있는 상대가 아니었다. 같은 학년이었지만 그들은 이미 목젖이 호두알만 하게 튀어나오고 수염이 까뭇하게 나 있어 앞줄에 앉아 있는 아이들과는 분위기가 사뭇 달랐다. 그들은 자기들끼리 모여서 몰래 담배를 피우기도 하고 여학생들과 분식점에서 만나기도 했다. 겨우 코흘리개를 면한 나로선 도저히 넘을 수 없는 벽이었다.

그들이 있는 한 나는 어디까지나 조무래기일 뿐이었다. 그것은 내가 처음 삼촌에게 무술을 배우게 된 계기, 즉 아이들이 모두 부러워 쳐다보는 선망의 대상이 되는 것과는 거리가 멀어도 한참 먼 것이었다. 하지만 종태라면 얘기가 다를 것 같았다. 그는 허우대가 거방진 데다 힘이 좋아 마음만 먹는다면 학교에서 대장 노릇을 할 수도 있었다. 만일 그렇게만 된다면 나는 종태 옆에서 달콤한 권력을 누릴 수도 있을 터였다. 하지만 종태는 성격이 워낙 무던해 누구를 미워할 줄도 모르고 화를 내는 법도 없었다. 그러니 싸울 일도 없는 게 당연했다. 나는 사악하게도 몇 번 종태를 부추겨 뒷줄의 아이들과 싸움을 붙이려고 노력했지만 그럴 때마다 그는 특유의 히죽거리는 웃음으로, 그깟 일로 싸울 게 뭐 있냐며 집으로 닭 모이를 주러 달려가곤 했다.

삼촌에겐 좋은 일도 있었다. 오토바이가 한 대 생긴 것으로 그것은 순전히 고추 덕분이었다. 그해 가을, 전국적으로 고추파동이 일어나 고추 금이 갑자기 천정부지로 치솟았다. 때마침 우리 집에선 고추농사를 많이 지어 큰 재미를 봤다. 고추수매가 끝난 날, 아버지는 술을 한잔 걸치고 기분이 좋아져서 삼촌에게 그동안 농사일을 거드느라 고생도 했으니 갖고 싶은 게 있으면 한번 말해 보라고 했다.

그렇잖아도 몇 달 안 있으면 졸업을 하는 터라 졸업선물 삼아 미리 선심을 쓰려는 거였다.

이때, 삼촌은 잠깐 생각하다 오, 오, 오, 오 오토바이를 한 대 갖고 싶다고 했다. 아버지는 적당히 구두나 시계 정도를 생각하고 있었는데 난데없이 오토바이 얘기가 나오자 입장이 난처해졌다. 엄마는 대번에 오토바이를 사주는 건 절대 안 될 일이라며 펄쩍 뛰었다. 오토바이가 '과부 만드는 기계'라는 이유 때문이었다. 당시 오토바이는 과부 만드는 기계라는 별명이 붙을 정도로 사고가 잦은 게 사실이었다. 한적한 시골구석에도 여기저기 공장이 들어서고 물류창고가 들어서면서 교통량이 늘은 탓이었다. 하지만 엄마가 반대한 진짜 이유는 오토바이가 너무 비쌌기 때문이었다. 이에 아버지는 당시 모든 학생들의 꿈이었던 독수리 표 카세트라디오를 사주겠다고 회유했지만 삼촌은 말없이 자리를 떴다. 그리고 다음 날부터 침묵시위에 들어갔다. 그러나 평소에도 원체 말이 없다보니 그가 시위를 하고 있다는 걸 눈치 챈 식구가 아무도 없었다. 그러자 삼촌은 단식투쟁으로 노선을 바꿨는데 그때까지 한 번도 없던 일이라 이번엔 식구들이 신경을 쓰지 않을 수 없었다.

삼촌은 그 누구에게도 먼저 무언가를 요구하는 법이 없었다. 어린 나이임에도 자신의 처지를 잘 이해하고 있어서였을까, 그저 주면 주는 대로 받아먹고 입히면 입히는 대로 받아 입었다. 학교에 준비물을 챙겨가지 않아 선생에게 두들겨 맞는 한이 있어도 준비물을 먼저 사달라는 적이 없었고 육성회비도 먼저 얘기를 꺼내는 법이 없어 늘 꼴찌로 내야 했다. 한번은 다 같이 모여 저녁을 먹고 상을 치우는데 방바닥에 피가 묻어 있는 게 식구들 눈에 띄었다. 알고 보니 삼촌의 발에서 난 피였다. 양말도 없이 맨발이었는데 양발에 모두 물집이 잡히고 상처가 나 피가 흐르고 있었다. 도대체 밖에서 무슨 짓을 하고 돌아다니기에 발이 이 모양이냐며 다그치던 할머니는 문득 짐작 가는 바가 있었는지 밖에 나가 댓돌에 놓인 삼촌의 신발을 살펴보았다. 아니나 다를까. 신발이 어찌나 해졌는지 바닥에 구멍이 난 정도가 아니라 아예 밑창이 없이 발등을 덮는 덮개만 남아 있는 꼴이었다. 그동안 거의 맨발로 걸어다닌 거나 진배없으니 발이 성하지 않은 것도 당연했다.

그런 일이 있을 때마다 엄마는 할머니에게 잔소리를 들어야 했는데 이에 엄마는, '삼촌 때문에 진짜 답답해 미치겠네. 사람이 말을 해야 알지, 안 그럼 내가 점쟁이도 아닌데 어떻게 아냐고. 삼촌 때문에 나만 또 나쁜 년 됐잖아'라며 오히려 삼촌을 타박하곤 했다. 엄마가 달리 나쁜 마음을 먹고 차별을 한 건 아니었을 테지만 아무래도 피 한 방울 섞이지 않은 삼촌에게 조금이라도 신경이 덜 가는 건 사실이었을 것이다.

그동안 어떤 요구도 없었던 삼촌이 오토바이 때문에 밥까지 굶으며 농성에 들어가자 급기야 할머니가 나섰다. 아무리 먹고 싶어도 생전 '미루꾸'* 하나 사달라는 법이 없던 아이가 오죽이나 갖고 싶으면 밥도 안 먹겠냐며, 또한 오토바이를 타다 일이 생기더라도 결국은 다 자기 팔자소관 아니겠냐며, 또 저렇게 생으로 굶다가 진짜 일이라도 생기면 어쩌겠냐며 아버지를 설득한 것이다. 당시 오토바이

---

* 밀크캐러멜

가격이 적지 않은 액수여서 그해에 고추농사로 번 돈의 태반이 들어갔지만 아버지는 할머니의 말이 떨어지기 무섭게 돈을 챙겨 삼촌을 데리고 선뜻 집을 나서 읍내로 향했다. 그 발걸음이 삼촌 못지않게 가벼웠던 것으로 미루어 아버지는 엄마의 눈치를 보느라 망설였을 뿐이지 내심 큰돈이 들더라도 삼촌의 바람을 들어주고 싶은 마음이 있던 모양이었다.

기아 혼다에서 나온 기어 삼단짜리 오십 시시 오토바이! 삼촌은 일주일을 굶은 끝에 그렇게 생전 처음 자신이 원하는 것을 손에 넣게 되었다. 아버지가 오토바이 대금을 치르고 삼촌에게 열쇠를 건네주었을 때, 그는 보는 이의 가슴을 짠하게 할 만큼 감격에 겨워했다. 어린 시절, 떼를 쓰거나 응석을 부릴 대상이 부재했던 이들은 결코 꿈을 가질 수 없다. 자신의 꿈을 받아줄 이가 이 세상에 아무도 없는데 무슨 꿈을 꿀 수 있을까? 그러므로 아이들의 '뗑깡'을 받아주는 것은 그 자체만으로도 충분히 가치 있는 일일 터, 삼촌이 그토록 감격에 겨워한 것은 단지 오토바이를 손에 넣었기 때문만은 아닐 것이다. 자신이 떼를 쓸 때 그것을 받아줄 사람이 이 세상 어딘가에 존재한다는 걸 처음으로 확인했기 때문이었을 것이다. 삼촌은 그동안 어디서 오토바이 타는 법을 배웠는지 새 오토바이를 능숙하게 다뤘다. 그는 한사코 걸어가겠다는 아버지를 뒷자리에 태우고 나를 앞에 태워 집으로 돌아왔다. 오십 시시 빨간색 오토바이는 생각보다 힘이 좋아 소리도 경쾌하게 플라타너스 가로수가 늘어선 길을 달려갔다. 그날 삼촌은 생전 처음으로 아버지에게 응석 아닌 응석을 부렸다.

— 혀, 혀, 혀, 형님!

삼촌은 잔뜩 겁을 집어먹어 자신의 허리를 꽉 껴안고 있는 아버지를 불렀다.
　— 왜?
　— 고, 고, 고, 고마워요.
　— 뭐라고?
　아버지는 귓전을 스치는 바람소리에 삼촌의 말을 못 알아들은 모양이었다. 잠시 후, 삼촌은 고개를 돌리고 다시 크게 소리를 질렀다.
　— 이, 이, 이담에 도, 돈 많이 벌어서 펴, 펴, 편하게 모실게요!
　— 이놈아, 나도 자식이 둘이나 있는데 왜 네가 나를 모셔?
　이번엔 제대로 알아들었다. 아버지는 퉁명스럽게 말을 받으면서도 기분이 좋았는지 주름진 얼굴에선 흐뭇한 미소가 떠나지 않았다. 오토바이는 큰 길을 벗어나 코스모스가 피어 있는 마을길로 접어들었다. 누렇게 벼가 익어가는 너른 벌판 위로 하늘 가득 잠자리 떼가 날고 있었다.

*

　여기서 잠깐, 도치의 얘기를 해야겠다. 삼촌과 맞짱을 뜨다 깨진 콜라병으로 자신의 배를 잘못 그어 백 바늘에서 딱 두 바늘 모자란 아흔여덟 바늘을 꿰맸던, 바로 그 도치 말이다. 그해 겨울, 1년 만에 도치와 삼촌이 다시 한 번 맞붙었다. 그것은 공식적으로 삼촌과 도치의 두 번째 대결이라 할 수 있지만 그것을 차마 대결이라 불러야 할지 어떨지 모르겠다. 하여간 도치는 그날 길거리에서 호떡을 먹고 있었는데 삼촌이 오토바이를 타고 그의 옆을 지나갈 때는 막 아흔두 개째의 호떡을 입에 넣고 있는 중이었다. 느끼한 기름 냄새와 싸구려 흑설탕 냄새 때문에 금방이라도 토할 것 같았지만 백 개를 채우려면 아직 여덟 개나 남아 있었다. 물론 도치가 그 많은 호떡을 돈을 제대로 지불하고 사먹는 건 아니었다. 호떡장수가 그의 꼬붕이었기 때문에 그는 한 푼도 내지 않고 매일 와서 공짜로 호떡을 백 개씩 먹어치우고 있었다. 꼬붕은 울상이 된 채 옆에서 바쁘게 호떡을 구우며 도치가 먹는 호떡의 개수를 세고 있었다. 도치는 잠시 숨을 몰아쉬다 이를 악물고 억지로 호떡을 입에 집어넣었다.

이때, 누군가 빨간색 오토바이를 타고 부다다다, 요란한 소리를 내며 옆으로 스쳐지나갔다. 도치는 오토바이를 탄 사내가 1년 전, 멋진 뒤돌려차기로 자신의 턱주가리를 시원하게 돌려놨던 바로 그 씹새라는 것을 한눈에 알아보았다. 그는 거의 반사적으로 입 안에 들어 있던 호떡을 뱉어내며 큰 소리로 삼촌을 불렀다.

— 야, 이 씹새야!

순간, 도치는 아차, 싶었다. 마음 같아선 당장 그 씹새를 자근자근 밟아 호떡처럼 납작하게 만들어주고 싶었지만 자신이 그의 상대가 되지 않는다는 걸 이미 한 번 확인했기 때문이었다. 아주 짧은 순간이었지만 도치는 삼촌이 그냥 못 듣고 지나쳤으면 싶은 바람과 함께 모른 척할 걸 괜히 불렀다는 후회가 밀려왔다. 하지만 오토바이는 끽 소리를 내며 멈춰 섰고 삼촌이 오토바이에서 내려 뒤를 돌아보았다.

도치는 아차, 싶었지만 도치를 발견한 삼촌은 이건 뭐지, 싶었다. 왜냐하면 호떡을 파는 리어카 옆에서 사람인지 뭔지 도무지 종(種)

을 알 수 없는, 그래서 그저 덩어리라고 부를 수밖에 없는 어떤 한 개체가 자신을 향해 다가오고 있었기 때문이었다. 대략 눈짐작으로 봐도 높이 165센티미터에 무게가 족히 120킬로그램은 가볍게 넘을 것 같은 그 괴이한 생물체는 둥글둥글한 몸집을 좌우로 심하게 흔들며 걸어왔는데 뒤뚱뒤뚱 걷는 모습이 흡사 바다코끼리 같았다. 그 바다코끼리가 도치라는 것을 알아본 것은 입인지 뭔지 모를 어떤 구멍에서 마치 빠른 랩을 하듯이, '씹새'를 각운으로 한 살벌한 욕설이 속사포처럼 터져나왔기 때문이었다. 삼촌은 오토바이에 기댄 채, 어리둥절한 표정으로 도치를 쳐다보다 그래도 구면이라고 먼저 인사를 건넸다.

— 오, 오, 오랜만이다. 자, 자, 잘 지냈니?

그러자 그 괴물체는 마치 성난 귀두처럼 윗부분이 빨갛게 부풀어올라 더욱 큰 소리로 욕설을 해댔다.

— 야, 이 씹새야! 잘 지냈냐고? 너, 지금 누구 약 올리냐? 그땐 운이 좋아서 도망갔지만 오늘은 토낄 생각하지 마, 이 씹새야.

도치의 두뇌회로는 작동원리가 단순해서 일단 어느 쪽이든 방향을 정하면 멈추는 법이 없었다. 게다가 싸움에선 밀리더라도 다구빨에선 절대 밀리지 않는다는 게 그의 신조이다 보니, 그리고 때마침 지나가던 사람들이 구경을 하러 잔뜩 몰려오다 보니 물러설 수도 없는 입장이 되어버렸다. 그래서 도치는 에라, 모르겠다, 일단 선빵을 날렸다. 다행히 지난번처럼 빗나가지 않고 삼촌의 턱에 제대로 적중했다. 그런데 뭔가 이상했다. 원칙대로라면 상대가 길 한복판에 대자로 쭉 뻗어야 하는데 상대는 아무 일 없다는 듯 그 자리에 멀뚱하게 서 있는 거였다. 삼촌은 무섭게 살이 찐 도치의 모습에 다소 놀라 어리둥절한 상태에서 먼저 한 대를 맞았는데 도치가 너무 살이 찌다보니 손가락까지 퉁퉁하게 살이 올라 마치 12온스짜리 글러브를 낀 어린애의 주먹에 맞은 듯 별 충격이 없었다. 도치는 얼굴이 새빨갛게 달아올라 계속 주먹을 휘둘렀지만 지나치게 몸집을 불리다 보니 주먹이 너무 느리고 둔해서 그저 허공에 대고 혼자 체조를 하는 꼴이었다. 구경꾼들은 왜 삼촌이 아무런 대응도 하지 않고 피하기만 하는지 궁금했지만 삼촌의 입장에선 혼자 허공에 대고 주먹을 휘두르는 도치의 모습이 민망하고 우스꽝스러워 그를 상대해야 할지 말아야 할지 그저 난감하기만 했다. 생각해 보라, 이소룡이 길거리에서 바다코끼리를 만났는데 뭘 어쩌겠는가!

도치가 호떡을 하루에 백 개씩 먹어가며 무리하게 살을 찌우는 데에는 그럴 만한 이유가 있었다. 이즈음 도치는 자신이 선망하는 읍내 유일의 건달 조직인 역전파에 들어가기 위해 기회를 엿보고 있었다. 조직원 중에 그의 뒤를 봐주는 형님이 있어 그는 틈이 날 때마다 조직원들의 근황과 조직의 동향을 파악하느라 분주했다. 그의 뒤를 봐주는 형님은 물론 도치에게 깨진 병으로 배를 가르는 엽기적인 비기를 전수했던 바로 그 형님이었다.
 그 형님은 하관이 빠르고 눈이 한가운데로 몰려 있어 스스로는 내심 독사나 살무사와 같은 그럴 듯한 별명을 기대했지만 사람들은 무정하게도 그만 그에게 토끼란 별명을 붙여주고 말았다. 눈이 늘 빨갛게 충혈돼 있었기 때문이었다. 역전파 조직원으로서 참으로 모양 빠지는 별명인 데다 토끼라는 별명이 밤일과 관련해 매우 치욕적인 의미로도 쓰인다는 것을 알게 된 토끼는 누구든 자신을 토끼라고 부르는 놈이 있으면 거시기를 잘라버리겠다고 선언했지만 이미 한 번 붙여진 별명을 무를 수는 없는 노릇, 사람들은 모두 뒤에서 그를 토끼라고 불렀다.

언젠가 도치가 토끼 형님에게 거하게 술을 한잔 사며 자신도 이제는 어느 정도 나이가 찼으니 정식으로 조직에 들어가고 싶다는 뜻을 내비쳤을 때, 토끼는 조직원이 되려면 일단 '빵'이 좋아야 한다는 조언을 해주었다. 여기서 빵이란 먹는 빵이 아니라 몸집을 가리키는 은어였다. 일단 빵을 키워야 상대에게 위압감을 주고 다구리를 붙을 때 기선을 제압할 수 있다는 거였다. 이에 도치는 그날부터 몸집을 불리기 위해서 밤마다 콩을 삶아먹고 고구마를 쪄먹고 집에서 키우던 닭을 몰래 잡아먹다 아버지한테 들켜 돼지게 맞고, 시골에서 딱히 먹을 게 없다보니 들에 가서 메뚜기를 잡아 튀겨먹고 산에 가서 뱀을 잡아 구워먹었다. 먹을 게 풍족하지 않은 70년대의 농촌에서 몸집을 불린다는 게 말처럼 쉽지는 않은 일이었지만 도치는 눈물겨운 노력 끝에 마침내 누가 봐도 위압감이 들 만큼 빵이 좋아졌다. 그리고 서너 달 뒤에 토끼 형님을 다시 만났다. 도치는 토끼 앞에서 어깨에 잔뜩 힘을 주고 자신의 몸집을 과시했는데, 이때 도치를 위아래로 훑어보던 토끼가 보인 반응은 다음과 같았다.

너 아직 멀었다.

그 말에 도치는 다시 밤마다 콩을 삶아먹고 고구마를 쪄먹고 옆집에서 키우던 토끼를 몰래 잡아먹다 옆집 아저씨한테 들켜 돼지게 맞고, 다시 뱀과 개구리를 잡아먹으며 피나는 노력을 기울인 끝에 오븐에서 갓 나온 진짜 빵처럼 몸이 잔뜩 부풀어올랐다. 그리고 서너 달 뒤에 다시 토끼 형님을 만났다. 이때에도 토끼는 도치를 위아래로 훑어보다 잔뜩 실망한 표정으로 다음과 같이 말했다.

너, 그동안 열심히 안 했구나.

당시 동천 유일의 건달 조직인 역전파는 여느 폭력 조직과는 전혀 성격이 달랐다. 기실 이름만 그럴 듯했지 그 실체라는 게 알고 보면 논두렁 건달들이 모인 애매모호한 패거리에 불과했는데 그것은 근처에 그럴 듯한 관광지도 없고 읍내에 유흥업소도 많지 않아 별다른 이권이 없기 때문이었다. 따라서 선거철이나 돼야 한철 메뚜기처럼 어깨띠를 메고 이리저리 시끄럽게 몰려다니다 막걸리 값이나 뜯어가는 게 고작이었을 뿐, 평소엔 대개 하릴없이 당구장이나 다방에 죽치고 앉아 새로 온 여종업원에게 되도 않는 '히야까시'*나 하며 무료한 시간을 보내다 밤이 되면 근처 술집에 가서 외상술을 먹고 실랑이를 벌이다 파출소에 끌려가 반성문이나 쓰고 나오는 게, 말하자면 학생들 사이에서 악명 높은 저 무시무시한 역전파의 실체였으니 도치가 생각한 멋진 인생과는 거리가 멀어도 한참 먼 것이었다.

삼촌이 요리조리 피하기만 하자 도치는 더욱 열이 받아 '너, 오늘 죽었다고 복창해, 이 씹새야'를 시작으로, 삼촌이 미처 복창할 틈도 주지 않고 그가 알고 있는 수백 가지의 욕설을 연달아 퍼부으며 열심히 팔다리를 놀려댔다. 그러나 삼촌이 보기엔 마치 슬로우 모션처럼 주먹이 너무 느려 그 움직임이 눈에 환히 보일 정도였다. 게다가 몸집이 1년 만에 두 배나 불어난 것에 반해 심장의 크기는 그대로였

---

* 희롱한다는 의미의 일본어인데, 우리나라에선 주로 여자를 희롱하는 상황을 일컫는 속어로 쓰인다.

으니 몸에 무리가 가는 게 당연한 이치, 도치는 결국 가쁜 숨을 몰아쉬며 땅바닥에 주저앉고 말았다. 때리다 지친다는 말이 있지만 한 대도 때리지 못한 채 지쳐버린 거였다.

이때, 길거리를 지나던 토끼가 사람들이 모여 웅성거리는 것을 목격하고 뭔 건수가 없나 싶어 구경꾼들 틈에서 고개를 내밀었다. 그리고 길바닥에 주저앉아 헐떡대고 있는 도치와 눈이 마주쳤다. 순간, 도치는 오뚝이처럼 벌떡 일어섰다. 존경하는 역전파 형님이 지켜보고 있는데 그대로 물러설 수는 없는 노릇이었다. 이때 도치는 토끼 형님 앞에서 반드시 뭔가를 보여주어야 한다는 부담감에 그만 무리수를 두고 말았다. 젖 먹던 힘뿐만이 아니라 그동안 살을 찌우느라 먹었던 삶은 콩과 고구마, 토끼와 메뚜기, 뱀과 개구리, 그리고 호떡 등을 먹었던 힘을 모두 모아 삼촌을 향해 드롭킥을 날린 것이다. 과연 인간의 결연한 의지는 때로 물리학의 법칙을 뛰어넘을 수도 있는 것일까, 놀랍게도 그의 기대한 몸은 공중으로 떠올랐고 삼촌을 향해 미사일처럼 날아갔다. 다들 탄성을 지를 만큼 궤적도 좋았고 발끝은 제대로 모아져 삼촌의 얼굴을 겨냥하고 있었다. 그런데 공중으로 몸을 띄우는 데 너무 많은 힘을 써버린 탓이었을까, 앞으로 나가는 힘이 부족했는지 바다코끼리는 그만 삼촌의 코앞에서 비행을 멈추었다. 그리고 짧은 비행 끝에 추진력을 잃은 거대한 몸은 중력에 의해 아래로 낙하했다. 곧 쿵! 하며 지축을 울리는 소리와 함께 바다에 내동댕이쳐져 도치는 그 자리에서 기절을 하고 말았다.

옆에서 이를 지켜보던 토끼는 도치에게 달려가 어깨를 흔들어 깨웠다. 겨우 몸을 일으킨 도치는 눈동자가 완전히 풀려 있어 자신의 어깨를 흔드는 이가 토끼임을 알아보지 못했다. 토끼는 도치의 어깨를 더욱 세차게 흔들며 뺨을 서너 대 호되게 올려붙였다.

— 야! 정신 차려, 임마.

그런데 토끼가 어깨를 너무 세게 흔든 탓일까? 멍한 표정으로 앉아 있던 도치의 표정이 묘하게 일그러지더니 양쪽 뺨이 이스트를 넣은 밀가루 반죽처럼 서서히 부풀어오르기 시작했다. 이때는 이미 삼촌이 오토바이에 올라타 막 자리를 뜨려고 할 때였다. 도치의 뺨은 점점 더 부풀어올라 아홉 달 된 여자의 배처럼 금방이라도 터질 듯 위태로워 보였는데 그날 그는 동천 사람들이 평생에 단 한 번도 경험하지 못했던 엄청난 스펙터클을 연출해 냈다. 찐빵처럼 잔뜩 부풀어오른 입에서 뻥튀기가 터지듯 뻥! 하는 소리와 함께 어마어마한 양의 토사물이 뿜어져나오기 시작한 것이다.

구경꾼들은 미처 예상치 못한 장면에 모두 인상을 찡그리고 뒤로 물러서며 비명에 가까운 탄성을 질러댔는데 바로 앞에 있던 토끼는 불행하게도 소방차에서 물대포를 쏘듯 엄청난 압력으로 쏟아지는 그 많은 토사물을 고스란히 얼굴에 뒤집어써야 했다. 이에 토끼는 팔을 허우적거리며 비명을 질러댔지만 흑설탕이 섞인 끈적끈적한 토사물이 얼굴에 들러붙어 눈을 뜰 수도 없고 숨도 쉴 수 없어 입을 벌렸는데 그만 도치가 게워내는 토사물이 고스란히 입으로 들어가 기도를 막는 바람에 닭 뼈가 목에 걸린 개처럼 연신 캑캑대는 와중에 도치의 입에서 폭포수처럼 쏟아져내린 토사물이 대로 한복판에 지름 3미터가 넘는 거대한 웅덩이를 만들어 토끼는 죽 그릇에 빠진 파리처럼 팔다리를 허우적거리며 빠져나오려고 애를 썼지만 레미콘에서 거푸집으로 콘크리트 반죽을 들어붓듯 가엾은 토끼 위로 끝도 없이 토사물이 쏟아져 연신 그 위에 미끄러지고 자빠지는 통에 머리부터 발끝까지 토사물에 코팅이 되어 마치 꿀에 버무려놓은 강정 꼴이 되고 말았다.

게다가 토사물을 구성하고 있는 원재료의 8할이 호떡이다 보니 곧 시큼하고 들큼한 냄새가 근처 골목까지 퍼져나가 구경꾼들은 코를 싸쥐었지만 늘 배가 고픈 동네 개들이 사방에서 냄새를 맡고 튀어나와 토사물 웅덩이에 주둥이를 박고 맛있는 밀가루 죽을 핥아먹다 급기야 토끼의 몸까지 핥아대기 시작해 토끼는 비명을 지르며 달아나려 했지만 개들은 개떼처럼 집요하게 토끼의 팔다리를 물고 늘어져 그는 끝내 토사물 웅덩이에서 빠져나오지 못하고 그만 밀가루 죽에 얼굴을 처박은 채 기절해 버리고 말았다. 이때는 도치도 뱃속에 든 것을 거의 다 비웠는지 꿀렁꿀렁, 간헐적으로 남은 밀가루 죽을 게워내다 마침내 완전히 탈진해 토끼 옆에 나란히 쓰러졌다.

그날, 폼페이의 화산이 폭발한 것만큼이나 끔찍했던 재앙의 한가운데서 모든 상황을 지켜본 삼촌은 그 길고도 장엄한 퍼포먼스에 넋을 놓고 있던 구경꾼들이 겨우 정신을 차려 개들을 쫓아내기 위해 몰려가는 것을 보고 오토바이의 시동을 걸었다.

이때였다. 누군가 삼촌의 어깨를 툭툭 쳐 돌아보니 교복을 입은 한 여고생이 수줍은 듯 고개를 돌리고 삼촌에게 뭔가 두툼한 봉투를 내밀었다. 얼떨결에 봉투를 받아들어 안을 들여다보니 호떡이 여남은 개 들어 있었다. 삼촌이 어리둥절한 표정으로 쳐다보자 입가에 커다란 점이 있는 여학생은 쑥스러운 듯 뒤돌아서서 쪼르르 호떡을 파는 리어카 옆으로 달려가 호떡을 팔던 청년 뒤로 숨었다. 가만히 보니 남매인 듯 호떡장수와 얼굴이 꼭 닮아 있었다. 삼촌은 잠시 망설이다 호떡이 든 봉지를 되는 대로 주머니에 구겨 넣고 재빨리 현장을 떠났다. 오토바이를 타고 집으로 돌아오는 길은 때마침 눈발이 날려 차가운 눈이 쉴 새 없이 날아와 얼굴에 부딪쳤지만 이유 없이 자꾸만 얼굴이 화끈거렸고 주머니 속에 든 호떡도 내내 따뜻해 추운 줄도 몰랐다.

정무문 {2}

박 감독은 아침부터 잔뜩 화가 나 있었다. 그날 찍을 분량은 영화의 하이라이트로 주인공이 혈혈단신 악당들의 소굴에 뛰어들어 납치된 여주인공을 구해내는 장면이었다. 당연히 액션 씬이 주를 이루어 엑스트라들도 대거 출연하기로 되어 있었는데 막상 촬영장에 모인 머릿수는 감독이 요구한 것보다 훨씬 적은 숫자여서 시작부터 기분이 잡쳤다. 보나마나 능구렁이 같은 제작부장이 제작비를 빼돌리려고 수작을 부린 게 뻔하지만 그가 제작자인 유 사장의 처남인데다 충무로의 유명 짜한 건달이다 보니 대놓고 욕은 못하고 혼자 속만 끓였다.

로케이션 장소도 문제였다. 한적한 교외의 벽돌공장을 악당들의 아지트로 정했는데 충무로에서 출발해 두 시간이 넘게 걸려 도착한 벽돌공장은 규모도 작고 주변 풍경도 썰렁하기 그지없어 도무지 '간지'가 나지 않았다. 그렇다고 급히 다른 장소를 물색하는 것도 현실적으로 불가능해 할 수 없이 참고 넘어가려고 했는데 이번엔 주연 여배우가 문제였다. 간밤에 남자랑 싸우고 밤새 울었는지 아니면 라면을 처먹고 자빠져 잤는지 얼굴이 세숫대야만 하게 부어 나타났다. 그녀의 뒤를 봐주는 스폰서가 바로 제작자인 유 사장이란 건 누구나

다 알고 있는 공공연한 비밀이었지만 박 감독은 화가 머리끝까지 나 씨팔조팔을 찾으며 어떻게 해서든 촬영 들어가기 전까지 얼굴을 원상복구해 놓으라고 난리를 쳤다. 하지만 변변한 구멍가게 하나 없는 시골구석에서 달리 방법이 있을 리 없었다. 얼굴을 칼로 깎아낼 수도 없고 빨래 짜듯 쥐어짤 수도 없어 그저 애꿎은 연출부원들만 죽을 맛이었는데 때마침 오토바이를 타고 지나가는 동네 청년이 있어 조감독이 돈을 쥐어주며 읍내에 가서 얼음을 한 덩어리 사다 달라고 부탁해 그 문제는 일단락되었다.

그런데 또 다른 문제가 터졌다. 촬영준비로 다들 정신없는 와중에 이번엔 동네 건달들로 보이는 일단의 사내들이 몰려와 자신들은 이 지역 새마을4-H구락부* 회원들인데 촬영을 하려면 자신들의 허가를 받아야 한다며 으름장을 놓고 나섰다. 조감독이 나서 벽돌공장 공장장하고 이미 얘기를 다 끝냈다고 하니 건달들 가운데 지덕노체(知德勞體)와는 매우 거리가 멀어 보이는 한 땅딸보가 바다코끼리처럼 몸을 뒤룩거리며 앞으로 나서 글쎄, 간장공장 공장장은 강공장장이고 벽돌공장 공장장은 변공장장인데 어떤 씹새든 이 동네에서 촬영을 하려면 벽돌공장 공장장이고 나발이고 다 소용없고 무조건 자신들의 허락을 맡아야 한다고 했다. 조감독이 다시 공장장은 어디 갔냐고 묻자, 글쎄, 내가 그린 기린 그림은 긴 기린 그림이고 네가 그린 기린 그림은 안 긴 기린 그림인데 하여간 어떤 씹새든 촬영을 하려면 무조건 허락을 맡으라는 거였다. 한 마디로 돈을 뜯어내려는

---

* 1970년대 새마을운동과 연계해 정부 주도로 조직된 농촌 청소년 단체로서 기본이념을 지(知 Head), 덕(德 Heart), 노(勞 Hands), 체(體 Health)로 삼고 있다.

수작이었는데 로케이션 촬영 중에 흔히 있는 일로 평소엔 주먹 출신인 제작부장이 나서서 웃통을 벗어젖히고 온몸에 나 있는 칼자국을 보여주면 대개 겁을 먹고 슬그머니 물러나게 마련이었지만 그날따라 제작부장은 읍내 다방에라도 가서 노닥거리는지 코빼기도 보이지 않았다. 할 수 없이 땅딸보에게 술값을 몇 푼 쥐어주고 겨우 수습을 하고 난 뒤 여배우 얼굴의 부기가 빠질 때까지 그녀가 등장하지 않는 장면을 먼저 찍기로 했다. 잘못 지체해서 해가 넘어갈까봐 똥끝이 탄 박 감독이 다시 스태프들을 볶아대 겨우 카메라를 돌리기 시작한 것은 점심시간이 거의 임박해서였다.

이번엔 '으악새' 배우들이 문제였다. 으악새 배우란 액션영화에 등장하는 무명배우들로 주인공에게 맞고 한 방에 으악! 하며 쓰러지기 때문에 붙여진 별명이었는데 숫자도 너무 적은 데다 어디서 데려왔는지 연기가 어설프기 그지없어 도무지 봐줄 수가 없을 지경이었다. 박 감독이 원하는 것은 주연을 맡은 배우가 돌려차기를 하면 상대 배우가 공중에서 옆으로 두 바퀴를 돌아 벽돌더미 위에 나가떨어지는 커트였다. 그런데 으악새 배우들이 겁을 먹었는지 도무지 몸이 말을 듣지 않았다. 두 바퀴는커녕 한 바퀴도 제대로 못 돌아 수도 없이 컷!을 외치고 같은 장면을 계속 반복해서 찍다보니 다들 신경이 예민해져 있는데 뒤늦게 나타난 제작부장은 한정 없이 돌아가는 필름 값에 신경이 쓰이는지, 거 혼자 무슨 예술을 하시나, 그냥 대충 찍지, 하며 자꾸만 옆에서 이죽거리는 바람에 박 감독은 거의 폭발하기 일보직전이었다. 마지막이라고 생각하고 찍은 장면도 역시 마찬가지였다. 으악새 배우가 간신히 두 바퀴를 돌았지만 떨어지는 동작이 어설퍼 도무지 간지가 나지 않았다. 박 감독은 더 찍어봐야 건질 게 없다고 판단해 할 수 없이 그만 포기하고 다른 장면으로 넘어가려고 했다. 그래서 막 오케이 사인을 내리고 할 때였다. 누군가 스태프들 사이를 비집고 앞으로 나섰다.

― 저기요, 잠깐만요!

박 감독과 스태프들은 일제히 뒤를 돌아보았다. 열 예닐곱 남짓 되었을까, 입가에 커다란 점이 있는 한 여학생이 수줍은 듯 고개를 돌리고 서 있었다. 도대체 얘는 또 뭐지, 싶어 박 감독은 인상을 찌푸리며 물었다.

― 아가씬 뭐야?

이번엔 여학생 등 뒤에 있던 한 청년이 쭈뼛거리며 앞으로 나섰다.

― 어, 어, 어, 어, 어, 어, 얼음을 사, 사, 사다 달라고 해서…….

여배우 얼굴의 부기를 가라앉히기 위해 얼음을 사다 달라고 부탁했던 바로 그 동네 청년이었다. 청년은 머쓱한 표정으로 손을 내밀었는데 오는 길에 다 녹아버렸는지 얼음은 흔적도 없고 얼음을 묶었던 빈 지푸라기만 들려 있었다.

― 근데, 왜? 돈이 모자라?

조감독이 묻자, 여학생이 고개를 돌린 채 조심스럽게 말했다.

― 그게 아니라, 아까 저 아저씨 한 거 있잖아요. 그런 거, 우리 오빠가 진짜 잘하는데…….

스태프들이 도대체 무슨 말인가 의아해서 쳐다보자, 청년은 쑥스러운지 얼굴이 빨개져 여학생의 팔을 잡아끌고 현장을 떠나려고 했다. 하지만 여학생은 팔을 뿌리치며 감독에게 말했다.

― 우리 오빠, 한번 시켜보세요. 어차피 밑져야 본전이잖아요.

여학생은 수줍은 척하면서도 고집스럽게 꾸역꾸역 할 말은 다하는 성격인 모양이었다. 이때 제작부장이 나서서 여학생과 청년을 한꺼번에 거칠게 밀어냈다.

— 밑지면 본전이 아니라 손해지, 이 아가씨야. 그리고 여기는 너희 같은 동네 애들이 와서 노는 데가 아니니까 빨리 집에 가서 밥 먹어라.

— 이거 놔요, 아저씨. 어딜 만지고 그래요.

여학생과 실랑이가 벌어지자 옆에 있던 청년이 제작부장의 손을 잡았다.

— 이, 이, 이 손, 노, 노, 노 놓으세요.

제작부장도 열이 받았다.

— 너, 이거 안 놔?

— 그, 그, 그 손 먼저 노, 노, 놓으시면 노, 노, 놓을게요.

— 근데 이 자식이!

청년이 괜한 말썽을 일으키기 전에 미리 제압을 하려고 했는지, 아니면 딴 짓을 하다 뒤늦게 나타난 허물을 만회해 보려고 했는지 제작부장은 대뜸 청년의 멱살을 움켜쥐고 번쩍, 주먹을 들어올렸다. 하지만 청년이 손목을 가볍게 꺾으며 앞으로 홱 잡아채자 커다란 덩치의 제작부장이 비명을 지르며 짚단 넘어지듯 앞으로 고꾸라졌다. 순식간에 일어난 일이라 청년이 뭘 어떻게 했는지 알 수 없지만 스태프들이 지켜보는 가운데 망신을 당한 꼴이라 거친 충무로에서 잔뼈가 굵은 제작부장의 체면이 말이 아니었다. 잔뜩 화가 난 제작부장은 웃통을 벗어젖히며 불곰처럼 청년에게 달려들려고 했다. 일촉즉발의 순간, 박 감독이 나섰다.

— 잠깐만! 자네가 정말 할 수 있겠어?

한쪽에선 이거 놔, 이 새끼들아! 어쩌고 하며 길길이 날뛰는 제작부장을 남자 스태프들이 뜯어말리는 와중에 청년은 쑥스러운 듯 머리를 긁으며 대답했다.

— 하, 하, 하, 할 수는 이, 이, 있지만……

— 자네, 배우야?

— 저, 저, 저, 저는 배, 배, 배, 배우가 아닙니다.

— 그럼 뭔데?

이때, 여학생이 다시 냉큼 나섰다.

— 우리 오빤 무도인예요.

— 무도인?

박 감독은 청년에게 여학생을 가리키며 물었다.

— 근데 이 아가씬 누구야? 자네 동생이야?

청년이 뭐라고 대답을 하려는데 여학생은 수줍은 듯 고개를 돌리며 말했다.

— 아니요. 난 동생이 아니라 애인인데요.

박 감독은 어이없다는 표정으로 두 사람을 번갈아가며 쳐다보았다. 청년은 난처한 듯 고개를 돌리고 서 있고 여학생은 감독의 답변을 기다리며 눈치를 살폈다. 잠시 침묵이 흘렀다. 제작부장 또한 스태프들의 만류에 못이기는 척, 너 오늘 운 좋은 줄 알아, 어쩌고 하며 슬그머니 뒤로 물러서서 사태의 추이를 관망하고 있었다. 박 감독은 청년을 위아래로 한참 훑어보다 마침내 결정을 내렸다.

— 좋아, 이 친구 의상 갈아입히고 당장 준비시켜.

*

 그날은 아마도 삼촌의 인생에서 가장 중요한 날들 중 하루였을 것이다. 그저 적당히 흘러가던 인생의 물꼬를 전혀 엉뚱한 방향으로 돌려놨으니 말이다. 당시 삼촌은 고등학교를 졸업한 뒤 아침마다 오토바이를 타고 섬유공장을 짓는 건축현장으로 노가다 일을 다니고 있었다. 학교도 졸업한 마당에 언제까지 집에 얹혀서 눈칫밥만 얻어먹을 수도 없는 노릇이었고 언제 입대영장이 나올지도 모르는 마당에 정식으로 취직을 하기도 뭐한 상황이어서 군대에 가기 전까지 착실히 돈이나 모아야겠다는 생각에서였다. 그런데 우연히 촬영현장을 지나다 창졸간에 배우로 출연하게 된 거였다. 삼촌은 따로 의상을 준비하지 않아 한 으악새 배우의 옷을 빌려 입었는데 인조가죽으로 만든 갈색 재킷을 입은 모습이 잘 어울려 제법 액션배우의 간지가 났다. 그리고 곧 삼촌은 카메라가 돌아가는 가운데 그 누구도 본적이 없는 화려한 공중회전을 선보였다. 여느 으악새 배우들과는 일단 높이부터 달랐고 회전의 각도가 달랐으며 벽돌더미 위에 떨어지는 착지의 자세가 달랐다. 감독이 요구한 것은 두 바퀴였지만 삼촌은 공중에서 모두 세 바퀴 반을 돌았다. 삼촌이 벽돌더미 위에 떨어지고 난 뒤에도 박 감독은 방금 자신의 눈으로 본 게 믿겨지지 않아 오케이 사인을 주는 것조차 잊고 있을 정도였다. 아침부터 쌓여 있던 스트레스가 한 방에 날아갈 만큼 멋진 컷이었다.
 박 감독이 겨우 정신을 차려 컷!을 외치고 난 뒤, 황급히 달려간 연출부원들이 어디 다친 데 없냐고 묻자, 삼촌은 아무렇지도 않은 듯 옷을 툭툭 털고 일어서서 감독 쪽을 쳐다보았다. 박 감독은 자신도 모르게 의자에서 벌떡 일어나 박수를 쳤다. 이에 애인이라고 자처한 여학생과 모든 스태프들이 환호성을 올리며 박수를 쳐 평생 사람들의 주목을 받아본 적 없는 삼촌은 어떤 표정을 지어야 할지 몰라 엉거주춤 서 있었다.

이때, 승용차 안에서 부기가 빠지기를 기다리며 대기하고 있던 주연 여배우는 난데없는 환호성에 무슨 일인가 싶어 차에서 나와 모습을 드러냈다. 그동안 보름달 같던 얼굴의 부기도 가라앉아 특유의 갸름하고 처연한 자태를 되찾았다. 그날 그녀는 가슴골이 환하게 드러나는 원피스를 입고 있었다. 유난히 희고 풍만한 가슴은 이미 충무로에 정평이 나 있어 그 사실에 과도한 자부심을 갖고 있던 그녀는 평소에도 노출이 심한 옷을 즐겨 입었는데 그 풍만함이야말로 그녀가 아직 유 사장의 보살핌을 받으며 충무로에서 버티게 해주는 유일한 자산이기도 했다. 그녀는 평생 타인의 시선을 받으며 살아온 사람 특유의 자의식과 도도함, 약간의 짜증과 나른함이 뒤섞인 표정, 즉 여배우의 표정을 지으며 박 감독에게 다가가 물었다.

─ 감독님, 나 언제 들어가는 거야?

박 감독은 재빨리 얼굴의 부기가 빠졌는지 살펴보며 액션 장면을 거의 다 찍었으니 조금만 더 기다리라고 했다.

─ 나, 오늘 약속이 있어서 너무 늦으면 안 되는데…….

그녀는 앵돌아진 표정으로 시계를 들여다보았다. 물론 진짜 약속이 있어서가 아니었다. 자신에게도 신경 좀 써달라는 여배우 특유의 투정이었다. 이를 모를 리 없는 박 감독이 금방 끝나니까 얼굴 좀 만지고 있으라며 엉덩이를 두드려주자, 그제야 그녀는 만족한 표정으로 눈길을 돌려 바쁘게 움직이는 스태프들을 둘러보았다. 그러다 문득 으악새 배우들 틈에 끼어 있는 삼촌과 눈길이 마주쳤다. 아니, 그렇게 느낀 것은 삼촌뿐이었고 그녀는 그저 무심한 눈길로 스쳐 지나갔을 뿐이었다. 따라서 삼촌에게 눈길이 머문 시간은 불과 0.5초에도 미치지 못하는 시간이었을 것이다. 하지만 삼촌의 시간대는 다르게 흘러갔다. 자신에게 여배우의 눈길이 머물렀던 그 0.5초의 시간은 무한대로 늘어나 그의 시간 속에서 두 사람은 서로 눈길을 마주한 채 정지된 화면처럼 멈춰버렸다. 짙은 속눈썹 아래, 호수처럼 맑고 깊은 눈동자는 알 수 없는 우수에 잠겨 그윽한 눈길로 상대를 바라보고 있었다. 상대는 물론 삼촌이었다. 그도 또한 호수처럼 크고 맑은 상대의 눈에 뛰어들기라도 할 것처럼 뚫어지게 상대의 눈동자를 응시했다. 그렇게 두 사람은 고개를 돌리지 않은 채 돌처럼 굳어져 서로를 쳐다보았지만 실제로 돌처럼 굳어진 사람은 메두사의 얼굴을 본 삼촌뿐이었다.

그녀의 이름은 최원정이었다. 기실, 그녀는 그리 유명한 배우는 아니었다. 일찍 데뷔를 했지만 그녀에겐 주연을 맡을 만한 타고난 특별함이 없었다. 그 특별함이란 저 높은 곳에서 스크루지처럼 인색한 누군가 아주 가끔씩 무작위로 던져주는 선물 같은 거였는데 애석하게도 그녀에게까지 그런 행운이 돌아가진 않았던 모양이다. 지방 출신의 그녀는 고향에서 열린 미인대회에 참가한 것을 계기로 한 감독의 눈에 들어 에로영화로 데뷔를 했지만 그것이 오히려 걸림돌이 되었는지 더 이상 커나가지 못하고 고만고만한 영화의 조연으로 전전하다 이제는 나이가 들어 어쩌다 삼류영화에나 얼굴을 비치는 정도였다. 그나마도 스폰서인 유 사장이 힘을 써줬기 때문에 가능한 일이었다.

물론 그에 대한 대가로 그녀가 지불하는 것도 있었다. 그것은 물론 촉촉하고 부드러운 피부와 촉촉하고 애잔한 눈웃음, 남자의 애간장을 촉촉하게 녹이는 촉촉한 목소리와 촉촉하고 비밀스런 사타구니, 촉촉하게 젖은 입술 등 주로 촉촉한 것들이었다. 하지만 그 촉촉한 액체 상태의 것들은 이제 세월과 더불어 점점 더 딱딱해지고 메말라가는 응고와 기화의 단계에 접어들고 있어 유효기간이 얼마 남지 않은 상태였다. 게다가 유 사장의 입장에선 그 정도 처지에 있는 여배우가 충무로에 차고도 넘쳤기 때문에 언제든 마음만 먹으면 갈아치울 수도 있어 그녀의 입지는 여울 위를 떠다니는 한 점 나뭇잎과도 같았다.

하지만 직접 눈앞에서 원정을 본 삼촌의 입장은 어땠을까? 그가 실제로 여배우를 본 것은 그날이 처음이었다. 그리고 원정이 충무로에서 차고도 넘치는 고만고만한 삼류배우 중에 한 명이었다 해도 배우는 배우였다. 보통 사람과 배우의 차이를 뭐라고 설명할 수 있을까? 배우가 백화점에 진열된 수십만 원짜리 선물용 굴비두름에 묶여 있는 참조기라면 일반인은 재래시장에서 만 원에 스무 마리씩 엮어 파는 부세에 비유할 수 있을 것이다. 예컨대, 어느 읍내에 미모가 출중한 여자가 있다고 치자. 어릴 때부터 어찌나 얼굴이 예쁜지 인근 지역에 소문이 파다하게 퍼져 학교 앞엔 언제나 얼굴이라도 한 번 보기 위해 몰려든 남학생들이 진을 쳐 번호표라도 나눠줘야 할 정도이며, 길거리에 한 번 나서면 그 미모로 인해 주변이 다 환해질 정도이며, 자신의 사랑을 받아주지 않으면 차라리 죽겠다며 집 앞에서 자살소동을 벌이는 남자가 철마다 한 명씩 있을 정도이며, 그녀가 다니는 미용실 원장 선생님은 볼 때마다 입에 침이 마르게 미모를 칭찬하며 미스코리아에 꼭 한 번 나가보라고 적극 권할 정도이며…… 라고 치자. 그래서 그녀가 미용실 원장 선생님 말을 믿고 사자 갈기처럼 머리에 있는 대로 후까시를 주고 실제로 미스코리아에 나갔다고 치자. 그녀가 예선에서 탈락할 확률은 99퍼센트이다. 그리고 충무로에 가서 배우로 데뷔할 수 있는 확률은 단 1퍼센트에도 미치지 못한다. 배우란 바로 그런 것이다. 이미 한물간 나이인 데다 주연이 될 만한 특별함이 없다 해도 그녀는 읍내에서 흔히 마주치는 여자가 아니었다. 누구든 보는 순간 자신의 인생이 초라하게 느껴지고 갑자기 살맛이 뚝 떨어지게 만드는 그 치명적인 배우의 매력은 아무리 많은 사람들 틈에 끼어 있어도 빛이 나는 법, 삼촌은 자신도 모르게 그만 뱀의 머리카락을 가진 메두사의 얼굴을 보고 온몸이 굳어져버렸다.

　삼촌이 겨우 정신을 차린 것은 누군가 그의 어깨를 치며 오빠, 감독님이 부르잖아, 라고 말했기 때문이었다. 돌아보니 함께 온 여학생이 기쁜 표정으로 삼촌의 얼굴을 올려다보고 있었다. 이때, 삼촌은 다시 결정적인 순간 앞에서 늘 머뭇대고 쭈뼛대며 지레 겁을 먹고 도망가는 서자의 특기를 발휘했다. 갑자기 몸을 돌려 오토바이를 세워둔 곳으로 성큼성큼 걸어간 것이다. 스태프들과 박 감독이 의아해서 삼촌을 불렀지만 그는 오토바이에 올라타 시동을 걸고 부앙! 요란한 소리와 함께 도망치듯 전속력으로 달려갔다. 매달리다시피 겨우 뒤에 올라탄 여학생이 삼촌의 허리를 꽉 붙잡고 멈추라며 소리쳤지만 그의 귀엔 아무 소리도 들리지 않았다. 그저 현장에서 멀리 달아나고 싶은 마음뿐이었다. 삼촌에게 옷을 빌려줬던 으악새 배우가 뒤늦게, 야, 임마! 내 가죽잠바는 벗어놓고 가야지! 라며 고함을 쳤지만 이미 오토바이는 자욱한 흙먼지만 남긴 채 길모퉁이를 돌아 사라진 뒤였다.

 그날, 삼촌은 왜 그렇게 바삐 촬영현장에서 도망쳤을까? 그것은 그의 영혼을 단숨에 꿰뚫고 지나간 그 강렬한 빛 앞에서 자신의 모습이 한없이 초라하게 느껴져서였을까? 아니면 그 빛에 가까이 다가가면 다가갈수록 자신의 인생이 불행해진다는 사실을 미리 알아서였을까? 삼촌은 우연한 기회에 영화의 세계에 첫발을 내디뎠지만 그날 있었던 일에 대해선 우리에게 한 마디도 하지 않았다. 다만 본의 아니게 걸치고 온 가죽재킷을 입고 자주 거울에 비춰보며 마치 꿈을 꾸듯 몽롱한 표정으로 오랫동안 자신의 모습을 응시하곤 했을 뿐이었다. 이때 삼촌은 카메라 앞에서 그림처럼 멋진 공중회전을 선보였던 그 순간을 회상하고 있었을까, 아니면 자신의 눈동자를 스쳐갔던 원정의 고혹적인 모습을 떠올리고 있었을까?
 이즈음 삼촌은 갈고리 꿈을 자주 꾸었다. 꿈속에서 그는 예의 무시무시한 갈고리를 휘두르며 여자들을 겁탈했는데 이때부터 그 상대는 언제나 최원정 한 명뿐이었다. 갈고리는 원정의 풍만한 가슴을 마구 주무르며 더러운 혀로 입술을 마구 핥아댔다. 삼촌은 그녀를 구해내기 위해 안간힘을 썼지만 신발에 아교라도 발라놓은 듯 발이 땅에서 떨어지지 않았다. 그는 끝내 여자를 구해내지 못하고 갈고리가 낄낄대며 농락하는 모습을 그저 분하고 안타까운 마음으로 지켜보다 잠에서 깨어나곤 했다. 그날 그렇게 그의 눈동자에 깊게 아로새겨진 그 빛은 사라지지 않고 오래도록 남아 이소룡의 영화를 보러 처음 극장에 갔을 때 거대한 스크린에서 보았던 그 빛만큼이나 강렬하고 영속적인 것이 되었다.

그날의 공중 삼 회전을 잊지 못하는 사람은 단지 삼촌 한 사람만이 아니었다. 박 감독과 스태프들은 어디선가 홀연히 나타나 한 번도 본 적 없는 멋진 공중회전을 선보이고 바람처럼 사라진 한 청년에 대해 내내 아쉬움을 감추지 못했다. 그들이 그 공중 삼 회전을 다시 본 것은 그로부터 30여 년이 흐른 뒤였다. 그날, 텔레비전에선 동계올림픽 경기를 중계하고 있었는데 한국의 한 어린 여자피겨선수는 빙상 위에서 그 옛날 삼촌이 보여줬던 바로 그 놀라운 기술을 재현해 냈다. 훗날, '트리플악셀'이란 멋진 이름으로 명명된 그 기술은 그 여자피겨선수를 엄청난 부자로 만들어주었다. 그것은 공중에서 정확하게 세 바퀴 반을 돌아 빙판 위에 내려앉는 것으로 소녀가 한 번씩 회전을 할 때마다 마치 빙판 위로 꽃다발이 쏟아지듯 엄청난 돈다발이 쏟아져내렸다. 하지만 그날 삼촌이 피겨도 신지 않은 채 시연한 트리플악셀은 그에게 겨우 인조가죽재킷 한 벌만 안겨주었을 뿐이었다.

*

종태네가 드디어 소를 샀다. 집에서 기르던 돼지와 닭, 염소와 토끼를 모두 팔고 그간 힘들게 여축해 둔 돈을 보태 작은 송아지를 한 마리 산 것이다. 아직 코뚜레도 안 한 어린 새끼였는데 물론 암컷이었다. 수소가 훨씬 비싸기도 했지만 암소라야 나중에 새끼를 칠 수 있기 때문이었다. 학교가 끝난 뒤, 나는 종태를 따라 송아지 구경을 갔다. 돼지우리로 쓰던 헛간을 외양간으로 고쳐 바닥에 뽀송뽀송한 깃도 두툼하게 깔아주고 통나무를 파서 만든 구유엔 신선한 여물도 잔뜩 넣어주었다. 종태네 식구들은 모두 들뜬 표정으로 외양간에 둘러서서 송아지 구경을 하고 있었다. 종태는 그러지 않아도 알아서 잘 먹는 여물을 굳이 송아지의 코에 대주었다. 송아지는 커다란 눈을 껌벅이며 종태가 집어주는 여물을 우두둑우두둑, 잘도 받아 씹어 먹었다.

  종태 아버지는 애써 점잖은 척 혼자 저만치 떨어져 봉당에 쭈그리고 앉아 있었는데, 기분이 좋은 건지 어떤 건지 알 수 없는 애매한 표정이었다. 그는 기분이 좋긴 좋되 기분 좋은 표정을 지어본 지 너무 오래 되어 마치 기분 좋은 표정을 까먹은 사람처럼, 혹은 기분이 좋긴 좋되 내가 과연 그런 표정을 지어도 되는 걸까, 혹시 그런 표정을 짓는 순간 이 모든 행복이 허망한 꿈처럼 한순간에 사라져버리는 게 아닐까 하는 두려움에 안절부절못하며 송아지를 쳐다보긴 쳐다보되 노골적으로 쳐다보는 게 왠지 쑥스러워서 담배를 피워 물고 딴청을 부린다고 부려보지만 그래도 송아지에게 자꾸만 눈길이 가는 걸 어쩔 수 없어 쳐다보기는 쳐다보되 곁눈질로만 쳐다보다, 아니 젠장, 우리 송아진데 까짓거 한 번 쳐다보지도 못하나, 하며 괜히 혼자 발끈해 눈을 부릅떠 정면으로 쳐다보려고 했지만 그래도 왠지 민망하고 부끄러워서 슬그머니 눈을 내리깔고 담배 연기를 내뱉는 척 재빨리 송아지를 곁눈질로 힐끔 한 번 쳐다보는 모습이 마치 병아리가 물 한 모금 마시고 하늘 한 번 쳐다보는 것처럼 담배 한 모금 빨고 송아지 한 번 쳐다보고, 다시 담배 한 모금 빨고 송아지 한 번 쳐다보는 식이다보니 담배를 계속 피워대 목이 칼칼하지만, 그러는 와중에도 기분이 좋아져 자신도 모르게 자꾸만 콧구멍을 벌름거리게 되어, 콧구멍을 벌름거리는 걸 사람들이 눈치 챌까봐 괜히 헛기침 한 번 하고, 헛기침을 한 번만 하면 사람들이 헛기침이라는 걸 눈치 챌까봐 헛기침 한 번 더하고, 그렇게 계속 담배 한 모금 빨고, 송아지 한 번 쳐다보고, 콧구멍 한 번 벌름거리고 헛기침 한 번 하고, 다시 담배 한 모금 빨고, 송아지를 한 번만 쳐다봐야 되는데, 아차! 자신도 모르게 두 번을 쳐다봐 할 수 없이 담배도 두 모금, 큼큼, 헛기침도 두 번, 콧구멍도 두 번 벌름거리게 되었다.

삼촌의 첫 여자는 오순이란 이름의 읍내 여고생이었다. 그녀는 입가에 커다란 점이 있어 어릴 때부터 오순이란 이름보다 점순이란 별명으로 더 자주 불렸는데 그 점은 애교점이라고 하기엔 크기가 다소 애매했고 눈물점이라고 하기엔 위치가 다소 애매했으며 복점이라고 우기기에도 뭔가 분위기가 애매했다. 점에도 분위기라는 게 있다면 말이다. 그녀는 키도 땅딸막한 데다 호떡처럼 넙데데한 얼굴에 커다란 점까지 있어 남자의 눈길을 끌기에는 한참 부족했지만 이미 남자와 여자 사이에서 어떤 일이 벌어지는지, 그 일로 인해 어떤 즐거움이 발생하는지 환하게 알고 있었다.

그녀가 삼촌을 처음 만난 것은 오빠와 함께 호떡을 팔고 있을 때였다. 아버지가 폐병으로 일찍 죽는 바람에 수업을 마친 뒤 집안의 맏이인 오빠와 함께 저녁마다 리어카를 끌고 나가 길에서 호떡을 팔기 시작한 것이다. 그날 오순은 빨간색 오토바이를 탄 한 청년이 불량배를 혼내주는 모습을 목격하고 그에게 한눈에 반해버리고 말았다. 처음에 그녀는 봉투에 호떡을 몇 개 싸주며 수줍게 고마움을 표시했고 그로부터 며칠 뒤엔 오토바이를 타고 지나가는 청년을 불러 세워 저기요, 그 오토바이 뒤에 한 번만 태워주시면 안돼요? 라며 자신의 관심을 조심스럽게 표현했고, 이어 달리는 오토바이 뒤에서 청년의 허리를 꽉 껴안고 수박만 한 가슴을 등에 마구 문질러대 자신이 청년에게 품은 마음이 단순한 관심 이상이라는 것을 적극적으로 전달했고, 나아가 청년의 가슴을 더듬으며, 오빠, 진짜 운동 많이 했나보다. 이 딱딱한 갑빠 좀 봐! 하며 청년의 가슴에 불씨를 던져 놓은 뒤 손이 점점 더 밑으로 내려가 어머! 오빠, 가운데 이 딱딱한 건 또 뭐야, 라며 좀더 대범하게 남자의 호르몬을 자극하더니 급기야 외진 연초건조장에서 교복치마 밑으로 팬티를 냉큼 벗어던지고는 옵빠. 나 끝까지 책임질 수 있는 거지? 라며 순진한 청년의 목을 와락 부둥켜안아 남자와 여자가 갈 수 있는 마지막 지점까지 일사천리로 단숨에 도달하고 말았다.

오순은 언제나 수줍은 듯 눈을 내리깔며 고개를 짓수그리는 버릇이 있었는데 그것은 그녀가 수줍음을 타서가 아니라 어릴 때부터 엄마에게 두들겨 맞을 때 취하던 자세가 굳어진 것으로 난폭한 엄마 밑에서 천덕꾸러기로 자라다보니 자신의 속내를 들키지 않고 상대의 공격성을 약화시키며 상황을 파악하기 위해 본능적으로 발달한 습관이었다. 그녀는 못생긴 외모에 머리도 좋지 않았지만 자신의 열

성인자를 극복하는 법을 터득하고 있었다. 그것은 그 누구도 흉내 낼 수 없는 집요함과 인내심이었다. 아둔함을 집요함으로 극복하는 것은 본시 열성유전자들의 특성 중 하나이지만 그녀의 집요함에는 날카로운 이빨이 숨겨져 있어 누구든 그녀가 한 번 앙심을 품은 상대는 반드시 피눈물을 쏟아내거나 먹은 것을 다 토해 내야만 그녀가 쳐놓은 복수의 덫에서 벗어날 수 있었다. 여기서 먹은 것을 다 토해 내야만 했던 상대는 실재했던 인물이다. 누구냐고? 호떡을 하루에 백 개씩 공짜로 처먹던 바로 그 뚱뚱한 불량배, 도치 말이다.

조금 지난 얘기지만 그날, 도치가 보여준 장엄한 퍼포먼스 뒤에는 오순의 앙칼진 복수심이 숨어 있었다. 도치가 그날 호떡을 모두 게워내 지름 3미터가 넘는 밀가루 죽 웅덩이를 만든 것은 무리하게 드롭킥을 시도했기 때문도 아니었고 토끼가 어깨를 너무 심하게 흔들어서도 아니었다. 그것은 호떡을 만들기 위해 밀가루반죽을 할 때 오순이 몰래 양잿물을 한 숟가락 물에 타 반죽을 했기 때문이었다. 그날 이후, 도치는 짧은 생을 마치기 전까지 호떡은 물론 국수나 빵 등 모든 종류의 밀가루 음식을 먹지 못하게 되어 역전파 형님이 기대하는 모습과는 반대로 점점 더 홀쭉해져갔다.

오순이 독극물에 처음 눈을 뜬 것은 초등학교 5학년 때였다. 그녀가 같은 반 친구의 가방에 손을 대 꽃향기가 나는 지우개를 하나 훔쳤는데 짝꿍이 그 사실을 담임선생에게 일러바친 거였다. 그날 운나쁜 좀도둑은 교육열에 불타는 혈기왕성한 남자 선생에게 따귀를 수십 대나 얻어맞아 코피가 나고 한쪽 고막이 터지고 가뜩이나 넙데데한 얼굴이 풍선만 하게 부어올랐다. 가엾은 소녀는 울면서 집으로 돌아가 다음 날 쥐약을 가방에 숨겨왔다. 그리고 체육시간에 몰래 교실로 숨어들어 짝꿍의 도시락에 쥐약을 손톱만큼 뿌려두었다. 짝꿍은 다음 날부터 일주일 동안 학교에 나오지 못했다. 이후, 그녀는 쥐약의 양을 마음대로 조절해 사흘이든 나흘이든 자신이 원하는 만큼 상대를 학교에 나오지 못하게 하는 기술을 터득하게 되었다. 쥐약이 몸속에서 어떤 화학반응을 일으키는지에 대해 아는 바는 전혀 없었지만 힘도 쓰지 않고 아무런 흔적도 없이 상대에게 고통을 안겨주거나 나아가 죽음까지 안겨줄 수 있는 독극물의 세계에 매료된 것이다. 그녀는 점차 쥐약뿐만이 아니라 농약과 양잿물, 청산가리 등 일상에서 구할 수 있는 갖가지 독극물을 섭렵해 여고생의 가방 안에는 책 대신 온갖 종류의 독극물이 늘 준비되어 있었다.

나는 삼촌의 애인이 읍내의 호떡장수 동생 오순이란 사실이 영 못마땅했다. 삼촌이 여자들에게 인기가 많은 편도 아니었고 발차기 말고 달리 내세울 만한 게 있는 것도 아니었지만 조카 된 입장에서 왠지 삼촌의 애인은 적어도 오순보단 더 예쁘고 참한 여자라야 한다고 생각한 것이다. 오순은 읍내에서 우연히 마주치기라도 하면 큰 소리로 나를 불러 호떡을 한 봉지씩 안겨주곤 했는데 뭔가 살피는 듯한 의뭉스런 눈길도 마음에 들지 않았고 수줍은 척하면서도 집요하게 우리 집안 사정에 대해 꼬치꼬치 캐묻는 것도 부담스러웠다. 그녀는 고개를 외로 꼬며 호떡봉지를 내밀었는데 그럴 때마다 무슨 뜻인지 혼잣말처럼 다음과 같이 웅얼거리곤 했다.

― 이건 약 안 탔으니까 걱정 말고 먹어.

삼촌은 왜 얼굴도 못생기고 성격도 괴팍한 오순을 사귀었을까? 아무리 오순이 일방적으로 밀어붙여 엉겁결에 일을 치르고 애인 사이가 되었다 해도 절굿공이 없이 절구 혼자 떡을 칠 수는 없는 법, 삼촌에게도 뭔가 이끌리는 마음이 있었기에 가능한 일이었을 터, 오랫동안 정에 굶주렸던 삼촌이 누군가 손을 내밀자 허겁지겁 앞뒤 잴 것도 없이 덥석 손을 잡은 거였는지도 모른다. 그런데 하필이면 상대가 독을 잔뜩 품은 살무사 같은 여자였으니!

우연히 카메라 앞에 섰던 그날 이후, 삼촌의 마음속엔 강렬한 빛 하나가 날아와 꽂혀 앉으나 서나 원정의 깊고 그윽한 눈매만이 눈앞에 아른거렸다. 그래서 오순과 일을 치를 때도 머릿속에선 그저 그녀의 희고 풍만한 가슴이 둥실둥실 떠다녔는데 여자의 직감은 과연 무서운 법, 연초건조장에서 대강 일을 치른 후 연초더미 위에 누워 있던 오순이 지나가는 말처럼 툭 던졌다.

— 나 지금 오빠가 무슨 생각하는지 다 알아.

— 무, 무, 무슨 생각?

오순은 삼촌의 얼굴을 똑바로 쳐다보며 물었다.

— 오빠, 지금 딴 여자 생각하고 있지?

— 따, 따, 따, 딴 여자라니?

— 흥, 내가 모를 줄 알고? 오빠가 무슨 생각을 하는지 내 눈엔 다 보여.

— 뭐, 뭐, 뭐가 보인다는 거야?

— 그 여자, 같은 여자인 내가 봐도 참 곱더라.

오순은 치마 밑으로 팬티를 꿰어 입으며 말했다.

— 하긴, 그러니까 배우를 하겠지.

— 배, 배우?

— 그래, 그날 봤던 그 여배우 말이야. 오빠 얼굴에 그렇게 쓰여

있어. 그 여잘 좋아한다고.

― 아, 아, 아냐. 그, 그, 그건 오해야.

― 오해? 과연 그럴까?

오순은 삼촌의 마음속을 꿰뚫어보듯 눈을 가늘게 뜨고 삼촌을 쳐다보았다.

― 저, 저, 저, 정말이야. 나, 난 그 여자 어, 어, 얼굴도 생각 안 나.

삼촌은 이때 오순에게 처음 거짓말을 했다. 생각이 안 나기는커녕, 단 한 번 스쳐지나간 것만으로도 사진을 찍은 듯 얼굴을 똑같이 그려낼 수도 있었지만 오순은 삼촌의 말을 믿는 눈치였다.

― 그 말 믿어도 돼?

― 그, 그, 그, 그, 그럼.

그러자 오순은 해죽 웃으며 삼촌의 목을 와락 끌어안았지만 삼촌은 점점 더 오순이 자신에게 집착을 하는 것에 부담감을 느꼈다. 비록 자신의 미래가 어떻게 펼쳐질지 아무런 전망도 없었지만 여자에게 덜컥 발목을 잡히기에는 아직 너무 젊은 나이였던 것이다. 게다가 오순이 속에 뭔가 범상치 않은 독기를 품고 있다는 것을 눈치 채고는 그녀를 조금씩 멀리하기 시작했는데 그럴수록 오순은 삼촌에게 더욱 집요하게 달라붙었다. 아침마다 무술연습을 하며 공사판에 나가 단순한 노동으로 하루를 보내던 삼촌의 인생은 그렇게 조금씩 더 복잡해지고 있었다.

*

토끼가 막 길을 건너고 있을 때였다. 길모퉁이에서 갑자기 오토바이 한 대가 튀어나와 하마터면 사고가 날 뻔했다. 토끼는 황급히 몸을 날려 겨우 오토바이를 피했지만 바닥에 넘어지며 팔꿈치와 무르팍이 다 까졌다. 이에 토끼는 멀어지는 빨간색 오토바이의 뒤에 대고 감자를 먹이며 있는 대로 욕설을 퍼부었다.

이때, 뭔가 퍼뜩 토끼의 머릿속을 스쳐가는 게 있었다. 그것은 몇 달 전 자신이 길 한복판에서 정신을 잃은 채 집에 실려 간 이후 내내 머릿속을 맴돌던, 뭔가 끈적끈적하고 질척이는 느낌과 또 뭔가 자신을 향해 으르렁대며 달려드는 느낌의 정체가 무엇인지를 비로소 깨닫게 해주었다. 그리고 그의 기억 속에서 까맣게 지워졌던 일들이 슬라이드 필름처럼 순서대로 눈앞을 스쳐 지나갔다. 웅성거리는 사람들 틈에 비집고 들어간 일, 도치가 누군가를 향해 드롭킥을 날린 일, 그리고 기절한 그의 어깨를 흔들어 깨우던 일, 뒤이어 그의 입에서 한정 없이 쏟아지던 토사물, 그 모두를 뒤집어쓰고 허우적거리던 일, 자신을 향해 달려들던 사나운 개들, 그리고 더러운 토사물 위에 엎어져 기절한 일 등이 하나하나 선명하게 떠올랐다. 토끼는 잊고 있던 끔찍한 사건에 대해 떠올리자 자신도 모르게 구역질이 나와 그날 먹은 점심을 길거리에 몽땅 토해 냈다. 한동안 왝왝대며 토악질을 하던 그의 머릿속에 불현듯 그날 현장의 한쪽 구석에 서 있던 빨간색 오토바이와 그 옆에 기대 있던 한 사내의 얼굴이 떠올랐다. 그리고 자신이 겪은 끔찍한 일에 대해 누군가 대가를 치러야 한다면 그것은 바로 빨간색 오토바이를 탄 그 개자식이어야 한다고 생각했다. 그 개자식은 물론 삼촌이었다. 토끼는 눈물이 그렁그렁한 눈으로 이를 갈며, 그 개자식을 갈아 마시지 못하면 내 반드시 성을 갈리라, 맹세했다.

　이즈음 나는 사춘기를 지나고 있었다. 순전히 그 요상한 호르몬 때문이었을까. 나는 무술연습에 흥미를 잃어버렸다. 아니, 무술뿐만 아니라 주변의 모든 게 갑자기 시시해져버렸다. 일상이 지루하고 짜증스러웠다. 당연히 공부에도 흥미가 없었고 아이들과 쌈질을 하는 것도 더 이상 재미가 없었다. 종태와 노는 것도 지루했고 삼촌을 따라다니는 것도 시들했다. 엄마한테 짜증을 부리며 반항을 하다 아버지에게 빗자루로 몇 번 얻어맞기도 했다.
　종태는 뒷동산에 올라가 여전히 무술연습에 열심이었는데 늘 소를 함께 데리고 다녔다. 소를 먹이는 일이 종태에게 맡겨졌기 때문이었다. 그의 식구들은 모두 소를 애지중지 돌봐 비실비실하던 암소는 하루가 다르게 커갔다. 그것은 종태네 식구들의 꿈이자 미래였다. 종태는 학교를 마치기 무섭게 집으로 달려가 소를 끌고 나가 풀을 먹였는데 손에 늘 긁개를 들고 다니며 털을 골라줬다. 대개의 소들은 엉덩이에 똥 딱지가 덕지덕지 붙어 있고 눈곱이 잔뜩 껴 쇠파리들이 들끓었지만 종태네 소는 어찌나 정성껏 돌봤는지 마치 그리스 신화에서 제우스의 사랑을 받았다가 암소로 변한 이오가 환생한 듯 티끌 하나 없이 깨끗했다.
　종태가 이오를 묶어놓고 무술연습을 하는 동안 나는 느티나무 아래 누워서 독수리 표 카세트라디오를 들었다. 그것을 얻기 위해 나도 삼촌처럼 일주일 동안 단식투쟁을 해야 했다. 엄마는 굶어 뒈지든 말든 마음대로 하라며 요지부동이었는데 뜻밖에 삼촌이 공사장에 나가서 번 돈을 선뜻 내놓으며 반을 보태겠다고 하자 마지못해 겨우 승낙을 해 나는 그렇게나 갖고 싶던 카세트라디오를 손에 넣을 수 있었던 것이다.

하늘엔 한가롭게 뭉게구름이 떠다녔고 카세트라디오에선 시끄러운 매미소리에 섞여 마마스 앤 파파스의 〈캘리포니아 드리밍〉이 흘러나왔다. 이즈음 나는 가요보다 팝송에 더 매력을 느끼기 시작해 비록 가사는 하나도 알아들을 수 없었지만 미끄러지듯 자연스럽고 신선한 멜로디와 풍성하고 우아한 하모니에 빠져들었다.

  모든 나뭇잎은 시들고
  하늘은 회색빛
  이런 겨울날
  나는 산책을 하고 있었지
  만약 LA에 있었다면
  편안하고 따뜻했을 텐데
  이 추운 겨울날 캘리포니아를 꿈꾸네

나는 동구 형이 가르쳐준 가사를 줄줄 외우고 있었지만 도대체 캘리포니아가 어디에 있는지, 그곳이 얼마나 따뜻하고 편안한지 그 느낌을 전혀 알지 못했다. 그런데도 어떻게 60년대 미국의 히피문화 속에서 탄생한 노래가 바다 건너 한국에 사는 천둥벌거숭이 촌놈의 감수성을 사로잡았을까? 나는 카세트라디오에서 흘러나오는 노래를 들으며 캘리포니아가 어떨지 상상해 보았다. 야자수가 늘어선 해안도로, 따가운 햇살과 그 아래 비키니 수영복을 입은 금발의 여인들……. 아무리 상상력이 없는 인간이라도 〈캘리포니아 드리밍〉을 들을 땐 최소한 그 정도는 상상해 주는 게 노래를 만든 이에 대한 예의일 것이다. 하지만 그때까지 나는 야자수를 실제로 본 적도 없었고 비키니를 입은 금발의 미녀는커녕 남자 외국인조차 한 번도 본 적이 없었다. 그래서 내가 기껏 상상해 낸 건 텔레비전 드라마 〈왈가닥 루시〉의 루시 볼이었다. 세상에! 뽀글거리는 파마에 놀란 토끼처럼 커다란 눈을 한 왈가닥 아줌마가 캘리포니아의 꿈이라니! 예의도 없이! 하지만 텔레비전을 통해서라도 내가 얼굴을 기억할 수 있는 유일한 외국 여자는 루시 볼밖에 없었으니 아무리 가난하고 민망한 상상력이라 해도 어쩔 수 없는 일이었다. 만일 몇 년 뒤에 그 노래를 들었더라면, 여전히 텔레비전을 통해서였겠지만, 긴 다리에 판탈롱바지가 어울렸던 초능력의 여인, 제이미 소머즈를 상상할 수도 있었을 것이고, 또 그보다 더 오래 기다렸다면 풍만한 가슴에 핫팬츠를 입은 원더우먼까지도 상상해 볼 수 있었겠지만 아직은 그런 드라마들이 방영되기 이전이었다. 그리고 내가 사는 곳은 버스가 하루에 고작 서너 대 지나가는 촌구석일 뿐이었다. 내가 루시 볼을 생각하고 있는 동안 풀을 뜯던 종태네 암소, 이오가 기분이 좋은 듯 고개를 쳐들고 큰 소리로 음매! 하며 울었다. 루시 아줌마가 뿅, 하고 사라졌다.

*

— 이,

이, 이, 이, 이, 이, 임신?

　삼촌은 커피 한 잔이 다 식을 만큼 길게 말을 더듬었다. 오순은 수줍은 듯 미소를 지으며 고개를 끄덕였다.
　― 그, 그, 그, 그, 그걸 네가 어, 어, 어, 어, 어떻게 알아?
　― 어떻게 알긴? 애를 뱄는데도 모를 만큼 내가 바보인지 알아? 그리고 자기 왜 그렇게 놀라? 같이 잤으면 애가 생기는 게 당연한 거 아냐?
　그날 저녁, 삼촌이 공사장에서 일을 마치고 나오는 길이었다. 사복을 입은 오순이 화장까지 하고 나와 입구에서 삼촌을 기다리고 있었다. 좋은 일이 있어 맛있는 걸 사주겠다는 거였다. 좋은 일이 뭐냐고 물었지만 나중에 얘기하겠다며 냉큼 삼촌의 오토바이 뒤에 올라탔다. 삼촌은 뭔가 불길한 생각에 기분이 찝찝했지만 오순이 이끄는 대로 읍내 중국집에 가 탕수육과 짜장면을 시켜놓고 마주앉아 저녁을 먹었다. 짜장면을 먹으며 삼촌은 무슨 일일까, 내내 불안했지만 오순은 자꾸만 생글거리며 웃을 뿐 별 말이 없더니 근처 다방으로 자리를 옮겨 커피를 마시다 예의 수줍은 듯 고개를 숙이며 마침내 자신이 임신한 사실을 털어놓았다. 순간, 삼촌은 쌍절곤으로 호되게 뒤통수를 얻어맞은 것처럼 화들짝 놀라 커피를 바지에 쏟고 말았다. 오순의 말따나 같이 잤으면 애가 생기는 게 당연지사였지만 성교육을 한 번도 받아본 적이 없는 삼촌은 그 당연한 일에 대해서 한 번도 생각해 본 적이 없었다.
　― 근데 우리 결혼은 언제 하는 게 좋을까? 애도 들어섰으니 아무래도 빨리 해치우는 게 낫겠지?
　오순은 이미 마음을 굳힌 듯 삼촌의 손을 잡으며 콧소리를 냈다.

― 겨, 겨, 결혼?

삼촌은 기함을 해서 자신도 모르게 오순을 왈칵 밀어내며 말했다.

― 너, 넌 아직 하, 학생이잖아. 그리고 나, 난 아직 구, 구, 군대도 안 갔다 왔는데…….

― 흥, 학교야 때려치우면 되지 뭔 대수야. 배가 부르면 어차피 학교에 나가지도 못할 텐데……. 그리고 차라리 잘됐어.

― 뭐, 뭐가?

― 결혼해서 빨리 애를 더 만드는 거야. 애를 셋 낳으면 군대에 안 간다는 얘길 들었거든.

오순의 말은 더 이상 삼촌의 귀에 들어오지 않았다. 그저 자신도 설명할 수 없고 이해할 수 없는 복잡한 생각들이 머릿속에서 마치 고삐 풀린 망아지처럼 제멋대로 뛰어다녔다. 나는 진짜 애 아버지가 되는 건가? 이제 겨우 스무 살인데……. 이 일을 형님이 아시면 뭐라고 할까? 정말 오순이랑 결혼을 해야 하는 걸까? 내가 결혼을 안 해준다고 하면 오순은 뭐라고 할까? 아마 내 앞에서 칼을 물고 엎어질 지도 몰라. 그래, 아마 그럴 거야. 충분히 그러고도 남을 여자지. 휴, 미치겠네.

― 무슨 생각해, 오빠?

― 응? 그, 그, 그, 그, 그, 그냥…….

삼촌은 머리가 어지러웠는데 오순은 눈치도 없이 다시 삼촌의 팔짱을 끼며 말했다.

― 결혼은 아무래도 배가 부르기 전에 하는 게 낫겠지? 맹꽁이처럼 배가 부르면 웨딩드레스를 입을 수가 없잖아. 남들 보는 눈도 있는데…….

삼촌은 자신의 운명이 그런 식으로 결정될 거라고는 생각도 못했다. 날벼락을 맞은 기분이었다.

— 저, 오, 오, 오순아.

— 왜?

— 우, 우, 우린 새, 새, 생, 생각할 시간이 필요해.

— 무슨 생각?

오순의 눈이 가늘게 찢어졌다.

— 겨, 겨, 겨, 결혼은 가, 가, 간단한 무, 문제가 아냐.

오순은 잠시 삼촌을 노려보다 무언가 결심을 한 듯 입을 뗐다.

— 좋아. 그럼 내가 간단하게 정리해 줄게. 지금 이 자리에서 결정해. 나랑 결혼을 할 건지, 말 건지.

삼촌은 대개의 서자들이 그러하듯 그 어떤 것에도 확신을 갖지 못했다. 자신의 운명과 미래는 물론 사람들과의 관계 속에서 생겨나는 우정이나 사랑 같은 아름다운 감정들에 대해서도 늘 의심하고 회의했다. 그러다보니 본의 아니게 우유부단한 사람이 되어 있었다.

— 그, 그, 그렇게 극단적으로 새, 새, 생각할 건 없고…….

— 내가 자기한테 선택할 수 있는 기회를 준 거야. 나중에 후회하지 말고 지금 결정해.

삼촌은 망설였다. 물론 그의 선택은 오순과 결혼을 할 수 없다는 거였다. 다만 마음이 약해 말을 하지 못했을 뿐이었다. 이때, 오순이 탁자를 꽝 내리치며 소리를 질렀다.

— 빨리 말해! 할 거야, 말 거야?

— 모, 모, 모, 못해!

오순의 호통에 삼촌은 자신도 모르게 마음속 말을 내뱉고 말았다.

― 못해?

오순의 얼굴이 일그러졌다.

― 아, 아, 아, 아니. 그, 그, 그게 아니고, 지, 지, 지금 당장은 안 된다는 애기야. 나, 나, 난 아직 구, 구, 군대도 안 갔다 왔잖아. 그, 그, 그, 그리고 방 얻을 돈도 없는데…….

오순은 말없이 삼촌을 노려보았다. 이를 앙다문 그녀의 눈에서 눈물이 한 방울 똑 떨어졌다. 차갑고 메마른 눈물이었다.

― 우리 아기는 어떡하고?

삼촌은 아무런 대답도 할 수 없어 엽차만 들이켜다 자리에서 벌떡 일어섰다.

― 화, 화, 화, 화장실 좀…….

삼촌은 다급하게 화장실로 뛰어갔다.

오순은 손바닥으로 눈물을 쓱 훔쳐내고 가방을 열었다. 가방 안엔 온갖 종류의 독극물이 종류별로 나뉘어 작은 약병에 담겨 있었다.

갑작스런 상황에 놀란 탓이었을까, 저녁으로 먹은 짜장면이 얹혔는지 삼촌은 변기에 대고 짜장면을 모두 토해 냈다. 제, 제, 제, 제, 젠장! 짜장면을 모두 토하고 나자 속이 조금 편해졌고 마음도 다소 진정되었다. 삼촌이 다시 자리로 돌아왔을 때 오순은 뜻밖에도 태연한 표정이었다. 그녀는 삼촌의 옆으로 자리를 옮겨 앉으며 다정하게 팔짱을 꼈다.

― 난 자기 마음 다 이해할 수 있어. 아직 마음의 준비도 안 됐는데 결혼을 하자고 하니 당황했겠지.

― 미, 미, 미, 미, 미안하다.

— 아냐, 나한테 미안할 거 없어. 내가 너무 생각이 짧았나 봐.

삼촌 앞엔 따뜻한 엽차가 놓여 있었다. 종업원이 새로 부어준 모양이었다. 삼촌은 무심코 잔을 들어 엽차를 마셨다.

— 애, 애, 애, 애는 어, 어, 어떡하지?

— 걱정 마. 2만 원만 주면 야매로 애 떼어주는 조산원을 알고 있어. 내가 아는 언니들도 다 거기서 뗐어.

오순도 홀짝홀짝 차를 마셨다. 울고불고 난리가 날 줄 알았는데 상황이 대강 정리되는 분위기여서 삼촌은 다행이다 싶었다.

— 근데, 오빠. 딱 한 가지만 물어볼게.

— 뭐, 뭔데?

— 나를 한 번이라도, 진심으로 사랑한 적이 있었어?

사랑? 삼촌은 엽차를 꿀꺽꿀꺽 마신 후 오순에게 두 번째 거짓말을 했다.

— 그, 그, 그, 그럼. 사, 사, 사랑했으니까 만났지.

그 말에 오순은 희미하게 웃어 보였는데 왠지 슬픈 듯 쓸쓸한 표정이었다.

— 거짓말이라고 해도 그런 대답을 들으니 참 다행이다. 난 남자들을 많이 만났지만 그동안 나를 진심으로 사랑해 준 남자는 아무도 없었거든. 어릴 때부터 늘 그랬어. 엄마는 날 미워했고 오빠는 날 창피하게 여겼지. 그 이유가 뭔지 알아?

— 뭔데?

— 내가 아버지랑 붙어먹었다는 거야.

— 아, 아, 아, 아버지랑?

— 우리 아버지는 폐가 안 좋아서 내가 어릴 때부터 늘 방에 누워

만 있었어. 그래서 엄마가 일 나가고 오빠가 학교에 가면 내가 아버지를 돌봐주어야 했거든. 나한테 관심이 있는 사람은 이 세상에 아버지 한 사람뿐이었어. 그건 아버지도 마찬가지였지. 나 아니면 아무도 아버지에게 관심을 갖는 사람이 없었으니까. 나는 아버지 밥도 챙겨주고 약도 챙겨주고 잘 때도 언제나 아버지 옆에서만 잤어. 아버지는 잘 때마다 내 몸을 만지곤 했는데 나는 어려서 그게 무슨 뜻인지도 몰랐어. 그냥 나를 너무 예뻐해서 그런가보다 했지. 그러다 엄마한테 그 장면을 들키고 말았어. 아버지와 내가 한 이불 속에서 껴안고 있는 모습을 본 거야. 나는 엄마가 그렇게 화를 내는 모습은 처음 봤어. 부엌칼을 들고 나와 아버지를 죽이겠다고 길길이 뛰었지. 그 뒤로 나는 아버지 옆에 얼씬도 못했어. 아버지 방에 들어가는 걸 알기라도 하는 날엔 엄마한테 죽도록 맞을 게 뻔했으니까. 엄마는 아버지에게 밥도 잘 주지 않았어. 병신이 꼴값 한다고 욕만 해댔지. 아버지는 밥도 제대로 못 먹고 씻지도 못해 점점 더 말라가고 기침도 더 심해졌지만 내가 중학교에 들어갈 때까지도 아버지는 죽지 않았어.

오순은 말을 하는 도중 숨이 가쁜 듯 잠깐씩 쉬었다가 힘겹게 말을 이었다.

— 나는 아버지가 너무 불쌍했어. 그래서 아버지를 그만 편안하게 해줘야겠다고 생각했지. 마지막으로 나는 아버지에게 밥을 해주고 싶었어. 그래서 쌀밥을 새로 짓고 계란찜도 만들고 꽁치도 한 마리 구워서 상을 차려들었어. 아버지는 내가 해준 밥을 아주 맛있게 먹었어. 밥알 한 톨 안 남기고. 그리고 그날 밤에 죽었지.

— 왜, 왜, 왜 왜 갑자기?

― 아버지가 먹은 밥에다 약을 탔거든.

― 무, 무슨 약?

― 청산가리.

― 처, 처, 청산가리?

― 그래. 지금 우리가 마신 엽차 속에 들어 있는 거.

처음에 삼촌은 오순이 한 말이 무슨 뜻인지 몰랐다. 그가 의아한 표정으로 오순을 쳐다보았을 때, 그녀의 얼굴은 이미 창백해져 있었고 입에선 이상한 거품 같은 게 흘러나왔다. 삼촌은 오순의 얼굴과 들고 있는 찻잔을 번갈아 쳐다보다 갑자기 찻잔을 바닥에 떨어뜨리며 자리에서 벌떡 일어섰다.

― 뭐라고!

순간, 삼촌은 곧바로 배를 움켜쥐며 의자에 주저앉았다. 누군가 내장을 쥐어뜯는 듯 아팠기 때문이었다.

― 염색공장 다니는 언니한테 부탁해서 구한 거야. 아마 죽기까지 시간이 걸릴 거야. 좀 힘들겠지만 나도 같이 먹었으니까 오빠 혼자 죽진 않을 거야.

오순의 얼굴엔 그녀가 먹은 청산가리처럼 푸른빛이 감돌았다. 죽음의 빛이었다.

― 그거 알아? 나도 그동안 이 남자 저 남자 많이 만났지만 내가 진짜 사랑한 사람은 오빠, 한 사람뿐이었어. 그러니 참 다행이지 뭐야. 이렇게 같이 죽을 수 있어서…….

*

　도치와 달리 토끼는 머리를 조금은 쓸 줄 아는 인간이었다. 특히나 남에게 위해를 가하고 해코지를 하는 데에 있어선 비상하다고 해도 좋을 만큼 특출한 데가 있었다. 그는 자기 혼자선 절대 삼촌의 상대가 되지 않는다고 판단했다. 그래서 아는 동생들을 몇 명 끌어들였다. 그래도 왠지 마음이 놓이지 않아 각목과 쇠파이프 등 무기를 준비했다. 그래도 또 왠지 마음이 놓이지 않아 그 동생들이 아는 동생들을 몇 명 더 끌어들였다. 또 그래도 마음이 놓이지 않아 오토바이 체인과 손도끼 등 무기를 더 준비했다. 그래도 어쩐지 마음이 놓이지 않아 아는 동생들이 아는 동생들이 아는 동생들을 몇 명 더 끌어들여 읍내의 건달 20여 명이 동원되었다. 겨우 삼촌 한 명 손봐주는 데 너무 유난스럽다 싶었지만 토끼는 그래도 마음이 놓이지 않았다. 그래서 아는 동생들이 아는 동생들이 아는 동생들이 아는 동생들, 또 아는 동생들이 아는 동생들이 아는 동생들이 아는 동생들이 아는 동생들까지 몽땅 끌어들여 읍내에서 노는 건달들과 그 밑에서 노는 양아치, 양아치 밑에서 노는 고삐리와 고삐리 밑에서 노는 중삐리들까지 총동원되어 급기야 삼촌을 손봐줄 주먹들은 모두 백여 명으로 불어났다. 그들이 한 대씩만 때린다고 쳐도 삼촌은 그냥 죽었다고 복창해야 할 판이었다.
　토끼는 혹시라도 말이 잘못 새어나가 일을 그르칠까 걱정이 되었다. 어디까지나 일이 은밀히 진행되어야 뒤탈이 없기 때문이었다. 그래서 동생들에게 철저하게 입조심을 당부했다. 그러다보니 토끼가 직접 아는 동생들 몇 명을 제외하곤 아무도 토끼가 사람을 모으는 이유를 알지 못했다. 그렇다고 백여 개가 넘는 입을 모두 틀어막을 수는 없는 일, 주먹들 사이에서 엉뚱한 소문이 흘러나왔다. 이웃 서천읍의 깡패들과 전쟁을 준비하고 있다는 둥, 공화당 국회의원 박 모가 깡패들을 끌어들여 동천 지역 라이벌인 신민당 강 모 위원장을 치려고 한다는 둥 온갖 괴이한 소문들이 꼬리에 꼬리를 물고 퍼져나갔다. 토끼가 처음 불러 모은 무리들 중에는 물론 도치도 끼어 있었다. 그는 삼촌의 이름을 듣는 순간, 그날 먹은 걸 몽땅 게워내고 몸이 좋지 않아서 저는 이만, 이라며 집으로 줄행랑을 쳤다. 하지만 다른 건달들은 뭔지는 모르지만 이번 일에 끼지 못하면 자신의 인생에 뭔가 큰 흠집이 난다고 생각했는지 서로 앞다투어 줄을 섰고, 또 뭔지는 모르지만 이런 중요한 건수에 끼지 못하면 앞으로 영원히 읍내에서 행세를 못하게 될지도 모른다는 불안감에 뭔지는 모르지만 일단 줄을 서고 보자는 집단 심리까지 더해져 불알 달린 사내들은 너나할 것 없이 나름대로 줄을 대고 정보를 교환하고 귀동냥이라도 하기 위해 삼삼오오 떼를 지어 다방으로 술집으로 당구장으로 몰려 다니느라 동천 경제가 반짝 활황을 맞았다. 이에 뭔지는 모르지만 일단 전대가 두둑해져 입이 귀에 걸린 동천 상인들은 선거철도 아닌데 웬일이냐며 의아해 했지만 그 이유를 아는 이는 아무도 없었다.

  뭔가 정리가 필요한 상황이었지만 아무도 정리하는 사람이 없다 보니(뭘 알아야 정리를 하지.) 뒷골목 이곳저곳에서 '섭섭합니다, 형님', '글쎄, 그게 그럴 만한 일이 아니라서⋯⋯', '어떻게 저한테 이러실 수가 있습니까?', '니들은 위아래도 없냐?', '내가 사람을 잘못 봤구나', '씨발, 한 번 죽지, 두 번 죽냐' 하는 등의 근거 없는 말이 오가다 급기야 패싸움까지 벌어지는 일이 잦아져 동천바닥이 한동안 시끄러웠다.

　토끼는 아는 동생들을 풀어 삼촌의 동향을 파악하는 한편, 불러 모은 동생들이 언제든 달려올 수 있도록 비상연락망을 구축했다. 계획은 치밀하고 은밀하게, 한 치의 오차도 없이 착착 진행되었다. 토끼는 손을 봐주긴 봐주되 어느 정도까지 손을 봐줘야 하느냐 하는 문제로 잠깐 고민에 빠졌다. 물론 자신이 당한 치욕을 생각하면 상대를 칼로 다져서 만두로 만들어 먹어도 시원찮았지만 어디까지나 현실은 현실, 최종적으로 죽도록 팬다와 죽지 않을 만큼 팬다 사이에서 고민했다. 그러다 죽도록 패다 진짜 죽으면 문제가 심각해지니까 '죽도록 패되 진짜 죽지는 않을 만큼'으로 결정되었다. 그리고 드디어 기회가 찾아왔다. 수치심과 악몽에 시달리던 치욕의 시간들은 지나가고 마침내 복수의 날이 찾아온 것이다.

　토끼가 아는 동생으로부터 삼촌이 읍내에 출현했다는 소식을 들은 것은 저녁 무렵이었다. 삼촌의 애인으로 알려진 한 여자와 역 앞에 있는 다방에 들어갔다는 거였다. 토끼가 달려가 확인해 보니 과연 다방 앞에 삼촌의 빨간색 오토바이가 세워져 있었다. 그는 급히 비상연락망을 가동해 아는 동생들을 불러 모았고 아는 동생들은 다시 그들이 아는 동생들을 불러 모았고, 또 그 아는 동생들은 그 밑의 아는 동생들을 불러 모았고, 그들이 아는 동생들은 또 그 밑의 동생들을 불러 모아 삽시간에 백여 명의 사내들이 다방 앞에 집결했다. 아직 대가리에 피도 안 마른 중학생들도 더러 섞여 있었지만 각자의 손에 각목과 쇠파이프, 오토바이 체인 등을 들고 있어 뭔지는 모르지만 당장 큰 일이 벌어질 것 같은 분위기였다. 그들은 뭔지는 모르지만 드디어 그날이 왔구나 싶은 기대에 한껏 흥분해 있는 한편, 뭔지는 모르지만 자신들이 평생 한 번도 만나본 적 없는 무서운 상대가 다방 안에 있을 거라는 두려움에 잔뜩 긴장했다. 그들은 토끼의 지시에 따라 다방을 포위하고 도주로를 완전히 차단했다. 누군지는 모르지만 상대는 이제 죽었다고 복창해야 할 판이었다. 그들은 각자 건물이나 나무 뒤에 숨어서 다방 입구를 주시하며 지시가 떨어지기만을 기다렸다. 그러는 동안 날은 점차 어두워져 사방이 캄캄했다.

  토끼는 자신이 먼저 다방에 들어가 삼촌이 안에 있는지 직접 확인하겠다고 했다. 그래서 그의 존재가 확인되면 밖에 나와서 신호를 하겠다는 거였다. 그러면 일제히 급습을 하되 인원을 반으로 나눠 다방의 앞문과 뒷문을 통해 들어갈 것을 지시했다. 이윽고 토끼가 다방 문을 열고 들어가자 긴장 상태가 최고조에 달해 각자 무기를 든 손에 힘이 잔뜩 들어갔다.

  밖에서 대기하고 있던 무리 가운데 중삐리가 하나 끼어 있었다. 아는 선배를 따라다니다 얼떨결에 무리에 끼어들긴 했지만 그는 실제로 패싸움 한 번 한 적 없는 얼치기 무녀리였다. 그는 주변의 살벌한 분위기에 압도되어 입을 다물고 있었지만 내가 왜 여기까지 따라왔지? 이러다 오늘 죽는 게 아닐까? 하는 두려움에 각목을 쥔 손이 덜덜 떨렸다. 주변을 둘러보니 모두 낯선 사내들뿐이었다. 아는 선배는 어디에 끼어 있는지 얼굴도 보이지 않았다. 소년은 갑자기 외로움을 느꼈다. 외롭고 무서웠다. 엄마 얼굴이 보고 싶었다. 엄마뿐만 아니라 평소에 그토록 미워하던 형의 얼굴도 보고 싶었고 평소에 그토록 싫어하던 담임선생님의 얼굴도 보고 싶었다. 빨리 학교에 가서 친구들도 만나고 싶었다. 게다가 오뉴월인데 왜 이빨이 딱딱 부딪치게 춥고 뱃속이 허전한지 알 수 없었다. 배는 고픈데 왜 하필 그 시간에 똥이 마려운지도 알 수 없었다.

도대체 다방 안에 있는 놈은 어떤 놈일까? 얼마나 무서운 자이기에 이토록 많은 형들이 모여든 걸까? 서천의 깡패들일까? 아니다. 그 정도를 상대하려고 이렇게 많은 건달들이 모였을 리가 없다. 다들 긴장한 걸 보면 보통 인간이 아닌 게 틀림없다. 아니, 어쩌면 인간이 아닐지도 모른다. 상대는 그냥 인간이 아니라 요괴인간일지도 모른다. …… 요괴인간? 그래! 그렇구나! 멍청한 놈, 그걸 이제야 깨닫다니!

〈요괴인간〉은 당시 텔레비전에서 방영된 만화영화로 무녀리 소년이 세상에서 가장 무서워하는 존재였다. 주인공인 벰, 베라, 베로는 손가락이 세 개 달린 요괴인간으로 평소엔 사람의 모습을 하고 있다 나쁜 요괴와 싸울 때면 자신들도 흉측한 요괴로 변신하곤 했는데 그 모습이 어찌나 무서운지 〈요괴인간〉을 본 날이면 소년은 어김없이 악몽을 꾸곤 했다. 다방 안에 있는 상대가 요괴인간이라고 생각하니 공포감에 머리가 쭈뼛 서고 당장 죽을 것처럼 심장이 뛰었다. 선배고 뭐고 당장 달아나고 싶은 심정뿐이었다. 옆을 돌아보니 다방에서 새어나오는 불빛에 사내들의 긴장한 눈빛이 승냥이의 그것처럼 번뜩였는데 그의 눈엔 일행들 모두가 요괴처럼 무서워 보였다. 무녀리 소년은 다리가 후들거리고 금방이라도 울음이 터질 것처럼 목울대가 울렁거렸다.

이때였다. 한 사내가 안에서 다방 문을 열고 황급히 밖으로 튀어나왔다. 동시에 무녀리 소년은 각목을 휘두르며 다방 문을 향해 돌진했다. 그리고 막 문을 열고 나오는 토끼의 머리를 각목으로 내리치며 다음과 같이 고함을 질렀다.
— 죽어랏! 이 요괴새끼야!

 토끼가 밖으로 뛰어나온 것은 구석자리에서 입에 피를 흘리며 나란히 앉아 있는 삼촌과 오순을 발견했기 때문이었다. 뜻밖의 상황에 놀란 그는 일단 현장에서 벗어나는 게 상책이라는 생각에 급히 밖으로 뛰어나갔는데 그것이 잔뜩 긴장한 중삐리의 눈에는 요괴인간처럼 보였던 것이다. 빡! 소리와 함께 토끼가 쓰러지자 그것을 신호로 마치 거대한 도미노가 쓰러지듯 대기하고 있던 무리들이 일제히 고함을 지르며 다방을 향해 돌진했다. 그들은 잔뜩 흥분해 있어 상황이 어떻게 돌아가는지 알지도 못한 채 대열에서 낙오하면 당장 죽을 것처럼 기를 쓰고 앞다투어 다방 안으로 뛰어들었다. 그 와중에 요괴인간, 아니 토끼는 끝도 없이 밀려드는 일행의 발에 짓밟혀 비명을 질러댔지만 다들 제정신이 아니라 비명소리도 듣지 못했을 뿐더러 그들이 밟고 지나가는 사내가 바로 자신들을 불러 모은 장본인이라는 사실조차 알아채지 못했다.

 다방 문이 부서지며 일단의 사내들이 들이닥치자 영문도 모르는 종업원들은 비명을 질러댔다. 동시에 뒷문에서 대기하고 있던 축들도 비명소리를 신호로 물밀듯 다방을 향해 돌진했다. 이때, 누군가 휘두른 각목에 전등이 깨지며 다방 안은 캄캄한 어둠에 잠겼다. 이후의 상황은 고장 난 텔레비전처럼 화면은 나오지 않고 온전히 소리뿐이었다.

 개새끼들, 다 죽여! 빡! 으악! 어떤 새끼야! 엄마! 누가 불 좀 켜봐! 너 이 새끼, 경태지? 형님! 빽! 아이고! 끼약! 살려줘! 아버지! 야, 이 새끼들아, 그만해! 빽! 누구냐, 넌! 엄마! 나다, 이 새끼야! 불 좀 켜보라고! 빽! 툭탁! 으악……!

그날 다방 안에서 벌어진 참상을 어떻게 표현할 수 있을까? 그것은 차마 눈 뜨고 볼 수 없을 만큼 끔찍한 풍경으로 아비규환이 무색할 정도였다. 다만 캄캄한 어둠 속이라 아무것도 볼 수 없다는 것이 그나마 다행이라면 다행이었다. 좁고 캄캄한 다방 안에서 백여 명의 사내들이 뒤엉켜 내는 온갖 고함소리와 욕설, 그리고 비명소리는 시간이 지나면서 점차 잦아들었다. 그리고 얼마 뒤엔 여기저기서 고통스런 신음소리만이 간헐적으로 흘러나왔다.

*

그날 밤, 다방 안에서 벌어진 사건의 전모를 제대로 파악하고 있는 사람은 아무도 없었다. 다만 각자 경험한 파편적인 기억만을 갖고 있을 뿐이었다. 그 기억은 대부분 아비지옥과도 같은 어둠 속에서 적의 실체도 알지 못한 채 각자 악을 쓰며 있는 힘껏 각목을 휘둘러댔던 기억, 그러다 어디에서 날아왔는지 알지도 못한 채 무언가 둔중한 무기에 머리를 맞고 비명을 지르며 쓰러졌던 아픈 기억들뿐이었다.

훗날, 어느 목격자의 증언에 따르면 그날 아비지옥에서 제일 먼저 빠져나온 사람은 가죽잠바를 입은 한 청년이었다고 한다. 그도 여기저기 두들겨 맞은 듯 다리를 절룩이고 얼굴에 멍이 들었지만 놀랍게도 그 와중에 한 여자를 들쳐 업고 있었다는 거였다. 청년은 비틀거리며 힘겹게 걸어가 여자를 오토바이 뒤에 태웠다고 했다.

이때, 다방 입구에 혼절해 있던 한 사내가 번쩍, 눈을 떴다. 토끼였다. 그의 몸엔 수많은 발자국이 찍혀 있었다. 뭐가 어떻게 된 건지는 알 수 없지만 마치 코끼리 떼에게 밟힌 것처럼 온몸이 쑤셔댔다. 주위를 둘러보니 자신이 불러 모았던 그 많은 동생들의 모습이 보이지 않았다. 대신 코앞에 빨간색 오토바이가 서 있었다. 그리고 자신이 그토록 증오하던 그 개자식의 뒷모습이 눈에 들어왔다. 토끼는 본능적으로 자리에서 벌떡 일어섰다. 때마침 근처에 누군가 버려두고 간 각목이 눈에 띄었다. 그는 각목을 움켜쥐고 삼촌을 향해 벼락같이 고함을 내지르며 달려들었다.

삼촌이 오순을 오토바이 뒤에 태우고 막 자리를 뜨려는 순간이었다. 어둠 속에서 누군가 달려오더니 뻑! 하는 소리와 함께 각목이 부러지며 머리에 극심한 통증이 느껴졌다. 삼촌은 머리를 감싸 쥐고 그 자리에 주저앉았다. 머리가 깨졌는지 머리카락 사이로 피가 줄줄 흘러내렸다. 토끼는 완전히 눈이 뒤집힌 채 부러진 각목으로 삼촌을 마구 두들겨 팼다. 삼촌은 몸을 웅크린 채 빈틈을 노리다 토끼의 허리를 붙잡고 넘어졌다. 그 통에 토끼는 각목을 놓쳤고 두 사람은 서로 뒤엉킨 채 상대를 향해 마구 주먹을 휘둘렀다. 마치 짐승들처럼 두 사람은 바닥을 뒹굴며 혼전을 벌였다. 토끼는 뭐라고 악을 쓰며 미친 듯 주먹을 휘둘렀는데 제정신이 아니기는 삼촌도 마찬가지였다. 배에선 누군가 칼날로 살점을 도려내는 듯 날카로운 통증이 계속되었고 머리에선 끊임없이 피가 흘러내려 얼굴은 피를 빨아먹은 흡혈귀처럼 온통 피범벅이 되어 있었다. 삼촌도 고함을 지르며 마구 주먹을 휘둘렀다.

 이때, 오토바이에 겨우 걸쳐놓은 오순이의 몸이 스르르 미끄러지며 쿵, 하는 소리와 함께 바닥에 떨어졌다. 그 소리에 삼촌이 겨우 정신을 차려보니 자신이 토끼의 배를 깔고 앉아 주먹을 휘두르고 있었는데 토끼의 얼굴은 차마 사람의 형상이라고는 할 수 없을 만큼 엉망이 되어 있었다. 온통 피 칠갑이 된 얼굴은 퉁퉁 부어올라 어디가 눈이고 어디가 입인지 알 수 없을 지경이었다. 그리고 이미 숨이 끊어진 듯 아무런 움직임이 없었다. 삼촌은 화들짝 놀라 토끼에게서 떨어졌다. 내가 도대체 무슨 짓을 한 거지? 삼촌은 황급히 토끼의 목에 손을 대보았지만 맥이 잡히질 않았다. 그는 겁에 질려 엉거주춤 뒤로 물러서다 무언가에 걸려 뒤로 벌렁 자빠졌다. 돌아보니 이번엔 오순이 죽은 듯 오토바이 옆에 누워 있었다. 맙소사! 이게 다 무슨 난리지? 당황한 삼촌은 잠시 어쩔 줄을 모르고 토끼와 오순 사이를 정신없이 왔다 갔다 하다 마침내 마음을 정한 듯 누워 있는 오순을 끌어올려 오토바이 뒤에 태우고 황급히 다방을 떠났다.

 삼촌이 깨어난 곳은 마을 입구, 길가에 있는 작은 무덤가였다. 오순을 병원에 데려다주고 돌아오는 길에 잠시 정신을 잃은 모양이었다. 다시 뱃속을 쥐어뜯는 고통이 찾아왔다. 삼촌은 인상을 찡그리며 피를 몇 모금 더 토해 냈다. 이렇게 나는 죽는 것인가? 나는 이렇게 죽는다고 쳐도 토끼는? 그리고 오순은? 머리가 깨질 듯 아팠다. 고개를 들어보니 멀리 마을의 불빛이 눈에 들어왔다. 혹시 죽지 않고 살아나더라도 나는 이미 살인을 한 몸이다. 이대로 집으로 돌아갈 수는 없다. 그나저나 도대체 왜 나에게 이런 일들이 벌어진 걸까? 한동안 무덤에 기대 생각에 잠겨 있던 삼촌은 힘겹게 자리에서 몸을 일으켰다. 그리고 오토바이에 올라타 시동을 걸었다. 그는 그동안 자신을 키워주었던 마을을 다시 한 번 돌아보았다. 마을은 어둠에 잠겨 있었고 어디선가 멀리서 개짖는 소리가 들렸다. 눈물이 날 것 같았다. 삼촌은 이를 악물었다. 그리고 등을 돌려 앞이 보이지 않는 캄캄한 어둠 속으로 오토바이를 몰아갔다. 가려는 곳이 어디인지 자신도 알 수 없었다. 아무런 계획도 아무런 목적도 없었다. 그날 밤, 삼촌은 그렇게 자신에게 수치심과 외로움, 그리고 청산가리와 집단 린치를 안겨줬던 마을을 떠났다.

꿈속이었다. 눈을 뜨니 삼촌이 바로 코앞에 서 있었다. 예의 그 가죽코트를 입고 있었다. 방에 불을 켜지 않아 어두컴컴했는데도 삼촌의 표정이 평소와 달리 심각하다는 걸 알아챌 수 있었다.

─사, 사, 삼촌……

나는 두려움에 삼촌을 불렀지만 그는 손가락을 입에 갖다 댔다.

─쉿!

삼촌의 심상치 않은 표정에 나는 입을 다물고 그를 쳐다보았다.

─사, 사, 상구야. 내, 내, 내 말 잘 들어.

어둠에 눈이 익자 삼촌의 얼굴이 더욱 선명해졌는데 어디서 두들겨 맞았는지 한쪽 눈이 퉁퉁 부어올랐고 얼굴 이곳저곳에 피멍이 들어 있었다.

─나, 나, 나는 오, 오늘밤 여, 여, 여길 떠날 거야.

─어, 어, 어딜 가는데?

나도 겁에 질려 삼촌처럼 말을 더듬었다.

― 모, 모, 몰라. 어쨌든 나, 나, 난 떠날 거야.
― 그, 그럼, 언제 오는데……?
― 그, 그, 그것도 모, 몰라. 어, 어, 어쩌면 모, 모, 못 돌아올지도 몰라.
― 무, 무슨 일인데, 삼촌?

삼촌은 고통스러운 듯 잠시 인상을 찡그리더니 힘들게 입을 열었다.

― 고, 고, 공부 열심히 하고, 어, 엄마 말씀 잘 듣고 있어. 싸, 싸, 싸움질하지 말고…….

삼촌은 말을 마치더니 등을 돌렸다.

― 삼촌……

이때, 삼촌은 문득 생각이 난 듯 허리춤에서 뭔가를 꺼내 내밀었다. 삼촌이 아끼던 박달나무 쌍절곤이었다.

― 이, 이, 이건 조, 조, 종태한테 전해줘라. 알았지?

나는 쌍절곤을 받아들고 말없이 고개를 끄덕이는 와중에도 비록 꿈속이었지만 쌍절곤을 종태에게 준다는 말에 서운한 마음이 들었다.

― 그, 그, 그만 간다.

삼촌은 쌍절곤을 건네주고 어둠 속으로 홀연히 사라졌다.

― 삼촌……!

나는 안타까운 마음에 큰 소리로 삼촌을 부르다 잠에서 깨어났다. 모든 일이 생시인 듯 감정이 생생하게 남아 가슴이 먹먹했다. 날이 훤하게 밝았는데 간밤에 외박을 했는지 삼촌의 모습은 보이지 않았다. 도대체 왜 그런 이상한 꿈을 꾼 걸까? 혹시 삼촌에게 나쁜 일이 생긴 게 아닐까? 나는 밖에서 엄마가 부르는 소리에 이불 속에서 기어 나왔다. 그런데 이때, 머리맡에 쌍절곤이 놓여 있는 것을 발견했다. 왜 이게 여기 있는 거지? 쌍절곤을 집어들어 살펴보니 틀림없이 삼촌의 손때가 묻어 있는 그 쌍절곤이었다. 그렇다면 간밤에 꾼 꿈은 꿈이 아니라 현실이었단 말인가? 나는 어리둥절한 기분으로 쌍절곤을 내려다보았다.

*

　음매!
　풀을 뜯고 있던 종태네 소가 기분 좋은 울음을 울었다. 임신을 한 건 가엾은 여고생뿐만이 아니었다. 이오도 얼마 전 이웃마을에 가서 씨를 받아 새끼를 뱄다. 아버지를 따라가 교미시키는 것을 보고 온 종태는 그 장면이 대단히 무섭고 징그러웠다고 했다. 이오에게 씨를 준 황소는 몸집이 제무시 트럭* 만큼이나 우람하고 사타구니에서 덜렁거리는 불알이 거의 축구공만 했는데 이오를 보자마자 미친 소처럼 달려드는 통에 종태 아버지가 뿔에 받힐 뻔했다는 거였다. 이에 이오가 겁을 먹고 이리저리 도망 다녀 결국 여러 사람이 달라붙어 한 차례 소동을 벌인 끝에야 겨우 잔뜩 흥분한 씨소가 거센 콧바람을 내뿜으며 가엾은 이오의 등에 올라탔다고 했다.
　─그래서?
　나는 잔뜩 호기심이 나 물었다.
　─뭐가 그래서야? 그래서 새끼를 밴 거지.

---

* 미 군용트럭 GMC의 일본식 발음

종태는 짐짓 시큰둥하게 받았다.

— 그럼, 그게 들어가는 것도 봤어?

— 뭐가?

— 있잖아, 그거.

종태는 쑥스러운 듯 막대기를 휘둘러 애꿎은 망초대의 목을 쳐 냈다.

— 몰라. 그 망할 놈의 소 새끼가 하도 용을 쓰고 지랄을 하는 통에 자세히 보지도 못했어.

종태네는 그 망할 놈의 소 새끼한테 씨를 받는 데 쌀 한 가마니 값을 내야 했지만 좋은 씨를 받을 수만 있다면 그보다 더한 것도 감당했을 것이다.

— 근데, 왜 배가 안 부르지?

종태가 풀을 뜯고 있는 이오의 배를 유심히 살펴보며 물었다.

— 뭐가?

— 원래 새끼를 배면 배가 부르잖아. 아줌마들도 애를 배면 배가 나오는데…….

— 아직 일주일밖에 안 됐으니까 그렇지.

그런가? 종태는 고개를 갸우뚱했다. 겉으로 보기엔 아직 아무런 표시가 없었지만 이오의 뱃속에선 종태네 식구의 희망이 자라고 있었다.

— 근데, 그거 사부님 쌍절곤 아냐?

내가 옆구리에 차고 있는 쌍절곤을 발견한 종태가 물었다.

— 그래, 맞아. 삼촌 거야.

나는 쌍절곤을 종태에게 전해줘야 할지 말아야 할지 잠시 망설였다. 그냥 전해주자니 뭔가 억울했다. 종태는 피도 섞이지 않은 남이 잖은가! 그런데 왜 삼촌은 내가 아닌 그에게 쌍절곤을 주라고 한 걸까? 나는 쌍절곤을 꺼내들며 의기양양한 표정으로 말했다.

— 삼촌이 가기 전에 나한테 선물로 주고 간 거야.

— 그래? 우와, 좋겠다.

종태는 부러운 눈으로 삼촌의 쌍절곤을 쳐다보았다.

— 한번 돌려볼래?

내가 선심을 쓰듯 쌍절곤을 내밀자 종태는 탐이 나는 듯 조심스럽게 만져보다 가볍게 팔자돌리기를 몇 번 한 후 다시 돌려주었다.

— 사부님한테는 아직 연락 없어?

— 응. 아직…….

삼촌 얘기에 갑자기 어깨가 축 처지는 기분이었다. 종태는 나를 볼 때마다 삼촌의 안부를 물었지만 궁금하기는 나도 마찬가지였다. 그날 밤, 쌍절곤을 두고 홀연히 사라진 이후, 일주일이 지나도록 삼촌에게선 아무런 연락이 없었다.

동천읍에서 삼촌을 마지막으로 본 사람은 읍내 병원의 당직 간호사였다. 그녀의 진술에 의하면 그날 밤, 자정이 가까운 시각에 한 청년이 병원 문을 두드렸다고 했다. 얼굴은 창백했고 머리를 심하게 다쳐 얼굴이 온통 피범벅이 된 와중에 몸이 축 늘어진 한 여자를 등에 업고 있었다고 했다. 그는 제정신이 아닌 듯 횡설수설 심하게 말을 더듬었는데 내용인즉슨 여자가 청산가리를 먹어 위독하니 빨리 조치를 취해달라는 거였다. 말을 하던 도중 청년은 갑자기 피를 한 바가지나 토해 내 간호사는 깜짝 놀라 뒤로 물러섰다. 그녀가 보기엔 여자보다 청년의 상태가 더 심각했지만 그녀가 의사를 부르러 간 사이에 청년은 여자만 남겨놓은 채 병원에서 홀연히 사라졌다고 했다.

다음 날, 형사들이 집으로 찾아와 식구들은 사건의 전말을 알게 되었다. 그들의 주장에 따르면 삼촌이 어린 여고생을 연초건조장으로 유인해 강제로 성관계를 맺은 뒤, 그녀가 임신을 하게 되자 그 사실을 은폐하기 위해 청산가리를 먹여 살해를 기도하는 한편, 평소에 감정이 좋지 않았던 읍내의 한 청년을 다방으로 유인해 무자비한 폭력을 행사하기도 했는데 그 과정에서 백 명이 넘는 폭력조직원을 동원했다는 거였다. 형사들은 미성년자 약취와 강간, 폭력조직 결성과 살인미수 등 무시무시한 죄목들을 나열하면서 삼촌의 행방을 캐물었다. 할머니는 그 자리에서 혼절했고 엄마는 삼촌 때문에 집안이 다 망하게 생겼다며 소란을 떨었다. 아버지는 삼촌은 절대 그럴 아이가 아니라고 강변했지만 그들은 당장 삼촌이 있는 곳을 알려주지 않으면 도주원조죄와 범인은닉죄를 추가해 식구들까지 함께 구속할 수 있다며 으름장을 놓았다.

아버지가 병원을 찾았을 때 토끼는 온몸에 붕대를 감고 누워 있었다. 그의 부모들은 아버지를 보자마자 당장 삼촌을 데려오라며 잡아죽일 듯 닦달을 해댔다. 그들의 주장에 의하면 토끼는 평생 남에게 욕 한 번 할 줄 모르는 순진한 아이였는데 못된 깡패에게 잘못 걸려 반병신이 되었다는 거였다. 이에 아버지는 손이 발이 되게 빌며 치료비 일체를 부담하는 것은 물론 힘닿는 데까지 보상금을 마련해 줄 터이니 제발 고소를 취하해 달라고 애걸하는 한편, 담당형사에겐 그저 호적에 빨간 줄만 안 가게 해달라며 뒷돈을 찔러주어 사태가 어느 정도 무마되었으나 그 때문에 알토란 같은 고래실논 한 배미가 날아갔다.

  오순도 죽지 않았다. 그녀는 다행히 경찰 앞에서 모든 일이 자신이 저지른 거라며 삼촌에겐 아무런 죄가 없다고 진술했다. 밤마다 쥐가 위장을 갉아먹는 것 같은 고통에 시달리며 그녀는 자신을 편안한 죽음으로 이끌지 않고 슬픔과 회한만이 가득한 고통스런 생으로 다시 끌고 온 잔인한 운명에 대해 저주했다. 그녀의 뱃속에선 여전히 아이가 자라고 있었다. 종태네 소가 새끼를 밴 것은 축복이었지만 오순이 임신을 한 것은 저주나 다름없는 일이었다. 식도와 위장을 다 녹여버릴 만큼 독한 청산가리의 위협 속에서도 아이는 죽지 않고 살아남았다. 대개의 어긋난 사랑이 그렇듯 환희는 짧고 회한은 깊었다. 다시 약을 먹을까, 몇 번 갈등한 적도 있었으나 독한 청산가리에 위벽이 녹아내린 것처럼 사랑과 증오의 열정도 함께 녹아내려 그녀의 내면엔 그럴 만한 열기조차 남아 있질 않았다. 오순은 밤마다 홀로 병원 옥상에 올라가 밤하늘의 별을 보며 쓰라린 상처만 남긴 사랑을 마음속에서 지우려고 노력했다. 하지만 뱃속의 아이까지 지울 수는 없었다. 그것은 자신에게 남겨진 유일한 것이었다. 그래서 차마 어쩌지도 못하고 우물쭈물 망설이는 가운데 배는 점점 더 불러왔다.

                      *

  눈앞에 갈고리가 나타났다. 꿈인지 생시인지 알 수 없었다. 이번에 등장한 갈고리는 평소보다 더 잔인하고 흉측한 모습을 하고 있었다. 화등잔처럼 부릅뜬 고리눈에선 광기가 번뜩였고 팔에서 이어진 갈고리는 이전보다 훨씬 더 크고 날카로웠다. 그는 잔뜩 화가 나 갈고리를 함부로 휘두르며 삼촌을 위협했다. 붕붕거리는 소리와 함께 날카로운 갈고리가 눈앞을 스쳐갔다. 삼촌은 이리 엎어지고 저리 자빠지며 힘겹게 갈고리를 피해 다녔다. 늘 등장하던 원정의 모습은 보이지 않았다. 이미 겁탈을 한 뒤 갈고리로 갈기갈기 찢어죽였는지도 몰랐다. 삼촌은 당장 눈앞의 상대가 너무 무서워 원정에 대해 미처 생각할 겨를이 없었다. 허겁지겁 도망 다니던 삼촌은 구석에 몰려 바닥에 넘어졌다. 고개를 들어보니 막다른 골목이었고 바로 앞에 갈고리가 서 있었다. 어찌된 일인지 그날따라 갈고리의 몸집은 더욱 거대해 보여 키가 3미터는 족히 넘을 것 같았다. 그의 긴 그림자는 삼촌의 왜소한 몸을 다 덮고도 남을 만큼 위압적이었다. 삼촌이 미처 도망갈 새도 없이 그는 갈고리를 높이 쳐들어 머리를 겨누고 거침없이 내리찍었다. 날카로운 갈고리에 머리가 막 찍히려는 순간, 그는 비명을 지르며 잠에서 깨어났다.

　삼촌은 가쁜 숨을 몰아쉬며 남산공원 벤치에 앉아 있었다. 환한 대낮이었다. 공원엔 청춘남녀들이 짝을 지어 산책을 하고 있었다. 그들은 뭐가 그리 즐거운지 쉼 없이 까르르, 웃음을 터뜨렸지만 삼촌은 꿈속에서 일어난 일이 방금 코앞에서 벌어진 듯 생생해 몸서리가 쳐졌다. 한동안 벤치에 기대 생각에 잠겨 있던 삼촌은 마침내 갈고리가 등장하는 꿈이 자신의 인생에서 무엇을 암시하는지 어렴풋이 이해할 것 같았다. 그것은 삼촌의 오랜 의문이었다. 밤새 목을 옥

죄는 갑갑함, 정의를 실현해야 하는데 실현할 수 없는 수치심과 여자를 구해내야 하는데 구해낼 수 없는 안타까움, 한없는 공포와 절박함으로 밤새 이리저리 치욕스럽게 쫓겨 다니다 마침내 자신에 대한 끔찍한 혐오감 속에서 깨어나게 만드는 그 꿈은 과연 무엇을 말해 주는 걸까? 그리고 꿈속에서 여자를 겁탈하고 자신을 위협하는 그 갈고리의 실체는 과연 무엇일까? 그것은 도치나 토끼 같은 양아치도 아니고 자신과 싸웠던 수많은 학원주먹들도 아니었다. 그것은 갈고리를 휘두르는 무시무시한 악당도 아니었고 자신의 뒤를 쫓는 경찰도 아니었다. 그것은 수치스런 과거였다. 그것은 자신의 태생에 얽힌 혼란스런 비밀이었으며 부지불식간에 파고들어 인생을 꼬이게 만드는 심술궂은 운명이었고 그 운명이 이끌어가는 그의 인생 전체였다. 그리고 열일곱 살 여고생이었다.

  오순은 어떻게 되었을까? 그리고 뱃속의 아이는? 오순에 대한 생각에 삼촌은 마음이 무거웠다. 도망치듯 오토바이를 타고 동천을 떠난 지 이틀 만에 그는 서울에 도착했다. 독극물의 여왕이 치사량을 조절하는 데 실패했는지 아니면 애초에 사랑하는 사람을 죽일 의도까지는 없었는지 그는 청산가리를 넣은 엽차를 다 마시고도 죽지 않았다.

  삼촌은 서울에 도착했지만 막상 아는 사람 한 명도 없었고 아무데도 갈 데가 없었다. 주머니에 돈도 없어 제대로 된 식사도 할 수 없었으며 묵을 데가 없어 길바닥이나 기차역사의 벤치, 아무 데서나 잠을 잤다. 제대로 씻지도 못하고 먹지도 못해 행색이 순식간에 거지꼴로 변해버렸다. 집에 연락을 해 상황이 어떻게 되었는지 알아보고도 싶었지만 차마 그럴 용기가 나지 않았다. 자신은 이미 살인 혐의로 수배가 되어 있을 게 분명했다. 그러고 보니 맞은편 벤치에 앉아서 신문을 보고 있는 사내가 수상쩍었다. 신문을 보는 척하고 있지만 슬쩍슬쩍 자신의 동태를 살피는 양이 형사인 게 분명했다! 삼촌은 벤치에서 일어나 자리를 떴다. 그리고 슬그머니 사람들 틈에 섞여 몇 발짝 걷다 뒤를 돌아보았다. 사내가 자리에서 일어나 신문지로 얼굴을 가리고 뒤를 밟고 있었다. 삼촌은 내달리기 시작했다. 개를 끌고 산책을 하던 중년의 여자와 어깨를 부딪쳤다. 여자는 비명을 지르며 바닥에 나뒹굴었다.

― 미, 미, 미, 미안합니다.

삼촌은 다급하게 사과하며 달리던 길을 그대로 뛰어가 입구에 세워놓은 오토바이에 올라타 시동을 걸었다. 그리고 복잡한 도로로 뛰어들었다. 끽! 하며 브레이크를 밟는 소리와 클랙슨 울리는 소리가 요란했다. 하지만 삼촌은 아랑곳하지 않고 오토바이를 몰아 무작정 앞으로 달려갔다.

오순이 병원 옥상에서 바람을 쐬고 있을 때였다. 환자복을 입은 한 남자가 옥상에 올라와 난간에 기대어 담배를 피워 물었다. 그도 오순을 의식했는지 헛기침을 하며 밤하늘을 쳐다보았다. 무심한 별똥별 하나가 긴 꼬리를 남기며 지상으로 낙하했다.

― 저기요.

오순이 남자에게 말을 걸자 길게 담배 연기를 내뿜던 남자가 옆을 돌아보았다.

― 담배를 피우면 기분이 어떤가요?

― 글쎄요.

남자는 자신이 피우던 담배를 쳐다보며 말했다.

― 잘 모르겠는데 그냥 기분이 좀 편안해진다고나 할까요?

― 그러면 저도 한 대만 줘보실래요?

남자는 힐끗 쳐다본 후, 오순에게 담배를 건네고 불을 붙여주었다. 오순은 담배 연기를 삼키다 캑캑대며 기침을 해댔다.

― 원래 첫 경험은 고통스러운 거죠. 담배도 마찬가지예요. 하지만 몇 번 피우다보면 조금씩 그 맛을 알게 되죠.

뭐지, 이 재수 없는 말투는? 오순은 주머니 속에 든 약병을 만지작거렸다.

― 그런데 초면에 이런 거 물어보긴 뭐하지만 병원엔 어떻게……?

남자는 오순의 옆에 나란히 서며 물었다.

― 약을 먹었어요.

― 왜요?

오순의 말에 남자는 놀라 쳐다보았다.

― 죽도록 사랑하던 개자식이 한 명 있었어요. 내가 태어나서 처음이자 마지막으로 사랑한 사람이에요. 그런데 그 개자식은 나를 사랑하지 않았어요. 그래서 같이 죽으려고 약을 먹었는데 그만…….

남자는 고개를 끄덕였다.

― 그런데 그쪽은 왜……?

이번엔 오순이 물었다.

― 저는 반대로 죽도록 미워하던 개자식이 한 명 있었어요. 그런데 이상하게 그 자식하고 얽히기만 하면 인생이 자꾸만 꼬이게 되네요. 그래서 이젠 그 개자식을 그만 잊기로 했어요.

남자의 말투엔 어딘가 깊은 회한과 아픔이 배어 있었다. 오순은 고개를 끄덕이며 담배 연기를 들이마셨다. 이번엔 기침을 하지 않았다. 그리고 남자의 말대로 마음이 조금 편안해지는 기분이었다.

— 미안한데 담배 한 대만 더 주실래요?

남자는 담배를 한 개비 더 꺼내 오순에게 건네며 말했다.

— 어떤 개자식인지는 모르지만 그쪽도 그만 잊으세요. 이미 한 번 흘러가버린 강물에 발을 담글 순 없잖아요.

이때 오순은 비로소 처음으로 남자의 얼굴을 정면으로 쳐다보았다. 그리고 자신도 모르게 피식 웃었다.

— 왜요?

남자가 물었다.

— 아니요. 그냥 그쪽이 재밌게 생긴 것 같아서요.

— 제가 생긴 게 어때서요?

— 어때서가 아니라…… 혹시, 토끼 닮았다는 얘기 들어본 적 없어요?

*

— 이제 정신이 드나?

낯선 사내의 얼굴이 불쑥, 눈앞으로 들어왔다. 40대 중반쯤 되었을까? 머리가 반쯤 벗어져 넓은 이마가 유난히 반짝이는 중년의 사내였다. 눈에 익은 얼굴이었지만 어디서 봤는지 또렷이 기억나지 않았다. 주변을 둘러보니 좁고 지저분한 방 안이었다. 구석엔 삼촌 또

래의 청년 한 명과 그보다 더 어려 보이는 소년이 피곤한 듯 입을 헤벌린 채 잠에 빠져 있었다.
— 여, 여, 여, 여, 여……
삼촌이 말을 더듬거리자 사내가 뒤를 잘랐다.
— 여기가 어딘지는 알 거 없어. 그냥 편히 누워 있게.
— 가, 가, 가, 가, 가……
— 감사는 됐다가 나중에 하고, 일단 이 침 좀 빼겠네.
침? 그러고 보니 자신의 옷이 벗겨진 채 여기저기 침이 꽂혀 있었다. 아마 삼촌이 잠든 사이에 중년의 사내가 침을 놓은 모양이었다. 삼촌이 누워 있는 동안 사내는 능숙하게 침을 빼냈다. 침을 빼낼 때마다 따끔, 하는 통증과 함께 뭔가 달차근한 냄새가 코끝을 감돌았다. 이 냄새는 뭐지? 많이 맡아본 냄샌데…… 가만, 이 냄새는 짜장면 냄새 아닌가? 순간, 삼촌은 그날 저녁에 있었던 일이 한꺼번에 모두 떠올랐다.

삼촌은 중국집에서 짜장면을 먹으며 식당 벽에 걸린 가격표와 주머니 속에 든 돈의 액수를 가늠해 보았다. 공사장에서 밀린 간조도 받지 못한 채 갑자기 동천을 떠나는 바람에 수중엔 돈이 거의 없었다. 오토바이에 기름도 떨어져 당장 돈이 필요했지만 이미 수배가 되어 곳곳에 전단지가 붙어 있을 것 같아 섣불리 일자리를 알아볼 엄두도 나지 않았다. 그래서 늘 배가 고팠다. 돈을 최대한 아껴 쓰느라 길거리에서 풀빵이나 순두부를 몇 번 사먹었을 뿐 제대로 된 식사를 할 수가 없었다. 그나마 며칠 못 가 바닥이 보였다. 오토바이를 팔아 돈을 마련할 수도 있었지만, 그리고 그것이 가장 현실적인 타

개책이었지만 삼촌은 자신의 분신과도 같은 오토바이를 파는 건 한 번도 생각해 본 적이 없었다.

그날 저녁, 수중에 있는 돈을 모두 모아보니 겨우 짜장면을 한 그릇 사먹을 수 있는 정도였다. 삼촌은 어느 정도 자포자기의 심정으로 아무 데고 눈에 띄는 중국집엘 들어갔다. 그곳이 하필이면 충무로 근처인 것이 단순한 우연인지 아니면 운명에 따른 이끌림인지에 대해선 생각할 겨를도 없었다. 또한 짜장면을 사먹고 난 뒤에 돈 한 푼 없이 어떻게 버틸 것인지에 대해서도 아무런 계획이 없었다. 그것이 마지막 식사여서였을까? 짜장면은 맛있었다. 그것이 하필이면 오순과 함께 마지막으로 먹은 음식이라는 생각도 미처 하지 못했다. 돈이 조금 여유가 있었다면 곱빼기로 시켰을 텐데, 하는 아쉬움에 삼촌은 바닥에 남은 양념까지 깨끗이 핥았지만 간에 기별도 가지 않았다. 오히려 잠자고 있던 허기를 잘못 건드린 듯 뱃속에서 맹렬한 식욕이 날뛰었다. 시끄러운 소리에 돌아보니 바로 옆 테이블에선 예닐곱 명의 일행이 함께 어울려 식사를 하고 있었다. 양장피와 팔보채, 오향장육과 깐풍기 등 온갖 중화요리들이 식탁 위를 가득 채워 그야말로 산해진미가 따로 없었다. 그들은 왁자하게 큰 소리로 웃고 떠들며 게걸스럽게 음식을 먹어치웠다. 삼촌은 자신도 모르게 침을 꼴깍 삼켰다. 그리고 남의 음식을 보고 침을 삼켰다는 사실이 부끄러워 재빨리 고개를 돌리고 꿀꺽꿀꺽, 엽차를 마셨다. 그들은 일행 중의 한 명이 농담을 하면 기다렸다는 듯 일제히 웃음을 터뜨리곤 했는데 그들의 즐거운 웃음소리에 삼촌은 불현듯 외로움을 느꼈다. 이제 잠자리를 알아봐야 했지만 마땅히 갈 데도 없었고 연락할 곳도 없었다. 오늘은 또 어디서 잠을 자지? 마음이 착잡했다. 그리고 아직도 배가 고팠다.

　삼촌은 종업원에게 엽차를 세 번이나 더 달라고 부탁해 거푸 엽차만 세 잔을 들이켰다. 물배라도 채워 허기를 면하려는 심산에서였다. 그러는 동안 옆 테이블의 손님들도 식사를 마치고 나가 홀에는 삼촌 한 명만이 남아 있었다. 그는 엽차를 다 마신 후에도 자리를 뜨지 못하고 있었는데 영업을 마칠 시간이 되었는지 종업원들이 그만 나가달라는 듯 부산을 떨며 청소를 하기 시작했다. 이제 나가고 싶지 않아도 나가야 할 시간이었다. 자리에서 일어서려니 천근만근 몸이 무거웠다. 사는 건 참 고달픈 일이라는 기분이 들었다. 옆 테이블엔 방금 전 손님들이 질펀하게 한바탕 먹고 나간 음식의 잔해가 고스란히 남아 있었다.

　이때, 테이블 한가운데 놓여 있는 군만두가 삼촌의 눈에 들어왔다. 맛이 없었는지 아니면 다들 배가 불러서였는지 노릇하게 구워진 만두는 손도 대지 않은 채 그대로였다. 삼촌은 자신도 모르게 재빨리 주위를 둘러보았다. 종업원들은 정리를 하느라 분주해 그에게 신경을 쓰는 이가 아무도 없었다. 젠장, 도대체 무슨 짓을 하려는 거야? 삼촌의 머릿속에선 뭔가 강력한 제어신호가 전달되었지만 손은 생각보다 더 빠르게 움직였다. 부끄러움과 참담함, 죄의식과 허기 속에서 그의 손은 식은 군만두를 와락 움켜쥐어 되는 대로 가죽잠바 주머니 속에 마구 쑤셔 넣고 있었다. 생전 남의 물건에 손 한 번 댄 적 없는 삼촌이었지만 그날은 눈 깜짝할 사이에 군만두를 훔쳐 애써 태연한 척 카운터 앞으로 걸어갔다. 그리고 떨리는 손으로 주머니에서 돈을 꺼내 계산을 했다. 그리고 밖으로 막 나가려고 할 때였다. 누군가 덥석, 삼촌의 어깨를 잡았다.

― 잠깐만!

돌아보니 조리사인 듯 앞치마를 두른 중년의 사내가 불룩해진 삼촌의 잠바주머니를 쳐다보고 있었다.

― 주머니에 뭐가 들었는지 잠깐 좀 보여줄 수 있겠나?

사내의 말투는 점잖았지만 어깨를 짚은 손에 예사롭지 않은 힘이 들어가 있었다.

― 왜, 왜, 왜, 왜, 왜, 왜, 왜 그러시는데요?

삼촌은 짐짓 인상을 쓰며 태연한 척 물었지만 평소보다 말을 더 심하게 더듬었다.

― 요즘 식당에서 수저나 재떨이를 훔쳐가는 사람들이 많아서 말이야. 간장 통도 훔쳐가고 식초 통도 훔쳐가고, 별 놈이 다 있어. 어떤 놈은 의자를 분해해서 몰래 가방에 넣어간 놈도 있었지. 뭐, 자네가 그렇다는 게 아니고 그냥 한번 확인만 해보려고…….

실로 난감한 순간이었다. 먹다 남긴 군만두를 훔쳤다고 크게 문제가 되진 않겠지만 그렇다고 자신이 훔친 건 재떨이가 아니라 군만두라는 걸 보여줄 수는 없는 노릇이었다. 차라리 주머니 속에 군만두가 아니라 간장 통이 들어 있으면 얼마나 좋을까, 하는 생각과 함께 이럴 땐 무조건 도망가는 게 상책이라는 생각이 들었다. 삼촌은 어깨를 잡은 사내의 손을 뿌리치고 재빨리 입구 쪽으로 내달았다. 순간, 몸이 허공으로 붕 떠올랐다. 사내가 뭘 어떻게 한 건지 보지도 못한 채 삼촌은 바닥을 나뒹굴었다. 비호처럼 빠른 동작이었다. 삼촌은 자리에서 일어나 사내를 향해 무작정 돌진했다. 하지만 그는 가볍게 몸을 피하며 목덜미를 잡아채 바닥에 쓰러뜨렸다. 그리고 팔을 뒤로 꺾어 삽시간에 제압해 버렸다. 도저히 힘을 써볼 수 없는 상대였다.

— 주머니에 든 게 뭔지 그냥 구경 좀 하자니까 왜 이리 오두방정을 떨고 그러나?

사내는 종업원들이 모두 지켜보는 가운데 삼촌의 주머니에 손을 넣어 천천히 안에 든 것을 꺼내들었다. 그리고 마침내 졸렬한 좀도둑이 식당에서 훔친 게 무엇인지 알아보았다. 사내는 속이 터진 군만두를 손에 든 채 난처한 표정으로 삼촌과 군만두를 번갈아가며 쳐다보았고 종업원들은 자기들끼리 키득거리며 뭐라고 수군거렸다. 삼촌은 바닥에 엎어진 채 그대로 죽어버렸으면 싶은 심정이었다. 사내는 종업원들을 둘러보며 말했다.

— 뭘 구경하고 있어. 어서 청소들이나 해.

사내가 몸을 비켜주자 삼촌은 자리에서 일어섰다. 종업원들은 일을 하는 척하며 모두 삼촌 쪽을 쳐다보았다. 삼촌은 그들의 시선을 등 뒤로 받으며 중국집 문을 열고 밖으로 나섰다. 한없이 비참한 기분이었다. 밖은 이미 어두워져 있었다. 들어올 땐 미처 보지 못했는데 위를 올려다보니 '北京飯店'이란 중국집 간판이 선명하게 눈에 들어왔다. 그런데 식당 안에서 당한 일이 너무 참담해서였을까, 아니면 성치 않은 몸으로 며칠간 헤매고 다니다 마침내 탈진한 걸까, 중국집 간판이 뱅그르르 돌았다. 그리고 삼촌은 중국집 문 앞에 쓰러져 그대로 정신을 잃고 말았다.

— 배고플 텐데 이것 좀 먹어보게.

삼촌이 주섬주섬 옷을 입고 있는 사이에 중년의 사내는 접시에 군만두를 담아내왔다. 주방에서 금방 튀겨온 듯 노릇한 만두는 매우 먹음직스러워 보였다. 뱃속에선 주책없이 꼬르륵 소리가 났지만 삼촌은 저녁의 비참했던 순간이 생각나 고개를 외로 돌렸다. 한쪽 구석에서 잠들어 있는 남자애 두 명은 여전히 세상모르고 곯아떨어져 있었다.

― 그래, 집 나온 지는 얼마나 됐나?

사내는 삼촌이 가출한 것을 기정사실화한 듯 만두를 한 개 집어 먹으며 물었다.

― 다, 다, 다……

― 닷새면 이제 버틸 만큼 버텼구먼. 여기저기 모기 물린 자국이 있는 걸로 봐선 잠도 그냥 길바닥에서 잔 것 같은데……. 나이가 몇 인가?

― 스, 스, 스……

― 스물이면 한창때지만 그렇다고 몸을 함부로 굴리다간 골병이 드는 수가 있어.

어찌된 일인지 그는 신통하게도 삼촌이 첫음절을 더듬기만 해도 뒤의 말을 알아들었다. 삼촌은 엉거주춤 자리에서 일어섰다.

― 저, 저, 전 이만……

― 이 시간에 어딜 가려고?

사내가 물었다. 삼촌은 달리 대답할 말이 없어 발끝만 내려다보고 있었다.

― 보아하니 갈 데도 없는 것 같은데 오늘은 여기서 자고 가게.

사내는 더 이상 먹으라는 말도 없이 혼자 군만두를 꾸역꾸역 먹었는데 이미 접시가 반 넘게 비워져 있었다. 불현듯 허기가 밀려왔다. 삼촌은 엉거주춤 다시 자리에 앉았다.

— 말투를 들어보니 서울내기는 아닌 것 같고…….

 삼촌이 한 음절 이상 입 밖에 낸 적도 없는데 무슨 말투를 듣고 아는 척을 하는 건지 이해할 수 없었다. 그는 만두를 한 개 집어 입 안에 쏙 넣으며 물었다.

— 밖에 있는 오토바이는 어디서 훔친 건가?

— 후, 후, 후……

— 물론 훔친 게 아니라고 하겠지. 도둑질한 놈이 자기 입으로 도둑질했다고 하는 법은 없으니까.

 사내는 다시 만두를 한 개 집어먹었다. 사내는 제멋대로 넘겨짚는 버릇이 있는 듯했지만 삼촌은 만두에만 신경이 가 있어 변명할 말도 떠오르지 않았다. 이제 접시 위엔 만두가 서너 개밖에 남지 않았다.

— 그러고 보니 아직 내 소개를 안 했군. 난 이 집 주방에서 일하는 칼판장이야.

— 카, 카, 카, 카……

— 칼판이란 건 요리에 들어가는 재료를 다듬고 썰고 다지는, 칼을 갖고 일하는 사람을 말하는 거야. 프라이팬에서 요리를 만드는 건 불판, 면을 뽑는 건 면판, 그리고 이 애들은 설거지나 청소를 하는 애들인데 이쪽에선 사완이라고 부르지.

 사내는 구석에서 잠들어 있는 남자애들을 가리켰다. 그러고 보니 방 안엔 몇 종류의 칼이 나무로 만든 칼집에 꽂혀 있었는데 한눈에 봐도 크기나 생김새가 예사롭지 않았다.

— 젊은 나이에 오갈 데도 없는 걸 보니까 뭔가 사연이 있겠지만 내 따로 묻지는 않겠네.

 사내는 다시 만두를 집어먹었다.

— 그런데 내가 보기에 자네는 어디 한 군데 머물러 있을 사람이 아니야. 역마살이 있다고나 할까? 어차피 평생 떠돌아다니며 살아야 할 팔자로구먼. 지금까지도 그랬을 테고.

— 지, 지, 지, 지……

— 지금까진 물론 한 군데 살았겠지. 그래, 몸은 그랬을지도 몰라. 하지만 마음은 그렇지 않았을 거야. 어디에 살아도 그곳이 고향 같지 않고 밥을 먹어도 왠지 내 밥을 먹은 것 같지가 않고 무슨 일을 해도 마음은 콩밭에 가 있고……. 어때, 그렇지 않았나?

사내가 만두를 한 개 더 집어먹어 접시 위엔 이제 만두가 단 한 개밖에 남지 않았다. 삼촌은 만두에 신경을 쓰느라 미처 대답을 하지 못했는데 사내는 만두를 우적우적 씹어 먹으며 말을 이었다.

— 그런 사람에게 어울리는 일이 딱 하나 있지.

— 그, 그, 그, 그……

— 그게 뭐냐 하면 말이지…….

사내의 손이 마지막 남은 만두를 집기 위해 접시로 향했다. 이때, 삼촌은 자신도 모르게 손을 뻗어 옆 테이블에서 만두를 훔칠 때보다 더 빠르게 접시로 향했다. 그리고 마지막으로 하나 남은 만두를 집어 재빨리 입으로 가져갔다. 사내는 그런 삼촌을 보며 빙그레 웃었다. 그리고 손을 바지에 쓱쓱 문질러 닦으며 말했다.

— 바로 배달이야.

— 배, 배, 배, 배달이요?

— 그래, 오토바이도 있겠다. 사지 멀쩡하겠다. 먹여주고, 재워주고, 자네 처지에 서울에서 이보다 더 좋은 일자리를 구하는 건 힘들다고 봐야지. 답답한 주방이나 홀에서 일하지 않아도 되고…….

이때, 삼촌의 입 안에선 만두가 터지며 고소한 육즙이 가득 퍼져 나갔다. 정말 환상적인 맛이었다. 그래서 그 맛을 음미하느라 사내의 말은 귀에도 들어오지 않았다. 그저 그런 만두를 배불리 먹을 수만 있다면 불판이든 칼판이든, 배달이든 사환이든 상관없었다. 입으로 불을 뿜고 칼 위에서 춤을 추고 콧구멍으로 면을 뽑으라고 해도 능히 해낼 수 있을 것 같았다.

― 마침 배달하던 애 하나가 얼마 전에 수금한 돈을 갖고 도망가는 바람에 사람이 한 명 필요했거든. 어때? 내가 이 집 사장한테 잘 얘기해 줄까?

삼촌은 만두를 씹느라 입을 열지도 못하고 무슨 말인지 잘 알아듣지도 못한 채 그저 고개만 주억거렸다.

*

토끼와 오순은 병원 옥상에서 자주 만났다. 토끼는 자신이 길거리에서 토사물을 뒤집어쓰고 봉변을 당할 때 오순이 옆에 있었다는 사실과 두 사람이 이미 다방에서 한 번 마주친 적이 있다는 사실을 알지 못했다. 또한 오순이 죽도록 사랑했던 그 개자식과 토끼가 죽도록 미워했던 그 개자식이 동일 인물이라는 사실도 알지 못한 채, 두 사람은 밤마다 옥상에서 만나 담배를 나눠 피우며 그 개자식에 대한 아픈 기억을 달랬다.

오순이 토끼의 병실을 찾은 것은 밤새 무서운 기세로 천둥번개가 치던 어느 늦여름 밤이었다. 대지가 쪼개지는 듯 무시무시한 천둥소리에 놀라 토끼가 잠에서 깨어났을 때 어둠 속에 한 여자가 서 있었다. 때마침 번개가 쳐 토끼는 그녀가 오순임을 알아보았는데 그 엄청난 폭우 속에서 어디를 다녀왔는지 온몸이 비에 흠뻑 젖어 있었다. 토끼가 이 야심한 밤에 어쩐 일이냐고 묻자 오순은 파랗게 질린 입술을 달달 떨며 담배가 떨어져서 한 개비 얻으러 왔다고 했다. 토끼가 주섬주섬 침대에서 담배를 찾으며 힐끔 돌아보니 오순이 입고 있는 환자복이 물에 흠뻑 젖어 풍만한 몸의 윤곽이 그대로 드러났다. 이때 그녀의 몸은 생명의 잉태로 인해 놀랄 만한 변화가 생겨 그간 인색하기만 했던 호르몬의 공급량이 갑자기 늘어나는 바람에 근육은 부드러워지고 메말랐던 피부엔 윤기가 돌았다. 게다가 때는 바야흐로 비 오는 밤이어서 그녀의 몸은 더욱 은밀하고 촉촉해져 토끼의 아랫도리는 번갯불을 맞은 듯 벌떡 일어섰는데 이미 죽음의 경계를 한 번 넘어갔다 온 이후로 그녀의 얼굴엔 알 수 없는 처연함까지 더해져 어딘가 독을 품은 듯 고혹적인 모습에 토끼는 욕정을 참지 못하고 그만 물에 젖은 임신부의 몸을 와락 끌어안고 침대에 쓰러졌다. 토끼는 그녀가 임신한 사실을 상상도 못한 채 금방이라도 숨이 넘어갈 듯 할딱대며 거칠게 그녀의 몸속을 파고들었다. 이때 오순이 토끼의 목을 끌어안으며 그의 귀에 대고 속삭였다.

— 한 가지만 약속해 줘요.

— 뭐, 뭐를요?

— 혹시 나를 버리고 간 그 개자식을 만나게 되면 반드시 당신 손으로 죽여주겠다고.

토끼는 온몸에 번갯불이 튀는 듯한 열락 속에서 절정의 순간을 방해받을 것 같은 두려움과 조바심에 사타구니를 맹렬하게 밀어붙이며 대답했다.

— 아, 아, 알았어요. 약속할게요. 근데 엉덩이 좀 살짝 들어주시면 안 돼요?

이에 오순이 토끼의 몸 위에 올라타 아랫도리를 돌리며 그간 갈고닦은 솜씨를 발휘해 요분질을 시작하자 토끼는 머리카락이 쭈뼛 서는 듯한 쾌락에 부르르 몸을 떨며 어떤 개자식인지는 몰라도 이런 여자를 울린 놈이라면 죽어도 억울할 건 없을 거라고 생각했다.

삼촌에게 연락이 온 것은 그가 동천에서 사라진 지 세 달 뒤였다. 나와 재종간인 재석이 형이 밤늦게 헐레벌떡 뛰어와 아버지를 찾았다. 삼촌에게 전화가 걸려왔다는 거였다. 아버지와 사촌 간인 재석이 형 아버지, 그러니까 오촌당숙은(젠장! 뭐가 이렇게 복잡해) 동네 이장 일을 보고 있었는데 그 집에 있는 전화가 우리 동네에 있는 유일한 전화였다. 한달음에 이장 집으로 달려간 아버지는 수신 상태가 좋지 않은 전화기에 대고 악을 써가며 그간 있었던 일에 대해 대강 설명해 주었다. 다행히 삼촌이 걱정한 만큼 최악의 사태는 일어나지 않았다. 아버지는 토끼도 죽지 않았고 오순도 죽지 않았지만 삼촌 때문에 할머니가 몸져누웠다는 것과 형사들 입막음을 하고 치료비를 대느라 고래실논 한 배미를 팔아먹었다는 얘기로 삼촌에게 잔뜩 부담을 주며 당장 집으로 돌아오라고 했다. 그것은 전화가 걸려온 시점이 그야말로 오줌 누고 좆 볼 새도 없는, 한창 바쁜 농번기여서 하나라도 일손이 아쉬웠기 때문이었다. 삼촌은 한참 더듬거리며 그저 죄송하단 말만 반복하다 정말 죄송하지만 당장 내려가기는 어려울 것 같다고 했다. 서울에서 일자리를 구했다는 거였다. 공사판에서 일하는 것보다 월급도 많고 전망도 괜찮다고 했다. 아버지가, 네깟 놈이 서울에서 무슨 재주로 일자리를 구했냐고 묻자 삼촌은 중국집 주방에서 일하며 청요리를 배우고 있다고 했다. 그것은 물론 거짓말이었다. 남자가 무슨 요리냐고 하자, 그건 형님이 잘 몰라서 하시는 말씀이라고, 요즘 서울에 있는 고급음식점엘 가보면 요리사가 대부분 남자라고 했다. 아버지는 예전과 달리 고분고분하지 않은 삼촌의 태도에 부아가 치밀어 청요리를 배우든 홍요리를 배우든 네 마음대로 하라며 전화를 끊어버렸다.

  삼촌을 불러 내리는 데 실패하긴 했지만 그래도 아버지는 그가 무사히 잘 지내고 있다는 소식에 마음이 놓였는지 할머니 방에 가서 삼촌의 소식을 전해주었다. 이즈음 할머니는 귀가 어두워 바로 옆에서 하는 얘기도 잘 알아듣지 못해 아버지는 삼촌이 서울에 있는 큰 청요리 집에 취직을 해서 요리를 배우고 있는데 월급도 많고 장래성도 있다는 얘기를 하느라 할머니 귀에 대고 여러 번 고함을 쳐야 했다. 이에 할머니가 불알 달린 사내놈이 웬 요리냐고 묻자 아버지는, 그건 어머님이 잘 몰라서 하시는 말씀이라고, 요즘 서울에 있는 고급음식점에 가보면 요리사가 전부 남자라며 삼촌이 한 말을 그대로 반복했다. 그러자 할머니는 남자가 요리를 한다는 말은 금시초문이라고, 네놈이 어릴 때부터 거짓말을 밥 먹듯 하더니 아직까지도 나를 속이려 든다며 버럭 역정을 내 삼촌의 엉뚱한 거짓말에 사랑채가 시끄러웠다. 아버지는 소리를 질러가며 큰 소리로 백배사죄하며 하여간 좌우지당간에 삼촌은 잘 있으니 그저 아무 걱정 마시라는 말을 여러 번 되풀이하고 나서야 할머니 방에서 나왔는데 머리가 어질어질하고 속이 메슥거렸다. 이장 집에 가서 한동안 전화기에 대고 삼촌에게 있는 대로 악을 써댔는데 다시 할머니에게 소리를 질러대느라 기진한 탓이었다. 아버지는 가뜩이나 논맬 힘도 없는데 그 망할 놈 때문에 쓸데없이 기운만 다 써버렸다며 냉수를 한 사발 들이켜고 자리에 누웠다.

맹룡과강 {1}

북경반점은 진짜 중국인이 운영하는 식당이었다. 해삼류와 전복류 등 해산물 요리를 잘하는 것으로 소문나 충무로의 유명한 감독이나 영화사 사장들이 자주 찾는 곳으로 식당 주인은 마 씨 성을 가진 40대 초반의 화교 여자였다. 그녀는 손님을 맞이할 때면 짙은 화장에 허벅지가 다 드러나는 붉은 치파오를 입고 눈웃음을 치며 한껏 교태를 부렸는데 비록 주름진 눈가에서 세월의 흔적을 감출 순 없었지만 늘씬한 몸매에 선연한 이목구비는 젊은 시절의 미모를 짐작케 하고도 남음이 있었다.

반면, 성질머리가 꽤나 더러워 한 번 비위가 뒤틀리면 가뜩이나 찢어진 눈을 사납게 치켜뜨고 따발총을 쏘듯 시끄럽게 중국말로 소리를 질러대 종업원들은 그녀를 마 사장이라고 부르지 않고 보통 마 표범이라고 부르거나 심할 땐 마 지랄이라고 부르기도 했다. 마 지랄이라고 부를 때는 마 사장이 식탁을 엎거나 접시를 벽에 내던져 박살을 내는, 진짜 지랄을 떠는 경우에 한해서였는데 그녀가 아무리 난리를 치고 눈물을 쏙 빼놓을 만큼 야단을 쳐도 종업원이 일을 그만두는 경우는 거의 없었다. 그것은 그들이 대부분 마 사장과 친인척 관계로 맺어진 화교들이었기 때문이었다.

그곳은 한국 안에 있는 작은 중국 사회였다. 그들은 물 위에 떠 있는 기름처럼 한국 사회와 동화되는 것을 한사코 거부해 자기들끼리 얘기할 때는 중국말을 사용했으며 물 대신 차를 마시고 밥공기를 손에 들고 밥을 먹었다. 산동성 출신이 대부분인 한국의 화교들은 박정희 군사정부의 집요한 탄압을 받은 끝에 흥성했던 북창동 시절의 영화를 뒤로 하고 미국과 캐나다, 동남아 등지로 뿔뿔이 흩어졌다. 그러나 마 사장처럼 미처 한국을 떠나지 못한 이들은 소수자로서 어쩔 수 없이 갖게 된 배타성과 결속력, 안쓰러운 자부심과 과잉된 피해의식을 간직한 채 한국 사회라는 넓은 호수 위를 외롭게 떠다니고 있었다. 한 가지 특이한 점은 주방이나 홀에서 일하는 사람들은 대부분 화교들인 데 반해 배달만은 삼촌을 포함해 모두 한국인을 고용했다는 거였다. 그것은 스스로 고립을 자처했지만 중국집의 속성상 어쩔 수 없이 마련한 일종의 절충안으로 배달은 북경반점이라는 작은 중국 사회와 바깥 사회를 연결해 주는 유일한 통로이기도 했다. 따라서 한국 사회에서 화교로서의 삶은 집성촌에서 서자로 자란 삼촌과 상련의 아픔이 공유되는 바 있었지만 그 외로운 집단 속에서 삼촌은 다시 외톨이가 될 수밖에 없는 이중의 아픔을 경험해야 했다.

마 사장은 마흔이 넘도록 결혼도 안 하고 혼자 살고 있었다. 그러다 보니 이에 대해 온갖 해괴망측한 소문이 떠돌았다. 결혼을 한 적이 있다는 둥 없다는 둥, 애가 있다는 둥 없다는 둥, 실은 어느 유명한 섬유재벌의 여덟 번째 첩이라는 둥, 그 대가로 그가 음식점을 내줬다는 둥 아니라는 둥, 치파오를 입고 중국인 흉내를 내고 있지만 그것은 장사를 위해서 위장한 것일 뿐 실은 전라도 순천 여자라는 둥, 실은 그녀가 중국공산당 간부인데 모택동의 지령으로 한국의 정치 동향을 살피기 위해 파견된 스파이라는 둥, 그래서 손님으로 드나드는 고위관료나 군 장성들에게 접근해 정부의 기밀을 캐내고 있다는 둥, 그러니까 한 마디로 중국의 마타하리라는 둥, 실은 여자를 좋아한다는 둥, 그게 아니라 실은 남자라는 둥, 실은 사람이 아니라 요괴인간이라는 둥 삼류 주간지에 등장할 법한 온갖 이야기가 망라되어 어린이날 대공원의 풍선처럼 둥둥 떠다녔다.

마 사장은 중국집이 있는 건물 2층에서 혼자 살았는데 한번은 밤늦게 종업원 숙소로 내려와 문을 두드린 적이 있었다. 삼촌이 문을 열어보니 잠옷 바람에 화장기 하나 없는 맨얼굴이었다. 그녀는 술을 한잔 마시려고 하는데 안주가 없으니 난자완스를 해달라고 했다. 아닌 밤중에 홍두깨라고 난데없이 난자완스라니! 이미 주방장도 퇴근을 해 요리할 사람이 없어 삼촌은 난감한 얼굴로 다른 종업원들을 쳐다보는데 제일 연장자인 칼판장이 선뜻 주방으로 나섰다.

난자완스는 먹기는 간단해도 만들기는 복잡한 음식이었다. 돼지고기를 다져 완자를 만들고 기름에 튀겨 야채와 함께 볶아내는 것으로 청경채, 양송이, 표고, 죽순 등 요리에 들어가는 재료만 해도 한두 가지가 아니었다. 그날 삼촌은 칼판장 옆에서 요리 만드는 것을 도왔는데 칼만 만지던 그가 웍*도 매우 능숙하게 다룬다는 사실을 알고 놀랐다. 끓는 기름 위에 대파와 생강, 마늘을 듬뿍 넣고 볶다가 술을 붓자 프라이팬 위로 불길이 치솟았다. 칼판장은 감탄한 얼굴로

---

* 중국집에서 사용하는 바닥이 둥근 프라이팬. 북경팬으로 불리기도 하는데 튀김이든 볶음이든 탕이든 모든 중화요리는 이 웍(Wok) 하나로 요리한다.

지켜보는 삼촌을 향해 씩 웃어 보이며 말했다.
— 저 여자는 향이 진한 걸 좋아해. 너도 나중에 여자를 겪어보면 알겠지만 성질이 더러운 여자들이 대개 그렇거든.
마 사장의 입맛까지 아는 걸 보면 칼판장이 요리를 해주는 게 처음은 아닌 모양이었다. 요리를 하는 동안 마 사장은 홀에 앉아 안주도 없이 혼자 독한 배갈을 홀짝거렸다. 잠시 후, 칼판장은 물 녹말을 넣어 요리를 마무리 한 뒤 난자완스를 접시에 담아내 삼촌에게 갖다 주라며 눈짓을 했다. 삼촌이 조심스럽게 접시를 들고 가 마 사장 앞에 내려놓자 그녀는 요리를 몇 젓가락 집어 먹고 배갈을 단숨에 들이켠 후, 주방에 대고 소리쳤다.
— 당신도 나와서 한잔 해요.
— 오늘은 피곤해서 일찍 자야 하는데…….
칼판장이 주방에서 고개를 내밀고 대답하자 마 사장이 입을 삐죽거리며 혼잣말처럼 중얼거렸다.
— 흥, 대머리 주제에 튕기기는…….
그리고 다시 안에 대고 외쳤다.
— 안 잡아먹을 테니까 걱정 말고 나와서 한잔 해요.
그러자 잠시 후, 칼판장이 앞치마에 손을 문지르며 안에서 나왔다. 마 사장은 칼판장에게 술을 따라주고 삼촌에게도 잔을 내밀었다.
— 너도 한 잔 받아.
삼촌은 엉거주춤 잔을 받아 마 사장처럼 단숨에 들이켰는데 배갈은 처음 먹어보는 터라 비명을 지를 만큼 목구멍이 뜨거워 자신도 모르게 캑캑대며 기침을 해댔다. 그 모습이 재미있었던지 마 사장이 깔깔대며 큰 소리로 웃음을 터뜨렸다.

― 너 아주 웃기는 애구나. 근데 배갈도 못 먹는 녀석이 청산가리는 도대체 무슨 생각으로 먹은 거야?

칼판장이 청산가리에 대한 얘기를 이미 한 모양이었다.

― 앞으로 청산가리 같은 건 먹지 마. 나도 한번 먹어봤는데 괜히 속만 아파. 죽지도 않고. 죽으려면 높은 데서 뛰어내려. 한강 다리나 삼일빌딩 꼭대기 같은 데 올라가서 눈 딱 감고 뛰어내리면 한 번에 끝나는데 뭐 하러 약 같은 거 먹고 고생해.

이미 술에 취했는지 어느 정도 자조적인 말투였다. 삼촌은 마 사장이 청산가리를 마신 적이 있다는 사실에 놀랐다. 그리고 그런 얘기를 아무렇지도 않게 한다는 것에 더 놀랐다. 청산가리가 무슨 음료수 이름이라도 된단 말인가!

― 그런데 한 가지 궁금한 게 있어요.

마 사장이 난자완스를 집어 먹으며 칼판장에게 물었다.

― 뭔데요?

― 이 정도 실력이면 다른 집에 가서 주방장을 해도 충분할 텐데 왜 월급도 적은 칼판을 하는 거예요?

칼판장은 앞에 놓인 배갈을 단숨에 마신 후 대답했다.

― 난 그냥 칼만 만지는 게 편해요. 기름 냄새 맡는 것도 싫고…….

마 사장의 말에 삼촌도 맛이 궁금해 슬그머니 젓가락을 들어 완자를 하나 집어 먹었는데 배갈의 독한 맛에 놀란 혀가 황홀해질 만큼 부드럽고 풍성한 맛이었다. 하지만 마 사장은 코웃음을 치며 말했다.

― 흥, 잘난 척하기는! 정말 못 봐주겠네.

마 사장이 까칠하게 대응을 해도 칼판장은 그저 허허 웃기만 했는데 삼촌은 두 사람 사이에서 묘한 기류가 흐르는 것을 발견했다. 그것이 외로운 중년의 남녀가 관심을 표현하는 방식이었을까? 그날 마 사장은 난자완스에 배갈을 두 병이나 마시고 대취해 아무 얘기나 횡설수설했다.

— 우리 아버지가 북창동에서 음식점을 크게 했거든. 근데 그걸 박정희가 뺏어갔어. 백주대낮에 강도질을 당한 거지. 하긴 총칼로 정권도 빼앗았는데 중국집 하나 뺏는 게 뭔 대수겠어. 그것 때문에 결국 우리 아버지가 화병으로 돌아가셨잖아. 여기 와서 지지리 고생만 하다 결국 고향에도 못 돌아가고…….

박정희 독재정권에 희생을 당한 것은 한국의 민중뿐만이 아닌 모양이었다. 마 사장은 아버지 얘기에 옷자락으로 눈물을 훔치다 삼촌에게 다음과 같이 말하기도 했다.

— 네가 한국 사람만 아니라면 내가 주방에서 일하게 해줄 텐데 미안하지만 북경반점 주방엔 한국 사람은 절대 안 들여. 왜 그런지 알아? 한국 놈이 요리를 하면 뭘 해도 된장 냄새가 나거든.

그리고 칼판장을 쳐다보며 덧붙였다.

— 맛있게 먹긴 했지만 이 난자완스에서도 지독한 된장 냄새가 나.

삼촌은 마 사장의 말이 무슨 뜻인지 몰랐는데 나중에 이에 대해 칼판장이 해명해 주었다.

— 난 옛날에 귀화를 했거든. 저 여잔 중국 사람이 귀화를 하면 무슨 매국노 취급을 하는데 이제 와서 그런 거 따져봤자, 뭐해? 중국 사람이면 누가 여기서 알아준대?

그날 마 사장은 몸을 가누지도 못할 정도로 만취해 결국 삼촌의 등에 업혀 갔다. 생각보다 몸이 가벼웠고 입에선 배갈 냄새가 지독

했다. 하지만 삼촌은 싫지 않았다. 싫지 않은 게 아니라 말로 설명할 수 없는 낯선 감정이 솟아올라 매우 당혹스러웠다. 그것은 그가 한 번도 느껴보지 못한 것으로 원정에게 느꼈던 이성에 대한 감정과는 전혀 다른 성질의 것이었다. 그것은 아득한 그리움 같은 거였다. 그리고 뱃속에서부터 치밀어오르는 오래된 슬픔 같은 거였다. 또한 따뜻하지만 만질 수 없는 안타까움 같은 거였다. 그 감정의 실체가 분명치 않아서였을까? 삼촌은 그것이 바로 모성이라는 사실을 미처 깨닫지 못했다. 다만 술에 취한 마 사장을 업고 2층 계단을 올라가는 동안 자꾸만 엄마 생각이 났다. 엄마는 지금쯤 어떻게 살고 있을까? 살아 있기는 한 걸까? 살아 있다면 얼마나 늙었을까? 마 사장보다는 훨씬 더 늙었을 테지. 그렇지만 아직 꼬부랑 할머니는 아닐 텐데…… 엄마도 혹시 마 사장처럼 이렇게 혼자 외롭게 살고 있는 게 아닐까?

마 사장을 2층에 데려다주고 내려오는 길에 칼판장은 계단에 쭈그리고 앉아 담배를 한 대 피워 물었다.

— 알고 보면 불쌍한 여자야. 돈이 있으면 뭐해. 자식도 없고 남편도 없는데…….

— 겨, 겨, 겨, 겨, 겨……

— 결혼할 남자가 있었지. 젊었을 때. 그런데 마 사장 아버지가 극구 반대를 했어.

— 왜, 왜, 왜, 왜……?

— 왜 반대를 했냐 하면 남자가 한국 사람이었거든.

그날 칼판장이 들려준 얘기에 의하면 마 사장은 아버지의 반대를 무릅쓰고 집을 나와 한국 남자와 살림을 차렸다고 했다. 애라도 낳아서 데리고 들어가면, 자식 이기는 부모 없다고 못 이기는 척 허락을 해주지 않을까 하는 기대가 있었지만 어찌된 일인지 쉽게 아이가 생기지 않았다. 마 사장의 연인이었던 남자는 때마침 미국으로 이민을 갈 기회가 생겨 마 사장에게 아이고 뭐고 때려치우고 함께 미국에 가서 자유롭게 살자고 했다. 그런데 공교롭게도 그즈음 아버지가 심장병으로 쓰러졌다. 하나밖에 없는 딸자식이 한국 놈과 눈이 맞아 집을 나간 데다 화교에 대한 독재정권의 탄압으로 북창동에서 쫓겨난 데에 따른 화병이었다. 마 사장은 아버지와 남자 사이에서 고민했지만 끝내 핏줄을 저버릴 순 없었다. 결국 기다리다 못한 남자는 혼자 미국으로 떠나고 혼자 남은 마 사장은 아버지 대신 충무로에 새로 낸 중국집을 맡아 운영했다. 음식 맛이 좋아서였는지 아니면 마 사장의 미모 덕택이었는지 식당은 제법 장사가 잘됐다. 마 사장은 낮에는 식당에서 열심히 일하고 밤에는 병원에 가서 아버지를 간호했다. 사랑이고 뭐고 생각할 겨를도 없이 정신없이 지나간 세월이었다. 북창동 시절만큼은 아니었지만 손님이 꾸준히 늘어 마 사장은 충무로에서 자리를 잡는 데 성공했다. 하지만 몇 해 뒤 아버지는 끝내 고향땅을 밟지 못한 채 병상에서 숨을 거두었다. 아버지의 사망 소식을 들은 남자가 미국에서 돌아와 다시 마 사장을 설득했다. 결혼을 반대하던 아버지도 죽었으니 이제 식당을 정리하고 함께 미국으로 떠나자는 거였다. 마 사장은 이번에도 남자를 따라가지 않았다. 왜 따라가지 않았느냐는 질문에 그녀는 씁쓸하게 웃으며 다음과 같이 대답했다고 한다.

— 한국말에 중국말, 거기다 미국말까지 새로 배우려니까 갑자기 인생이 너무 피곤하다는 생각이 들었어. 그리고 처음엔 그 남자가

아니면 죽을 것처럼 마음이 아팠는데 세월이 지나니까 사랑도 시들해지더라고.

금지된 사랑에 지치고 손님들 뒤치다꺼리에 지치고 한국 사회에서 이리저리 치이며 화교로 사느라 기진한 탓이었을까? 그녀는 그렇게 꽃 같은 청춘을 다 흘려보내고 이젠 눈가의 주름이 깊어가는 중년의 나이가 되어 홀로 음식점을 지키고 있었다.

이후에도 마 사장은 가끔 2층에서 내려와 홀에서 혼자 술을 마시곤 했는데 그녀가 칼판장에게 해달라고 부탁하는 안주는 언제나 난자완스 한 가지뿐이었다. 그녀는 술에 취하면 '옐라이샹' 어쩌고 하는 중국 노래를 부르곤 했는데 멜로디는 흥겨웠지만 노래를 부르는 마 사장의 모습엔 어딘가 쓸쓸함이 배어 있었다. 언젠가 한번은 술에 취해 노래를 부르다 말고 삼촌에게 다음과 같이 말한 적도 있었다.

― 난 중국 사람도 아니고 한국 사람도 아냐. 여자도 아니고 남자도 아니지. 생긴 건 여자지만 남자의 일을 하고 있으니까. 그리고 더 이상 젊지도 않지만 아직 늙은이는 아냐. 그게 바로 지금의 내 인생인데, 그럼 도대체 난 뭐지?

*

삼촌의 서울 생활은 나쁘지 않았다. 친구도 없이 언제나 독고다이였던 삼촌에겐 서울이든 시골이든 별반 다를 게 없었다. 다만 배달을 하느라 정신없이 바쁜 가운데 무협지처럼 파란만장했던 동천읍의 아픈 기억을 잊고 조금씩 서울생활에 적응해 가는 중이었다. 아버지에게 둘러댄 것처럼 청요리를 배우는 건 아니었지만 먹고 자는 문제가 해결된 데다 돈까지 벌 수 있었으니 칼판장 말대로 서울에서 그만한 일자리는 없을 듯했다. 처음엔 오토바이를 타고 여기저기 구경을 다니는 재미도 쏠쏠했다. 삼촌은 휴일마다 가죽잠바를 입고 서울 구석구석을 누비고 다녔다. 명동은 물론 동대문과 평화시장, 남대문과 서울역을 비롯해 멀리 뚝섬과 우이동 계곡에도 가보았다. 사람도 많고 길도 복잡해 처음엔 길을 잃고 헤매기 일쑤였지만 배달을 하다 보니 곧 지리에 익숙해져 자신이 서울사람이란 착각이 들 때도 있었다. 어쩌다 시골사람이 길을 물어와 자신 있게 가르쳐줄 때면 큰일을 해낸 듯 가슴이 뿌듯하기도 했다.

  삼촌에게 있어서 무엇보다 좋은 것은 영화를 마음껏 볼 수 있다는 거였다. 삼촌이 배달을 다니는 충무로 근처에는 극장이 많았다. 대한극장은 물론 명보극장과 스카라극장, 멀리 을지로의 국도극장 일대까지 삼촌의 배달구역이어서 새로 영화가 개봉하면 극장 앞에 오토바이를 세워놓고 대형 간판에 그려진 포스터를 구경하느라 배달통 안의 짜장면이 붇는 줄도 몰랐다. 시내에 있는 개봉관은 동천읍에 있는 극장과는 분위기가 사뭇 달랐다. 스크린도 더 컸고 좌석 수도 훨씬 많았다. 자리가 지정되어 있어 제복을 입은 여직원이 플래시를 들고 좌석을 안내해 주었고 인기 있는 영화가 상영되는 극장 앞에는 어김없이 암표 장수들이 진을 치고 있었다. 당시 극장가에선 〈닥터 지바고〉나 〈벤허〉, 〈빠삐용〉 같은 할리우드 영화들이 인기를 끌었지만 삼촌은 외국영화에는 큰 흥미가 없었다. 이야기가 너무 복잡해 이해하기가 어려웠을 뿐더러 자막을 읽어야 하는 불편함도 있는 데다 금발의 서양 사람들 얘기라는 게 도무지 공감이 가지 않앉기 때문이었다. 당시 삼촌이 좋아한 영화는 〈돌아온 외다리〉 류의 권격(拳擊)영화나 〈별들의 고향〉 류의 멜로영화였다. 그러다보니 삼촌의 발길은 자연스럽게 시내를 벗어나 서울 외곽에 있는 동시상영관으로 향했다.

  동대문과 청량리, 서대문과 용산 등 변두리에 있는 동시상영관은 할리우드 대작 영화를 주로 상영하는 개봉관과 달리 도무지 국적을 알 수 없는 온갖 해괴한 액션영화들과 소위, 팔자 기구한 '나가요 언니들'의 애환을 담은 호스티스물이 주로 상영되는 한국적 장르영화의 서식처였다. 그곳은 개봉관보다 훨씬 싼 가격으로 두 편을 동시에 볼 수 있어(어떻게 동시에 두 편을 본다는 거지?) 삼촌처럼 시골에서 올라와 공장직공이나 노가다, 또는 중국집 배달부로 서울생활을 시작한 고달픈 삼류 인생들에겐 더없이 아늑하고 편안한 휴식처였다. 비록 퀴퀴한 곰팡내가 코를 찌르고 쥐들이 스크린 앞을 가로질러 뛰어다니고 필름이 자주 끊어졌지만 그곳에선 자신을 드러낼 필요가 없었고 말을 더듬을 필요도 없었다. 그리고 아무도 자기를 지켜보는 이가 없었다. 지켜보는 건 상대가 아니라 자기 자신이었다.
  그렇게 어둠 속에 웅크리고 앉아 폭력과 범죄, 섹스와 불륜 등 싸구려 욕망이 적나라하게 펼쳐지는 스크린을 응시하며 비밀스럽고 금지된 상상을 마음껏 펼치는 동안 시간은 눈 깜빡할 사이에 흘러 영화를 보고 나오면 밖은 이미 어두워져 거리엔 노점상들이 켜놓은 칸델라 불빛이 꺼질 듯 불안하게 깜박거렸다. 알싸한 카바이드 냄새가 떠도는 포장마차에서 우동을 한 그릇 사먹고 숙소로 돌아오다 보면 가죽잠바를 파고드는 찬바람에 왠지 마음이 헛헛하고 외로웠지만 서울생활의 흥분이 채 가시지 않아서였을까, 그 시절 삼촌에겐 그마저도 달콤하게 느껴졌다.

한번은 운 좋게도 변두리에 있는 한 동시상영관에서 〈정무문(精武門)〉을 상영한다는 소식을 들은 적이 있었다. 이미 오래전에 본 영화지만 비디오도 없던 시절이라 이소룡의 영화를 극장에서 다시 볼 수 있다는 건 삼촌에게 더없는 행운이었다. 그는 주말이 되기를 손꼽아 기다려 드디어 오토바이를 타고 극장을 찾아갔다. 멀리 불광동에 있는 도원극장이었다.

필름이 너무 낡아 화면에선 계속 비가 내리고 끊어진 필름을 아무렇게나 이어붙인 탓에 갑자기 화면이 튀기 일쑤인 데다 겨우 한 시간 조금 넘는 상영시간에도 불구하고 무려 네 번이나 필름이 끊어져 관객들은 휘파람을 불고 야유를 보냈지만 삼촌은 대형 화면에서 이소룡을 다시 볼 수 있는 것만으로도 더없이 행복해져 점심도 걸렀지만 배가 고픈 줄도 몰랐다. 그날 뒤이어 상영된 영화는 한국에서 제작된 권격영화였는데 제목도 들어본 적이 없는 데다 유명한 배우도 한 명 없어 관객들은 〈정무문〉만 보고 대부분 극장을 나갔다. 하지만 삼촌은 〈정무문〉을 한 번 더 보기 위해 배고픈 것도 꾹 참고 구석자리에서 죽치고 앉아 다음 영화가 상영되기를 기다렸다.

〈정무문〉과 동시에 상영된 영화는 예상보다 더 실망스러웠다. 굳이 장르로 치자면 '삼류에로멜로신파다찌마리영화'라고 부를 수 있었을 것이다. 주인공이 다수의 악당을 상대로 애인을 구해내기 위해 고군분투하다 어렵게 악당들을 모두 물리치고 비장하게 최후를 맞는 내용으로 이야기가 황당무계하고 억지스러운 데다 필름을 아무렇게나 이어붙인 것처럼 내용이 엉뚱하게 튀기도 하고 격투 장면도 어설프기 그지없어 삼촌처럼 〈정무문〉을 보러 왔던 몇몇 관객들은 아예 휴게실로 나가 담배를 피우며 빨리 영화가 끝나기를 기다리기도 했다. 삼촌도 매점에서 센베 과자나 사먹으며 시간을 때울까 하는 생각에 자리에서 몸을 막 일으켰을 때였다. 주인공의 애인이 처음 화면에 모습을 드러냈다. 순간 삼촌은 자신도 모르게 시선이 딱 멈추었다. 그리고 그 옛날에 그랬듯 온몸이 돌처럼 굳어지고 말았다.

주인공의 애인으로 등장한 배우는 다름 아닌 원정이었다. 분장을 하고 있는 데다 클로즈업도 없이 눈 깜짝할 사이에 지나가는 커트였지만 삼촌은 그녀가 원정이라는 것을 한눈에 알아보았다. 비록 생각지도 않았던 복잡한 일에 휘말리고 서울생활을 처음 시작하느라 한동안 잊고 지내긴 했지만 자신의 눈동자를 단숨에 꿰뚫고 지나갔던 그 강렬한 빛을 어찌 잊을 수 있었겠는가! 스크린 속의 원정은 삼류 영화에나 얼굴을 비치는 한물간 배우에 불과했지만 삼촌의 눈에 그녀는 삼류가 아니었다. 처음 눈을 마주친 이후, 다른 여자와 몸을 섞으면서도 늘 머릿속을 떠나지 않았던 마음속의 연인이었으며 밤마다 갈고리를 피해 이리저리 도망 다니는 와중에도 결코 잊어본 적이 없는 메두사의 얼굴이었다.

마지막 회를 상영할 즈음엔 관객이 여남은 명밖에 남아 있지 않았다. 삼촌은 환기도 안 되는 극장 안에서 하루 종일 영화를 보느라 머리가 어지럽고 속이 메슥거렸지만 원정의 얼굴을 한 번이라도 더 보기 위해 마지막까지 자리를 지키고 있었다. 원정은 자주 얼굴을 비치진 않았지만 극의 전개상 매우 중요한 역할이었다. 그녀는 악당들에게 납치를 당해 유곽에 팔려가 온갖 고초를 겪는데 그녀를 사랑한 주인공이 혈혈단신 적의 소굴에 뛰어들어 악당들을 물리치고 그녀를 구해낸다. 하지만 마지막까지 살아남은 악당 중 한 명에게 칼에 찔려 상처를 입는다. 그는 힘겹게 마지막 홍가다끼*까지 처치하지만 자신도 이미 피를 많이 흘려 결국 죽음을 맞는다. 난데없이 왜 바닷가가 등장하는지는 알 수 없지만 갈매기가 울어대는 바닷가 모래사장에서 원정은 죽어가는 주인공을 부둥켜안고 운다. 그녀의 연기는 그다지 훌륭하다고 할 수 없었다. 냉정하게 말해 실소가 나올 만큼 어색하고 상투적이어서 여느 관객들에겐 감정 전달이 제대로 되지 않았다. 하지만 삼촌은 극의 감정에 너무 몰입한 나머지 마지막 장면에서 자신도 모르게 눈물이 흘러내렸다. 처음엔 몰래 훌쩍거리며 울다 나중엔 어깨까지 떨며 흐느껴 뒷자리에 앉은 관객들이 손가락질을 하며 수군거렸다. 영화가 끝나고 불이 켜진 뒤에도 삼촌은 한동안 눈물을 멈출 수 없어 관객들이 모두 빠져나가고 한참 뒤에야 혼자 벌게진 눈으로 극장을 나왔다.

*

삼촌은 이불을 깔고 자리에 누웠지만 좀처럼 잠이 오지 않았다. 옆에선 사완 아이가 일찌감치 곯아떨어져 무슨 좋은 꿈이라도 꾸는지 혼자 히죽대며 잠꼬대를 했고 칼판장은 밖에 나가 술이라도 한

---

* 액션영화에서 주인공에 맞서 싸우는 악역을 흔히 '가다끼(かたき〔敵.仇〕: 원수, 경쟁 상대, 적수〕'라고 부르는데 특별히 주인공과 마지막으로 겨루는 가장 강력한 적을 '홍가다끼'라고 한다.

잔 하는지 아직 들어오지 않았다. 삼촌은 하루 종일 무거운 배달통을 들고 여기저기 뛰어다니느라 몸이 피곤했지만 이런저런 생각에 마음이 무거워 전전반측, 이리저리 뒤척이며 한숨만 길게 내쉬었다. 처음엔 서울에서 일자리를 얻은 게 잘된 일이라고 내심 기뻐했지만 몇 달 지내보니 마냥 그럴 일만도 아니었다. 배달이라고 하는 게 특별한 기술을 배우는 것도 아니고 급여도 적어 아무리 생각해도 장래성이 있는 일은 아니었다. 게다가 북경반점은 화교들끼리 똘똘 뭉쳐 있어 삼촌 혼자 외톨이로 겉돌다보니 달리 인맥을 만들 기회도 없었다. 군대 가기 전까지 중국집에서 그냥저냥 시간을 보낸다고 쳐도 그다음은? 군대를 다녀오면 보나마나 시골에 내려가 농사나 지어야 할 형편이었다.

 훗날, 한번은 삼촌이 술에 취해 자신이 아버지를 도와 농사일을 거들며 한 번도 내색을 하진 않았지만 실은 농사짓는 일이 정말 하기 싫었다고 고백한 적이 있다. 보리타작을 할 때 땀에 전 스웨터 안으로 보리까락이 들어가 등이 따가울 때면 소리라도 지르고 싶을 만큼 괴로웠다고 했다. 무엇보다 제일 싫은 건 맨발로 논에 들어가는 일이었다. 철벅이는 무논에 발을 담글 때면 언제나 수렁에 빠지는 듯한 기분이 들었는데 아무리 해도 그 느낌이 좀처럼 익숙해지지 않았다고 했다. 하긴 평생 농사꾼으로 살아온 이라도 맨발로 논에 들어가는 것을 좋아하는 사람은 아무도 없을 것이다. 언젠가 한번은 피사리를 하다 무릎 높이로 올라온 날카로운 벼이삭에 눈이 찔려 한동안 안대를 하고 다닌 적도 있었다. 잘못하면 애꾸가 될 수도 있는 위험한 상황이었다. 그 고통 또한 이루 말할 수도 없었겠지만 그는 여전히 싫은 기색 하나 없이 솔선해서 농사일을 거들었다. 그것은 자신의 운명이 평생 보송보송 마른자리와는 인연이 없다는 것을 일찌감치 예감하고 있어서였을까? 하지만 영화를 보고 온 이후 삼촌은 자신이 평생 배달이나 하면서 살게 되는 게 아닐까 하는 생각에 힘이 쭉 빠지고 마음이 무거웠다. 새삼 자신의 인생과 미래에 대해 돌아보게 된 것은 물론 우연히 영화 속에서 원정을 보았기 때문이었을 것이다. 그날 삼촌은 잠을 못 이루고 숙소를 나왔다.

중국집 뒷마당엔 커다란 배롱나무가 한 그루 있었다. 아나콘다처럼 껍질이 매끄러운 그 나무는 한여름에 붉은 꽃을 피워 올려 뒤뜰을 화사하게 만들곤 했다. 그 아래엔 작은 화단과 함께 장독대가 있었는데 갖가지 밑반찬과 춘장을 담아두는 곳으로 주방에서 일하는 사람들 이외엔 출입이 드문 곳이었다. 삼촌은 바람이라도 쐬려는 생각에 숙소를 나와 뜰 안으로 들어섰다. 하늘에 휘영청 달이 떠 있었다. 그리고 보니 서울에 와서 달을 쳐다본 게 처음이라는 사실을 새삼 깨달았다. 삼촌이 뜰에 막 들어서려는 순간, 교교히 달빛이 내리비치는 마당 한복판에 누군가 서 있었다. 달빛 아래 보이는 것은 칼판장이었다. 그는 위통을 벗은 채 운동을 하고 있었는데 이소룡만큼은 아니었지만 나이치고는 제법 근육이 단단해 보였다. 삼촌은 왠지 나서면 안 될 것 같은 생각에 기둥 뒤에 숨어서 칼판장을 지켜보았다. 그는 배롱나무 그림자를 등지고 체조를 하듯 제자리에 서서 주먹을 이리저리 내뻗었는데 태권도도 아니고 합기도도 아닌 것이 동작이 매우 독특해 보였다. 돌이켜보면 만두를 훔치던 날 칼판장이 단숨에 자신을 제압한 걸 보면 뭔가 특별히 무술을 익힌 것으로 짐작되지만 그는 한 번도 무술을 한다는 내색을 한 적이 없었다.

칼판장은 달빛 아래서 조용히 몸을 움직였는데 동작이 더할 것도 뺄 것도 없이 간결했으며 손을 뻗을 때마다 바람을 가르는 소리가 들리는 듯했다. 삼촌은 경이로운 눈으로 한동안 칼판장을 훔쳐보다 어느 순간 그의 동작을 어디선가 본 적이 있다는 느낌이 들었다. 그러다 너무 몰입한 나머지 실수로 기둥에 기대 있던 대야를 툭 건드려 소리를 냈다. 그러자 칼판장은 문득 동작을 멈추고 뒤도 돌아보지도 않은 채 물었다.

— 누구냐?

낮고 힘 있는 음성이었다.

— 저, 저, 저……

— 도운이구나. 고단할 텐데 왜 안 자고 나왔느냐?

칼판장은 비로소 뒤를 돌아보며 수건으로 흐르는 땀을 닦아냈는데 조금도 숨 가빠 하는 기색이 없었다.

— 자, 자, 자……

— 잠이 안 오면 책이라도 읽든지, 평소에 보니 글자 하나 안 들여다보던데 사람은 책을 읽어야 한다. 젊어서 읽은 책은 평생 마음의 양식이 되지.

칼판장은 땀을 다 닦은 후 옷을 입었다.

— 그런데, 카, 카, 칼판장님은 뭐, 뭐, 뭐……

— 뭐하긴 이놈아, 운동하고 있었지. 너도 영화만 보러 다니지 말고 아침에 남산에 올라가서 운동도 좀 하고 그래.

— 그런데, 호, 호, 호……

— 혹시 뭐?

— 지, 지, 지금 하신 무술이 여, 여, 여, 영춘권 아닙니까?

이때, 칼판장은 오히려 의아한 얼굴로 삼촌을 보며 물었다.

— 룽춘쩬? 그걸 네가 어떻게 알지?

유창한 중국어 발음에 삼촌은 눈이 번쩍 떠지는 느낌이었다.

— 저, 저, 저, 정말 여, 영춘권 맞습니까?

— 명가명비상명(名可名非常名), 이름이 뭐가 중요하겠냐마는 네가 영춘권을 어떻게 알지?

칼판장이 노자를 인용하며 힐끗 삼촌의 얼굴을 돌아보았다.

— 그, 그, 그냥……

삼촌은 흥분해서 말이 잘 나오지 않았다. 자신이 그토록 찾아다니던 영춘권의 고수를 여기서 만나다니!

— 그, 그, 근데 여, 여, 여, 영춘권은 어디서 배, 배우셨습니까?

— 뭐, 젊었을 때 이리저리 떠돌다 어깨너머로 잠깐 배운 적이 있지. 한 십 년 배웠나…….

칼판장은 장독대에 앉아 땀을 식히며 대답했다.

— 시, 시, 십 년씩이나……! 누, 누, 누……

— 누구한테 배우긴, 홍콩에 살 때 영춘권 최고수가 우리 옆집에 살았거든. 그분한테 직접 배웠지.

— 그, 그, 그, 그럼 혹시 여, 여, 엽문 사부님한테……?

— 엽문? 네가 그분은 또 어떻게 알아? 참, 희한한 놈일세.

삼촌의 눈이 더욱 커졌다. 엽문에게 직접 배웠다면 칼판장은 바로 이소룡의 사형이 되는 셈 아닌가! 삼촌은 자신도 모르게 칼판장 앞에 털썩 무릎을 꿇었다. 그리고 비장한 목소리로 말했다.

— 카, 카, 칼판장님! 아니, 사, 사, 사부님. 저, 저를 제자로 삼아 주십시오.

― 제자?
― 네, 저, 저, 저도 여, 여, 영춘권을 배우고 싶습니다.
칼판장은 바지를 털며 자리에서 일어섰다.
― 그깟 주먹질 하는 건 배워서 뭐에 쓰려고 그래? 차라리 면 뽑는 기술을 배우는 게 낫지.
― 그, 그, 그, 그게 아니라……
― 주먹 잘 쓰는 놈이 어디 가서 맞아 죽는 거고 노름 잘하는 놈이 노름으로 패가망신하는 거고 술 잘 먹는 놈이 결국 개골창에 코 박고 뒈지는 법이야. 주먹 쓰는 걸 배우면 언젠가 결국 주먹질을 하게 돼 있거든. 그러니 애초에 안 배우는 게 나아.
― 카, 카, 칼판장님, 아니 사, 사부님. 저는 누구하고 싸, 쌈질을 하려고 배우려는 게 아닙니다.
― 그럼 뭣 하러 힘써 가면서 무술을 배워? 돈이 나오는 것도 아니고 짜장면이 나오는 것도 아닌데…….
삼촌은 잠시 망설이다 대답했다.
― 저, 저, 저, 저는 이, 이, 이소룡 같은 훌륭한 무, 무, 무도인이 되고 싶습니다.
이때, 칼판장은 흠칫 놀라 눈썹을 꿈틀했다.
― 리샤오룽? 네가 이소룡도 알아?
― 이, 이, 이소룡은 동네 어린애들도 다 압니다.
― 그래? 참 희한한 일일세. 어떻게 한국에 사는 애들이 이소룡을 알지?
― 그, 그, 그건 이소룡이 유명한 영화배우라 그렇습니다.
― 소룡이가 그렇게 유명해? 전에 그놈이 어디 가서 영화 찍는다

는 얘기는 들어봤지만 그 정돈지는 몰랐네.

칼판장은 세계적인 스타의 이름을 마치 동네 강아지 이름 부르듯 했다.

— 그, 그, 그, 그런데 정말 여, 엽문 사부님 밑에서 이, 이, 이소룡하고 같이 무술을 배우신 건가요?

삼촌의 물음에 칼판장은 코웃음을 쳤다.

— 소룡이? 그놈이 뭘 배워. 그냥 잠깐 와서 흉내나 내다 말았지. 자식이 진득하지가 못해서…….

얘기를 나누면 나눌수록 칼판장은 경이로운 인물이었다. 이소룡의 실력을 그냥 흉내나 내다 만 걸로 치부할 정도면 과연 칼판장의 무공은 어느 정도란 말인가!

— 근데, 소룡이 그놈은 요새도 영화 찍어?

— 아, 아, 아니요. 이소룡은…… 주, 주, 죽었습니다.

— 그래?

칼판장은 놀랐다는 듯 무겁게 고개를 끄덕이다 물었다.

— 맞아 죽었나?

— 아니요. 두, 두, 두통약을 잘못 먹어서…….

— 쯧쯧쯧…… 자식이 인물도 훤하고 꾀가 많아서 잘 살 줄 알았는데…… 거 참, 젊은 나이에 안됐구먼.

칼판장은 달을 올려다보다 문득 삼촌을 쳐다보며 말했다.

— 좋아, 네가 소룡이도 잘 안다니까 내가 가르쳐주긴 하겠지만…….

삼촌은 칼판장의 말도 끝나기 전에 넙죽 절을 올렸다.

— 사, 사, 사, 사부님! 고, 고, 고맙습니다.

─ 뭐, 유난스럽게 절까지 할 필요는 없고……. 오늘은 늦었으니 그만 들어가서 자고 내일 얘기하자.

뜻밖에 칼판장이 선선히 허락을 하자 삼촌은 너무 기쁜 나머지 머리가 땅에 닿도록 여러 번 절을 했다.

─ 참, 그리고……

숙소로 들어가던 칼판장이 삼촌을 돌아보며 말했다.

─ 일단 한 달 치 교습비는 미리 내야 하는 건 알지?

─ 교, 교, 교습비요?

삼촌은 결정적인 순간에 뭔가 이야기가 이상하게 돌아간다 싶었다. 지금은 온갖 시련 끝에 삼촌이 막 은둔 고수를 만나는 대목인데 교습비 얘기는 아무래도 좀 생뚱맞은 데가 있었다. 돈이 아까워서가 아니라 영화에서 사부가 제자에게 수업료를 받는 경우는 한 번도 보지 못했기 때문이었다. 〈정무문〉에서 이소룡이 교습비를 냈던가? 삼촌은 고개를 갸우뚱했다.

─ 너 그럼 인마, 교습비도 안 내고 공짜로 배우려고 했어?

─ 그, 그, 그게 아니고 어, 어, 얼마나……?

삼촌이 조심스럽게 묻자, 칼판장이 대답했다.

─ 뭐, 한집에서 일하는 식군데 다 받을 수는 없고 딱 잘라서 한 달에 만 원씩만 내. 나도 이거 배우느라고 수업료로 갖다 바친 돈이 집 한 채 값은 되니까.

당시 쌀 한 가마에 3천 원 하던 시절이었으니 만 원이면 삼촌에겐 큰 돈이었다. 하지만 이소룡이 전수 받았던 그 영춘권을 배울 수만 있다면 한 달 치 월급을 몽땅 갖다 바쳐도 조금도 아까울 건 없었다.

─ 그, 그, 그렇게 하겠습니다. 교습비는 지금 드릴까요?

— 아니, 오늘은 늦었으니까 계산은 내일 하고, 나 먼저 들어갈게.

칼판장이 먼저 숙소로 들어가자 뒷마당에 홀로 남은 삼촌은 가슴이 마구 쿵쾅거렸다. 이제 중국집 주방에 은둔해 있던 무림의 고수를 만나 그의 비기를 전수 받을 수 있다는 기대에 자신이 무술영화의 주인공이라도 된 듯한 기분이었다. 영춘권을 배우기만 한다면 자신도 이소룡처럼 멋지게 악인들을 물리쳐 모두 지옥행 급행열차에 태워 보내고 정의를 구현할 수 있을 것이다. 그래! 드디어 복수의 시간이 다가왔다. 기다려라, 갈고리!

*

칼판장은 여러 가지로 수수께끼에 둘러싸인 인물이었다. 그가 식당에서 일한 지는 몇 해가 되었지만 북경반점 안에서 그의 가족관계나 출신지에 대해 아는 사람은 별로 없었다. 심지어는 나이조차 들쭉날쭉해 어떤 이는 환갑이 다 되었다고도 했고 누군가는 머리가 벗어져서 그렇지 실은 삼십 대 중반이라고 하기도 했다. 그에 대한 정보가 그렇게 불분명한 이유는 주방 안에서 칼질만 하는 그에게 사람들이 딱히 관심을 가질 만한 이유도 없었지만 그가 자신에 대해 좀처럼 입을 열지 않았기 때문이기도 했다. 그러면서도 한편으론 이런저런 재주가 많아 주방에 결원이 생기면 면판이든 불판이든 어떤 자리건 가리지 않고 능숙하게 일을 맡아 하기도 하고 의술도 제법 알아 응급환자가 생기면 침도 직접 놓는 등 북경반점에선 매우 요긴한 인물이었다. 그 때문인지 종업원들과 좀처럼 말을 섞지 않는 마 사장도 칼판장에겐 가끔 농담을 건네기도 해 여느 고용인들과는 다르게 여기는 눈치였다.

  삼촌은 자신이 사부로 모시게 된 칼판장에 대해 당연히 궁금한 게 많았다. 특히 엽문 사부 밑에서 이소룡과 함께 영춘권을 배우던 시절의 얘기가 듣고 싶어 조심스럽게 물어보면 칼판장은 지난 얘기는 해서 뭐하냐며 굳게 입을 다물어 삼촌을 안달 나게 만들곤 했다. 삼촌을 안달 나게 하는 건 그뿐만이 아니었다. 무술 수업을 하는 데 있어서도 칼판장은 뭔가 정확하게 가르쳐주는 법이 없었다. 그의 말에 따르면 아무리 잘 가르쳐줘도 본인이 깨닫지 않으면 소용이 없다고 했다. 그러므로 가르치는 사람보다 가르침을 받는 사람의 마음이 무엇보다 중요하다는 거였다. 또한 영춘권이니 뭐니 하는 이름이 중요한 게 아니라고도 했다. 그는 실제로 무술을 가르쳐주는 것에 앞서 정신적인 면을 매우 강조했는데 오히려 그런 점이 삼촌에게 더욱 믿음을 줬다. 왜냐하면 삼촌이 느끼기에 그의 말들은 대부분 이소룡의 생각과 일치한다고 생각해서였다.

  이소룡은 대학에서 철학을 전공해서인지 무도인으로서 자신의 생각을 드러낸 형이상학적인 금언들을 많이 남겼다. 예컨대, 절권도는 단지 이름에 불과하며 강을 건너기 위한 배에 불과하니 일단 강을 건너고 나면 버려야지 등에 지고 다녀서는 안 된다거나 진리란 모든 형태의 바깥에 있다는 식의 말들이 그랬는데 그의 말들은 하나같이 삼촌에게 깊은 인상을 남겼다. 그날 밤 무술연습을 하는 칼판장의 모습에 너무 경도된 때문일까, 삼촌에겐 칼판장이 툭툭 아무렇게나 내뱉는 것 같지만 그의 말들이 마치 이소룡이 한 말처럼 깊은 의미를 담고 있다고 느껴졌다.

삼촌이 무술연습에 빠져 있는 동안 칼판장과 마 사장 사이에선 뭔가 심상치 않은 기류가 흘렀다. 마 사장은 여전히 자주 술에 취해 칼판장에게 된장 냄새가 난다며 터무니없는 타박을 해댔지만 눈치가 빠른 사람이라면 독설을 퍼붓는 그녀의 카랑카랑한 목소리 어딘가에 살짝 콧소리가 섞여 있다는 걸 느낄 수 있었다. 칼판장은 이를 아는지 모르는지 언제나 무심한 표정으로 난자완스를 만들어주고 술에 취한 그녀를 2층에 업어다 주곤 했지만 목석 같은 칼판장도 마 사장의 칭얼거리는 소리를 끝내 외면할 수 없었던 걸까? 두 사람 사이의 보이지 않는 실랑이는 그리 오래가지 않았다.

한번은 마 사장이 난자완스에 배갈을 마시고 잔뜩 취한 적이 있었다. 그리고는 평소에 하던 대로 칼판장에게 되도 않는 시비를 걸기도 하고 혼자 노래를 부르기도 하고 신세 한탄을 한바탕 늘어놓더니 급기야 훌쩍거리며 울다 완전히 취해 테이블 위에 엎어져 잠이 들었다. 옆에서 이를 지켜보던 삼촌이 마 사장을 2층에 데려다주려고 하자 그날따라 칼판장은 자신이 데려다주겠다며 마 사장을 업고 2층으로 올라갔다. 삼촌은 술자리를 정리하고 먼저 숙소에 들어가 잠이 들었는데 어찌된 일인지 칼판장은 삼촌이 잠이 들 때까지 2층에서 내려오지 않았다. 그러다 새벽녘에 오줌이 마려워 잠에서 깨어보니 칼판장이 슬그머니 숙소에 들어와 자리에 누웠다. 잠결에 이를 지켜본 삼촌은 도대체 2층에서 밤새 무슨 일이 있었을까, 궁금했지만 남녀 간의 사적인 문제라고 생각해 입을 굳게 다물고 아무에게도 말을 하지 않았다. 다만, 칼판장과 마 사장이 겉으론 티격태격하지만 나름대로 잘 어울리는 한 쌍이라는 생각에 기분이 흐뭇해져 혼자 미소를 짓곤 했다.

갈고리는 이제 더 이상 삼촌의 상대가 아니었다. 꿈속에서 그는 여전히 무시무시한 쇠갈고리를 휘두르며 위협해 왔지만 삼촌은 옛날처럼 두려움에 떨지 않았다. 날개라도 달린 듯 몸은 가벼웠고 바위라도 깨뜨릴 만큼 주먹이 단단하게 느껴져 삼촌은 이전과 달리 자신 있게 갈고리에 맞섰다. 전에는 못 느꼈지만 영춘권을 연마해서였을까, 삼촌은 갈고리의 공격이 너무 단조롭고 느리다는 것을 깨달았다. 그리고 허점도 많아 보였다. 삼촌은 그의 공격을 여유 있게 피하다 빈틈을 노려 과감하게 옆차기를 시도했다. 갈고리는 불의의 일격을 당해 잔뜩 독이 올라 무섭게 달려들었다. 하지만 그의 큰 덩치는 아무짝에도 쓸모가 없었다. 삼촌은 날렵하게 몸을 날려 뒤꿈치로 그의 등짝을 찍었다. 갈고리는 꽥 소리를 내며 바닥에 엎어졌다. 삼촌은 마치 이소룡처럼 기묘한 기합과 함께 비호처럼 날아올라 그의 목을 발로 내리찍었다. 그는 몸을 부르르 떨더니 마침내 고개를 떨구었다. 실로 통쾌하고 짜릿한 기분이었다.

이때, 어디선가 최원정이 나타난다. 갈고리에게 욕을 당했는지 옷이 모두 찢겨져 풍만한 가슴을 그대로 드러낸 채였다. 하지만 조금의 부끄러움도 없이 환한 미소를 지은 채 삼촌을 바라본다. 깊은 눈동자엔 사랑이 가득하고 촉촉한 입술은 상대를 유혹하듯 살짝 벌어져 있다. 삼촌이 다가가 자신의 가죽잠바로 벗은 몸을 가려주자 원정은 기다렸다는 듯 삼촌의 품에 안긴다. 이 대목에서 또 왜 갑자기 바다가 등장하는지는 알 수 없지만 두 사람은 석양이 지는 바닷가에서 몸이 으스러져라 포옹을 한다. 원정의 몸은 더없이 부드럽고 촉촉하며 설명할 수 없이 좋은 냄새가 난다. 그 냄새는 꿈에서 깨어나도 하루 종일 코끝에 남아 있는 듯해 삼촌이 원정의 꿈을 꾼 날이면 기분이 좋아 정신없이 배달을 하면서도 온종일 혼자 히죽거려 미친 놈이란 소리를 듣기도 했다.

칼판장은 자주 2층에 올라가 동이 터오는 새벽녘에야 슬그머니 숙소로 돌아오곤 했다. 한번은 새벽에 몰래 들어오다 잠이 깬 삼촌과 눈이 마주친 적이 있는데 어둠 속에서 그는 아무 말도 하지 말라는 듯 손가락을 조용히 입에 갖다 댔다. 하지만 사랑과 재채기는 숨길 수 없는 법, 사랑에 빠진 이들이 대개 그렇듯 마 사장의 얼굴엔 알 수 없는 윤기가 감돌고 걸을 때마다 팽팽한 치파오 아래 날렵한 엉덩이가 유난히 경쾌하게 돌아가 종업원들 사이에선 이미 소문이 파다하게 퍼져 설왕설래 말들이 많았는데 중국집 안에서 벌어진 그 화끈한 스캔들에 대한 주변 사람들의 평가는 매우 인색했다. 그들이 내린 결론에 의하면 마 사장은 미친년이고 칼판장은 죽일 놈이라는 거였다. 비록 좋은 시절 다 지나갔다지만 마 사장은 아직 남자의 가슴을 설레게 할 만한 미모가 남아 있는 데다 충무로 한복판에 버젓이 중국집을 가지고 있는데 미치지 않고서야 어떻게 출신도 모르는 대머리 칼판장과 붙어먹었냐는 거였다. 칼판장의 경우엔 난자완스 만드는 것과 침 놓는 재주 말고는 쥐뿔도 가진 게 없는 놈이 감히 여주인을 농락했으니 죽일 놈이라는 거였다. 물론 칼판장에게 죽일 놈이라고 한 건 평소에 내심 마 사장을 어떻게 한번 해보고 싶었지만 그녀의 기에 눌려 감히 어쩔 생각도 못해본 못난이들이 주로 하는 말이었다. 하지만 가까이서 지켜본 삼촌이 보기에 누군가 먼저 추파를 던지고 꼬리를 쳐서 사달을 일으켰다면 그것은 칼판장 쪽이 아니라 오히려 마 사장 쪽이었다. 한밤중에 난자완스를 해내라고 불러내 해찰을 부리거나 되도 않는 타박을 하며 시비를 거는 것은 그녀만의 독특한 애정 표현이었지만 혹시 만일 그 모든 것이 칼판장의 예견 하에 계획된 일이었다면 칼판장이야말로 선수 중의 선수요, 고수 중의 고수라고 할 수 있었을 것이다.

*

난자완스가 칼판장과 마 사장을 이어준 고마운 메뉴였다면 삼촌에게 있어선 군만두와 더불어 뼈아픈 기억만을 남겨준 씁쓸한 메뉴가 되었다. 하루는 주방에 난자완스 주문이 들어왔는데 배달이었다. 난자완스를 배달해서 먹는 경우는 좀처럼 없는 일이라 삼촌은 조심스럽게 난자완스와 함께 주문한 삼선짬뽕을 오토바이에 싣고 배달을 나갔다. 그런데 삼촌이 처음 가보는 동네여서 한동안 길을 잃고 헤맸다. 가까스로 집을 찾아 도착해 보니 남산 아래 부자들이 모여 산다는 조용한 주택가였다. 다시 한 번 주소를 확인하고 집을 둘러보니 담장의 길이만 해도 수십 미터는 될 만큼 큰 집이어서 삼촌은 괜스레 주눅이 들었다.

조심스럽게 초인종을 누르자 문에 붙어 있는 스피커에서 누구냐고 물었다. 삼촌이 주, 주, 중국집에서 왔다고 하자 징 하는 전자음과 함께 철컥하며 자동으로 문이 열렸다. 자동문은 처음 보는 터라 어리둥절해서 안으로 들어서니 운동장처럼 넓은 정원에 연못이 있었고 그 안에선 팔뚝만 한 잉어들이 헤엄쳐 다니고 있었다. 삼촌이 잉어를 구경하고 있는데 몸집이 크고 남자처럼 어깨가 넓은 가정부

가 현관문을 열고 나와 왜 이렇게 늦었냐며 따발총처럼 타박을 해댔
다. 삼촌은 죄송하다고 사과를 하며 가정부를 따라 집 안으로 들어
갔다. 그리고 현관에 조심스럽게 음식을 꺼내놓는데 안에서 한 젊은
여자의 목소리가 들렸다.

  — 아줌마, 내 블라우스 어디다 뒀어? 아무리 찾아도 안 보이는
데…….

  가정부는 여자가 부르는 소리에 안으로 들어갔다. 이때 삼촌은 음
식을 다 꺼내놓고 막 고개를 들다 방 안에서 얇은 네글리제 차림으로
나오는 여자와 눈이 딱 마주쳤다. 그녀는 다름 아닌 원정이었다! 꿈
속의 연인이 바로 코앞에 등장하자 삼촌은 너무 당황해 얼굴이 굳어
졌는데 그녀는 삼촌에겐 눈길도 안 주고 음식을 보며 짜증부터 냈다.

  — 아니, 주문한 지가 언젠데 이제 온 거야?

  원정은 보자마자 대뜸 반말이었지만 삼촌은 그녀가 하는 말이 무
슨 내용인지 귀에 들어오지도 않았다. 화장기 하나 없이 깨끗한 맨
얼굴과 귀에 감길 듯 촉촉한 목소리에 몸이 굳어진 삼촌은 원정의
얼굴에 눈을 고정한 채 뻣뻣하게 서 있었다.

  — 짬뽕이 다 불어서 국물이 하나도 없잖아. 아휴, 이걸 어떻게 먹
으라고 가져온 거야? 얼큰한 국물에 속 좀 풀려고 했더니……. 근
데, 어머. 너 지금 나 째려보는 거니?

  삼촌은 원정을 째려보는 게 아니었다. 그저 아름다운 원정의 얼굴
을 바라보느라 넋이 나가 엉거주춤 서 있을 뿐이었다.

  — 요새 애들 정말 못쓰겠네. 아니, 내 돈 내고 내가 먹는 건데 말
도 못해? 배달도 늦은 주제에 뭘 잘했다고 눈을 동그랗게 뜨고 대들
어?

삼촌은 원정에게 대드는 게 아니었다. 그저 심장이 벌렁거리고 혼이 빠져나간 듯 머릿속이 하얗게 비워져 어찌할 바를 몰랐을 뿐이었다. 그러면서도 원정의 얼굴에서 눈을 뗄 수가 없었다.

― 아니, 그래도 애가 계속 째려보네. 아무래도 너희 사장한테 전화해서 얘기 좀 해야겠다.

― 그, 그, 그, 그, 그, 그, 그, 그게 아니고…….

그게 아니라고, 당신을 째려보는 게 아니라고, 그건 순전히 오해일 뿐이라고, 실은 당신이 너무 아름다워서 차마 눈을 뗄 수 없을 뿐이라고 말하고 싶었다. 하지만 누군가 목구멍 안에서 혀를 잡아당기는 것처럼 말이 나오지 않았다. 게다가 바로 코앞에 서 있는 원정에게서 풍겨나오는 야릇한 몸 냄새에 머리가 어지러웠다. 아무리 한물간 삼류라고 해도 영화배우의 매력은 혈기왕성한 스무 살 총각이 견디기에 너무나 치명적이었을까? 삼촌은 자신도 모르게 그만 원정을 와락 끌어안고 말았다. 얇은 네글리제 하나만 걸친 원정의 풍만한 가슴이 물컹하며 삼촌의 몸에 와 닿았다.

― 어머! 너, 뭐하는 짓이야? 이거 안 놔!

원정은 놀라 비명을 지르며 삼촌을 밀어내려고 했지만 삼촌은 그녀의 가슴에 얼굴을 묻은 채 허리를 더욱 힘껏 끌어안았다. 심장이 터질 것처럼 뛰었다.

― 얘 왜 이래? 아줌마! 아줌마!

원정의 다급한 비명에 안에서 빨래를 하고 있던 가정부가 달려나왔다. 그녀는 중국집 배달부가 원정을 끌어안고 있는 것을 보고 놀라 손에 들고 있던 빨래방망이로 삼촌을 마구 때리기 시작했다. 삼촌은 빨래방망이에 어깨와 머리를 몇 대 맞고 나서야 정신을 차리고 겨우 원정에게서 떨어졌다. 그리고 그제야 자신이 무슨 짓을 했는지를 깨달았다. 이미 엎질러진 물이었다. 삼촌은 뭐라고 변명을 하고 싶었지만 가정부가 빨래방망이를 들고 휘둘러대는 바람에 음식 값도 받지 못한 채 배달통을 들고 황급히 도망쳐야 했다.

— 야, 이 새끼야! 너 도대체 무슨 생각으로 그런 짓을 한 거야? 응! 누구 장사 망치는 꼴 보려고 그래?

마 지랄은 잔뜩 화가 나 씩씩거렸다. 이미 접시도 두어 개 내던져 박살을 낸 뒤였다. 삼촌은 아무 할 말이 없어 그저 묵묵히 고개만 숙이고 있었다.

— 내가 가서 안 빌었으면 너 교도소 가서 콩밥 먹었어야 돼. 그동안 얌전한지 알았더니 어디서 그런 못된 짓만 배워가지고…….

그날 마 사장이 나서서 겨우 사태가 무마되긴 했지만 삼촌은 그저 참담한 심정뿐이었다. 자신이 사랑하는 여자에게 치한 노릇을 했으니 입이 열 개라도 할 말이 없었다. 그리고 그렇게밖에 할 수 없었던 자신이 죽이고 싶도록 미웠다.

— 그년이 고소한다고 길길이 날뛰는데, 내 그 어린년한테 당한 걸 생각하면……. 어휴, 미치겠네. 야, 배갈 하나 가져와.

마 사장은 삼촌이 사고를 친 것보다 원정에게 가서 빈 게 더 속상한 모양이었다.

— 그리고 그년, 내가 보기에 별로더라. 얼굴이 고양이처럼 조막만 해가지고 하나도 예쁜지 모르겠던데, 네가 보기엔 그게 예쁜 거니?

— 예, 예, 예, 예……

— 예쁘긴 뭐가 예뻐? 이 바보야. 으이구, 여자 보는 눈도 없어가

지고 어디서……. 하여간 너 앞으로 사고 한 번만 더 치면 당장 쫓겨날 줄 알아.

마 사장은 열불이 나는지 독한 배갈을 한 입에 털어 넣었다.

— 너, 그 여자가 누군지 알아?

삼촌이 뒤뜰, 배롱나무 아래 앉아 빨래방망이로 맞아 멍이 든 팔뚝에 안티푸라민을 바르고 있을 때였다. 삼촌보다 몇 달 먼저 들어온 고참 배달부가 이죽거리며 다가왔다. 말이 빠르고 하는 짓이 방정맞아 촉새라는 별명을 가진 청년이었다. 그는 새끼손가락을 들어 보이며 말했다.

— 그 여자가 바로 유 사장 이거야.

새끼손가락이 무엇을 의미하는지도 모를 만큼 삼촌이 숙맥은 아니었다. 그래서 가슴이 무너지는 듯 허탈했다. 유 사장이라면 북경반점에 자주 드나드는 영화사 사장으로 삼촌도 익히 아는 인물이었다. 충무로의 실권자로 알려진 그는 정치권과도 긴밀한 관계를 유지해 정치계의 유명 인사들과 북경반점에 식사를 하러 몇 번 들른 적이 있었다. 그런데 원정이 유 사장의 여자라고? 그러고 보면 성질 더럽고 콧대 높은 마 사장이 '어린년'한테 가서 싹싹 빈 것도 다 유 사장 때문이었을 것이다. 그런데 어떻게 그런 젊고 예쁜 여자가 늙은 너구리 같은 유 사장에게 끌렸을까? 삼촌은 아직 세상이 어떤 법칙에 의해 돌아가는지, 그리고 여자의 궁둥이가 어떤 원리에 의해 돌아가는지 잘 이해하지 못했다. 그래서 촉새의 말에 눈물이 날 만큼 마음이 안타까웠다.

— 나도 배달 가서 그 여자 몇 번 봤는데 예쁘긴 하더라.

촉새는 담배를 피워 물며 말했다.

— 근데 인마, 넌 운도 좋다. 이 몸도 손 한 번 못 잡아봤는데 넌 그년을 껴안고도 무사했으니.

삼촌은 원정에 대해 아는 바가 전혀 없었다. 또한 자신이 현실에서 원정과 뭔가 특별한 일이 생길 거라고는 생각해 본 적도 없었다. 다만 상대가 누가 됐든 그녀가 정실이 아닌 첩실이란 사실에 마음이 무거웠다.

— 야, 너 그년 빨통도 만져봤어? 그년 빨통이 충무로에서 제일 크다고 하던데…….

살면서 늘 그런 기분이지만 삼촌은 이번에도 높이를 알 수 없는 거대한 벽 앞에 서 있는 기분이었다. 그러면서 주제넘게도 다음과 같은 생각이 들었다. 원정은 과연 행복할까?

— 전에 있던 동만이 형이 그러는데 한번은 배달을 갔더니 그년이 목욕을 하다 나왔는지 목욕탕 안에서 가운 하나만 입고 나오더래. 앞에 끈으로 묶는 거 있잖아.

첩이라는 말이 무슨 뜻인지 알게 된 건 초등학교 5학년 때였다. 아이들 사이에서 무슨 소문이 돌았는지 보는 아이마다 자신을 첩의 자식이라며 놀렸다. 그래서 싸움도 많이 했다. 한 가지 이상한 건 아이들을 실컷 두들겨 패고 난 뒤에도 더러운 기분이 조금도 가시질 않았다는 거였다.

— 그런데 그년이 돈을 꺼내다 잘못해서 가운 끈이 스르르 풀어졌는데 보니까 글쎄, 안에 아무것도 안 입었더래.

원정이 첩이라면 그녀도 언제나 그런 더러운 기분일까? 그래서 마 사장처럼 밤마다 혼자 술을 먹고 다음 날이면 얼큰한 짬뽕 국물을 찾는 걸까?

— 동만이 형이 바로 코앞에서 다 봤는데 진짜 가운 안에 빤쓰도 안 입고 완전 알몸이었대.

삼촌은 속으로 생각했다. 나, 저, 저, 저런 식으로 말하는 거 저, 저, 정말 싫은데…….

— 그년이 어쩌면 일부러 그랬을지도 몰라. 사실 말이 영화배우지 고급 창녀나 똑같은 거잖아. 여러 놈한테 대주느냐, 한 놈한테만 대주느냐, 그 차이만 있는 거지.

촉새의 말이 사실인지 아닌지는 알 수 없으나 그날 밤 그는 삼촌에게 죽지 않을 만큼 맞았다. 만일 칼판장이 나타나 말리지 않았다면 정말 죽을 때까지 맞았을 수도 있었다. 때마침 칼판장이 나타나는 바람에 갈비뼈 두 대와 이빨 한 개만 부러지고 겨우 사태가 수습되었지만 촉새는 자신이 맞은 이유를 끝내 알지 못한 채 다음 날 북경반점을 그만두었다.

*

이소룡이 죽고 나자 그의 영화를 흉내 낸 아류작들이 봇물처럼 쏟아져나왔다. 그것은 죽은 이소룡을 이용해 관객의 호주머니를 털어보자는 얕은 상술에 기댄 것으로 수요와 공급의 경제법칙에 따른 자연스런 현상이었다. 이소룡을 보고 싶은 관객은 줄을 서 있는데 주인공이 죽고 없으니 영화 제작자와 배급업자, 극장주들은 안달이 날 수밖에 없었다. 그러니 짝퉁이라도 등장하지 않으면 안 되는 상황이었다. 그것은 제작비를 적게 들이고도 짭짤한 재미를 볼 수 있는 안정적인 장사여서 당시엔 하나의 장르가 될 만큼 수많은 영화들을 양산해 냈다.

  영화 속 주인공은 하나같이 이소룡을 흉내 내느라 무리하게 옷을 벗어젖혀 근육질의 몸매를 뽐내고 괴성을 지르며 있는 대로 인상을 썼지만 그 누구도 이소룡과 같을 수는 없었다. 브루스 리는 이전의 액션영화와는 전혀 다른 자신만의 고유한 이미지를 창조해 냈다. 구태의연한 신비주의에서 탈피해 육체성과 현실성을 강조한 그의 스타일은 그에게서 비롯되어 그에게서 끝이 난, 말하자면 그가 창조하고 죽음을 통해 스스로 종결 지은 비운의 장르였다. 그러므로 용(龍)의 길*을 따라간다는 건 곧 그의 짝퉁이 되는 운명을 함께 짊어져야 한다는 의미이기도 했다. 거대한 벽이 되어버린 오리지널 앞에서 더 이상 나아갈 곳을 찾지 못한 채 길을 잃은 수많은 짝퉁 이소룡들은 스스로 아류의 한계를 명백히 보여줌으로써 그들이 따라했던 오리지널이 얼마나 위대했는지를 증명해 보이는 것으로 그 의미를 다한 불행한 모방자들일 뿐이었다.

    눈 내리는 하얀 크리스마스를 꿈꾸네
    내가 쓴 모든 크리스마스 카드와 함께
    즐겁고 빛나는 날들이 되기를 기원하며
    당신의 모든 크리스마스에 눈이 내리기를!

---

* The Way of The Dragon, 1972년 개봉된 영화 〈맹룡과강(猛龍過江)〉의 영문 타이틀

극장 앞 전파사에선 부드럽고 따뜻한 빙 크로스비의 캐럴이 흘러나오고 거리를 오가는 연인들은 미끄러운 눈길을 핑계 삼아 서로 껴안고 즐거운 비명을 질러댔다. 가난한 이들도 괜히 부자가 된 것 같은 기분이 드는 크리스마스 무렵이었지만 당시 삼촌의 인생은 빙 크로스비의 축복처럼 즐겁고 빛나는 것들과는 매우 거리가 멀었다. 서울에 올라온 지 1년이 다 되어가는데도 원체 주변머리가 없다보니 여자는커녕 친구 하나 제대로 사귀지 못해 주말이면 여전히 혼자 냄새 나는 동시상영관에서 시간을 때우는 게 고작이었다. 언제부턴가 박쥐처럼 하루 종일 어두컴컴한 극장에 앉아 영화를 보다 밖으로 나오면 갑자기 꿈에서 깨어난 듯 눈앞에 보이는 풍경이 낯설고 며칠을 굶은 듯 뱃속이 허전했다. 그래서 오토바이를 몰고 이리저리 시내를 헤매고 다니다 여전히 가시지 않는 헛헛함과 찬바람만 가득 안은 채 숙소로 돌아오기 일쑤였다. 하지만 주말이 되면 다시 마약중독자가 아편소굴을 찾듯 슬그머니 어두컴컴한 극장으로 숨어들곤 했다.

극장에서 원정이 출연한 영화를 본 건 그날이 두 번째였다. 이소룡 영화를 흉내 낸 어느 짝퉁영화에서였다. 대개 짝퉁영화에 등장하는 주인공은 포스터에서 봤을 땐 마치 이소룡이 환생한 듯 분위기가 흡사했지만 막상 극장에 들어가서 직접 영화를 보면 누가 봐도 짝퉁이라는 것을 알아차릴 만큼 촌스럽고 어색해 제아무리 웃통을 벗어젖히고 괴성을 지르며 용을 써도 그저 안쓰럽고 민망하기만 할 뿐 아무런 감흥을 주지 못했다. 삼촌도 이미 여러 편의 짝퉁영화를 보고 잔뜩 실망한 터라 별다른 기대도 없이 극장을 찾았는데 뜻밖에 스크린에서 원정을 다시 보게 된 거였다. 그녀는 여전히 아름답고 매혹적이었지만 그날 배달을 갔다가 원정을 만나고 온 이후 삼촌은 더 이상 꿈속에서 그녀를 볼 수 없었다. 그날의 사건은 원정이 꿈속이 아닌 현실에 존재하는 사람이라는 걸 깨닫게 해주었다. 현실 속에선 아무런 상상도 할 수 없어 삼촌은 차라리 원정에 대해 온갖 상상을 하며 혼자 행복해 하던 때가 좋았다는 생각이 들었다. 꿈속에선 으스러져라 그녀의 허리를 껴안고 냄새라도 맡아볼 수 있었지만 현실에서 그것은 범죄가 되었다. 또한 현실에선 갈고리가 존재하지도 않았고 삼촌의 영춘권도 아무 쓸모가 없었다. 자신이 상상하던 그 모든 것들이 꿈에서 깨는 순간 얼마나 터무니없고 허망한 것이었는지!

영화는 삼촌이 그때까지 봤던 여느 짝퉁영화들과 별반 다를 게 없었다. 누군가 같은 시나리오를 복사해서 여러 영화사에 동시에 팔아먹었는지 이미 한 번 본 영화처럼 뒤의 장면을 다 짐작할 수 있을 정도였다. 그래도 끝까지 영화를 다 볼 수밖에 없었던 건 원정이 자주 등장해 스크린에서 눈을 뗄 수 없었기 때문이었다. 품에 안을 수도 없고 만질 수도 없는 그녀는 스크린 속에서 맨살을 드러낸 채 한껏 교태를 부렸다. 하지만 삼촌은 그것이 자신을 위한 것이 아니라는 것을 이미 잘 알고 있어 그녀의 몸짓은 공허하게 느껴졌고 지어낸 듯 더빙을 한 성우의 목소리는 마음을 더욱 씁쓸하게 만들었다.

원정은 삼촌이 지난번에 본 영화와 역할이 똑같아 이번에도 악당들에게 납치를 당해 고난을 겪는 주인공의 애인으로 등장했다. 그런데 뭔가 이상했다. 영화의 클라이맥스는 주인공이 악당들의 은신처를 알아내 혈혈단신 적진에 뛰어드는 장면이었는데 악당들의 소굴인 벽돌공장이 어딘가 눈에 익었다. 어디서 봤지? 삼촌은 자신이 그 영화를 이미 본 적이 있는 게 아닐까 의심했지만 원정이 나오는 영화를 기억하지 못할 리가 없었다. 눈에 익은 건 다음 장면도 마찬가지였다. 악당들 중 한 명이 주인공의 돌려차기에 공중으로 날아가 벽돌더미 위에 떨어지는 장면이었는데 그가 입고 있는 옷이 눈에 너무 익숙했다. 저 옷은……? 삼촌은 어둠 속에서 자신이 입고 있는 가죽잠바를 내려다보았다. 그것은 악당이 입고 있는 것과 똑같은 옷이었다. 그제야 삼촌은 주인공의 돌려차기에 맞아 벽돌더미 위에 떨어진 악당이 바로 자기 자신이라는 것을 깨달았다.

그때 삼촌의 기분이 어땠을까? 삼촌은 서리를 하다 들킨 아이처럼 깜짝 놀라 자신도 모르게 주위를 둘러보았다. 주위에 몇몇 관객이 앉아 있었지만 커트가 눈 깜짝할 사이에 지나간 데다 얼굴도 제대로 나오지 않아 아무도 신경을 쓰지 않는 눈치였다. 그러니 어둠 속에 앉아 있는 관객 중의 한 명이 그 대역배우라는 것을 알아볼 리 만무했다. 그런데도 삼촌은 가슴이 쿵쾅거리며 마구 뛰었다. 그리고 카메라 앞에 처음 섰던 그날의 일들이 주마등처럼 눈앞을 스쳐갔다. 자신이 영화 속에 나왔다는 걸 세상 사람들이 다 알아줬으면 싶은 자랑스러움과 그 사실을 아무도 몰랐으면 좋겠다는 부끄러움, 뭔가 중요한 걸 해냈다는 뿌듯함과 못할 짓을 했다는 죄의식 등 온갖 이율배반적인 감정이 안에서 마구 들끓어 영화가 어떻게 끝났는지도 모른 채 극장 문을 나섰다.

삼촌은 밖에 나와서도 한동안 혼란스런 감정을 추스를 수 없어 극장 앞을 떠나지 못하고 간판 아래 서서 눈 내리는 거리를 바라보았다. 평소 같았으면 오토바이를 타고 어디든 거리를 헤매다 숙소로 들어갔겠지만 눈이 너무 많이 내려 오토바이를 숙소에 두고 온 터라 마땅히 갈 데도 없었다. 이때였다. 누군가 뒤에서 삼촌의 어깨를 잡아채며 버럭 소리를 질렀다.

─ 야, 이 도둑놈아!

삼촌이 놀라 돌아보니 콧수염을 기르고 가죽잠바를 입은 사내였는데 처음 보는 얼굴이었다.

─ 너, 나 몰라?

사내는 뭔가 당당한 표정이었다.

─ 누, 누, 누, 누구신데……?

삼촌은 사내를 뿌리치려고 했지만 그는 어느새 삼촌의 허리띠를 틀어쥐고 있었다.

─ 어쭈, 이게 오리발을 내미네. 너 여기서 걸릴 줄은 몰랐지? 그러니까 도둑질하고는 못 사는 거야.

─ 왜, 왜, 왜 이러시는데요?

삼촌은 처음에 형사가 아닐까 의심되어 퍼뜩 토끼와 오순의 얼굴이 떠올랐다. 하지만 아무리 잘 봐줘도 콧수염은 범죄자에 가까웠으면 가까웠지 결코 경찰처럼 보이지는 않았다.

─ 좋아, 네가 끝까지 오리발을 내민다 이거지? 그럼 내가 증거를 보여주지.

사내는 다짜고짜 삼촌이 입고 있는 가죽잠바의 안쪽을 뒤집어보였다.

─ 자, 똑똑히 봐. 여기 뭐라고 써 있냐? 강용식이라는 글자 보여, 안 보여?

그러고 보니 안주머니 위에 강용식이란 글자가 금색실로 희미하게 박음질되어 있었다. 빨래를 한 적이 없어 1년 가까이 옷을 입는 동안에도 한 번도 발견하지 못한 이름이었다.

— 자, 그럼 강용식이가 누구냐? 바로 이 몸이다, 이 말씀이야.

그는 자신이 강용석이나 강형식이 아닌 바로 강용식이란 사실이 매우 대견하다는 듯 의기양양한 표정이었다. 삼촌은 그제야 콧수염의 사내가 촬영장에서 자신에게 옷을 빌려주었던 바로 그 으악새 배우이며 자신이 입고 도망쳤던 그 가죽잠바의 원래 주인이라는 것을 알아차리고 고개를 숙였다.

— 그래, 이제 생각 나냐? 너 이게 얼마짜린지 알아? 내가 영화 세 편 찍고 받은 출연료 몽땅 털어서 양복점에서 맞춘 거야.

— 죄, 죄, 죄, 죄송합니다.

삼촌은 엉거주춤 사과를 하며 잠바를 벗어 건네주었다.

— 뭐야? 이렇게 실컷 입다 걸레로 만들어서 주면 계산 끝나는 거야?

본래 옷을 훔치려는 의도는 아니었지만 결과적으로 그렇게 된 셈이니 달리 할 말이 없었다.

— 나 참, 미치겠네. 쪽팔리게 가죽잠바 한 벌에 경찰을 부를 수도 없고……. 좋아, 내가 좋은 일 하는 셈치고 인심 한 번 썼다. 너 돈 있어?

— 어, 어, 얼마나……?

— 원래 이 가죽잠바 값을 다 받아야 되는데 같은 무도인끼리 그럴 수는 없고 술이나 한잔 사라.

삼촌은 같은 무도인이라는 말에 와락 반가운 마음이 들었다.

— 고, 고, 고맙습니다. 수, 수, 술은 어, 어, 어, 얼마든지 사겠습니다.

이때, 미니스커트에 허벅지까지 올라오는 부츠를 신은 한 여자가 콧수염에게 다가와 팔짱을 꼈다.

— 오빠, 어디 갔었어? 한참 찾았잖아.

— 응, 아는 사람을 만나서…… 참, 인사해. 이쪽은 내 애인이고, 이쪽은……

— 궈, 궈, 권도운입니다.

— 그, 그래, 도운이라고 같이 운동하는 후밴데 오늘 출연료 받았다고 술 한잔 사겠대.

그날 으악새 배우 용식이 극장을 찾은 것은 우연이 아니었다. 자신이 비록 단역이긴 하지만 그래도 어엿한 충무로 배우라는 사실을 새로 사귄 애인에게 자랑하고 싶었는데 비디오도 없던 시절이라 마땅히 증명할 방법이 없던 차에 때마침 변두리에 있는 한 동시상영관에서 자신이 출연했던 영화를 상영한다는 정보를 입수하고 애인과 함께 영화를 보러 온 거였다. 예나 지금이나 연예인 좋아하는 여자들의 심리는 별반 다르지 않아 용식의 애인이라는 여자는 비록 얼굴이 나오는 단독 쇼트 하나 못 받는 다찌마리* 배우임에도 자신의 남자가 배우라는 게 자랑스러웠던지 곱창을 마치 볶은 콩 주워 먹듯 집어 먹으며 신나게 떠들었다.

---

* 일본어 다찌마와리(立回り)의 변형. 주로 맨주먹으로 싸우는 액션 장면을 뜻하는 충무로 용어

― 근데, 오빠. 오빠가 주인공하고 벽돌공장에서 싸우는 장면 있잖아? 난 그 장면이 제일 멋있더라. 한 대 맞고 떨어지는데 진짜 실감나더라고. 공중에서 세 바퀴도 넘게 돈 것 같아.

　그녀가 말하는 장면은 바로 삼촌이 용식과 옷을 바꿔 입고 찍은 장면이었지만 용식은 눈 하나 깜짝하지 않고 천연덕스럽게 구라를 쳤다.

　― 야, 내가 지금은 속세에 나와서 술에 찌들고 돈에 찌들어서 그렇지, 옛날에 산에 들어가서 수행할 때는 진짜 공중부양까지 했었어. 1미터 정도는 그냥 가볍게 떠 있었다니까.

　용식은 자신이 태권도와 합기도는 물론 유도와 공수도, 특공무술과 불무도 등 온갖 무술을 섭렵해 다 합치면 23단이라고 떠벌렸는데 믿거나 말거나 당시 충무로에서 일하는 다찌마리 배우 중에서 '모두 합쳐서 20단' 이상이 아닌 사람은 아무도 없었다.

　그날 용식의 애인은 혼자서만 곱창을 3인분이나 먹어치우고 졸려서 먼저 가야겠다며 자리를 떴는데 그 이후에도 용식은 삼촌을 붙잡고 산속에서 생쌀과 솔잎만 먹고 무술 수행할 때의 얘기부터 시작해서 맨손으로 17대 1로 싸운 얘기를 거쳐 사나이 우는 마음을 몰라줬던 미모의 명문대 여대생과 사랑을 나눴던 얘기와 함께 사랑에 속고 돈에 우는 더러운 세상에 대한 한탄과 충무로에서 으악새 배우로 산다는 것에 대한 애환과 그렇지만 자신들이 한국문화발전에 얼마나 지대한 공헌을 하고 있는지에 대한 자부심과 다시 그것을 몰라주는 세상에 대한 원망과 더불어 콧수염을 기르게 된 계기까지(가다끼 역할을 한 번 맡았는데 감독이 맨얼굴은 너무 밋밋하니 콧수염을 기르는 게 어떠냐고 해서 콧수염을 길렀다는…… 아! 지친다) 줄줄이 엮어 있는 대로 썰을 풀어댔는데 이야기의 말미에 용식의 입에서 전혀 뜻밖의 이름이 튀어나와 눈을 감고 졸면서 얘기를 듣던 삼촌은 눈이 번쩍 뜨였다.

— 근데 참, 너 이소룡 알지?

아다마다! 삼촌은 이소룡이란 말에 귀가 솔깃해졌다.

— 이소룡이 마지막으로 찍은 작품이 뭔지 아냐?

— 요, 요, 〈용쟁호투〉 아닙니까?

— 그렇지. 공식적으로는 〈용쟁호투〉가 이소룡의 유작이지. 그런데 이소룡의 진짜 마지막 작품은 따로 있어.

— 그, 그, 그, 그게 뭔데요?

삼촌은 이소룡의 영화가 더 있다는 말에 귀가 번쩍 뜨여 의자를 바짝 당겨 앉았다. 용식은 주위를 둘러보더니 작은 소리로 말했다.

— 이건 아무한테도 말 안 하고 너한테만 특별히 가르쳐주는 거니까 일단 곱창 좀 더 시켜봐.

그날 용식과 그의 애인이 함께 먹어치운 곱창 값만 해도 인조가죽 잠바를 새로 한 벌 사고도 남았을 테지만 삼촌은 이소룡 얘기에 돈 아까운 줄 모르고 곱창을 3인분이나 더 시켜 용식은 주문한 곱창이 나오고 나서야 겨우 입을 열었다.

— 지금부터 내 얘기 잘 들어. 사실은 이소룡이 〈용쟁호투〉를 찍기 전에 다른 영화를 먼저 찍고 있었어.

— 그, 그, 그게 정말입니까?

— 이 자식이, 왜 사람 말을 못 믿어. 정말이라니까. 그 영화 제목이 뭐냐 하면 〈사망유희〉야. 무슨 뜻인지는 나도 모르니까 자세한 건 묻지 마. 난 원래 깊이 들어가는 걸 별로 안 좋아해.

〈사망유희(死亡遊戱)〉는 삼촌도 처음 들어본 제목이었다.

— 그런데 그 영화를 어디서 찍었냐? 바로 우리나라에서 찍었다 이거야.

— 저, 저, 정말입니까?

이소룡이 한국에서 영화를 찍었다니! 들을수록 놀라운 이야기였다.

— 거기가 어디냐 하면 충청북도하고도 속리산에 있는 법주사 팔상전이다 이거야.

— 저, 저, 정말입니까?

삼촌이 묻자 용식이 고개를 가로저으며 말했다.

— 아, 그건 뭐 진짜 찍었다는 게 아니라 원래 계획이 그랬다는 거야.

— 그, 그, 그럼 못 찍었단 말씀입니까?

— 못 찍었지. 왜냐하면 때는 바야흐로 겨울인데 이소룡이 추위를 엄청 타거든. 왜냐하면 운동을 너무 많이 해서 몸에 기름기가 하나도 없거든. 그럼 가죽이 얇아져서 추위를 타게 돼 있는 거거든. 사람이 원래 그런 거거든. 거기다 이소룡이 홍콩 사람이거든. 거긴 따뜻하니까 당연히 추위를 타게 돼 있는 거거든. 그래서 〈사망유희〉를 못 찍고 대신 따뜻한 로마에 가서 〈용쟁호투〉를 찍은 거거든.

— 에이, 그럼, 모, 모, 못 찍은 거네요. 그리고 로, 로마에서 찍은 건 〈맹룡과강〉이잖아요.

그러자 용식은 삼촌의 머리를 딱 때리며 말했다.

— 넌 어떻게 된 놈이 나무만 보고 숲은 못 보냐? 〈맹룡과강〉이냐, 〈용쟁호투〉냐는 중요하지 않아. 진짜 중요한 건 여기부터야. 사실은 이소룡이 〈사망유희〉를 못 찍은 건 아냐.

— 저, 저, 정말입니까?

— 앞으로 내가 하는 말은 다 정말이니까 물어보지 말고 그냥 듣기만 해. 어쨌든 영화를 찍긴 찍었지. 그런데 다 못 찍었지. 왜냐하면 한국이 추우니까 겨울이 지나면 다시 찍으려고 잠시 촬영을 중단한 거지. 그리고 그 사이에 〈용쟁호투〉를 찍은 거지. 그런데 하필이면 그때 브루스 리가 죽어버린 거지.

— 저, 저, 정말입니까?

삼촌이 다시 의자를 당겨 앉자 용식이 삼촌에게 꿀밤을 먹였다.

— 그냥 듣기만 하라고 했지? 어쨌든 얼마나 찍고 죽었는지는 모르지만 지금 영화사에선 가이다마를 써서 나머지를 찍겠다는 계획이 있다 이거야.

— 무, 무, 무슨 다마요?

— 가이다마라고, 대역을 쓴다는 거야. 하여간 그래서 지금 영화사에선 대대적으로 오디션을 실시할 계획이 있다 이거야.

— 이, 이, 이소룡의 대역을 뽀, 뽑는 건가요?

— 당연하지. 그래서 내가 하고 싶은 얘기의 요지는 뭐냐? 바로 이 몸께서도 그 오디션에 참가할 거다, 이 말씀이야.

— 저, 저, 정……?

삼촌은 정말이냐는 말이 튀어나오려다 입을 다물었다.

— 만약에 오디션에 뽑혀서 이소룡의 대역을 맡으면 하루아침에 세계적인 스타가 되는 거거든. 그러면 박노식, 신성일이 부러울 게 없는 거거든. 왜냐하면 홍콩뿐만 아니라 미국에서도 초청을 할 거거든. 그러면 비행기 타고 할리우드 가는 거거든. 가서 율 브리너도 만나고 말론 브란도도 만나고 비비안 리도 만나는 거거든. 그런데 이 얘기를 다른 놈들이 들으면 어떻겠어? 얼굴이 노랗기만 하면 누구

든 서로 오디션에 참가하겠다고 난리를 피울 거 아냐. 그러면 어떻게 되겠어? 오디션 경쟁률만 엄청 높아질 거 아냐. 그러니까 이건 절대 극비인데 너는 어차피 오디션하고는 아무 상관이 없으니까 내가 얘기해 주는 거다, 이 말씀이야.

*

   술집을 나와 용식과 헤어졌을 땐 밤이 늦어 이미 버스도 끊긴 시각이었다. 용식은 인심을 쓰듯 삼촌이 입던 가죽잠바와 함께 연락처를 건네주었다. 삼촌은 숙소까지 걸어오는 동안 이소룡의 새로운 영화에 대한 생각에 사로잡혀 있었다. 아직 개봉하지 않은 이소룡의 영화가 있다는 것만으로도 얼마나 흥분되는 일인가! 그는 그저 이소룡이 촬영을 다 못 마치고 죽었다는 〈사망유희〉라는 영화가 어떤 영화일지 궁금했으며 하루빨리 그 영화가 완성되어 극장에서 보게 되기를 바랐을 뿐, 자신이 그 오디션과 관련이 있다는 생각은 털끝만큼도 하지 못했다. 다만 그 영화의 오디션에 참가할 거라는 용식이 무척 부러웠을 뿐이었다. 만일 그가 오디션에 합격해서 이소룡의 대역을 맡게 된다면 그것은 또 얼마나 멋진 일인가!
   삼촌은 새로운 영화에서 이소룡은 과연 어떤 모습을 보여줄지 혼자 상상하며 걷다 청계천 어디쯤에선가 그만 눈길에 미끄러져 넘어지고 말았다. 어찌나 호되게 엉덩방아를 찧었는지 술이 확 깨는 기분이었다. 그런데 이때 삼촌은 하얗게 눈덮인 길 위에 넘어진 채 잠시 숨을 고르고 있다 어떤 계시처럼 퍼뜩, 다음과 같은 생각이 들었다.

179

혹시…… 만약에……

거기까지 생각이 미쳤을 때 삼촌은 자신도 모르게 깜짝 놀라 자리에서 벌떡 일어섰다. 그리고 마치 절대 해서는 안 되는 불온한 생각을 떨쳐내듯 옷에 묻은 눈을 털어냈다.

에이, 설마……

그리고 몇 발짝 걷다 다시 우뚝 걸음을 멈춰 섰다.

그래도 어쩌면……!

어둠 속에서 심장이 쿵쾅거리며 마구 뛰었다. 그리고 자신도 모르게 솟아난 그 벅찬 생각을 주체할 수 없어 눈길 위를 마구 뛰었다.

만약에…… 혹시…… 어쩌면……

삼촌은 엉뚱하고 금지된 생각들로부터 도망치듯 거리를 힘껏 달렸다. 그러다 숨이 턱 끝까지 차올라 다시 걸음을 멈춰 서서 가쁜 숨을 몰아쉬었다. 애써 털어낸 생각들이 눈 깜짝할 사이에 뒤따라와 거대한 해일처럼 삼촌을 집어삼켰다. 삼촌은 그날 꼬박 세 시간을 걸어서 숙소로 돌아왔다. 꿈을 갖는다는 게 그런 걸일까? 속눈썹이 얼어붙을 만큼 추운 밤길이었지만 마치 꿈을 꾸듯 발은 허공을 내딛는 것만 같았고 기이한 열기가 온몸을 감싸고 있어 추운 줄도 몰랐다. 집으로 돌아오는 동안 삼촌은 처음으로 자신이 원하는 게 무엇인지 깨달았다. 너무나 강렬하고 뚜렷해서 차마 정면으로 응시하기가 두려웠던 그것은 바로 자신이 이소룡이 되는 거였다.

숙소에 가까워올수록 차츰 열기가 가라앉으며 오디션에 대해 보다 구체적인 생각들이 떠올랐다. 평생 자신감하고는 거리가 먼 삼촌이었지만 이소룡에 대해서만큼은 경우가 달랐다. 누가 자신보다 이소룡에 대해 더 잘 이해할 수 있단 말인가! 이소룡에 관해서라면 그의 모든 동작과 표정, 발끝의 움직임 하나까지도 속속들이 뇌리에 박혀 있었고 그의 모든 것을 몸으로 재현해 낼 수 있다고 자신했다. 게다가 얼마 전엔 칼판장에게 영춘권까지 전수받지 않았던가!

삼촌은 운명이라는 게 있다면 바로 그런 게 운명이 아닐까 하는 생각이 들었다. 그리고 그의 생각은 곧바로 원정으로 이어졌다. 만일 이소룡의 대역을 맡는다면 용식의 말대로 할리우드에 가서 비비안 리를 만날 순 없더라도 성추행이나 하는 부끄러운 중국집 배달부가 아니라 보다 당당한 남자로 원정 앞에 다시 설 수 있을 것이다. 삼촌은 카메라 앞에 처음 서서 공중 3회전을 선보여 스태프들의 기립박수를 받았던 순간을 떠올리며 가슴이 벅차올랐다.

밤늦게 숙소에 돌아와 자리에 누웠을 땐 눈길을 걸어오느라 온몸이 녹초가 되었지만 오디션에 대한 생각에 좀처럼 잠이 오지 않았다. 그나저나 영화에 출연하려면 중국말을 알아야 하는 게 아닐까? 화교들과 함께 생활하다 보니 주문과 관련된 말은 대충 알아들을 수 있었지만 중국말로 연기를 하는 건 전혀 다른 문제였다. 이럴 줄 알았으면 칼판장에게 영춘권과 함께 중국말도 배워둘걸……. 칼판장은 오늘도 2층의 마 사장에게 갔는지 보이지 않았다. 그런데 홍콩 가는 데 여비가 얼마나 들까? 삼촌의 생각은 보다 현실적인 쪽으로 옮겨갔다. 그동안 북경반점에서 받은 월급을 모아놓았지만 어쩌면 그것으론 부족할지도 모른다. 이럴 줄 알았으면 돈을 좀더 아껴 쓰는 건데……. 정 돈이 모자라면 오토바이를 팔아버릴 수도 있다. 오토바이는 나중에 다시 사면 되니까.

*

다음 날 아침 눈을 떴을 땐 해가 중천에 떠 있었다. 삼촌은 후다닥 자리에서 일어나 씻는 둥 마는 둥 급히 식당으로 나갔는데 뭔가 분위기가 심상치 않았다. 영업할 시간이 다 되었는데도 불판장과 면판장을 포함해 종업원들이 모두 홀에 모여 웅성거리고 있었던 것이다. 간간이 격앙된 중국말도 들렸는데 밤새 무슨 일이 있었는지 다들 심각한 표정이었다. 누군가는 바닥에 퍼질러 앉아 우는 이도 있었다. 삼촌이 의아한 얼굴로 홀에 들어서자 종업원들은 일제히 삼촌을 쳐다보았다.

— 야, 너 칼판장 못 봤어?

면판장이 삼촌을 추궁하듯 노려보며 물었다.

— 모, 모, 모, 모, 못 봤는데요.

영문을 모르는 삼촌이 당황해서 말을 더듬자 뒤이어 여기저기서 중구난방으로 질문이 쏟아졌다.

— 칼판장이 무슨 말 안 하디?

— 너 칼판장하고 친하게 지냈잖아.

— 아무래도 저 새끼가 수상해.

— 맞아요. 둘이 뭔 짓을 하는지 밤마다 뒤뜰에 가서 속닥거리는 걸 봤어요.

— 어제도 도둑고양이처럼 밤늦게 몰래 들어왔지?

— 애초에 둘이 짠 거 아녜요?

— 아무래도 한 패거리가 맞는 것 같아.

— 맞아, 그러고 보니 전에 있던 촉새도 둘이 짜고 패서 내쫓았

잖아.

— 그러게. 여태 순진한지 알았더니 감쪽같이 속았네.

— 맞아요. 전에 배달 갔다가 어떤 여자를 성추행하기도 했잖아요.

— 저 새끼를 족치면 칼판장이 어디 갔는지 알 거야.

종업원들은 마치 삼촌을 당장 잡아먹기라도 할 것 같은 기세로 주위를 에워쌌다. 삼촌은 도대체 무슨 일인지 영문을 몰라 어리둥절한 얼굴로 번갈아가며 쳐다보았다. 이때, 마 사장이 문을 벌컥 열고 들어섰다.

— 뭣들 해요? 오늘 장사 안 할 거예요!

마 사장이 소리치자 다들 쭈뼛거리며 자기 자리를 찾아 흩어졌지만 마 사장 또한 넋이 나간 듯 정신이 없어 보였다. 그녀는 카운터 옆 의자에 털썩 주저앉으며 종업원에게 물을 한 잔 갖다 달라고 해 아스피린을 한 알 먹은 후 머리가 아파 쉬겠다며 다시 2층으로 올라갔다.

그날 아침 칼판장이 주방에 나타나지 않자 종업원들은 그가 2층의 마 사장 방에서 자고 있을 거라고 생각했다. 이때 사완 한 명이 얼굴이 하얗게 질린 채 숙소에서 뛰어나왔다.

— 내, 내, 내, 내 돈!

그는 말을 더듬거리며 전날 받은 월급을 고스란히 가방에 넣어놓았는데 아침에 일어나보니 돈이 없어졌다고 했다. 돈이 없어진 것은 그 사완뿐이 아니었다. 잠시 후, 한 종업원이 시계가 없어졌다며 뛰어왔다. 뭔가 이상한 낌새에 종업원 몇 명이 숙소에 가보니 칼판장의 가방과 옷가지가 보이지 않았다. 그리고 그가 평소에 아끼던 칼들도 사라지고 없었다. 이때쯤엔 여기저기서 내 돈! 내 돈!을 외치는 소리가 들리며 순식간에 종업원들이 홀에 모여들었다.

도난은 그래도 나은 편이었다. 뒤이어 밝혀진 바에 의하면 종업원들 거개가 칼판장에게 사기를 당해 돈을 떼였는데 액수도 가지가지였고 사연도 가지가지였다. 칼판장이 동업으로 식당을 하자고 꼬드겨 전세금을 빼서 맡긴 경우가 있었는가 하면 누군가는 돈놀이를 해서 이자를 불려주겠다고 해 시집가려고 모아놓은 돈을 통째로 맡긴 경우도 있었다. 그의 사기행각은 이에 그치지 않고 어린 여종업원이 고향의 부모님께 보내려고 모아놓은 돈까지 알겨갈 정도로 치사하고 철저했다. 칼판장이 평소에 인상도 좋고 구변이 좋은 데다 마 사장과의 관계까지 있어 다들 속아 넘어가지 않을 재주가 없었던 것이다. 나중에 서로 말을 맞춰보니 북경반점에서 일하는 사람 중에 칼판장에 대해 제대로 아는 이가 아무도 없었다. 그의 나이부터 시작해서 출신지까지 정보가 모두 제각각이었는데 그것은 칼판장이 상대에 따라 그때그때 말을 바꿨기 때문이었다. 어떤 땐 결혼을 했는데 아내가 병으로 죽었다고도 했고 어떤 땐 미혼이라고도 했다가 실은 자신이 이북 출신인데 전쟁 통에 부인과 생이별을 해 혼자 살고 있다고도 했다. 또 나이도 고무줄 나이여서 적게는 서른 살부터 많게는 환갑까지 고무줄처럼 제멋대로 늘였다 줄였다 하는가 하면 출신지도 역시 중국 산동성에서 평안도와 함경도를 왔다 갔다 하다 멀리 남쪽 전라도와 경상도까지 넘나들어 사람들을 더욱 헷갈리게 만들었다.

하지만 종업원들이 입은 피해는 마 사장이 입은 피해에 비하면 미미한 수준이었다. 홀에 모여 있던 종업원들이 혹시 마 사장이라면 칼판장의 행방에 대해 알고 있지 않을까 싶어 다들 2층으로 몰려가려는데 때마침 옷도 제대로 걸치지 못한 마 사장이 허둥지둥 2층에서 달려 내려오다 종업원들과 마주쳤다. 그녀는 당장 심장마비라도 일으킬 것처럼 얼굴이 하얗게 질려 있었고 손발을 부들부들 떨었다. 그리고 종업원들이 묻고 싶은 걸 먼저 물었다.
— 차, 차, 찬일 씨, 모, 못 봤어?
종업원들은 그제야 칼판장의 이름이 박찬일이라는 것을 처음 알게 되었지만 그마저도 실명인지 아닌지 알 수 없었다. 마 사장은 종업원들의 표정을 보고 이미 사태를 짐작했는지 난간을 붙잡고 비틀거리며 다시 2층으로 올라갔다. 나중에 경찰 조사에서 밝혀진 바에 따르면 칼판장은 마 사장의 마음만 훔친 게 아니라 금고에 있던 현금과 온갖 패물을 싹쓸이하다시피 훔쳐 달아났는데 그 액수가 입이 딱 벌어질 정도였다고 한다. 만일 가능하기만 했다면 그는 북경반점을 통째로 훔쳐서 도망갔을 터이지만 그래도 부동산은 부동산, 몸도 뺏기고 돈도 뺏기고 마음까지 뺏긴 마 사장에게 겨우 남은 건 중국집 하나뿐이었다.

칼판장이 돈을 훔쳐 달아났다는 얘기를 듣는 순간, 삼촌의 머릿속에도 불현듯 떠오르는 장면이 하나 있었다. 몇 달 전, 삼촌이 월급으로 받은 돈을 가방 깊숙이 숨기고 있는데 칼판장이 들어오다 이를 목격하고 씩 웃으며 말했다.
— 돈은 그렇게 허술하게 숨기면 안 되는 법이야. 왜냐하면 견물생심이라고 누군가 그것을 보면 훔치고 싶은 마음이 생기게 되거든. 네가 돈을 허술하게 숨겨서 누군가를 도둑놈으로 만들게 된다면 돈을

훔친 사람보다 숨긴 사람의 죄가 더 큰 거야. 돈은 잃어버리면 다시 벌면 되지만 사람은 잃으면 다시 사귈 수가 없거든. 뭐, 그냥 내 생각이지만 여기는 애들이 많이 드나드니까 다른 데 숨기는 게 좋을 것 같다. 예를 들어서 뒤뜰 장독대 밑이나 뭐, 그런 한적한 데 말이야.

 삼촌이 허겁지겁 장독대로 달려가 돈을 숨긴 항아리 밑을 들춰보니 아니나 다를까, 그동안 월급을 받아 차곡차곡 모아놓은 돈이 감쪽같이 사라지고 없었다. 삼촌은 망연자실, 그 자리에 털썩 주저앉았다.

*

 꿈을 잃는다는 건 또 그런 것일까? 간밤엔 끝도 없이 밀려드는 생각에 잠도 이루지 못하더니 그날은 머릿속에 콘크리트를 들어부은 듯 머리가 딱딱하게 굳어져 아무런 생각도 나지 않았다. 간밤의 흥분과 열기는 한여름 밤의 꿈처럼 흔적도 없이 사라지고 눈앞을 가로막고 있던 거대한 벽은 더 높고 두꺼워졌다. 삼촌은 칼판장에 대한 분노보다 꿈이 사라진 데에 대한 허탈감에 온종일 허공을 바라보며 한숨만 내쉬었다. 한숨을 내쉬는 건 삼촌만이 아니었다. 종업원들도 일을 하면서 땅이 꺼져라 한숨을 내쉬어 식당 분위기는 무겁게 가라앉았고 마 사장은 이불이라도 뒤집어쓰고 우는지 하루 종일 모습을 보이지 않았다.

 불행은 언제나 겹쳐서 오는 걸까. 그날, 영업을 마칠 무렵 뒤늦게 주문이 들어와 삼촌이 오토바이를 몰고 배달을 나갔는데 넋이 나갔는지 그만 사고를 내고 말았다. 길을 가로지르던 승용차와 부딪친 것이다. 승용차 운전자는 오토바이를 발견하고 뒤늦게 브레이크를 밟았지만 차가 눈길에 미끄러지며 오토바이를 들이받았다. 삼촌의 몸은 허공을 날아갔고 배달통은 길 한복판에 내동댕이쳐졌다. 눈 덮인 길이 온통 시뻘건 피로 물들어 사람들은 다들 삼촌이 죽었을 거라고 생각했다. 그런데 가까이 다가가보니 피라고 생각했던 것은 짬뽕 국물이었고 삼촌은 다행히 길가에 치워놓은 눈구덩이에 떨어져 얼굴이 까지고 다리에 타박상을 입었을 뿐 크게 다친 데는 없었다.

 삼촌은 차에 부딪쳐 정신이 없는 와중에도 길바닥에 내동댕이쳐진 배달통부터 챙겼다. 이때, 승용차를 운전했던 운전사가 차에서 내렸다. 건장한 체격에 험악한 인상이었다. 그는 대뜸 삼촌의 멱살을 잡으며 눈을 어따 두고 다니느냐고, 누구 신세 망칠 일 있냐며 윽박질렀다. 삼촌은 울컥 화가 치밀었다. 사람을 치고도 괜찮으냐는 말 한 마디 없이 오히려 큰 소리를 치다니! 차가 출발하려고 할 때 삼촌은 승용차 앞으로 달려가 차를 가로막고 섰다. 운전사가 창문을 내리고 욕설을 퍼부었지만 삼촌은 앞을 노려보며 꿈쩍도 하지 않았다. 운전사는 당장이라도 삼촌을 깔아뭉갤 것처럼 액셀러레이터를 힘껏 밟아 시끄럽게 공회전 소리를 냈다. 검은색 세단은 마치 꿈속의 갈고리처럼 삼촌을 위협하며 코앞까지 밀고 들어왔지만 삼촌은 조금도 두렵지 않았다. 중국집 배달부가 목석처럼 꿈쩍 않고 버티자 화가 머리끝까지 난 승용차 운전사는 다시 차에서 내려 다짜고짜 삼촌의 따귀를 올려붙였다.

 ― 야, 이 꼴통 새끼야! 너 지금 이 안에 타고 있는 분이 누군지나 알고 까부는 거야?

차 안에 누가 타고 있던 삼촌이 알 바 아니었다.

― 좋은 말로 할 때 빨리 비켜. 안 그러면 당장 경찰 불러서 콩밥 먹일 줄 알아.

하지만 삼촌은 배달통을 든 채 여전히 꿈쩍 않고 서 있었다.

― 이 새끼가 뜨거운 맛을 봐야 알겠구먼.

운전사는 다시 삼촌의 따귀를 올려붙이려고 했다. 하지만 삼촌은 그의 팔을 잡았다.

― 어쭈? 이 자식이 진짜!

운전사는 거칠게 팔을 뿌리치며 힘껏 주먹을 휘둘렀다. 순간 삼촌은 허리를 숙여 주먹을 피하며 사내의 정강이를 힘껏 내질렀다. 바닥이 미끄러운 데다 몸의 중심이 높아 운전사는 공중에 붕 떠올랐다 빙판 위에 나자빠졌다. 호되게 엉덩방아를 찧은 운전사는 바짝 독이 올라 벌떡 일어서서 삼촌을 향해 돌진했다. 하지만 바닥이 얼음처럼 반질반질해 마치 다람쥐가 쳇바퀴를 돌 듯 혼자 제자리에서 발을 몇 번 구르다 보기 좋게 앞으로 고꾸라지고 말았다. 무릎이 깨지는 듯 경쾌한 소리와 함께 사내는 신음소리를 내며 바닥을 나뒹굴었다. 이 때였다. 검은색 세단의 창문이 열리고 뒷좌석에 앉아 있던 남자가 머리를 밖으로 내밀고 소리쳤다.

― 그만들 해!

삼촌이 돌아보니 머리가 희끗한 중년의 남자가 손짓으로 삼촌을 불렀다. 그래도 삼촌이 꿈쩍 않고 서 있자 할 수 없다는 듯 남자가 차에서 내리는데 알고 보니 영화 제작자이자 원정의 남자로 알려진 유 사장이었다. 배우들이나 정치인들과 함께 북경반점에 몇 번 들른 적이 있어 삼촌도 그의 얼굴을 기억하고 있었다. 눈 그늘이 짙은 데다 원숭이처럼 등이 굽어 있어 어딘가 음험한 듯 불쾌한 인상이었다. 그런데 이때 승용차 뒷좌석 깊숙이 몸을 묻고 분첩을 들여다보며 화장을 고치고 있는 원정의 모습이 눈에 들어왔다. 순간, 삼촌은 그녀를 강제로 끌어안았던 일이 떠올라 황급히 고개를 돌렸다. 다행히 그녀는 분첩을 들여다보느라 여념이 없어 삼촌을 알아보지 못했다. 유 사장은 배달통에 쓰여 있는 상호를 보고는 지갑에서 만 원짜리를 한 장 꺼내 건넸다.

— 그러고 보니 너, 북경반점에서 일하는 애로구나. 넌 잘 모르겠지만 내가 마 사장하고 잘 아는 사이야. 그러니까 고집 그만부리고 이거 받아. 혹시 어디 아픈 데 있으면 병원에 가서 엑스레이 한 번 찍어보든가.

유 사장은 삼촌의 주머니에 만 원짜리를 찔러주고 다시 유유히 승용차로 돌아갔다. 곧이어 스르르 유리창이 올라가며 원정의 얼굴이 시야에서 사라졌다. 원정과 뜻밖의 장소에서 마주친 삼촌은 왠지 힘이 쭉 빠지는 기분에 슬그머니 옆으로 길을 비켜주었다. 운전사는 현장을 떠나며 창문을 열고 소리쳤다.

— 너 이 새끼, 오늘 운 좋은 줄 알아!

원정은 어떻게 저런 늙은 너구리 같은 놈한테 붙어 살 수 있지? 삼촌은 마치 유 사장이 강제로 원정을 어떻게 하기라도 한 것처럼 길 한복판에 버티고 서서 멀어지는 승용차의 꼬리를 노려보았다.

그날 삼촌은 오토바이를 수리소에 맡기고 밤늦게 북경반점으로 돌아왔다. 이미 영업이 끝나 식당은 불이 꺼져 있었고 종업원들도 모두 퇴근한 뒤였다. 문을 열고 들어서니 텅 빈 홀 한가운데 마 사장 혼자 앉아 술을 마시고 있었다. 독한 배갈에 안주라고는 짜사이무침 한 접시뿐이었다.

— 넌 어디 갔다 이제 와?

마 사장은 배달통을 들고 절룩거리며 들어서는 삼촌을 보고 물었다. 언제부터 마셨는지 이미 취한 목소리였다.

— 배, 배, 배달 갔다가……

마 사장은 취한 눈으로 삼촌을 바라보다 문득 생각난 듯 물었다.

— 너도 그 인간한테 돈 빌려줬니?

— 비, 비, 빌려준 건 아니지만……

삼촌이 말을 잇지 못하자 마 사장은 말 안 해도 알겠다는 듯 고개를 끄덕였다. 가까이서 보니 하룻밤 사이에 10년은 늙은 듯 화장기 없는 얼굴엔 잔주름이 가득했다.

— 그런데 넌 밤마다 뒷마당에 가서 뭘 하는 거니? 사람들이 그러는데 네가 칼판장한테 뭘 배웠다던데…….

— 여, 영춘권이라는 무술인데…….

— 룽춘쩬?

유창한 중국어에 삼촌은 새삼 마 사장의 얼굴을 쳐다보았다.

— 네가 그 인간한테 영춘권을 배웠다고?

— 네, 카, 카, 칼판장님이 중국에 있을 때 배, 배웠다고 그래서…….

— 허, 참. 사기도 가지가지로 쳤구먼.

마 사장이 어이없다는 듯 코웃음을 쳤다.

— 야, 이 바보야. 그 인간이 무슨 영춘권을 할 줄 알아? 중국엔 가본 적도 없는 인간인데…….

― 네? 카, 카, 칼판장님이 여, 영춘권 고수한테 직접 배웠다던데요.

― 이런 순진한 애를 봤나. 그 인간은 중국 사람도 아냐. 고향이 경상도인데 서당 개 삼 년이면 풍월을 읊는다고 중국집에서 오래 일을 하다보니까 중국 사람 흉내를 내는 거지.

― 귀, 귀화한 게 아니고요?

― 귀화 같은 소리하고 있네. 그 인간은 뼛속까지 된장이야. 그런데 한국 놈이 어떻게 영춘권을 알아?

삼촌은 이미 한 대 얻어맞은 뒤통수를 한 대 더 맞은 듯 얼얼한 기분이었다.

― 원래 영춘권은 여자들이 하는 무술이야. 그래서 나도 어릴 때 아버지한테 배운 적이 있어. 여자도 자기 몸은 자기가 지킬 줄 알아야 한다고 해서…….

― 사, 사, 사장님이요?

― 그래. 아버지가 영춘권 고수였거든. 학교 끝나고 돌아오면 아버지랑 둘이 매일 수기(手技)를 했는데 그땐 하기 싫어서 이 핑계 저 핑계 대며 도망 다녔지.

마 사장은 죽은 아버지를 생각하는지 얼굴에 쓸쓸한 미소가 감돌았다. 삼촌은 칼판장이 돈을 훔쳐 달아났을 때만큼이나 큰 충격을 받았다. 마 사장의 말이 사실이라면 칼판장이 자신에게 가르쳐준 무술은 대체 뭐란 말인가!

― 그런데 저…… 한 가지 물어볼 게 있는데…….

잠시 후, 삼촌이 물었다.

― 뭔데?

― 호, 호, 홍콩에 가려면 어, 얼마나 들어요?

― 홍콩? 홍콩은 왜……?

― 그, 그, 그냥요.

― 글쎄, 요즘 물가가 많이 올랐으니까 적어도 백만 원은 있어야 겠지.

배, 배, 배, 백만 원? 그렇다면 도대체 오토바이가 몇 대지? 삼촌은 절망감에 고개를 떨구었다. 칼판장이 돈을 훔쳐가지 않았어도 애초에 홍콩에 가기는 틀린 일이었다.

― 근데 홍콩은 왜 물어봐?

― 아, 아니요. 그, 그냥 궁금해서…….

― 녀석, 싱겁긴…….

마 사장은 피식 웃다 삼촌에게 불쑥 잔을 내밀었다.

― 너도 한잔 할래?

― 괘, 괘, 괜찮습니다.

― 괜찮긴 뭐가 괜찮아. 받아.

삼촌은 마 사장이 따라준 배갈을 마셨는데 빈속에 40도가 넘는 술이 들어가니 속이 다 타들어가는 듯 뜨거웠다. 하지만 왠지 그 독한 술에 혼란스런 기분과 답답한 마음이 모두 씻겨 내려가는 듯해 나쁘지 않았다. 그렇게 중국집 사장과 배달부는 권커니 잣거니 밤늦도록 술을 마셨다.

― 난 처음부터 그 인간을 믿지 않았어.

자정이 가까워지자 마 사장은 눈동자가 풀리고 혀가 잔뜩 꼬였다.

― 내가 사람을 많이 겪어봐서 척 보면 알거든. 그 인간은 백 프로

믿을 수가 없더라고. 그래서 속으로 조심을 해야지, 라고 생각을 했는데 이상하게 그게 내 마음대로 잘 안 되는 거야.

그게 아마 사랑일 거라고, 삼촌은 속으로 생각했지만 말없이 듣고만 있었다.

— 솔직히 돈은 하나도 안 아까워. 그깟 돈이야 또 벌면 되지, 뭐. 근데 사람이 사람을 그런 식으로 배신하면 정말이지, 그건 안 되는 거야.

한참 넋두리를 하던 마 사장이 급기야 훌쩍거리며 울기 시작해 삼촌은 난감한 얼굴로 앉아 있는데 갑자기 마 사장이 번쩍 고개를 들고 물었다.

— 너도 나를 배신할 거냐?

중국집 배달부가 주인을 배신할 일이 뭐가 있을까? 수금한 돈을 떼먹고 도망가는 일? 삼촌은 얼떨결에 고개를 가로저었다.

— 아, 아, 아니요.

마 사장은 삼촌의 마음을 꿰뚫어보듯 물끄러미 바라보다 냉소를 띠며 말했다.

— 내가 사람을 좀 볼 줄 아는데 너도 언젠가 누군가를 배신할 상이야. 처음 우리 집에 올 때부터 나는 알아봤어.

삼촌의 머릿속에 퍼뜩 오순의 얼굴이 스쳤다. 그렇다면 나도 칼판장처럼 배신자란 말인가? 그녀는 어떻게 살고 있을까? 마 사장처럼 이렇게 배신감에 치를 떨며 밤마다 술을 마시며 괴로움을 달래고 있을까? 뱃속의 아이는? 삼촌은 취한 와중에도 머릿속이 복잡하고 마음이 괴로웠다.

— 하긴, 처음부터 배신할 사람이 따로 있는 건 아냐. 배신할 수밖

에 없는 상황이 있는 거지. 그런데도 배신하지 않는다면 그게 바로 군자겠지. 하지만 세상에 그런 인간은 흔하지가 않아.

　마 사장은 다시 혼자 술을 따라 마셨다.

　— 나는 그 인간이 왜 그랬어야 했는지, 그렇게밖에 할 수 없는 상황이었다면 왜 나한테 미리 얘기하지 않았는지…… 그게 너무 슬프고 안타까워.

　마 사장은 그 말을 끝으로 식탁 위에 엎어졌다.

　삼촌이 마 사장을 업어 2층에 데려다주었을 때였다. 삼촌도 잔뜩 취해 힘이 없는 데다 역시 술에 취해 낙지처럼 제멋대로 흐느적거리는 마 사장을 주체하지 못해 두 사람은 몸이 한데 뒤엉켜 얇은 잠옷 하나 사이로 살을 맞대고 부둥켜안는 꼴이 되고 말았다. 이때 그녀는 뭔가 착각을 했는지 삼촌의 목을 힘껏 끌어안고 얼굴을 부비며 귀에 대고 속삭였다.

　— 나 좀 꽉 안아줄래?

　순간, 스무 살 청년은 당혹스러움과 함께 주체할 수 없는 강렬한 욕정에 휩싸여 반쯤 드러난 마 사장의 젖가슴에 얼굴을 묻고 으스러져라, 그녀의 허리를 힘껏 끌어안았다.

　— 그래, 꽉! 더 세게! 더!

　머릿속이 아득해지며 아무런 생각도 떠오르지 않았다. 그저 온몸의 피가 미친 듯 펄떡거리며 이리저리 몰려다녔다. 그러다 삼촌의 손이 마 사장의 젖가슴을 와락 움켜쥐었을 때였다. 갑자기 정신이 들었는지 마 사장은 삼촌의 가슴팍을 밀어내며 철썩! 따귀를 올려붙였다. 삼촌은 놀라 정신을 차리고 급히 마 사장의 몸에서 떨어졌다. 내가 또 무슨 짓을 한 거지? 삼촌은 당황해서 어쩔 줄 모르고 엉거주춤 서 있었는데 당황한 건 그녀도 마찬가지였는지 눈을 마주치지 못하고 침대에 걸터앉으며 말했다.

— 그, 그만 내려가 자.

삼촌은 뭐라고 변명을 해야 할 것 같았지만 당혹감과 함께 뭔가 잘못을 저지른 것 같은 죄의식, 일이 크게 잘못된 것 같은 낭패감으로 머릿속이 혼란스러워 아무런 말도 떠오르지 않았다. 잠시 망설이던 삼촌이 끝내 아무런 말도 하지 못하고 몸을 돌려 내려가는데 뒤에서 마 사장의 떨리는 목소리가 들렸다.

— 다 잊어버려. 오늘, 내가 미쳤나보다.

맹룡과강

{ 2 }

삼촌이 떠난 이듬해 겨울, 할머니가 돌아가셨다. 연세가 있지만 딱히 이렇다 할 지병이 없어 크게 신경 쓰지 않았는데 엄마가 아침에 문안인사를 하러 들어가 보니 잠잘 때 모습 그대로 잠자는 듯 돌아가셨다. 다들 호상이라고, 아버지를 위로했지만 남다른 효자였던 아버지는 자신이 임종도 지키지 못한 불효자가 됐다며 벽을 보고 앉아 하루 종일 소리도 없이 굵은 눈물을 쏟아냈다.

집성촌이 좋은 점은 그런 큰 일이 있을 때였다. 한동네 사는 가까운 친척들이 모두 몰려와 아침부터 늦은 밤까지 북적거렸고 우리 집 도지를 부쳐 먹고 사는 소작인들도 다들 제 일처럼 발 벗고 나서 문상객과 상제가 따로 없었다. 다음 날엔 먼 곳에 사는 친지들까지 모두 도착해 며칠간 동네가 들썩거려 마치 큰 잔치가 벌어진 듯했다. 나로선 가까운 가족이 죽은 건 처음이라 첫날은 어색하고 감정이 혼란스러웠지만 곧 공식적으로 학교에 가지 않아도 된다는 사실에 방학을 맞은 듯 해방감을 느꼈다. 형은 당시 학교 근처에서 하숙을 하고 있었는데 나와는 반대로 내려온 지 하루 만에 시험이 며칠 안 남아 먼저 올라가겠다고 했다. 엄마는 대뜸 어서 올라가 한 자라도 책을 더 들여다보라고 했는데 이 때문에 아버지와 말다툼을 벌였다.

아버지는 아무리 대학이 중하다 해도 조모의 발인도 안 보고 올라간 다는 게 말이 되느냐며 호통을 쳤지만, 앞강물이 뒷강물에 밀려가는 세대의 흐름을 이미 감지하고 있어서였을까, 왠지 아버지의 말에 힘이 실리지 않았다.

이즈음 형은 이전과는 분위기가 사뭇 달라져 말도 거의 없었는데 인근에서 공부 잘하는 것으로 유명하다 보니 어깨에 힘이 잔뜩 들어갔는지 나와는 거의 말도 섞지 않았고 농고나 공고로 진학한 친구들을 노골적으로 무시했다. 하지만 그는 다른 사람들이 이해하지 못하는 자신만의 콤플렉스를 가지고 있었다. 그것은 바로 자신이 구멍가게 하나 없는 깡촌 출신이라는 거였다. 이 때문에 그는 고향마을에 대해 매우 냉소적인 태도를 가지고 있었다. 마을 주민의 80프로가 권 씨인 집성촌을 마치 문명세계를 접하지 못한 미개부족처럼 생각했으며 어린 시절의 추억이 배어 있는 고향을 근대화의 대열에서 낙오한 패잔병처럼 여겼다. 따라서 그는 전근대적인 무지와 야만, 그리고 가난으로부터 벗어나고 싶은 열망이 누구보다도 강했다. 그 유일한 방법은 물론 공부를 열심히 해서 서울에 있는 대학으로 진학하는 거였다. 그러나 그 콤플렉스는 그가 서울에 있는 명문대에 진학해 모든 이의 부러움을 샀을 때에도, 또 훗날 사법고시에 합격해 변호사가 되었을 때도 여전히 집요하게 그의 발목을 잡고 있었다.

삼촌이 집에 도착한 것은 발인을 나가기 하루 전이었다. 밤늦은 시간, 대문 입구가 웅성거려 나가보니 검은 양복을 입은 삼촌이 마당으로 들어섰다. 나는 반가움에 맨발로 달려나갔는데 너무 오랜만에 만나서였을까, 조금은 낯선 분위기에 주춤하며 어색한 미소를 지어 보였는데 삼촌은 알은체를 하는 둥 마는 둥 마루에 올라서서 할머니의 영정 앞으로 다가가 절을 했다. 그 와중에도 나는 혹시 삼촌이 쌍절곤을 왜 종태에게 주지 않았냐고 추궁할까 봐 재빨리 방에 들어가 쌍절곤을 눈에 안 띄게 몰래 숨겨두었다.

이때였다. 갑자기 밖에서 누군가의 큰 울음소리가 들렸다. 나가보니 삼촌이 할머니 영정 앞에서 어깨를 떨며 흐느끼고 있었다. 며칠간 울음소리는 수도 없이 들었지만 그렇게 애절한 울음은 처음이었다. 어릴 때부터 나는 삼촌이 우는 걸 거의 본 적이 없어 그 모습이 매우 낯설었다. 삼촌은 어린애처럼 얼굴이 잔뜩 일그러져 눈물콧물이 범벅이 된 채 대성통곡을 했는데 애절한 울음 사이로 간간이 어머니란 소리가 흘러나왔다. 평소에 그가 할머니에게 한 번도 대놓고 불러본 적이 없는 호칭이었다. 생전에 따뜻한 말 한마디 건네준 적 없지만 기실 할머니가 없었다면 배타적인 집성촌에서 어린 삼촌을 거둬줄 사람은 아무도 없었을 것이다. 그도 그 사실을 잘 이해하고 있어서였을까? 삼촌은 호상(護喪)을 맡은 친척아저씨가 빈소에서 끌어낼 때까지 울음을 멈추지 않았다.

할머니는 삼촌을 따로 살갑게 대하는 법이 없었지만 보이지 않는 가운데 그의 보호막이 되어준 적이 많았다. 삼촌이 사춘기를 맞았을 무렵 엄마는 삼촌에게 내 자식 빤쓰도 아니고 시동생 빤쓰까지는 도저히 손을 못 대겠다며 속옷은 알아서 빨아 입으라고 했다. 하지만 철없는 사춘기 사내애가 빨래를 제대로 해 입을 리 없어 늘 속옷에서 냄새가 났다. 빨래를 자주 안 하다보니 냄새가 났을 뿐만 아니라 갈아입을 속옷이 없는 경우가 많아 언제부턴가 삼촌은 아예 속옷을 안 입고 다니는 경우가 많았다. 하루는 집에서 키우는 강아지 한 마리가 입에 누런 헝겊 조각을 물고 다니는 걸 발견하고 아버지가 붙잡아보니 다름 아닌 삼촌의 속옷이었다. 삼촌이 더러워진 속옷을 아무렇게나 뭉쳐서 툇마루 아래 숨겨놓은 걸 강아지가 냄새를 맡고 발견한 모양이었다. 이에 사연을 알게 된 할머니는 조용히 삼촌을 불러 다음부터는 방 앞에 반짇고리를 하나 놓아둘 터이니 속옷을 아무 데나 숨기지 말고 그 안에 넣어두라고 했다. 과연 다음 날 삼촌이 방을 나서는데 문 앞에 하얀 보자기에 덮인 낡은 반짇고리가 놓여 있었다. 그렇게 할머니는 삼촌이 집을 떠날 때까지 삼촌의 속옷빨래를 도맡아 해주었는데 삼촌 이외엔 아무도 그 사실을 알지 못했다.

 나와 종태는 빨리 삼촌을 만나 서울생활에 대해 얘기를 듣고 싶어 몸살이 날 지경이었다. 하지만 권 씨 집안의 장례는 상제들에게 도무지 쉴 틈을 주지 않았다. 도대체 누가 처음에 그런 걸 고안해 냈는지 소렴(小殮)이니 대렴(大殮)이니, 성복(成服)이니 조상(弔喪)이니 해서 이름도 복잡한 절차는 끝도 없이 계속되었고 매 끼니마다 상식을 올리고 다시 수도 없이 절을 하느라 무릎이 다 까질 판이었다. 드디어 장일이 되어 며칠 동안의 그 모든 복잡한 절차를 압축해서 진하게 다시 한 번 되풀이하고 나서야 대강의 절차가 끝났지만 며칠 밤을 샌 상제들은 모두 곯아떨어져 하루 내내 잠을 잤고 나는 다시 학교에 나가느라 도무지 삼촌의 얼굴을 볼 짬이 나지 않았다. 그렇게 한바탕 정신없이 장례식이 지나고 주말이 되었다. 학교를 마치고 집에 돌아와 삼촌부터 찾았는데 엄마가 뒷동산에 올라갔다고 전해주었다. 가방을 방에 던져놓고 한달음에 달려가보니 과연 삼촌이 소나무 숲 한가운데 우두커니 서 있었다.

그곳은 한때 삼촌이 새벽마다 올라가 무술연습을 하던 곳으로 바닥이 늘 반질반질 닦여 있었지만 아무도 찾지 않는 동안 잡초가 무성해지고 시멘트로 만든 역기와 나무를 깎아 만든 목인춘엔 이끼가 끼어 있어 소나무 숲은 폐문한 무관(武館)처럼 비장하고 쓸쓸한 분위기가 감돌았다.

─고, 고, 공부 잘하고 있어?

삼촌이 작은 바위 위에 걸터앉으며 물었다.

─응? 그, 그냥……

나는 오랜만에 마주한 삼촌이 낯설어 어색한 미소를 지어 보였다. 삼촌은 대학생처럼 머리를 덥수룩하게 길렀는데 그동안 서울 물을 먹고 나이가 한 살 더 들어서였을까? 눈빛은 더 깊어졌지만 어딘가 우울하고 무거운 표정이었다.

─근데 삼촌은 언제 다시 올라갈 거야?

나는 가장 궁금한 것부터 물었다.

─모, 모, 모르겠어. 타, 타, 탈상이나 해야……

삼촌이 할머니 무덤이 있는 맞은편 선산을 바라보며 말했다.

─오토바이는 팔았어? 왜 안 타고 왔어?

─응, 너무 머니까 식당에 두고 왔지.

─삼촌, 짜장면도 만들 줄 알아?

─짜, 짜장면?

─응, 아버지가 그러는데 서울에 있는 중국집에서 요리 배운다면서?

─그, 그, 그래.

─그럼 집에서도 짜장면 만들 수 있어?

나는 삼촌이 짜장면을 만들어주지 않을까 하는 기대감에 물어보 았지만 삼촌은 고개를 가로저었다.
— 그, 그건 안 돼. 재, 재, 재료가 없어서…….
이때, 소나무 숲 입구에서 누군가 부르는 소리가 들렸다.
— 상구야!
돌아보니 종태였다. 종태는 소를 묶어놓고 환하게 웃으며 뛰어왔 다. 그리고 삼촌에게 넙죽 절을 했다.
— 사부님, 잘 지내셨어요?
— 그, 그래. 새, 새끼를 낳았나보구나?
삼촌은 종태네 소 옆에 있는 송아지를 보며 물었다.
— 네. 수놈예요.
종태는 히죽 웃으며 자랑스럽게 송아지의 등을 쓸어주었다. 이오 가 새끼를 낳은 건 두 달 전이었다. 운 좋게도 수컷이었다. 종태네는 복권에라도 맞은 듯 없는 살림에 동네에 떡을 해서 돌렸다. 새끼는 금세 종태만 해져 어미 옆을 껑충거리며 뛰어다녔다.
— 근데 너, 너희들 그, 그동안 무, 무술연습을 안 했나보구나.
삼촌이 퇴락한 듯 잡초가 무성한 소나무 숲을 둘러보며 물었다. 잔뜩 서운한 표정이었다. 나는 죄책감에 딴청을 피우며 발로 바닥을 긁었다.
— 뭐, 가르쳐주는 사람도 없으니까…….
이때, 종태가 분위기도 모르고 삼촌에게 물었다.
— 근데 사부님, 짜장면도 만들 줄 알아요?
내가 종태를 쿡 찌르며 눈치를 주었다.
— 내가 아까 물어봤어. 안 된대.

종태는 머쓱해져서 머리를 긁었다.

*

　삼촌은 서울생활에 대해 물어도 좀처럼 입을 열지 않았다. 자신의 처지가 중국집 요리사가 아니라 배달부인 데다 그동안 모은 돈마저 몽땅 잃어버렸으니 아무 말도 하고 싶지 않았을 것이다. 학교에서 돌아와보면 삼촌은 컴컴한 방 안에 누워 천장을 바라보며 멍하게 생각에 잠겨 있곤 했다. 무슨 고민이 있는지 쉽게 잠을 못 이루고 길게 한숨을 내쉬기도 했다.
　삼우제가 끝나고 일주일쯤 지났을 무렵, 삼촌은 오랜만에 읍내에 나갔다. 답답한 마음에 영화라도 한 편 보려는 생각에서였다. 시골에 살 땐 읍내만 나와도 꽤나 복작거리고 번화하다는 느낌이었지만 서울생활을 하다 내려온 삼촌의 눈엔 거리가 한산하기 그지없었다. 읍내에서 가장 큰 건물인 극장도 서울의 극장에 비하면 너무 작고 초라해 쓸쓸한 기분마저 들었다. 그래도 오래전 이소룡의 영화를 처음 봤던 낯익은 극장에 오니 반가운 마음이 들었다.
　극장에선 듣도 보도 못한 멜로영화가 상영되고 있었다. 삼촌은 마음이 복잡해 영화가 눈에 잘 들어오지 않았다. 이제 앞으로 어떻게 해야 하지? 오랜만에 내려온 집은 낯설고 불편하기만 했다. 조금도 마음이 편하지 않아 하루빨리 서울로 올라가고 싶기도 했다. 하지만 올라가면? 배달 일 말고는 달리 뾰족한 수가 없었다. 삼촌은 영화를 보며 한때 오디션에 참가하겠다고 마음먹었던 자신이 세상물정 모르는 철부지처럼 느껴졌다. 중국집 배달부 주제에 이소룡의 대역을 맡겠다고 했으니! 다른 사람이 알면 자신을 얼마나 한심하게 여길까, 생각하니 절로 얼굴이 화끈거렸다.

 삼촌은 극장을 나와 간단히 요기라도 하려는 생각에 시장 쪽으로 걸어갔다. 시골 읍의 시장은 서울의 시장과는 달리 풋풋한 정취가 느껴졌다. 시장 입구엔 나물을 한 바구니씩 놓고 호객을 하는 노인들이 줄지어 앉아 있었는데 삼촌은 그들을 보며 어쩔 수 없이 돌아가신 할머니 생각이 났다. 그들은 이가 다 빠져 쪼글쪼글한 입을 오물거리며 지나가는 사람들을 바라보고 있었다. 고통과 슬픔조차 모두 사라진 듯 무심한 눈길이었다. 삼촌은 천천히 시장을 한 바퀴 둘러본 후에 시장 끝에 있는 한 허름한 식당에서 순대국밥을 시켰다. 깔끔하지만 어딘가 깍쟁이 같은 서울의 순대국밥과는 달리 푸짐하고 넉넉한 맛이 느껴져 삼촌은 모처럼 맛있게 국밥을 먹었다. 그러다 문득 바로 옆 생선가게 앞에 서 있는 한 여자를 목격하고 자신도 모르게 황급히 몸을 낮추었다. 등에 갓난아이를 업고 상인과 흥정을 하고 있는 여자는 다름 아닌 오순이었다. 삼촌은 심장이 두근거리며 뛰었다. 난생처음 그의 목을 끌어안고 사랑을 고백했던 여자, 그래서 그에게 처음 잠자리의 기쁨을 가르쳐준 여자, 하지만 결국 피를 토하며 고향을 떠나게 했던 독극물의 여왕, 오순이 바로 코앞에 서 있었던 것이다.
 오순이 죽지 않고 살아 있다는 것은 이미 들어 알고 있었지만 아이까지 낳았을 거라고는 미처 상상도 하지 못했다. 그런데 저 아이는 누구지? 혹시……? 삼촌은 사람들 틈에 몸을 숨기고 오순이 등에 업은 아이를 눈여겨보았지만 아이는 포대기에 싸여 있어 겨우 뒤통수만 볼 수 있었다. 어린 나이에 청산가리를 먹고 어렵게 출산을 해서인지 오순은 십 대의 나이라곤 믿어지지 않을 만큼 얼굴이 상해 있었다. 삼촌은 오순이 청어 두 마리를 사서 시장을 떠날 때까지 그 자리에 죽은 듯 앉아 있었다. 저 청어를 구워서 함께 나눠 먹을 남자가 있는 걸까? 삼촌은 오순이 어떻게 사는지 몹시 궁금했지만 차마 뒤따라가 확인해 볼 용기가 나지 않았다. 그래서 오순이 사라진 뒤에도 한동안 국밥집에 앉아 자리를 떠나지 못했다.

나란 인간은 도대체 뭐지? 삼촌은 자신이 때려죽이고 싶을 만큼 미웠다. 그렇게 사랑에 목말라 하더니 자신에게 마음을 준 여자를 저런 꼴로 만들다니! 삼촌은 자신이 그 누구에게도 도움이 안 되는 쓰레기처럼 느껴졌다. 차라리 그때 오순과 함께 청산가리를 먹고 죽는 게 나았을지도 모른다는 생각까지 들었다. 그날 밤, 삼촌은 늦도록 잠을 못 이루고 한숨소리는 더욱 깊어졌다.

삼촌이 집에 마음도 못 붙이고 그렇다고 선뜻 서울로 올라가지도 못하고 혼자 고민에 잠겨 괴로운 나날을 보내고 있던 어느 날 새벽이었다. 삼촌은 모처럼 일찍 눈을 떠 뒷동산엘 올라갔다. 무술연습을 하기 위해서가 아니라 그저 답답한 마음에 바람이라도 쐬기 위해서였다. 이슬을 밟고 걸어가는 삼촌의 발걸음은 더없이 무거웠지만 그날따라 안개가 자욱하게 끼어 있어 숲은 영험한 기운에 휩싸인 듯 신비한 분위기를 자아냈다.

삼촌이 산 아래 도착했을 때였다. 소나무 숲 안에서 뭔가 이상한 소리가 들렸다. 이렇게 이른 시간에 누가 여기까지 찾아온 거지? 때 아닌 인기척에 긴장한 삼촌은 천천히 걸음을 옮겼는데 숲에 가까워지면서 소리는 더욱 분명해졌다. 살쾡이 우는 소리 같기도 하고 남녀가 교합을 할 때 내는 신음소리 비슷하기도 했는데 삼촌에겐 너무 익숙한 소리여서 고개를 갸우뚱했다. 뭔가 땅에 기이한 진동이 느껴졌고 심장이 두근거렸다. 삼촌은 걸음을 더욱 빨리했다. 숲에 가까워질수록 소리는 점점 더 커졌다. 삼촌은 두근거리는 가슴에 깊게 심호흡을 한 후 나무를 헤치고 숲으로 들어섰다. 그리고 그 소리를 내는 당사자가 누구인지 자신의 눈으로 직접 확인하고는 뒤로 나자빠질 만큼 놀랐다.

숲 한가운데 이소룡이 서 있었다. 그는 위통을 벗은 채 목인춘을 상대로 혼자 수기(手技)를 하고 있었는데 그 모습이 안개에 휩싸여 더욱 신비한 분위기를 자아냈다. 손으로 나무를 칠 때마다 목탁을 칠 때처럼 경쾌한 소리가 났고 근육이 살아 있는 뱀처럼 눈앞에서 꿈틀거렸다. 삼촌은 놀란 눈을 크게 뜨고 한동안 이소룡이 수련하는 모습을 지켜보기만 했다. 이것은 필시 꿈이겠지? 삼촌은 자신의 팔뚝을 힘껏 꼬집어보았다. 아팠다! 그렇다면 지금 자신이 보고 있는 것은 현실이란 말인가? 그런데 어떻게 죽은 이소룡이 여기에 나타날 수 있지? 그런 생각을 하는 와중에도 삼촌은 이소룡의 손동작을 유심히 지켜보았는데 칼판장이 자신에게 가르쳐준 것과는 전혀 딴판이었다. 동작은 더욱 빠르고 강했으며 놀랄 만큼 정교하고 복잡해 팔이 꼬이지 않는 게 신기할 정도였다. 그제야 비로소 삼촌은 칼판장이 자신에게 가르쳐준 영춘권이 모두 사기라는 것을 깨달았다. 그런 그에게 엉터리 무술을 배우느라 한 달에 만 원씩 갖다 바쳤으니! 삼촌은 자신도 모르게 칼판장에게 욕을 했다.

— 개, 개, 개, 개새끼!

 이때였다. 삼촌이 내는 소리를 들은 듯 이소룡이 동작을 멈추고 힐끗 뒤를 돌아보았다. 표창이 날아오듯 날카로운 눈빛이 안개를 꿰뚫고 날아와 삼촌의 얼굴에 꽂혔다. 삼촌은 황급히 손을 내저으며 그, 그, 그, 그게 아니라고, 다, 당신을 욕한 게 아니라고 말을 하고 싶었지만 너무 긴장한 나머지 입이 떨어지지 않았다. 삼촌은 어떻게든 인사를 하고 싶었지만 소리도 안 나왔을 뿐더러 과연 이소룡이 한국말을 알아들을 수 있을까 하는 생각에 거두절미하고 일단 그의 앞에 넙죽 엎드려 절부터 했다. 그런 삼촌을 굽어보던 이소룡은 그만 일어서라는 듯 손짓을 했는데 어찌된 일인지 표정이 좋지 않아 보였다. 뭔가 매우 실망스럽다는 표정이었다. 삼촌이 영문을 몰라 쳐다보자 그는 가슴을 찌르듯 손가락으로 삼촌을 가리킨 후 뒤이어 맞은편 산을 가리켰다. 얼마 전 할머니가 묻힌 선산이었다. 삼촌은 그것이 무슨 뜻인지 이해할 수 없어 고개를 갸우뚱하며 선산을 쳐다보았다. 그러자 이소룡은 단호하게 고개를 가로저으며 더 높은 곳을 가리켰다. 이소룡의 손가락을 따라 눈을 들어보니 그곳엔 푸른 하늘이 있었다. 하늘? 하늘에 도대체 뭐가 있지? 삼촌은 고개를 젖히고 위를 뚫어지게 쳐다보았지만 드넓은 하늘엔 뭉게구름만 몇 점 떠다닐 뿐 비행기 한 대 보이지 않았다. 그러자 이소룡은 답답하다는 듯 발을 구르며 다시 검지를 들어 남쪽 하늘을 가리켰다. 그가 가리키는 것은 선산이 아니라 바로 그 너머였다. 하지만 거기에 뭐가 있다는 거지? 답답하긴 삼촌도 마찬가지였다.

 여전히 영문을 알 수 없는 삼촌은 이소룡과 남쪽 하늘을 번갈아가며 쳐다보았다. 그러자 이소룡은 할 수 없다는 듯 손을 내리고 천천히 고개를 가로저은 뒤, 등을 돌려 숲 속으로 걸어 올라가기 시작했다. 삼촌이 놀라 황급히 그를 따라가려고 했지만 마음이 급한 나머지 그만 나무뿌리에 발이 걸려 앞으로 고꾸라지고 말았다. 아픈 무릎을 붙잡고 일어났을 때 이소룡의 모습은 이미 시야에서 사라지고 없었다. 그리고 그가 사라진 수풀 속에선 이름 모를 새들이 아침을 맞아 시끄럽게 지저귀고 있었다.

 그것은 꿈이었을까? 아니면 환상이었을까? 삼촌은 숲 속에서 이소룡을 만나고 온 이후 더욱 큰 혼란에 빠져 하루 종일 남쪽 하늘만 바라보았다.
 ─ 저, 저, 저산 너머에 뭐, 뭐가 있지?
 학교에서 돌아왔을 때, 삼촌은 집 앞에 서서 선산 쪽을 바라보다 문득 나에게 물었다.
 ─ 산 너머? 거긴 아마 학촌일 걸.
 ─ 하, 학촌? 거, 거긴 뭐가 있지?
 ─ 있기는 뭐가 있어. 아무것도 없지.
 학촌은 산자락 아래 20여 가호 남짓한 산골마을이니 뭐가 있고 자시고 할 것도 없었다.
 ─ 그럼, 하, 학촌 너머엔 뭐, 뭐가 있지?
 도대체 이건 무슨 수수께끼지? 나는 삼촌이 잠깐 정신이 이상해진 게 아닌가 걱정되었다.
 ─ 나도 모르지. 근데 그건 왜 물어봐?
 ─ 그, 그, 그냥 궁금해서…….
 ─ 글쎄, 그다음은 모르지만 계속 남쪽으로 가면 결국 바다가 나

오지 않을까?

— 그, 그렇겠지. 그럼 바, 바다 너머엔 뭐가 있을까?

— 제주도가 나오겠지.

우린 선문답을 하듯 엉뚱한 질문과 대답을 주고받았다.

— 그, 그, 그럼, 그 다음엔?

— 일본이 나오는 거 아냐?

나는 삼촌의 의중을 알 수 없었지만 계속 대답을 했다.

— 이, 일본? 그, 그렇지. 그럼 거기서 더 가면 뭐가 나오지?

— 글쎄, 더 가면 아마 필리핀이나 홍콩이 나오지 않을까?

— 호, 호, 홍콩?

순간, 삼촌의 눈이 반짝였다. 그리고 잠시 뭔가 생각하다 잔뜩 흥분한 목소리로 말했다.

— 사, 사, 상구야. 사, 사, 사회과부도 있지? 그, 그거 빨리 갖고 와봐.

삼촌은 먼저 말을 뱉어놓고 나보다 앞서 황급히 방으로 뛰어 들어갔다. 그리고 책꽂이에 꽂혀 있는 책들을 마구 헤집었다.

— 사, 사, 사회과부도 어디 있어?

나는 책장 구석에 꽂혀 있던 사회과부도를 찾아 삼촌에게 건네주었다. 그는 거칠게 책장을 넘겨 아시아 지도가 있는 페이지를 찾아냈다.

— 호, 호, 홍콩이 어디 있는지 찾아봐.

— 홍콩, 여기 있잖아.

나는 단번에 홍콩을 찾아내 손가락으로 짚어주었다. 삼촌은 홍콩이 나와 있는 부분을 유심히 살펴보았다.

― 그, 그럼 홍콩은 우리나라에서 따지면 나, 나, 남쪽에 있는 거네.
― 남서쪽 아냐?
― 서, 서쪽으로 조금 갔지만 어쨌든 나, 남쪽은 남쪽이잖아.
― 뭐, 그렇다고 볼 수도 있겠지.
 나는 시큰둥하게 대답했지만 삼촌은 뭔가 중요한 깨달음을 얻은 듯 지도를 보며 크게 고개를 끄덕였다.

*

 그날 삼촌이 숲 속에서 실제로 이소룡을 만났는지는 알 수 없다. 다만 그날 이후 삼촌은 눈빛이 완전히 달라졌다. 그리고 아침마다 뒷동산에 올라가 다시 운동을 시작했다. 혹시 이소룡이 소나무 숲에 다시 나타나지 않을까 하는 기대도 있었지만 그날 새벽 숲길을 따라 사라진 이후 그는 더 이상 모습을 드러내지 않았다. 삼촌은 이소룡이 자신에게 던져준 메시지가 무엇인지 분명히 깨달았다. 이소룡이 손가락으로 가리킨 곳은 홍콩이었고 그 의미는 당연히 삼촌에게 홍콩에 가서 〈사망유희〉의 오디션에 참가하라는 거였다. 그것은 눈앞을 가로막고 있는 거대한 벽을 무너뜨릴 절호의 기회였으며 사방이 캄캄한 어둠에 잠겨 앞이 보이지 않는 자신의 인생을 환하게 밝힐 새로운 빛이었다. 그리고 이소룡이 나타난 것은 칼판장이 돈을 훔쳐갔다고 해서 쉽게 꿈을 포기했던 자신을 다시 일깨워주기 위해서였을 것이다. 그는 잠시 좌절에 빠졌던 자신이 부끄러워지는 한편, 뒤늦게나마 삶의 의미를 깨닫게 된 감동에 진한 눈물을 흘리기도 했다.

그렇다고 해서, 즉 삼촌이 이소룡의 메시지를 이해하고 자기 삶의 의미를 찾았다고 해서 그것을 곧바로 실현할 수 있다는 것은 아니었다. 홍콩에 가기 위해서는 우선 돈이 필요했고 설혹 오디션에 참가한다고 해도 반드시 붙는다는 보장이 있는 것도 아니었다. 하지만 이소룡을 만난 이후 삼촌은 평생 한 번도 가져보지 못했던 자신감에 충만해 있었다. 그는 홍콩에 가기만 한다면 틀림없이 이소룡의 대역을 따낼 수 있을 거라고 믿었다. 문제는 돈이었다.

― 혀, 혀, 형님, 저 호, 호, 홍콩 좀 보내주세요.

저녁상을 물리고 아버지가 담배 한 대를 피워 물었을 때였다. 삼촌이 아버지 앞에 털썩, 무릎을 꿇었다. 아버지는 담배 연기를 내뱉다 말고 놀라 기도가 막혀 쿨럭이며 기침을 해댔다. 도대체 이게 무슨 소리지? 아버지는 한참 동안 눈을 끔벅이며 삼촌의 얼굴을 가만히 들여다보다 조심스럽게 다음과 같이 물었다.

― 너, 혹시…… 여자 생각나서 그러냐?

두 사람 사이엔 처음부터 그렇게 높은 벽이 존재했다. 그러니 삼촌이 아버지를 설득하는 건 애초에 불가능한 일이었다. 설득은 고사하고 홍콩에 가려는 이유를 설명하는 것조차 어려웠다. 이소룡이 누구인지, 오디션이 무엇인지, 대역이란 게 어떤 건지, 왜 홍콩을 가야 하는지…… 아버지를 이해시키는 데엔 수많은 벽들이 가로막고 있었다. 삼촌은 말을 더듬으며 힘들게 설명을 했지만 도무지 대화가 되지 않았다. 예컨대, 다음과 같은 식이었다.

― 이, 이, 이소룡이라는 사, 사, 사람이 있거든요.

― 그늠이 뭐하는 놈인데?

— 여, 여, 영화배우입니다.

— 오라, 그러고 보니까 전에 너 학교 못 가게 한 그놈 말이구나?

— 그, 그, 그게 아니고…… 그, 그 사람이 주, 죽었거든요.

— 그래서 니가 학교도 빠진 거 아녀, 이놈아. 근데 그놈이 뭘 어쨌다고?

— 하, 하, 하여간 사, 사, 〈사망유희〉라는 여, 여, 영화를 찍어야 되거든요.

— 뭔 재수 없게 사망이여? 엄니 돌아가신 지도 얼마 안 됐는데…….

— 그, 그, 그게 아니고…….

 삼촌은 그, 그, 그게 아니고를 여러 번 반복했다. 용식에게 처음 얘기를 들었을 땐 귀에 쏙쏙 들어왔는데 그 간단한 얘기를 막상 자신이 설명하려니까 이상하게 도무지 정리가 되지 않았다. 삼촌은 용식이 얼마나 훌륭한 언변술을 가졌는지 새삼 깨닫게 된 한편, 가능하다면 그를 불러 대신 설명해 달라고 부탁하고 싶은 심정이었다. 거기에 말까지 더듬었으니 답답한 건 삼촌만이 아니었다. 오히려 아버지가 더 답답해 해 결국 옆에서 듣고 있던 내가 거들어 대강이나마 삼촌이 말하고자 하는 바를 전달했는데 그 내용의 핵심은 물론 아버지가 기함을 할 만큼, 그러니까 상답 한 필지를 팔아도 될까 말까 할 만큼 아주 많은 돈이 필요하다는 거였다. 이때 아버지는 기함을 하는 대신 애써 화를 가라앉히며 침착하게 삼촌을 설득하려고 했다.

 쩝, 네가 하는 말이 무슨 뜻인지 내 충분히 알아들었지만서도, 그리고 네 기분을 이해하지 못하는 것도 아니지만서도, 물론 아직 젊으니까 꿈을 크게 갖고 뭐든 열성으로다가 해보는 것도 나쁘지 않지만서도, 또 뭐 혈기가 있으니까 뭐든 다 내 뜻대로 될 것 같지만서도, 나도 한때는 소도 때려잡을 만큼 기운이 뻗쳐 술 먹고 읍내에 나가서 쌈질도 여러 번 해보았지만서도, 참, 한번은 읍내에서 이름깨나 날리는 건달하고 한판 붙어봤지만서도, 그때 재종간인 영구 형님이 옆에서 말리지만 않았으면 정말 큰 사고를 칠 뻔했지만서도…… 뭐, 그 얘긴 그렇다 치고, 하여간 좌우지당간에 그런 기분으로 홍콩에 가보겠다는 걸 이해를 못하는 건 아니지만서도, 일단 돈 문제를 떠나서 어머니 돌아가신 지 얼마 안 돼 아직 탈상도 하지 않았는데, 어머니가 생전에 따뜻한 말 한 번 건네시는 분이 아니었는데, 그때 이미 돌아가시려고 그랬는지 어땠는지 올봄엔 저녁을 잡숫다 말고 내 얼굴을 물끄러미 바라보시다가 문득, 너도 참 많이 늙었구나, 그러시면서 내 얼굴을 쓰다듬으시는데…… 하면서 아버지는 갑자기 돌아가신 할머니 생각에 울음이 터져 한동안 흐느껴 울다 다시 홍콩 얘기로 잠시 돌아갔다가 뜬금없이 종태네가 송아지 낳은 얘기를 하는 등 횡설수설, 도무지 갈피를 못 잡았는데 결국 얘기의 핵심은 네 얘기는 충분히 이해했지만서도 다랑논은커녕 자갈논 한 마지기도 팔아줄 수 없다는 거였다.

아버지를 설득하는 데 실패한 삼촌은 잔뜩 실망해서 밥도 안 먹고 방에만 틀어박혀 한숨만 푹푹 내쉬었다. 하지만 이번엔 오토바이를 샀을 때처럼 단식을 한다고 해결될 문제가 아니었다. 게다가 할머니까지 돌아가시고 없어 삼촌 편을 들어줄 사람은 아무도 없었다. 엄마는 삼촌이 서울물을 먹고 오더니 정신이 어떻게 된 게 아니냐며 아버지에게 절대로 안 될 일이라고 미리 못을 박고 나섰다.

— 근데, 삼촌은 중국말도 못하잖아. 그런데 어떻게 영화를 찍어?

방에 누워 천장만 바라보고 있는 삼촌이 답답해서 내가 물었다.

— 그, 그, 그건 다 바, 방법이 있어. 저, 저, 전에 영화를 찌, 찍을 때 보니까 배, 배우가 다 하, 하는 게 아냐. 배, 배우는 입만 벙긋거리고 나, 나중에 서, 서, 성우가 녹음을 따로 하는 거야.

실제로 당시엔 동시녹음이 아닌 후시녹음 방식이었다. 그나마도 배우들이 직접 녹음을 하는 경우는 많지 않고 대부분 성우들이 목소리 연기를 도맡아 해 발성이 안 되는 배우들도 적당히 인상만 쓰면 연기를 잘한다는 소리를 듣던 시절이었다.

— 근데 왜 대역을 하려고 해? 진짜 주인공도 아니고……

— 그, 그, 그건……

삼촌은 바로 대답을 하지 못했다. 나도 대가리가 컸는지 삼촌이 아무리 이소룡을 좋아한다고 해도 비싼 돈을 들여가며 홍콩까지 가서 대역을 하겠다는 걸 도무지 이해할 수 없었다. 내 질문에 대답을 못하던 삼촌은 자리에서 일어나 앉았다. 그리고 한결 진지해진 표정으로 내 눈을 똑바로 쳐다보았다.

— 사, 사, 사람들은 이, 이소룡이 주, 죽었다고 생각해. 무, 무, 물론 진짜 죽었지. 하, 하, 하지만 여, 영화 속에선 죽지 않았어. 여, 영화를 보면 아, 아직 새, 새, 생생하게 살아서 우, 움직이거든. 도, 도, 돌려차기도 하고 싸, 쌍절곤도 돌리고…… 그, 그, 그러니까 이소룡의 영화를 찍는다는 건 주, 주, 죽은 사람을 다시 살려내는 것과 똑같은 거야. 무, 무, 물론 대, 대역을 내가 안 해도 다, 다, 다른 누군가 하겠지. 하, 하, 하지만 이, 이왕이면 난 반드시 내가 지, 직접 하고 싶어. 그, 그게 바로 이, 이소룡을 위해서 내, 내가 할 수 있는 일

이야. 그, 그, 그리고 그게 바로 이소룡을 다시 사, 살려내는 일이야.
　나는 삼촌이 그렇게 길게, 그리고 그렇게 진지하게 말하는 것을 들어본 적이 없었다. 다만 그의 표정이 너무 간절해 뭐가 됐든 꼭 그의 바람대로 이뤄졌으면 좋겠다고 생각했다. 그래서 내가 생각해 낸 것이 바로 '문중 장학생'이라는 거였다.

　문중 장학생이란 실제로 존재하는 공식적인 제도는 아니었다. 과거엔 비록 친자식이 아니더라도 이웃에 싹수가 있어 보이는 아이가 집안 형편이 어려워 상급학교에 진학을 못할 경우 큰 부잣집에서 학비를 대주는 경우가 더러 있었다. 일종의 노블리스 오블리제였다. 그런 미담은 어느 지역이든 공동체가 무너지기 전까지만 해도 드물지 않게 들을 수 있었다. 훗날 아이가 문중의 도움으로 공부를 열심히 해서 출세를 하면 그것이 곧 마을과 문중의 이름을 드높이는 일이라고 생각했던 것이다.
　내가 문중 장학생에 대해 알게 된 건 엄마와 아버지가 형의 대학 등록금에 대해 걱정하는 소리를 들었기 때문이었다. 당시 우리 집의 가세도 할아버지가 살아 계실 때만큼 여유가 있는 편은 아니었다. 그것은 달리 뭘 잘못해서가 아니라 달리 아무 짓도 안 했기 때문이었다. 그저 입에 풀칠하는 게 삶의 유일한 목표였던 시절엔 어디든 부쳐 먹을 땅만 있으면 장땡이었지만 근대화의 바람이 불면서 농촌 사회는 급격히 붕괴되어갔다. 서울에서 공장에 다니는 여직공의 1년 치 월급이 상머슴 3년 치 새경과 맞먹을 정도였으니 고향에 엎드려 있을 이유가 없었다. 이에 너도나도 보따리를 싸서 서울로 가는 기차에 몸을 싣는, 그야말로 '무작정 상경'이 한창인 시절이어서

씀씀이는 늘어나고 물가가 상승해 형의 등록금을 마련하기 위해서는 소를 팔든 땅을 팔든 해야 할 판이었던 것이다. 이때 아버지는 엄마에게 형이 서울에 있는 명문대에 진학하기만 하면 문중에서 학비를 대주지 않을까 하는 기대를 은근히 내비쳤는데 혈연으로 똘똘 뭉친 집성촌에선 충분히 가능한 일이었다.

　나는 공부를 잘하는 것이나 무술을 잘하는 것이나 다를 게 없다고 생각했다. 만일 삼촌이 문중의 도움으로 홍콩에 가서 오디션에 합격을 하면 비록 서자 출신이기는 하나 그 또한 집안의 이름을 드높이는 데 기여하는 게 아니겠는가! 나는 아버지에게 말씀을 드려서 삼촌의 사정을 설명하고 공개적으로 문중의 도움을 청하는 게 좋겠다는 생각에 우선 삼촌에게 먼저 얘기를 꺼냈다.

　― 그, 그, 그게 되, 되, 될까?

　삼촌은 대번에 의문을 표했다. 자신이 서자 출신이라는 것 때문이었는지 그는 문중 얘기에 이미 주눅이 들어 있었다.

　― 안 될 게 뭐 있어? 나중에 삼촌이 영화에 나온다고 생각해 봐. 아마 동네에서 난리가 날걸.

　그것은 물론 순진한 중학생의 생각이었다.

　― 하, 하, 하지만 내가 뭐, 뭐, 뭘 보여준 게 없잖아.

　하긴, 삼촌의 말마따나 집안 어른들에게 그가 보여준 거라곤 어릴 때 동네 애들 코를 깨놓고 다닌 것과 한때 동천 바닥을 떠들썩하게 했던 바로 그 다방습격사건 말고는 아무것도 없었다.

　― 그럼 보여주면 되잖아.

　― 뭐, 뭐, 뭘 보여줘?

　― 삼촌 무술 하는 거.

— 무, 무, 무술 하는 거?

— 그래. 공부라면 성적표를 보여주면 되지만 무술은 성적표가 없으니까 몸으로 직접 보여주는 수밖에 없잖아. 미리 오디션을 본다고 생각하고 쌍절곤도 돌리고 발차기도 하고…….

삼촌은 고개를 갸우뚱했지만 홍콩을 갈 수 있다는 생각에 곧 마음을 고쳐먹고 새벽마다 뒷동산에 올라가 굳어진 몸을 풀며 문중 어른들을 상대로 한 오디션에 대비했다. 우리가 디데이로 정한 날은 바로 할머니의 사십구재였다. 권 씨 문중의 법대로 하면 당연히 전통적인 유교 방식을 따랐겠지만 할머니가 생전에 불심이 깊었던 것을 고려해 고인이 다니던 절의 중을 불러 사십구재를 올리고 그날 탈상을 하는 것으로 정해둔 터여서 집안의 어른들이 총출동하는 날이었기 때문이었다. 그중에서도 내가 타깃으로 삼은 것은 할아버지와 사촌 간인 감나무집 할아버지였다. 그 할아버지가 읍내에서 치과를 하는 한 친척 아저씨의 학비를 대주었다는 얘기를 들은 적이 있었는데 그 집은 동네에서 단연 제일 큰 부자였다.(동네마다 하나씩 있는, 그 집 땅을 안 밟고는 동네를 지나갈 수 없다는 바로 그 집!)

거사를 벌이기 전, 삼촌과 나는 아버지에게 미리 양해를 구했는데 시작부터 단번에 벽에 부딪쳤다. 아버지는 네놈들이 도대체 무슨 짓을 벌려서 집안 망신을 시키려 드느냐며 노발대발했다. 삼촌은 연신 그, 그, 그게 아니라고 항변했지만 아버지는 행여 삼촌이 사고를 쳐 형이 문중 장학금을 받는 데 차질이라도 생길까봐 걱정이 되어 조금이라도 허튼 짓을 했다가는 다리몽둥이를 부러뜨리겠다고 윽박질렀다. 이에 삼촌은 다시 실의에 빠져 무술연습도 중단하고 방에 누워 한숨만 내쉬었다.

*

 사십구재를 올리던 날, 아침부터 손님들이 모여들어 집안이 왁자지껄했다. 다시 마당에 천막이 쳐지고 멍석이 깔렸다. 장례가 끝나고 적당한 시간이 지나 할머니가 돌아가신 슬픔과 충격도 어느 정도 가셔 상제들도 홀가분한 마음으로 서로 웃으며 담소를 나누기도 해 장일에 비하면 분위기가 한결 가벼웠다. 사십구재는 돌아가신 할머니의 영가(靈駕)를 극락으로 인도하려는 의미가 있는 행사이기도 했지만 그 자체로도 볼 만한 구경거리여서 까까중들이 단체로 목탁을 치며 우렁우렁, 반야심경을 외우는 소리도 들을 만했고 화려한 고깔을 쓰고 바라춤을 추는 광경도 볼 만했다. 거기에 푸짐한 먹을거리까지 있었으니 기름진 음식에 주린 동리 사람들이 모두 모여들어 사십구재는 축제를 방불케 할 만큼 성대하고 떠들썩하게 치러졌다.
 점심 무렵이 되자 종택 어른을 비롯한 문중 어른들이 모두 찾아와 점심상을 차려냈다. 그중에는 갓을 쓴 노인들도 여럿이었는데 나는 촌수가 어떻게 되는지 항렬이 어떻게 되는지 알 수 없어 아버지가 시킨 대로 마주칠 때마다 무작정 큰 소리로 인사를 했다. 그런데 언제부턴가 삼촌의 모습이 보이지 않았다. 나는 삼촌이 문중 어른들을 피해 혼자 뒷동산에 올라갔나보다고 생각했는데 그게 아니었다. 그가 모습을 드러낸 것은 잠시 재를 중단하고 점심을 먹고 있을 때였다. 어른들은 방이나 마루에서 상을 받았고 나머지 손님들은 천막을 친 멍석 위에서 밥을 먹었는데 아이들은 다들 소풍을 나온 듯 신나는 표정이었다.
 이때, 삼촌이 불쑥 마당으로 들어섰는데 나는 잠깐 내 눈을 의심했다. 이소룡이 살아서 걸어 들어오는 게 아닌가 하는 착각이 들었기 때문이었다. 어디서 구했는지 삼촌은 이소룡이 영화에서 입었던 차이나 컬러의 푸른색 도복을 입고 있었는데 소매를 접은 것이나 발목을 대님으로 묶은 것이 영화 속 모습과 똑같았고 덥수룩한 머리에 으스대듯 고개를 빳빳이 들고 걷는 품이 영락없는 이소룡이었다. 이때, 한 아이가 삼촌을 보고 소리쳤다.

― 와! 이소룡이다!

먼저 아이들 사이에서 소란이 일었고 뒤이어 어른들까지 괴이한 복장을 한 삼촌에게 일제히 눈길이 쏠렸다.

― 삼촌……

나는 삼촌을 불렀지만 그는 내 목소리를 듣지 못했는지 성큼성큼 마당을 가로질러 대청마루 앞에 우뚝 섰다. 삼촌은 일단 어른들이 앉아 있는 마루를 향해 큰 절을 올렸다. 그 표정엔 뭔가 단호함이 서려 있었다. 마루에 앉아서 밥을 먹고 있던 어른들은 도대체 무슨 일인가 싶어 삼촌을 쳐다보았다. 이때, 갑자기 삼촌의 입에서 날카로운 기합소리가 들렸다.

― 아비요!

그리고 땅을 박차오르며 연달아 돌려차기를 시작했다. 마치 풍물놀이에서 자반뒤집기를 하듯 삼촌은 한 발이 땅에 닿을 새도 없이 가볍게 몸을 회전하며 돌려차기를 했다. 발이 허공을 가를 때마다 바짓단에선 획획, 바람소리가 들렸고 몸이 팽이처럼 빠르게 돌아 눈이 어지러울 정도였다. 뒤이어 삼촌은 앞차기와 이단 옆차기를 차례로 보여주었다. 문상객들은 다들 밥을 먹다 말고 숟가락을 입에 문 채 어안이 벙벙한 표정으로 쳐다보았지만 아이들은 신이 나서 일제히 환호성을 올렸다. 그들에겐 중들이 염불을 외는 것보다 삼촌의 무술시범이 수십 배 재밌는 볼거리였을 것이다. 아이들의 환호성에 뭔 일인가 싶어 부엌에서 일하던 여자들도 모두 마당으로 몰려나왔고 담장 아래 댑싸리 그늘 밑에서 졸던 늙은 개도 낯선 소리에 놀라 멀뚱한 표정으로 쳐다보았다.

　기본적인 동작을 끝낸 삼촌은 뒤춤에서 쌍절곤을 꺼내들었다. 그리고 다시 기묘한 기합소리와 함께 십자돌리기와 팔자돌리기, 물레돌리기와 어깨걸어돌리기 등 화려한 기술을 선보였다. 마치 이소룡이 빙의한 듯 삼촌은 자신감 있는 표정으로 쌍절곤을 휘둘렀다. 문상객들은 난생 처음 보는 묘기가 신기했는지 다들 몰아지경에 빠져 숨소리도 죽인 채 삼촌의 공연을 지켜보았다. 너른 마당엔 철그렁거리며 쇠사슬 부딪치는 소리와 쌍절곤이 공기를 가르는 소리만이 정적을 갈랐다. 삼촌은 쌍절곤을 접어 넣는가 싶더니 마술을 하듯 뒤춤에서 쌍절곤을 한 개 더 꺼내들었다. 그리고 양손에 쌍절곤을 쥐고 더 화려한 기술을 선보였다. 쌍절곤이 어떻게 맞물려 돌아가는지 알 수도 없었다. 마치 쌍절곤이 신체의 일부가 된 듯 붕붕거리며 바람개비가 돌아가듯 삼촌의 몸 주위를 날아다녔다. 이소룡의 이 자도 모르는 사람들조차 다들 감동에 빠진 표정이었다. 어깨와 허리를 번갈아 치며 반동을 이용해서 돌리는 현란한 기술을 선보이자 드디어 문상객들 사이에서 박수가 터져나오기 시작했다.

　삼촌은 비록 말은 더듬었지만 몸은 더듬지 않았다. 그의 몸은 유창하고 달변이었다. 그날은 결정적일 때 물러서고 움츠러드는 서자의 모습은 찾아볼 수 없었다. 그는 권 씨 일가 앞에서 그동안 갈고닦은 솜씨를 가감 없이 드러내며 평생 자신의 머리 위에 드리워졌던 장막을 찢고 독수리처럼 날아올랐다. 관객의 호응은 쌍절곤을 양손에 쥐고 앞으로 힘차게 달려가다 땅을 박차고 날아올라 공중에서 세 바퀴 반을 돌 때 절정에 달했다. 그때, 나는 보았다! 저 높은 곳에서 별처럼 빛나는 그의 꿈과 그 꿈에 둘러싸인 오롯한 영혼을!

 삼촌의 멋진 공중제비에 우레와 같은 박수가 터져나왔다. 트리플 더블을 마지막으로 피날레를 장식한 삼촌은 관객이 된 문상객들에게 중국영화에서처럼 왼손으로 오른쪽 주먹을 감싸 쥐고 허리를 숙여 정중하게 인사를 했다. 대청마루에 앉아서 구경을 하던 문중 어른들도 감동한 표정으로 서로 마주보며 연신 고개를 끄덕였다. 나는 뭔가 일이 잘 풀릴 것 같은 예감으로 흥분해 환호성을 올리며 누구보다 큰 소리로 박수를 쳤다.

 오랜 시간이 흘러 이제야 하는 얘기지만 나는 그날 삼촌이 그쯤에서 퍼포먼스를 끝냈으면 어땠을까, 하는 생각이 들 때가 있다. 다들 공연이 끝났다고 생각해 문상객들이 잠시 잊고 있던 밥숟가락을 다시 들었을 때였다. 박수소리에 너무 흥분한 탓이었을까, 아니면 이 소룡의 빙의에서 미처 빠져나오지 못한 탓이었을까? 삼촌은 무슨 생각에서였는지 윗도리의 단추를 하나씩 풀기 시작했다. 그리고 미처 말릴 새도 없이 문상객들 앞에서 과감하게 위통을 벗어젖혔다. 군살 하나 없이 섬세한 근육과 유난히 도드라진 갑빠가 백일하에 드러났다. 동네 처녀들 사이에서 비명인지, 신음소리인지 모를 묘한 소리가 흘러나왔다.

 삼촌이 위통을 벗어부치자 마루에 앉아 있던 어른들이 수군거리기 시작했다. 그들 눈엔 볼썽사나운 광경이 아닐 수 없었지만 도무지 영문을 모르니 말릴 수도 없고 계속 구경할 수도 없었는데 그래도 뭔가 기대하는 바가 있었는지 따로 나서서 말리는 사람은 아무도 없었다. 만일 아버지가 있었다면 당장 지게 작대기라도 휘둘러 내쫓았을 테지만 때마침 아버지는 갈 길이 멀다며 먼저 자리를 뜬 한 종숙(從叔)을 배웅하느라 자리를 비운 터였다.

　삼촌은 양손을 허리에 얹고 가슴에 힘을 주었다. 그러자 멍석처럼 넓은 광배근이 독수리 날개처럼 펼쳐졌다. 하지만 공연의 열기는 이미 한풀 꺾인 뒤였다. 문상객들은 식은 국을 퍼먹기에 바빠 곁눈질로 힐끔대기나 했을 뿐, 더 이상 박수소리도 없었다. 박수를 치는 사람은 종태 한 명뿐이었다. 그는 분위기 파악도 못하고 신이 나서 혼자 박수를 치다 아무도 따라 치는 사람이 없자 무르춤해져서 슬그머니 손을 내렸다. 관객의 반응이 신통치 않자 삼촌은 약간 당황한 듯 이번에는 바닥에 엎드리더니 손가락 두 개만을 써서 팔굽혀펴기를 하기 시작했다. 일찍이 이소룡이 무술시범에서 선보여 사람들을 감탄시켰던 장기였다. 하지만 그것은 어디까지나 근대적인 운동방식을 이해하는 사람들에게나 인정받을 수 있는 기술이었지, 운동이란 개념조차 없었던 당시의 어른들이 감탄할 만한 것은 아니었다. 감탄은 고사하고 그것은 근엄하기 그지없는 문중 어른들의 분노를 불러일으키고 말았는데 그도 그럴 것이 푸쉬업을 이해하지 못하는 어른들이 보기엔 삼촌이 땅바닥에 엎드려서 하는 요상한 짓거리가 영락없이 남녀가 이불 속에서 방사를 치르는 동작을 연상케 했던 것이다. 게다가 위통까지 벗어젖히고 이마에 땀까지 줄줄 흘러내려 어른들은 큼큼, 연신 헛기침을 해대며 불편한 기색을 감추지 않았는데 삼촌의 동작을 보고 외설스런 상상을 한 것은 문중 어른들만이 아니었던 모양이다. 음식을 하다 말고 뒤집개를 들고 나와 구경을 하던 아낙들도 얼굴이 빨갛게 달아올라 빨리 전을 뒤집어야 한다며 부엌으로 달아났다. 나는 뭔가 이상한 낌새에 삼촌, 제발 그만! 이라고 속으로 외쳤지만 삼촌은 분위기도 전혀 파악하지 못한 채, 땀을 뻘뻘 흘리며 계속 푸쉬업을 했다. 드디어 보다 못한 종택 어른이 자리에서 벌떡 일어서며 벼락같이 호통을 내질렀다.

― 네 이놈!

종택 어른의 호통에 다들 숟가락질을 멈췄고 삼촌도 푸쉬업을 멈추고 쳐다보았다.

― 이 고이헌 놈, 네놈이 오늘 우리 가문을 욕보이려고 작정을 했구나. 도대체 오늘이 무슨 날인지나 알고 이 기광을 부리는 것이냐?

삼촌은 영문을 모르겠다는 듯 어리둥절한 표정으로 자리에서 일어섰다. 종택 어른은 화가 머리끝까지 나 검버섯 가득한 얼굴이 벌겋게 달아올랐다.

― 내 그저 네놈이 용렬한 줄만 알았지 그런 해괴망측한 사기(邪氣)를 감추고 있을 줄은 꿈에도 몰랐다. 이 댁 어른이 아니었으면 진즉에 내쫓았을 것을 오갈 데 없는 놈을 거둬주고 먹여주었더니 이렇게 은혜를 원수로 갚는 법도 있다더냐?

서자 앞에 다시 튼튼한 울타리가 쳐졌다.

― 뭣들 하느냐, 누구든 어서 저놈을 끌어내지 않고!

종택 어른의 허연 수염이 푸들푸들 떨렸다. 그런데 누가 나서서 굳이 끌어낼 필요까지는 없었다. 갑자기 누군가 지게 작대기를 들고 득달같이 고함을 지르며 삼촌에게 들이닥쳤기 때문이었다. 아버지였다.

*

 사십구재가 끝난 다음 날, 삼촌은 쫓겨나다시피 다시 서울로 올라갔다. 문중 사람들 앞에서 공개적으로 집안 망신을 시킨 데다 탈상도 했으니 더 이상 집에 머물 명분이 없었던 것이다. 문중 장학생에 대한 계획은 수포로 돌아갔고 홍콩의 꿈은 날아갔다. 가방에 조용히 옷가지를 챙겨 넣는 삼촌을 보며 나는 뭔가 위로를 해주고 싶었지만 그의 표정이 너무 무거워 한 마디도 건넬 수가 없었다. 그는 아버지에게 작대기로 두들겨 맞아 생긴 멍과 함께 웃짱은 아무 때나 까는 게 아니라는 소중한 교훈을 얻었다. 그리고 전날의 자신감과 호기는 모두 사라진 채 다시 이전의 주눅 들고 지질한 말더듬이로 돌아가 있었다. 삼촌은 아버지에게 올라간다며 인사를 하려고 했지만 아버지는 옆으로 돌아앉아 담배만 뻐끔거려 제대로 인사조차 못하고 대문을 나섰다. 이때 종태가 어떻게 알고 찾아왔는지 집 앞에서 기다리고 있다 냉큼 삼촌의 가방을 빼앗아 대신 들어주었다. 삼촌에게 무술을 배운 기간이 고작 몇 달에 불과했지만 그는 삼촌을 학교 선생님들보다 더 깍듯하게 대했다.
 읍내까지 걸어가는 동안 우리 세 사람은 아무런 말이 없었다. 다만 삼촌이 버스를 타고 떠날 때 종태가 주먹만 한 눈물을 훔치며 우는 바람에 나도 자꾸 눈물이 날 것 같았다. 하지만 나는 이를 악물고 울음을 참았다. 삼촌은 차창을 통해 손을 흔들며 우리를 향해 웃어 보였다. 하지만 그 웃음이 딱딱하게 굳어 있어 마음이 더 아팠다. 삼촌을 바래다주고 오는 길은 더 멀게 느껴졌다. 종태와 나는 패잔병처럼 힘없이 터덜터덜 가로수 길을 따라 집으로 돌아왔는데 오는 도중 종태가 애꿎은 돌을 걷어차며 볼멘소리로 물었다.
―근데 사부님이 도대체 뭘 잘못한 거야?
기실, 삼촌이 잘못한 건 아무것도 없었다. 다만 철이 없고 미욱하여 때와 장소, 그리고 정도(程度)를 살피지 못했을 뿐이었다. 하지만 나는 왜 일이 잘못된 건지 종태에게 설명할 수 없어 묵묵히 앞만 보고 걸었다. 플라타너스 잎이 점점 더 무성해지는 초여름이었다.

서울로 올라간 삼촌은 그날로 다시 북경반점으로 돌아갔다. 서울 생활을 1년 가까이 하면서도 아는 데라곤 달랑 그 중국집 하나뿐이었으니 그저 받아줄 데가 있다는 것만 해도 다행으로 여겨야 했다. 삼촌은 다음 날부터 당장 오토바이를 타고 배달 일을 다시 시작했지만 일을 하는 게 흥이 날 리 없어 하루하루가 고역이었다. 주말이 되면 일과처럼 되풀이하던 극장순례도 하지 않았다. 영화를 보면서 더 이상 꿈을 꿀 수도 없었고 극장 밖의 현실을 잊을 수도 없었기 때문이었다. 그저 영혼이 빠져나간 강시처럼 멍하게 앉아 있다 주문이 들어오면 음식을 들고 나가 배달을 하고 일이 끝나면 숙소에 들어와 자리에 누워 천정만 바라보는 게 전부였다. 손님들과 싸움을 하는 일도 잦아 마 사장도 골머리를 썩였다.
그러던 중 하루는 용식이 중국집으로 불쑥 삼촌을 찾아왔다. 영업이 다 끝나 종업원들이 부산스럽게 청소를 하고 있을 때였다. 자신이 있는 곳을 가르쳐준 적도 없는데 어찌된 일인가 싶어 삼촌이 놀란 눈으로 쳐다보자, 용식은 충무로에서 삼촌이 오토바이에 상호가 써진 배달통을 매달고 지나가는 걸 우연히 보았다고 했다.
두 사람은 중국집 앞에 있는 포장마차에 가서 술을 마셨는데 어찌된 일인지 활달하던 용식의 어깨가 축 처져 있었다. 사연인즉, 얼마 전 그의 동거녀가 임신을 했다는 거였다. 극장 앞에서 만나 곱창 3인분을 눈 깜짝할 사이에 먹어치웠던 바로 그 여자였다. 용식은 이번엔 물려도 된통 물린 것 같다며 괴로운 표정으로 거푸 술잔을 비웠다. 그 곱창녀와 다음 달에 결혼을 하기로 했는데 무엇보다 큰 문제는 홍콩으로 〈사망유희〉 오디션을 보러 가려던 계획이 물거품이 되었다는 거였다. 결혼을 하게 되면 당장 함께 살 집도 얻어야 하고 아기를 낳으면 적잖은 돈이 필요하기 때문에 아무래도 홍콩에 가는 건 포기해야겠다는 거였다. 물론 자신이 오디션을 보기만 하면 합격은 따놓은 당상이며 세계적인 스타가 되는 것은 당연지사, 할리우드에 가서 비비안 리도 만나야 하는데 이젠 다 틀렸다며, 재수 없이 엉뚱한 여자에게 발목이 잡혀 사나이의 원대한 꿈을 접어야 하는 얄궂은 운명을 한탄했다. 덧붙여 그는 그래도 곱창녀가 심성이 착하고 음식도 잘하는 데다 무엇보다 자신을 사랑하고 있어 차마 저버릴 수 없노라고 고백하는 한편, 솔직히 자신도 이제는 충무로를 떠도는 으악새 신세에 몸과 마음이 지친 터라 어디에든 정착하고 싶었던 차에 비록 세계적인 스타가 되겠다는 꿈은 물거품이 되어버렸지만, 그래서 자신이 생각했던 길에서 많이 어긋나긴 했지만, 어찌 생각하면 차라리 그것이 잘된 일인지도 모른다며, 그렇게 흘러가는 것도 또한 한 인생 아니겠냐며 씁쓸한 웃음을 지었다. 나아가 그는 자랑은 아니지만 곱창녀가 끓여주는 칼국수 맛이 일품인데 나중에 둘이 충무로 근처에 칼국수집이라도 하나 내면 나름 으악새 배우 10년인데 그동안 영화판에서 알게 된 지인들이 인사치레라도 한 번은 찾아주지 않겠냐며, 그러면 태어날 아이와 더불어 세 식구가 먹고 사는 건 걱정이 없지 않겠냐며 새로운 희망을 피력하기도 했다. 말론 브란도와 어깨를 나란히 하는 세계적인 스타에의 꿈은 그렇게 한 여자로 인해 한순간에 칼국수집 주인이 되는 것으로 뒤바뀌고 말았지만 그래도 자신의 아이가 생긴다는 사실에 기분이 좋았는지 용식은 술이 몇 잔 들어가자 연신 해죽거렸다. 그리고 10분이 멀다하고 집으로 뻔질나게 전화를 해보더니 급기야 쑥스러운 표정으로, 아무래도 말도 안 하고 나오는 바람에 곱창녀가 잔뜩 화가 난 것 같다며, 아무래도 임신 때문에 신경이 날카로워져서 그런 것 같다며, 아무래도 더 늦게 들어갔다가는 문제가 생길 것 같다며, 아무래도 삼촌은 어리니까 이해를 못하겠지만 나중에 여자가 생기면 자신의 마음을 다 알게 될 거라며, 그러니 아무래도 더 늦기 전에 빨리 순대라도 사들고 들어가는 게 좋겠다며 서둘러 집으로 돌아갔다.

  용식이 돌아가고 난 뒤에도 삼촌은 혼자 포장마차에 앉아 소주를 두 병이나 더 비웠다. 용식의 여자친구 임신 얘기에 시장 통에서 우연히 마주쳤던 아이를 업은 오순의 모습이 머릿속에서 떠나지 않았던 것이다. 충무로에서 별 볼 일 없이 건들대는 용식도 자신의 아이를 임신한 여자를 위해 순대를 사들고 들어가는데 어린 나이에 임신한 여자를 병원에 버려두고 떠난 자신의 존재는 대체 뭐란 말인가? 삼촌은 뒤늦게 찾아온 죄의식에 괴로워하고 오디션의 꿈이 좌절된 데에 대한 회한에 괴로워하며 술을 마시다 밤늦게야 숙소로 돌아왔다.

*

　영업이 끝난 지 한참 지난 오밤중이었는데도 어찌된 일인지 홀에는 희미하게 불이 켜져 있었다. 조용히 문을 열고 들어가보니 아니나 다를까, 마 사장 혼자 술을 마시고 있었다. 그즈음 그녀는 하루라도 술을 마시지 않으면 잠을 잘 수가 없어 문을 닫고 나면 혼자 배갈을 한 병씩 마시고 나서야 비틀거리며 2층으로 올라가곤 했다. 그녀는 술을 마시다 말고 삼촌을 보더니 못마땅한 듯 한마디 했다.
　― 잘한다. 어린 놈이 벌써부터 술이나 처먹고…… 쯧쯧.
　이때, 삼촌은 술김에 울컥해서 혼자 웅얼거렸다.
　― 나, 남이야 수, 수, 술을 먹든……
　― 뭐라고? 이 녀석이 이제 말대꾸까지 하네. 흥, 그래. 이제 너도 막 나간다 이거지. 손님들한테 대들기나 하고. 좋아, 어디 한 번 네 마음대로 해봐.
　마 사장은 자조가 배어 있는 투로 혼자 웅얼거리더니 숙소로 들어가려던 삼촌을 불러 세웠다.
　― 너, 이리 좀 와서 앉아봐.
　삼촌이 자리에 앉자 마 사장이 물었다.
　― 요즘 너까지 왜 이래? 모아놓은 돈 다 털려서 그래?
　― 그, 그, 그게 아니라……
　― 그럼 뭐야? 불만이 뭔지 얘기나 한번 들어보자. 내가 너한테 못해준 게 있어? 아니면 월급이 적어서 그래?
　― 그, 그것도 아니고……
　― 그러니까 뭔지 한번 얘기를 해보라고.

그러자 삼촌은 잔을 가져와 배갈을 한 잔 따라 마셨다. 그리고 답답한 마음에 마 사장에게 모든 것을 털어놓았다. 술김이어서 그랬을까? 삼촌은 여느 때처럼 말을 더듬지도 않았고 아버지에게 설명할 때보다 상황을 더 명료하게 설명할 수 있었다. 마 사장 또한 삼촌의 말을 이해하는 데 아버지처럼 어려움을 느끼지 않았다. 삼촌은 용식이 자신에게 설명한 것처럼 이소룡의 죽음과 〈사망유희〉를 둘러싼 복잡한 배경, 오디션의 개최에 대해 설명하는 한편, 오디션에 참가하고 싶은 간절한 마음과 그것이 좌절된 괴로움에 대해 토로했다. 설명을 하는 동안 마 사장은 그저 묵묵히 술만 마시며 삼촌의 얘기를 듣고 있다 설명이 끝나기를 기다려 삼촌에게 물었다.

― 근데 홍콩에 가면 오디션에 합격한다는 보장이 있어?

합격? 물론 그런 보장은 없었다. 하지만 삼촌은 자신만큼 이소룡을 잘 이해하는 사람은 없다고 믿었다. 더구나 이소룡이 자신의 눈앞에 나타나 홍콩으로 가라는 암시까지 주지 않았던가! 삼촌은 힘차게 고개를 끄덕이며 대답했다.

― 바, 바, 반드시 합격할 수 있습니다.

삼촌의 그런 진심이 통했던 걸까? 마 사장은 묘한 웃음을 지으며 삼촌을 바라보았다.

― 그러니까 넌 홍콩에 가는 게 소원이란 말이지?

― 그, 그, 그렇습니다.

― 좋아, 그럼 내가 만약에 너를 홍콩에 보내주면 넌 나에게 무엇을 해줄 수 있지?

마 사장의 말에 삼촌은 눈이 번쩍 떠졌다.

― 네?

— 홍콩에 가는 건 돈이 아주 많이 들지. 네가 월급을 받아서 한 푼도 안 쓰고 모아도 몇 년은 족히 걸릴 거야. 하지만 그게 꼭 불가능한 것만은 아니지.

— 그, 그럼 저를 호, 홍콩에 보내주실 수 있다고요?

— 보내줄 수야 있지, 하지만 나도 뭔가 대가가 있어야 하지 않겠어?

홍콩에 갈 수 있다는 희망에 가슴이 쿵쾅거리는 와중에도 삼촌은 잠시 차분하게 생각했다. 내가 마 사장을 위해 뭘 해줄 수 있지? 배달? 배달은 어차피 하는 일이고, 내가 아니어도 배달부는 얼마든지 쉽게 구할 수 있다. 삼촌은 빙글거리며 쳐다보는 마 사장의 속내를 짐작할 수 없어 애매한 표정으로 바라보다 불쑥, 입을 열었다.

— 호, 홍콩에 보내주시기만 한다면 뭐, 뭐, 뭐든지 다 할 자신이 있습니다.

— 뭐든지? 그러니까 예를 들어, 목숨 같은 것도 내놓을 수 있는 거야?

— 모, 목숨이요?

— 그래, 뭔가 간절히 바라는 게 있다면 목숨까지 내걸 수 있어야 그게 진짜 사내라고 할 수 있지.

마 사장은 웃으며 말을 했지만 말 속에 잘 벼린 칼날 같은 게 숨어 있었다. 삼촌은 도무지 마 사장의 의중을 헤아릴 수 없어 망설이는 표정으로 그녀를 바라보았다. 그러자 마 사장은 잔뜩 실망한 표정으로 자리에서 일어서며 말했다.

— 아무래도 목숨까지는 안 되겠지? 내 그럴 줄 알았어.

이때, 삼촌이 다급하게 외쳤다.

― 하, 하, 하, 하, 할 수 있습니다!

마 사장은 삼촌을 힐끗, 돌아보았다.

― 그러니까 네 목숨까지도 내놓을 수 있다 이거야?

― 그, 그렇습니다.

마 사장은 빙그레 웃으며 다시 자리에 돌아와 앉았다. 그리고 삼촌의 얼굴을 찬찬히 살핀 후, 말을 꺼냈다.

― 네 표정을 보니 거짓말은 아닌 것 같군. 좋아, 그렇다면 너를 내가 홍콩에 보내주지.

― 고, 고, 고맙습니다.

삼촌은 일단 연신 고개를 숙이며 감사를 표했다.

― 그런데 대신 한 가지, 나를 위해서 네가 해줄 일이 있어. 그건 네 목숨을 내놓는 것보단 쉬운 일이야.

― 그, 그, 그게 뭡니까?

마 사장은 어둠에 잠겨 있는 주위를 둘러보더니 낮은 목소리로 속삭였다.

― 너를 홍콩에 보내주는 대신 사람을 하나 없애줘야겠어.

― 사, 사, 사, 사, 사, 사……

전혀 예상치 못한 마 사장의 말에 삼촌은 말을 잇지 못했다.

― 그래. 너도 잘 아는 사람이야.

삼촌의 머릿속에 언뜻 칼판장의 얼굴이 스쳤다.

― 게다가 그 인간에게는 너도 원한이 있지.

삼촌은 고개를 떨구었다. 마 사장의 요구는 자신이 예상한 것보다 훨씬 더 복잡한 일이었다.

― 왜? 그래도 네 목숨을 거는 것보단 낫지 않아?

마 사장은 짐짓 차가운 표정을 지어 보였다.
— 그, 그, 그, 그래도……
— 뭐, 정 네가 싫다면 평생 배달부 노릇이나 하면서 살든가…….
마 사장은 찬바람이 나게 치파오를 걷으며 자리에서 일어섰다.
— 내일까지 잘 생각해 봐. 기회는 단 한 번뿐이야.

마 사장은 언제부터 그런 끔찍한 청부살인을 계획했을까? 그것은 단지 그날 밤의 즉흥적인 결심이었을까? 아니면 이미 오래전부터 마음속에 품어왔던 위험한 상상이었을까? 사랑에 배신당한 여자는 독사보다도 차갑고 표범보다도 사나운 법, 하지만 삼촌은 마 사장과 같은 강기가 없었다. 과연 내가 사람을 죽일 수 있을까? 살인을 한다는 건 어떤 기분일까? 그리고 그 이후에는? 살인을 하고도 정상적인 상태로 살아갈 수 있을까? 만일 살인죄로 평생 교도소에서 썩어야 한다면?

다음 날, 삼촌이 홀에서 마 사장과 마주쳤을 때 그녀는 아무 일 없다는 듯 평소와 다름없이 태연하게 행동했다. 하지만 삼촌은 그녀의 눈을 차마 똑바로 쳐다볼 수 없었다. 그녀가 다른 사람이라도 된 듯 낯설고 두려웠기 때문이었다. 삼촌은 그날 죄의식과 두려움, 갈망과 유혹 속에서 괴로워하며 하루를 보냈다. 장독대가 있는 뒤뜰엔 칼판장이 무술 하는 모습을 처음 훔쳐보았을 때처럼 보름달이 밝게 떠 있었다. 그리고 그 아래 무술연습을 하기 위해 만들어두었던 나무인형이 우두커니 서 있었다. 삼촌은 자신이 인생의 중요한 갈림길에 서 있다고 느꼈다. 무언가를 얻기 위해선 반드시 대가를 치러야 하는 법, 자신이 원하는 것이 크면 클수록 그 대가 또한 그만큼 가혹해진다는 것을 깨달았다. 내가 하려는 일이 과연 사람의 목숨과 맞바꿔야 할 만큼 가치 있는 일일까? 삼촌은 허공의 달을 응시하며 누군가 자신에게 해답을 가르쳐주었으면 좋겠다는 생각이 들었다.

마 사장이 잠옷으로 갈아입고 막 잠자리에 들려던 참이었다. 밖에서 인기척이 들려 문을 열어보니 삼촌이 문 앞에 서 있었다. 그의 얼굴엔 어떤 복잡한 감정들이 마구 뒤엉킨 채 딱딱하게 응고되어 있었다. 마 사장은 안으로 들어오라는 듯 고갯짓을 했다. 삼촌이 방으로 들어오자 마 사장은 침대에 걸터앉아 물끄러미 삼촌의 얼굴을 바라보다 물었다.

― 그래, 생각 좀 해봤어?

마 사장의 표정은 너무나 태연했다. 사람 죽이는 일을 결정하는데 마치 배달 다녀왔냐는 투여서 삼촌은 그녀가 과거에도 살인을 청부한 적이 있지 않을까, 하는 의심이 들었다.

― 네, 새, 생각해 봤습니다.

― 그래서……?

삼촌은 고개를 들고 마 사장을 똑바로 쳐다보며 단호한 표정으로 대답했다.

― 모, 모, 못하겠습니다.

― 못해?

마 사장은 실망한 표정으로 어깨를 으쓱해 보였다.

― 왜 못한다는 거야?

― 그, 그, 그것은…… 무, 무, 무도인의 길이 아니기 때문입니다.

말은 더듬거렸지만 삼촌의 표정엔 어떤 결기가 서려 있었다. 마 사장은 삼촌의 말이 무슨 뜻인지 제대로 알아듣지 못했다.
— 무슨 길?
— 무, 무도인의 길······.
이때, 마 사장은 잠시 삼촌을 바라보다 갑자기 배를 잡고 까르르 웃기 시작했다. 삼촌은 그녀가 왜 웃는지 몰라 의아한 얼굴로 쳐다보는데 마 사장은 아예 침대 위를 뒹굴며 눈물이 날 만큼 큰 소리로 웃었다. 한참 웃고 난 뒤, 그녀는 소매로 눈물을 찍어내며 말했다.
— 너 진짜 괴짜로구나. 그건 내가 들어본 대답 중에서 제일 웃기고 멍청한 대답이야.
마 사장은 당황하는 삼촌을 빙글거리며 쳐다보다 자리에서 일어섰다.
— 좋아, 정 네가 못하겠다면 할 수 없지. 솔직히 말하면 나도 애초에 그 인간을 죽일 마음까지는 없었어. 그냥 네가 어떻게 나오나 보려고 한번 해본 소리지.
애초에 죽일 마음이 없었다고? 마 사장은 그저 가벼운 농담을 던져놓고 상대의 반응을 보는 듯 태연한 표정이었다. 그런 속내도 모르고 자신은 밤새 잠 못 이루고 괴로운 번민의 밤을 보냈단 말인가! 삼촌은 이글이글 타는 눈으로 마 사장을 노려보았다.
— 왜? 넌 그럼 내가 진짜로 그 인간을 죽일 거라고 생각했어? 아무리 밉더라도 그건 인간이 할 짓이 아니지.
삼촌은 분해서 눈물이 날 것 같았다. 그는 당장 마 사장을 때리기라도 할 것처럼 주먹을 불끈 쥐었다가 부서질 듯 문을 박차고 뛰쳐나갔다. 이때, 등 뒤에서 마 사장이 외치는 소리가 들렸다.
— 근데, 홍콩은 안 갈 거야?

마 사장의 말에 삼촌은 우뚝 멈춰 섰다.

— 홍콩으로 가는 배편이 있어. 물론 정식 루트를 통해서 가는 건 아냐. 그리고 그냥 공짜로 가는 것도 아니고. 하지만 사람 죽이는 일은 아니니까, 어때? 그 배라도 타고 싶다면 내가 알아봐줄까?

마 사장은 다시 침대에 걸터앉으며 말했다. 정식 루트가 아니라는 건 뭐지? 삼촌은 혼란스런 표정으로 쳐다보았는데 그녀가 말하는 것은 바로 밀수선을 가리키는 거였다. 당시 수출에만 열을 올리던 박정희 군사정부는 수입에 있어선 철저한 보호무역주의를 표방해 사파이어나 다이아 같은 온갖 보석류와 모피코트나 밍크목도리 같은 고급의류, 롤렉스나 오메가 같은 고급시계, 조니 워커나 발렌타인 같은 고급 양주류, 소니 카세트라디오나 텔레비전 같은 첨단전자제품 등은 모두 합법적인 수입이 금지된 품목이었지만 예나 지금이나 그저 물 건너온 거라면 환장을 하는 외제 병에 걸린 사람들이 차고도 넘쳤으니 수요가 있는 곳에 공급이 있는 법, 밀수가 성행할 수밖에 없었다. 그리고 바로 그 중심에 홍콩이 있었다.

당시 홍콩은 국제무역의 중심지로 세상에서 가장 귀한 물건들이 모두 모여드는 곳이었다. 따라서 물건을 가져온 놈에 물건을 파는 놈, 물건을 사는 놈에 물건을 훔치는 놈들이 뒤엉켜 사람도 많고 귀한 물건도 많고 볼거리도 많아, 홍콩에서 배만 들어오면 다이아 반지가 문제가 아니라는 상투적 수사가 등장하거나(이것은 여자를 꼬실 때 하는 말이다) '홍콩 간다'는 관용적 표현이 등장할 만큼(이것은 여자를 꼬시고 난 뒤에 하는 말이다) 홍콩은 모든 이들이 선망하는 도시였다.

마 사장이 그 루트를 알게 된 건 그녀가 다름 아닌 중국집을 운영했기 때문이었다. 중국집에서 쓰는 상어지느러미나 죽순, 관자류나

해삼류와 같은 귀한 식자재들은 홍콩이나 동남아 등지에서 들어왔는데 당시엔 정식으로 수입을 하는 루트가 없어 대부분 화교 출신의 밀수꾼들을 통해 북창동 골목으로 흘러들어와 어릴 때부터 북창동에서 잔뼈가 굵은 마 사장은 그 루트를 손바닥 들여다보듯 환하게 꿰고 있었다.

— 왜? 그것도 무도인의 길이 아니니?

마 사장은 삼촌을 쳐다보며 빙그레 웃었다.

— 대신, 나한테 한 가지만 약속해 줘.

— 또, 뭐, 뭐, 뭡니까?

— 걱정하지 마. 사람을 죽이는 일은 아니니까.

마 사장은 삼촌에게 다가가 자연스럽게 그의 어깨에 손을 얹으며 말했다.

— 사람이 살다보면 언제 어떤 경우를 당할지 알 수 없는 게 인생이거든. 지금은 내가 너를 도와주지만 언제 또 처지가 바뀌어서 네가 나를 도와줄 수도 있어. 그러니까 언젠가 내가 너의 도움이 필요할 때 한 번은 나를 도와주겠다고 약속해. 내가 바라는 건 그것밖에 없어.

중국집 주인이 배달부에게 도움을 요청할 만큼 절박한 상황이 뭐가 있을까? 삼촌은 마 사장의 의도를 알 수 없었지만 홍콩을 보내준다는 말에 앞뒤 없이 고개를 끄덕였다.

— 야, 야, 약속할게요.

그제야 마 사장은 피곤한 듯 침대에 기대앉으며 말했다.

— 내일 그쪽 사람을 만나서 방법을 알아볼 테니까 그만 내려가 자.

삼촌은 2층에서 내려온 뒤에도 쉽게 잠을 이루지 못했다. 홍콩에 가게 되었다는 사실이 도무지 실감이 나지 않았던 것이다. 정말 내가 홍콩에 가게 되는 걸까? 홍콩은 어떻게 생긴 도시일까? 서울보다 더 복잡하다는데 홍콩에 가서 제대로 길이나 찾을 수 있을까? 중국말을 한 마디도 못하는데 과연 내가 오디션에 합격할 수 있을까? 홍콩에 간다는 기쁨도 잠시, 다시 온갖 걱정이 밀려들었다. 흥분과 기대, 걱정과 두려움에 심장이 두근거려 잠을 이룰 수 없었다. 삼촌은 숙소에서 빠져나와 뒤뜰로 나왔다. 하늘엔 역시 둥근 달이 떠 있었다. 간밤엔 괴롭고 참담한 심정으로 바라보던 달이었는데 하룻밤 새에 달빛이 친근하고 다정하게 느껴졌다. 이때, 뒤뜰을 거닐던 삼촌은 흠칫 놀라 걸음을 멈추었다. 배롱나무 옆, 어두운 화단 옆에 누군가 앉아 있었다.

— 누, 누, 누구요?

삼촌은 놀라 목소리가 떨려나왔다. 이때 화단에 앉아 있던 사내가 천천히 자리에서 일어나 달빛 아래 모습을 드러냈다. 이소룡이었다. 고향마을 뒷동산에서 만난 이후 두 번째였다. 삼촌은 처음만큼은 아니었지만 당황하기는 마찬가지여서 침을 꼴깍 삼키며 이소룡을 바라만 보고 있었다. 이소룡은 예의 당당하고 자신 있는 걸음걸이로 삼촌을 향해 걸어왔다. 그리고 그의 트레이드마크가 된, 엄지손가락으로 코를 훔치는 듯한 동작을 하더니 손을 높이 들어 엄지손가락을 추켜올렸다. 그리고 삼촌을 향해 씩 웃어 보였다.

*

　삼촌이 사고를 치고 서울로 올라간 지 채 한 달도 지나기 전이었다. 어찌된 일인지 삼촌은 올라갈 때 들고 갔던 가방을 들고 다시 집에 내려왔다. 식구들이 막 잠자리에 들려던 한밤중이었다. 아버지와 엄마는 또 무슨 사고를 저질렀나 싶어 지레 걱정스런 눈으로 쳐다보았는데 삼촌은 깜짝 놀랄 만한 소식을 전해주었다. 자신이 홍콩으로 오디션을 보러 가게 되었다는 거였다. 나는 내 귀를 의심하는 한편 삼촌이 오매불망 홍콩을 가고 싶어 하더니 정신이 살짝 이상해진 게 아닌가 걱정이 되었다. 아버지도 어리둥절해서 한두 푼도 아니고 네가 도대체 돈이 어디서 나서 홍콩을 가냐고 묻자 삼촌은 저간의 사정을 얘기해 주었는데 한 달 만에 다른 사람이라도 된 듯 만면에 희색이 가득했고 이전처럼 심하게 말도 더듬지 않았다.

　삼촌이 홍콩으로 떠나는 날, 나는 다시 읍내까지 배웅을 나갔다. 지난번, 홍콩행이 좌절되어 읍내로 배웅을 갈 땐 가로수 길이 한없이 멀게만 느껴졌지만 그날은 내가 홍콩에라도 가는 듯 발걸음이 가벼웠고 입에선 요들송이 절로 흘러나왔다. 그에 반해 삼촌은 어느 정도 흥분이 가라앉았는지 표정이 마냥 밝지만은 않았다. 오히려 오디션에 따른 걱정에 마음이 무거운 듯 터벅터벅, 앞장서서 말없이 걷기만 했다. 삼촌은 일단 서울로 올라가 마 사장이 소개해 준 화교한 사람과 함께 여수로 가기로 했다고 했다. 당시 여수는 일본과 홍콩에서 들여온 밀수품이 부려지는 중요한 거점으로 국제적인 밀수 조직이 암약하던 밀수의 천국이었다. 오죽하면 여수에 가서 돈 자랑 하지 말라는 말이 나왔겠는가!

버스터미널 대합실에 앉아서 버스를 기다리는 동안, 나는 삼촌이 화장실에 간 사이에 매점에서 사이다와 삶은 계란을 몇 개 샀다. 몰래 꿍쳐놓은 용돈을 몽땅 털어서 산 거였다. 삼촌이 화장실에 나왔을 때 내가 사이다와 계란을 한 봉지 건네주자 그는 뜻밖이라는 듯 내 얼굴을 쳐다보다 씩 웃으며 같이 먹자고 했다.

— 삼촌 갈 때 배고플까 봐 차 안에서 먹으라고 산 건데……

— 거, 거, 걱정 마. 올라가다 중간에 휴, 휴, 휴게소에 들르니까.

나란히 앉아 계란을 까먹는 동안 우리는 말없이 쳐다보며 웃기만 했다.

— 예, 예, 옛날에 어, 어, 엄마가 가끔 이 계란을 한 꾸러미씩 들고 왔거든. 그래서 하, 하, 할머니가 그걸 삶아주었는데 왜, 왜 그렇게 목이 메든지…….

삼촌은 옛날 생각이 나는지 계란을 먹다 말고 반쯤 베어 문 계란을 물끄러미 바라보았다.

— 삼촌, 엄마 얼굴 생각나?

내가 조심스럽게 물었다. 누가 지시한 적은 없지만 집안에선 아무도 삼촌의 과거에 대해 입에 올리지 않았다. 언제부터인지 모르지만 그것은 묵시적인 금기가 되어 나 자신도 물어본 적이 없는 말이었다.

— 아, 아니.

삼촌이 고개를 가로저었다.

— 그, 근데 이상하게 계, 계란은 생각이 나. 어, 엄마가 올 때마다 계, 계란을 한 꾸러미 들고 왔거든.

외할머니는 늘 가난하고 몸이 아팠다고 했다. 늙은 과부는 딸의 업보를 자신이 모두 감당하려고 했지만 그러기엔 그녀의 몸이 너무 약했다. 그러면서도 남의 집 허드렛일을 도와 입에 풀칠을 하느라 아이를 돌볼 시간조차 없었다. 그래서 삼촌의 어린 시절은 우울하고 외로웠다. 응석을 부릴 사람도 없었고 떼를 쓸 사람도 없었다. 어린 시절에 대한 기억은 곰팡내 나는 어두컴컴한 방과 문풍지를 울리던 괴이한 바람소리, 아무도 돌보지 않아 명아주가 지천으로 피어난 봉당과 무서우리만치 화사하고 창백했던 한낮의 외로움뿐이었다. 또한 밤마다 앙 다문 이 사이로 새어나오던 외할머니의 신음소리와 등을 돌려 어둠 속으로 사라지던 엄마의 뒷모습이었다. 그리고 그보다 더 오래전 기이하고 낯선 열기와 함께 불쑥 들이닥쳤다가 바람처럼 떠났던 아버지에 대한 기억도 어슴푸레 남아 있었지만 그것은 너무 오래전의 일이었다.

  엄마는 계절이 바뀔 때마다 한 번씩 찾아왔다고 했다. 언제나 오밤중이었고 그녀의 손엔 죽은 닭과 계란이 들려 있었다. 그리고 몸에선 늘 닭똥 냄새가 났다. 엄마가 돌아갈 때마다 아이는 울며불며 매달렸지만 외할머니는 아이의 손을 모질게 떼어냈다. 그리고 다시는 찾아오지 말라며 우악스럽게 딸의 등을 떠밀었다. 앙상하게 뼈만 남은 늙은이의 힘이 세봐야 얼마나 셀까? 그래도 엄마는 그 힘에 떠밀리듯 머뭇머뭇 등을 돌려 어둠 속으로 사라지곤 했다. 아이는 울면서 외할머니가 삶아준 달걀을 먹었다. 애써 울음을 삼키느라 그랬는지 삶은 달걀이 너무 뻑뻑해서 그랬는지 자꾸만 목이 메었다고 했다.

  삼촌의 말을 듣고 있던 나도 문득 목이 메어 사이다를 벌컥벌컥

들이켰다. 삼촌도 말없이 남은 사이다를 마셨다. 우리가 앉아 있는 대합실 한쪽 구석엔 온 식구가 서울로 이사라도 가는지 이불 보따리에 옷 보따리, 온갖 가재도구를 바리바리 묶은 여러 개의 보따리를 앞에 쌓아놓고 버스를 기다리고 있었는데 빨주노초파남보, 보따리마다 색깔이 달랐다. 초등학교 저학년으로 보이는 자매는 그저 버스를 탄다는 사실에 들떠서 천진한 표정으로 즐겁게 재잘거리고 있었지만 등에 갓난아기를 업고 있는 아이들의 엄마는 뭔가 경계하는 듯한 눈으로 주변을 두리번거렸고 아이들이 다 크기도 전에 벌써 늙수그레해진 아버지는 초조한 표정으로 연신 담배를 빨아대고 있었다. 그들은 아마도 서울 변두리 어디쯤에 단칸셋방을 얻어 막막한 서울살이를 시작할 터이지만 그것이 이른 새벽, 무논에 들어갈 때보다 더 서늘하고 흙먼지 날리는 묵정밭을 맬 때보다 더 팍팍하다는 것을 곧 깨닫게 될 것이다. 속이 메슥거리는 매연 냄새는 좀처럼 익숙해지지 않고 자기 집에 들어가도 남의 집에 온 듯 낯설어 몇 해도 가기 전에 오매불망, 꿈에 본 내 고향을 그리워하겠지만 한 번 등진 고향 땅을 다시 밟기는 어려운 법, 아직 동도 트기 전 까마귀 시체가 널린 듯 연탄재로 온통 시커메진 골목길을 밟으며 고단한 일터로 나갈 때마다 자꾸만 발이 허방을 짚는 듯 불안하고 허전해 어쩌다 운 좋게 술이라도 한잔 얻어 걸치면 사는 게 도대체 이게 뭔가, 싶은 기분에 자꾸만 눈물이 날 것 같지만 그래도 믿을 거라곤 그저 늙어가는 몸뚱이 하나뿐, 낡은 자전거 페달을 돌리듯 체인이 끊어질 때까지 찌든 육신을 돌리고 또 돌려야 할 터였다.

 —근데 삼촌은 이소룡이 왜 좋아?

계란을 다 먹고 남은 사이다를 마시던 내가 갑자기 생각난 듯 삼촌에게 물었다. 이소룡을 좋아하는 건 우리 교도들 사이에선 추호의 의심도 없는 당연한 일이어서 삼촌은 마치 왜 사느냐는 질문을 받은 듯 당황한 표정으로 쳐다보았다.

— 이, 이, 이소룡이 왜 좋으냐고?

삼촌은 잠시 생각하다 입을 열었다.

— 소, 소, 솔직히 나도 모르겠다. 왜, 왜 좋은지······.

그리고 다시 터미널 밖으로 눈길을 돌리며 말했다.

— 그, 그, 그래, 네, 네 형 말대로 이소룡이 뭐, 별 거냐? 두, 두통약 먹고 죽은 걸 보면 뭐, 뭐, 뭐 불사신도 아니고, 아, 아무리 주먹이 빨라도 초, 총으로 쏘면 죽겠지. 근데······ 나, 나, 나도 뭔가 되고 싶어.

— 근데 그게 왜 하필이면 이소룡이야?

— 그, 그, 글쎄······ 하, 하, 하여간 나도 뭐, 뭐가 됐든 뭐, 뭔가는 돼야 할 거 아냐. 그, 근데 내가 대, 대학생이 될 수는 없고, 하, 하여간 주, 중국집 배, 배달부보다는 이, 이소룡이 낫잖아.

— 중국집 배달부?

— 응? 아, 그, 그, 그냥 예를 들어서 그, 그렇다는 거지.

삼촌이 말끝을 흐렸다. 이때, 대합실에서 버스를 기다리던 사람들이 웅성거리며 자리에서 일어섰다. 승차를 시작한 모양이었다. 삼촌도 가방을 들고 버스 앞으로 걸어가 줄을 섰다.

— 삼촌.

삼촌이 막 버스에 오르려는 순간, 나는 삼촌을 불렀다.

— 왜?

나는 잠시 쳐다보다 입을 열었다.
— 삼촌이 뭐가 됐든 되고 싶다고 했잖아?
— 그, 그런데?
— 삼촌은 나한테 그냥 삼촌이야. 뭐가 될 필요도 없어. 난 이소룡도 필요 없으니까 그냥 삼촌이면 돼.

그때 나는 왜 삼촌에게 그런 감상적인 얘길 꺼냈을까? 삼촌은 주춤하며 나를 바라보다 빙그레 웃으며 머리를 쓸어주었다. 그리고 차 안으로 뛰어올라가며 말했다.
— 그, 그, 그래도 그냥 삼촌보다는 이, 이, 이소룡 삼촌이 낫잖아.

삼촌이 올라타자마자 버스가 문을 닫고 출발했다. 삼촌은 자리를 찾으며 두리번거리다 밖에 서 있는 나를 발견하고 손을 흔들어주었다. 나도 마주 손을 흔들었는데 이상하게 자꾸만 눈물이 날 것 같았다. 그래서 하늘을 쳐다보았다. 그리고 다시 고개를 내렸을 때 버스는 막 터미널을 벗어나고 있었다. 버스가 멀리 사라질 때까지 나는 자꾸 하늘을 올려다보며 그 자리에 서서 손을 흔들었다.

*

삼촌은 홍콩으로 떠나기 전 여수에서 마지막으로 전화를 걸어왔다. 일주일 넘게 여수에서 머물고 있는데 그날 밤 배를 타게 될 것 같다는 거였다. 겁을 먹은 듯 잔뜩 긴장한 목소리였다. 삼촌은 과연 무사히 홍콩에 가서 오디션을 볼 수 있을까? 나는 삼촌이 어떤 경로를 통해 홍콩에 가는지 알지 못했지만 어린 내가 보기에도 삼촌의 홍콩행은 어딘가 위태롭고 무모한 구석이 있었다. 하지만 당시 이소룡처럼 멋지게 한판 살다 가고 싶어 한 젊은이는 삼촌만이 아니었다. 죽어 빈자리가 된 이소룡의 권좌를 차지하려는 동양의 젊은 무도인들은 발차기 하나만을 믿고 서로 앞다투어 홍콩으로 날아갔다. 당시 이소룡의 대역을 뽑는 오디션에 참가한 사람들 중에는 백인과 흑인까지 끼어 있을 정도로 그 열기는 전 지구적이었다.

오오오 호~! 오오오 호~!
모두가 쿵푸를 하네
저 고양이들은 빛처럼 빠르게 움직이네
사실 약간 겁먹은 것 같지만
싸울 때는 제대로 된 무술가처럼 싸우지
오오오 호~! 오오오 호~!

70년대는 다들 뭔가에 매혹된 시대였다. 온 국민은 독재자와 슬레이트 지붕에 매혹되었고 독재자는 수출과 젊은 여자에게 매혹되었으며 우리는 팝송과 이소룡에 매혹되었다. 종태와 나는 홍콩에 간 삼촌을 생각하며 카세트라디오에서 흘러나오는 〈쿵푸 파이팅〉을 자주 들었다. 그것은 이소룡이 죽은 이듬해 자메이카 출신의 남자가수 칼 더글라스가 발표한 노래로 빌보드 차트의 정상을 차지할 만큼 세계적으로 히트한 곡이었다. 마치 늑대가 울부짖는 것처럼 오오오 호~ 하며 목청을 돋우다 갑자기 폭포수가 쏟아져내리듯 '에브리바디 워스 쿵푸 파이팅!' 하며 노래가 흘러나오면 가슴이 뻥 뚫리는 듯 시원한 쾌감에 돼지 멱따는 소리로 노래를 따라 부르곤 했지만 얼마 지나지 않아 그런 기분도 곧 시들해지고 말았다. 왠지 그 노래가 〈소울트레인*〉에 나오는, 안반짝만 한 엉덩이를 흔들어대는 멍청한 흑인 여자애들이나 좋아할 만한 노래라고 생각했던 것이다.

내가 어쩌다 그런 사악한 인종주의자의 눈을 갖게 되었을까? 그것은 아마도 올리비아 때문일 것이다. 오, 올리비아! 그녀가 하얀 플리츠스커트를 입고 먼지가 날리는 학교 운동장으로 처음 걸어 들어왔을 때 나는 그것이 꿈이라고 생각했다. 만일 그것이 꿈이 아니라면 그렇게 젊고 아름다운 여자가 어떻게 야만과 폭력으로 얼룩진, 짐승의 우리나 다름없는 시골 중학교에 출현할 수 있었을까? 당시 그녀는 스물네 살이었고 우리가 다니는 중학교에 영어교사로 막 부임하는 길이었다. 그리고 내게 첫사랑이 찾아온 순간이었다.

올리비아는 계란처럼 작은 얼굴에 팔다리가 길쭉한, 깡마른 체형의 여자였다. 그래서 다른 아이들은 그녀가 뽀빠이의 여자친구인 올리브를 닮았다고 생각했지만 나는 그녀를 볼 때마다 호주 출신의 가수 올리비아 뉴튼 존을 떠올렸다. 그것이 수줍은 듯 부드러운 영어 발음 때문이었는지 아니면 바랜 듯 갈색으로 빛나는 머리카락 때문이었는지는 모르지만 그녀는 어딘지 모르게 서구적인 분위기를 풍겼다. 그것도 뉴욕이나 LA 같은 대도시가 아니라 〈월튼네 사람들〉**이 사는 버지니아 산골 같은 시골풍이었다. 팝송매거진에서 처음 올리비아 뉴튼 존을 본 이후 아름다운 여자에 대한 모든 기준이 바뀌

---

* 1971년부터 텔레비전에서 방영된 음악 버라이어티쇼 프로그램. 알앤비, 힙합, 소울, 디스코 등 다양한 흑인음악이 소개되었다. 한국에선 주한미군 국내방송인 AFKN을 통해 방영되어 젊은 층에서 많은 인기를 누렸다.
** The Waltons, 70년대 미국 CBS에서 방영된 가족드라마

어서였을까? 올리비아는 틀림없이 검은 눈동자를 가진 한국인이었지만 내겐 〈빗속에서 울고 있는 푸른 눈동자〉*였으며 시골 중학교의 평범한 여교사였지만 내 눈엔 언제나 팝의 요정, 올리비아 뉴튼 존이었다.

리챨드 브라운 이즈 어 닥털. 히 익재민즈 페이션츠.

식민지 시대부터 영어를 가르쳤으며 육이오 때 미군부대에서 통역을 했다는 경상도 출신의 전임 영어교사의 발음은 한 자도 빼놓지 않고 귀에 쏙쏙 들어와 소리 나는 대로 받아쓰기만 해도 스펠링이 대충 맞을 정도였는데 어찌된 일인지 올리비아가 하는 말은 한 마디도 알아듣기가 힘들었다. 하지만 NBA 농구선수가 환상적인 드리블을 하듯 올리비아의 긴 혀가 자유자재로 이 끝을 스치고 입천장을 훑으며 얇은 입술과 함께 만들어내는 달콤한 소리에 나는 아랫도리가 저절로 뻣뻣해지곤 했다. 그때 나는 분명 스승을 어버이처럼 여기라는 사부일체의 도를 잊은 패륜아였지만 사부일체의 도를 잊은 건 나뿐만이 아니었다. 비록 얼굴엔 땟국이 줄줄 흐르고 머리엔 기계총이 올라 마른버짐으로 더뎅이가 진 까까머리 촌놈들이지만 용케도 아름다운 것을 알아보는 눈은 가지고 있었던지 아이들은 누런 이를 드러내고 뻣뻣한 혓바닥을 굴리며 열심히 영어 발음을 따라하면서도 연신 눈을 할끔거리며 올리비아를 훔쳐보느라 혈안이 되어 있었다. 어쩌다 그녀가 종아리가 드러나는 치마를 입고 오거나 팬티

---

* Blue eyes crying in the rain. 행크 윌리엄스, 엘비스 프레슬리, 윌리 넬슨 등 여러 가수들에 의해 불린 컨트리 송. 한국에선 올리비아 뉴튼 존이 부른 곡으로 널리 알려졌다.

라인이 드러나는 판탈롱을 입고 오는 날이면 아이들의 발정은 더욱 심해져 공부하기를 죽기보다 싫어하는 녀석들도 영어시간만은 손꼽아 기다리곤 했다(하긴, 그땐 뭘 봐도 빳빳해지는 나이였으니까).

올리비아는 키가 크고 말라서인지 뭘 해도 어딘가 불안하고 어색해 보이는 면이 있었다. 가령 복도나 운동장에서 만난 학생들이 크게 인사를 하면 깜짝 놀란 듯 주춤하며 넘어질 듯 걸음을 멈췄다가 빨개진 얼굴로 마주 인사를 하곤 했는데 그런 어색한 행동조차 내겐 순수함의 증거라고 여겨져 그녀가 더욱 사랑스럽게 느껴졌다. 하지만 짓궂은 아이들은 그게 재미있다고 생각했는지 올리비아에게 살금살금 다가가 귀에 대고 갑자기 큰 소리로 선생님, 안녕하세요! 라고 소리를 질러 그녀를 놀라게 해놓고 킬킬대는 게 한동안 유행이 되기도 했다.

돌이켜보면 망아지처럼 천방지축으로 날뛰는 시골 중학교 남학생들에게 그녀는 너무 과분한 스승이었는지도 모른다. 돼지에 진주목걸이? 사랑을 표현할 줄도 모르고 받을 줄도 모르는 망아지들이 사랑하는 대상에게 할 수 있는 거라곤 상대의 기분을 불쾌하게 만들거나 상처를 주어서 자신을 혐오하게 만드는 것뿐이었다. 사디즘과 마조히즘이 야만적인 폭력성과 뒤섞인, 그 변태적이고 파괴적인 사랑을 곱디고운 서울 아가씨가 과연 이해할 수 있었을까? 수업시간만 되면 아이들은 올리비아를 놀려먹기에 바빠 다리 밑으로 거울을 비춰 치마 속을 훔쳐보는 것은 기본, 문 위에 칠판 지우개를 올려놓아 분필가루를 뒤집어쓰게 한다거나 교탁 아래 맹꽁이를 숨겨놓아 기함을 하게 만들기 일쑤였는데 그럴 때마다 그녀가 놀라서 지르는 비명소리는 발정 난 망아지들을 더욱 짜릿한 전율 속으로 몰아넣곤 했다.

망아지들을 어떻게 상대해야 할지 모르는 올리비아는 늘 울상이 되어 제발 그만하라고 애원하곤 했지만 그럴수록 아이들의 가학성은 더욱 심해져 끝내 그녀가 훌쩍거리며 교실을 뛰쳐나가고 나서야 장난이 끝이 나곤 했다. 그리고 그렇게 상황을 파탄 낼 수밖에 없었던 자신의 용렬함과 무능력, 그리고 그 안에 숨겨진 은밀한 사랑을 혐오하며 마음속으로 끊임없이 병신새끼! 병신새끼! 하며 자신을 저주하곤 했다. 누가 그랬냐고? 주로 내가 그랬다.

그것은 관심 있는 여학생에게 아이스케키*를 하는 아이들의 심리, 즉 사랑을 못 받을 바엔 차라리 미움이라도 받겠다는 심리와 비슷했는데 실제로 올리비아에게 아이스케키를 한 아이도 있었다. 누가 그랬냐고? 그것은 내가 아니었다. 종태였다.

수업이 끝나 쉬는 시간이 되어 아이들이 망아지 떼처럼 복도로 몰려나왔을 때였다. 옆 반에서 수업을 끝낸 올리비아가 교재를 옆구리에 끼고 막 복도를 지나가고 있었다. 이때 화장실을 가던 종태가 살금살금, 올리비아의 등 뒤로 다가갔다. 나는 그가 기껏해야 한참 유행이 지난 선생님, 안녕하세요! 놀이를 하려는 모양이라고 생각했다. 촌스러운 놈! 그런데 그게 아니었다. 종태는 갑자기 뒤에서 올리비아의 하늘거리는 플레어스커트를 들추며 아이스케~키! 하고 외쳤다. 올리비아의 비명소리와 함께 하얗게 눈부신 팬티가 아이들 눈앞에 드러났다.

---

* 어린아이들이 장난으로 여자아이의 치마를 들추며 내는 소리

기실 종태의 행동은 조금의 성적인 동기도 가지고 있지 않았다. 그저 너도나도 하는 장난에 자신도 한번 끼어보고 싶어서 조금 오버를 한 것뿐이었으리라. 올리비아는 울면서 교무실로 뛰어갔고 종태는 뭔가 그럴 듯한 일을 해냈다는 뿌듯한 표정으로 아이들을 둘러보았다. 하지만 우리는 뭔가 일이 크게 잘못된 것 같은 불길한 예감에 하나둘 뿔뿔이 교실로 흩어졌다.

아니나 다를까, 다음 수업 시작 종이 울리자마자 체육선생이 문을 박차고 들어왔다. 그리고 낮고 위협적인 목소리로 모두 운동장으로 집합하라고 했다. 구레나룻이 짙게 나 있는 체육선생은 늘 와이셔츠를 팔뚝까지 걷어붙이고 다녔는데 그 이유는 체대에 다닐 때 레슬링을 전공하다 보니 뽀빠이처럼 팔뚝이 너무 굵어져 와이셔츠가 안 맞았기 때문이었다. 하지만 그는 뽀빠이의 낙천적이고 유쾌한 성격과는 정반대로 늘 알 수 없는 분노에 차 있었고 껌을 씹는 것처럼 이를 악물고 턱관절을 꿈틀거리는 습관이 있어 어딘가 살벌한 분위기를 풍겼다.

뽀빠이가 은행나무를 깎아 만든 몽둥이를 들고 운동장에 나타났을 때 아이들은 이미 잔뜩 겁을 집어먹어 얼굴이 하얗게 질렸다. 뽀빠이는 몸을 풀 듯 우리 반 전체 남학생들을 엎드리게 해놓고 한 명에 열 대씩 풀스윙으로 엉덩이를 때렸는데 힘이 제대로 실려 있어 우리는 뼛속까지 전해지는 묵직한 통증에 개구리 뻗듯 쫙쫙 운동장을 나뒹굴었다. 그리고 뒤이어 뽀빠이는 종태를 불러내 욕설과 함께 따귀를 때리기 시작했다. 곧 얼굴이 벌겋게 부어오르고 코피가 주르르 흘러내렸다. 하지만 뽀빠이는 점점 더 매에 강도를 더해 급기야 몽둥이를 사정없이 휘둘렀다. 이번엔 머리고 다리고 등짝이고 가리지 않았다. 비명을 지르며 매를 맞던 종태가 견디다 못해 자신도 모르게 팔을 들어 몽둥이를 막았는데 팔이 부러졌는지 몽둥이가 부러졌는지 빡! 하며 뭔가 부러지는 소리가 났다.

— 어쭈! 이 새끼가 막아?

뽀빠이는 몽둥이를 내던지고 이번엔 주먹과 발로 종태를 두들겨 패기 시작했다. 눈에는 예사롭지 않은 살기가 번득였다. 그것은 체벌이 아니라 그냥 구타였다. 그가 그렇게 화가 잔뜩 난 이유는 어쩌면 자신도 못 본 올리비아의 엉덩이를 감히 들춰본 게 원인이었는지도 모른다. 종태는 바닥을 나뒹굴며 그야말로 오뉴월 개 맞듯 맞았다. 그가 아무리 덩치가 컸다 해도 그저 중학생에 불과했으니 레슬링을 전공한 건장한 사내의 매서운 공격을 견딜 재간이 없었다. 급기야 그는 울면서 잘못했다고 빌었지만 매는 멈추지 않았다.

그랬다! 천방지축으로 날뛰는 망아지들을 다루는 데에는 그저 몽둥이가 약이었다. 그리고 천둥벌거숭이 촌놈들에게 어울리는 선생은 따로 있었다. 하루에 수백 번씩 몽둥이를 휘둘러도 지치지 않는 체력과 아무 때고 열이 받으면 마대자루를 부러뜨려 휘두를 줄 아는 담대함과 종아리에 착착 감기는 회초리질에 짜릿한 쾌감을 느낄 줄 아는 예술적 감수성과 함께 어린 여학생들의 엉덩이를 때릴 때마다 그 탄성계수를 정확히 가늠할 줄 아는 심미안이 모두 합쳐져야 비로소 한 명의 큰 스승이 탄생하는 법, 뽀빠이는 그런 점에서 우리에게 참으로 잘 어울리는 선생이었다.

*

　그날, 매타작이 끝나고 집으로 돌아오는 길이었다. 종태는 입술이 터지고 여기저기 멍이 들어 몰골이 사나왔지만 곧 특유의 낙천성과 명랑함을 되찾아 올리비아의 치마를 들춘 무용담을 신나게 늘어놓으며 교문을 막 나서는데 누군가 우리를 기다리고 있다 불쑥 앞을 가로막았다. 올리비아였다. 이번엔 우리가 먼저 놀라 큰 소리로 인사를 했다. 올리비아는 종태에게 다가가 걱정스런 눈길로 쳐다보며 괜찮으냐고 물었다.(훗, 선생님도 참! 우리 맷집을 뭐로 보고······)
　사실 당시의 아이들은 그저 맞는 게 일이었다. 학교에서도 맞고 집에서도 맞고 뒷골목에서도 맞고, 부모에게도 맞고 선생에게도 맞고 선배에게도 맞고 불량배에게도 맞고, 아침에도 맞고 저녁에도 맞고 오밤중에도 맞고, 하여간 언제 어디서 매가 날아들지 몰라 언제나 긴장의 연속이었지만 아이들은 맞는 게 습관이 되다 보니 느느니 맷집이요 두꺼워지느니 상판대기라, 맞은 지 30분만 지나면 곧 언제 맞았냐는 듯 헤헤거리며 다시 망아지들과 어울려 천방지축으로 날뛰곤 했다.
　올리비아는 종태와 나를 자신의 하숙집으로 데려갔다. 학교 앞에서 하숙을 하는 올리비아의 방은 좁고 낡았지만 매우 정갈했다. 하얀 이불이 한쪽에 개켜져 있었고 책상 위엔 화장품 몇 개와 함께 많은 책들이 책꽂이에 꽂혀 있었는데 대부분 영어 원서여서 우리에겐 그저 '까만 건 글씨요, 하얀 건 종이라'였다. 나는 더러운 발을 어디에 디뎌야 할지 몰라 엉거주춤 서 있었는데 올리비아는 문을 닫자마자 종태에게 바지를 내려보라고 했다. 이 무슨 외설스런 포르노도 아니고 아리따운 처녀 선생이 사춘기 남학생을 집으로 데려가 바지를 벗어보라고 한단 말인가! 순간 나는 귀를 의심했지만 종태놈은 부끄러움도 모르는지 올리비아 앞에서 훌렁 바지를 내렸다. 오줌 자국으로 노래진 팬티에 나는 민망해서 고개를 돌렸는데 바지를 내리던 종태가 아! 하며 비명을 질렀다. 교복바지가 피에 엉겨 붙어 허벅지에 들러붙어버린 거였다. 올리비아는 책상 서랍에서 소독약과 연고를 꺼냈다. 그리고 조심스럽게 살에 붙은 바지를 떼어내며 면봉에 소독약을 묻혀 상처를 닦아내고 연고를 발라주었다. 종태놈은 과산화수소가 상처에 닿자 날카로운 통증에 얼굴을 잔뜩 찡그렸지만 연고를 발라줄 땐 기분이 좋은지 해죽한 얼굴로 올리비아 앞에 서서 얌전한 송아지처럼 눈만 껌벅거렸다.

아! 그 순간 차라리 내가 종태였으면! 뽀빠이에게 맞아죽는 한이 있더라도 차라리 내가 맞았더라면 올리비아의 부드러운 손길이 나를 만져주었을 텐데! 그때 나는 처음으로 종태가 부럽다는 생각을 했다. 그런데 어느 순간 연고를 발라주던 올리비아가 흑, 하고 울음을 터뜨렸다. 당황한 우리는 어쩔 줄 몰라 쳐다보기만 했는데 올리비아는 눈동자가 빨개져 눈물을 글썽이다 혼잣말처럼 중얼거렸다.

— 사람이 사람을 어떻게 이렇게 잔인하게 때릴 수 있을까?

당시 인권의식 같은 게 전혀 없었던 우리는 선생님이 뭘 잘못 먹었나, 싶었다. 잘못을 했으면 맞는 게 당연한 일이고 더구나 학생이 선생을 때린 거라면 모를까 선생이 학생을 때린 게 무슨 잘못이라고 훌쩍거리고 난리람!

올리비아는 연고를 다 발라준 뒤에 식빵을 프라이팬에 구워 딸기잼을 발라 접시에 담아내왔다. 식빵 사이엔 햄도 끼워져 있었다. 그녀는 그것을 샌위치라고 했다.(샌드위치가 아니고 샌위치!) 그리고 그 와중에도 교육적 본분을 잊지 않았는지 우리에게 샌위치의 유래에 대해 설명해 주었다. 샌위치 백작이 친구들과 도박을 하다 식사시간이 되었는데 어쩌고저쩌고……. 우리는 이름이야 어찌 됐건 일단 배가 고파 접시에 담아온 샌위치를 눈 깜짝할 사이에 다 먹어치웠다. 그녀는 남은 식빵을 다시 프라이팬에 구우며, 체육선생이 자신과 교육철학이 조금 다르긴 하지만 알고 보면 그도 매우 훌륭한 교육자이며 누구보다도 학생들을 사랑하고 있다고 했다. 같은 교육자의 입장에서 그래도 뽀빠이를 옹호하려 했지만 우리는 샌위치에 정신이 팔려 그녀의 말은 귀에 들어오지도 않았다. 결국 그날 우리는 올리비아 집에 있던 식빵과 햄을 몽땅 먹어치우고 나서야 집으로 돌아갔다.

그날 이후, 올리브가 위기에 처할 때마다 뽀빠이는 시금치 통조림 대신에 몽둥이를 들고 나타나 무서운 괴력을 발휘하며 망아지들을 운동장에 몰아놓고 먼지가 나게 두들겨대곤 했지만 올리비아가 아이들의 장난에 익숙해져 더 이상 예전처럼 전율이 이는 반응을 보이지 않자 아이들도 올리비아를 놀려먹는 게 시들해져 잠시 평화로운 날들이 이어졌다. 이에 비해 올리비아에 대한 나의 사랑은 더욱 깊어져 마음속에선 평화와는 거리가 먼 격랑이 들끓고 있었다. 책을 펼치면 올리비아의 하얀 얼굴이 나를 향해 미소 짓고 있었고 자리에 누워 천장을 바라봐도 올리비아가 위에서 나를 내려다보고 있었다. 그것이 상사병이었을까? 나는 정신이 나간 듯 딴 생각을 하다 체육복을 빼먹거나 수업시간에 멍한 눈으로 창밖을 내다보다 선생에게 두들겨 맞기 일쑤였다. 때로는 밤늦게 올리비아의 하숙집을 서성대며 창문에 비치는 그녀의 그림자를 바라보다 불이 꺼지고 나서야 집으로 돌아오기도 했다. 아! 그때 열다섯 살 소년의 무모한 사랑은 얼마나 쓸쓸했던지!

당시 나는 자주 몽정을 꾸었는데 상대는 언제나 올리비아였다. 꿈속에서 그녀는 내 바지를 내리고 엉덩이에 연고를 발라주었다. 나는 부끄러움과 함께 한없이 야릇한 기분에 뒤를 돌아보면 올리비아는 눈부시게 하얀 팬티를 입고 있었다. 종태가 아이스케키를 한 덕에 잠깐 훔쳐본 바로 그 팬티였다. 사춘기 소년의 욕망은 고삐 풀린 망아지처럼 날뛰어 늘 그 너머, 혹은 그 이상, 혹은 그 안쪽을 꿈꾸었지만 한 번도 본 적이 없는 것은 상상할 수도 없는 법, 나의 꿈은 언제나 거기까지였다. 하지만 그것만으로도 충분했다. 나는 자지러지듯 짜릿한 기분에 아침마다 속옷이 끈적끈적해지곤 했다.

그렇게 상사의 고통과 기쁨에 천국과 지옥을 오가던 어느 날, 나는 올리비아의 방 앞을 서성이다 뜻밖의 목소리를 듣게 되었다. 조곤조곤 속삭이듯 올리비아의 달콤한 목소리가 들렸는데 그 사이로 간간이 남자의 목소리가 섞여 있었다. 나는 토끼처럼 귀가 쫑긋해져 창문 아래 몸을 바짝 붙이고 방에서 나오는 소리에 귀를 기울였다. 그런데 목소리가 낯설지 않았다. 설마…… 목소리의 임자는 다름 아닌 종태였다. 종태는 우리보다 성장이 빨라 이미 어른의 목소리처럼 우렁우렁했다. 올리비아가 또 종태의 바지를 내리고 연고를 발라주는 걸까? 아니면……? 미칠 듯한 질투심과 함께 어린 샛꾼의 머릿속에선 온갖 더러운 상상이 날뛰었다.

잠시 후, 안에서 들리는 인기척에 나는 재빨리 담벼락 뒤로 가서 숨었다. 대문을 열고 나온 것은 종태와 올리비아 선생이었다. 종태가 문 앞에서 꾸벅 고개를 숙여 인사를 하자 올리비아는 그의 어깨를 다정하게 두드려주었다. 나는 담벼락 뒤에 숨어 있다 종태가 모퉁이를 돌아설 때 불쑥 앞으로 나섰다. 종태가 놀라 작은 비명을 질렀다.

— 너, 어디 갔다 와?

나의 눈은 질투심으로 이글이글 타올랐다.

— 으응…… 여, 여, 영어선생님 집에……

종태는 당황한 듯 말을 더듬었다. 뭔가 더러운 짓을 한 게 분명했다.

— 네가 왜 올리브 집엘 가?

나는 다그치듯 얼굴을 들이대며 물었다. 가까이서 보니 이번에도 샌드위치를 먹었는지 입가에 딸기잼이 잔뜩 묻어 있었다. 돼지 같은 놈! 보나마나 올리비아가 먹을 빵을 한 조각도 남겨놓지 않고 몽땅 먹어치웠을 것이다.

— 왜? 나는 선생님 집에 가면 안 돼?

나의 강압적인 태도에 오히려 종태가 의아하다는 듯 되물었다.

— 뭐, 그, 그건 아니지만…….

무서운 놈! 그동안 내가 너를 과소평가했구나! 그날, 집으로 돌아오는 동안 나는 한 마디도 하지 않았다. 그저 묵묵히 앞장서서 성큼성큼 발걸음만 내디뎠다. 종태는 내 기분을 아는지 모르는지 몇 번 말을 붙여보려고 했지만 나는 마구 울고 싶은 기분과 함께 종태에 대한 적개심이 끓어올라 아무런 대답도 하지 않았다. 기분 같아선 종태를 죽나게 두들겨 패주고 싶었지만 아무 이유도 없이 싸울 수는 없는 노릇이었다. 그리고 싸워서 이길 자신도 없었다. 그럴 때 찌질이들이 할 수 있는 행동은 뒤에서 상대를 음해하는 거였다. 그래서 나도 그렇게 했다.

 내가 선택한 방법은 학교 화장실 벽에 남녀가 성교하는 그림을 그려놓은 거였다. 그리고 그림 위에 큰 글씨로 올리비아와 종태의 이름을 써놓았다. 그림 솜씨도 형편없는 데다 뭘 제대로 본 적이 없어 다른 화장실에서 본 것을 따라 그리다보니 그림체는 더없이 조악하고 유치했다. 하지만 그것이 오히려 더 적나라하고 자극적인 효과가 있어 오전 수업이 끝나기도 전에 망아지들 사이에 소문이 파다하게 퍼졌다. 아이들은 쉬는 시간마다 삼삼오오 화장실로 몰려가 저속한 낙서를 보며 킬킬대곤 했다. 다들 얼마 전 종태가 올리비아에게 아이스케키를 한 사건을 알고 있어 그 낙서는 더욱 화제가 되었다. 그들은 쉬는 시간마다 낙서에 대한 감상평을 늘어놓다 올리비아 선생이 지나갈 때마다 화장실의 외설스런 그림을 떠올리며 뒤에서 키득대곤 했다. 그들은 모두 시골 중학교의 순진한 아이들이었지만 난데없이 화장실 벽에 등장한 낙서로 인해 각자 상상할 수 있는 한 가장 음란하고 노골적인 장면을 그려내며 마음껏 올리비아를 유린했다.

 반 아이들 중에서 그림을 가장 마지막으로 본 것은 물론 종태였다. 그리고 화장실 그림에 대해 귀띔을 해준 사람은 뻔뻔스럽게도 바로 낙서를 한 장본인이었다. 종태가 그 외설적인 그림을 처음 봤을 때 그의 표정은 매우 복잡했다. 뭔가 화가 난 듯 혼란스런 표정으로 그림을 보던 종태는 급히 밖으로 나가 싸리비와 함께 물을 한 양동이 퍼왔다. 낙서를 지우려는 거였다. 그가 싸리비로 벽을 막 문지르려고 할 때였다. 나는 짐짓 걱정하는 눈빛으로 종태를 쳐다보며 말했다.

— 네가 그걸 지우면 애들은 아마도 네가 진짜로 영어선생하고 붙어먹었다고 생각할 것 같은데…….

아아! 질투의 화신이 된 어린 악마의 사악함이여! 나의 말에 종태는 잠시 멈칫했다. 그리고 난감한 표정으로 낙서와 나를 번갈아가며 쳐다보았다.

— 그냥 놔두면 나중에 화장실 청소하는 애들이 지울 거야. 내 생각엔 차라리 모르는 척하는 게 나을 것 같아.

종태는 묵묵히 고개를 끄덕이더니 낙서를 그대로 둔 채, 양동이와 싸리비를 가지고 밖으로 나갔다. 뭔가 깊은 상처를 입은 듯 착잡한 표정이었다. 훗!

낙서가 사라진 것은 다음 날 아침이었다. 학교에 가자마자 화장실에 가보니 누군가 솔로 박박 문질러낸 듯 벽의 페인트가 벗겨져 있었고 낙서가 보이지 않았다. 하지만 그것으로 끝이 아니었다. 아침조회가 시작되자마자 담임선생은 우리에게 책상 위에 올라가 무릎을 꿇으라고 했다. 그리고 화장실에 낙서한 놈이 누군지 당장 나오라고 했다. 아마도 누군가 선생에게 꼰지른 모양이었다. 물론 자신이 낙서를 했다고 손을 드는 아이는 아무도 없었다. 몇 번 다그치던 담임선생은 끝내 화를 참지 못하고 몽둥이로 아이들의 허벅지를 열 대씩 때렸다. 아침부터 여기저기서 곡소리가 났지만 나는 허벅지를 맞을 때마다 뭔가 일을 제대로 해냈구나, 싶은 기분에 아픈 줄도 몰랐다. 오히려 짜릿한 쾌감이 느껴지기까지 했다. 담임선생은 낙서의 내용에 대해서는 차마 입에 담을 수 없었는지 온갖 간접화법을 동원해 한참 에둘러서 일장 훈시를 했다. 그리고 밖으로 나가며 종태에게 교무실로 따라오라고 했다. 낙서에 등장한 주인공이었으니 심문을 안 하고 넘어갈 수는 없는 노릇이었다.

그날 첫 수업은 불행하게도 영어 과목이었다. 올리비아가 교재를 들고 교실로 들어오자 망아지들은 불과 30분 전에 허벅지를 맞았다는 사실도 잊은 채 여기저기서 수군대며 키득거렸다. 나는 올리비아도 이미 화장실 낙서를 봤다는 사실을 알아챘다. 그녀는 마음이 심란한 듯 한숨을 자주 내쉬며 수업을 제대로 진행하지 못했다. 그렇게 지지부진하게 수업을 이어가던 도중, 교무실에 불려갔던 종태가 교실 문을 열고 들어왔다. 올리비아는 종태를 보고 멈칫했다. 아이들의 눈길이 일제히 두 사람에게 쏠렸다. 이때, 올리비아가 흑! 하며 울음을 터뜨렸다.

오, 올리비아! 우는 올리비아를 보고 있자니 내 마음도 찢어질 듯 아팠다. 담임선생에게 허벅지를 맞을 때보다 더 아팠다. 올리비아는 교탁에 얼굴을 파묻고 어깨를 떨며 흐느꼈고 아이들은 집단적인 죄책감에 모두 숙연한 표정으로 고개를 숙였다. 하지만 나는 아무런 죄가 없다. 문제를 복잡하게 만든 건 바로 그녀였다. 왜 엉뚱한 남자를 집으로 끌어들여 내 질투심에 불을 당겼단 말인가!

이때 교탁 위에 엎드려 울던 올리비아가 눈물이 그렁그렁한 눈으로 고개를 들었다. 그리고 잔뜩 원망스런 눈길로 아이들을 훑어보며 떨리는 목소리로 입을 열었다.

— 너희들…… 어떻게 그런 짓을 할 수가 있니? 난 사람이 그렇게까지 나쁠 수 있을 거라고는 상상도 못했어.

올리비아 선생은 정말 천사처럼 곱게만 자란 모양이었다.

— 너희들은 정말이지……

그녀는 잠시 말을 멈추었다 이를 악물고 힘겹게 말을 뱉어냈다.

— 공산당보다도 더 나쁜 애들이야!

그리고 올리비아는 교재도 챙기지 못한 채 울면서 교실 밖으로 뛰쳐나갔다. 공산당보다 나쁘다는 건 도대체 어느 정도로 나쁘다는 것일까? 아무도 정확히 설명할 수는 없었지만 당시 공산당이란 단어에는 뭔가 죽음이나 전쟁, 테러와 같은 섬뜩한 느낌이 있어 아이들은 다들 숙연한 표정으로 앉아 있었다. 올리비아가 공산당보다 더 나쁘다는 비교급을 사용했지만 그것은 우리에게 그 어떤 것과도 비교할 수 없는 최상급의 효과를 주었다. 그러나 우리는 한창 충동과 반항의 시기를 지나고 있는 망아지들이었다. 그런 심각한 분위기를 오래 견딜 리 없었다. 누군가 뒷자리에서 벌떡 일어서며 정적을 깼다.

— 아이, 씨발. 모처럼 마음잡고 공부 좀 해보려고 했는데 왜들 이렇게 안 도와주냐. 응? 그리고 무슨 선생이 씨발, 툭하면 질질 짜고 지랄이야?

시쳇말로 싸움 짱이라는 아이였다. 자기 말로는 2년을 꿇어 친구들은 다 고등학생이라고 했는데 얼핏 봐도 거뭇한 수염에 늙수그레한 외모가 도저히 우리 또래라고는 믿어지지 않는 아이였다. 오래전 그 떠들썩했던 역전다방습격사건에도 참가했다고 알려진 그는 책상 위에 걸터앉으며 종태를 불렀다.

— 야, 배종태.

종태가 뒤를 돌아보자 그는 한껏 이죽거리며 물었다.

— 영어선생이랑 떡 쳐보니까 어때? 좋으냐?

학교 짱의 말에 아이들은 일제히 웃음을 터뜨렸다. 웃지 않는 사람은 나와 종태밖에 없었다. 종태는 뒤를 힐끗 돌아보며 학교 짱을 노려보았다. 늘 히죽거리며 사람 좋은 웃음을 띠고 있던 종태에게선 찾아볼 수 없는 분노의 표정이었다. 이에 학교 짱은 어이없다는 듯 코웃음을 치며 살벌하게 을러댔다.

― 뭘 째려봐, 좆만 한 새끼야? 영어선생이랑 붙어먹더니 눈깔에 뵈는 게 없냐?

하는 순간, 종태가 벌떡 일어서더니 학교 짱을 향해 들소처럼 돌진했다. 그 바람에 우당탕, 주변의 책상이 넘어지고 아이들이 놀라 비명을 지르며 다들 일어섰다. 학교 짱은 싸움꾼답게 몸을 숙이며 날카롭게 선빵을 날렸지만 종태는 주먹을 옆으로 흘리며 턱을 향해 정통으로 니킥을 날렸다. 턱이 부서지는 듯 퍽! 하는 소리와 함께 학교 짱의 몸이 뒤로 밀려나며 벽에 부딪쳤다. 종태는 벽에 맞고 튕겨 나오는 그의 복부를 주먹으로 힘껏 내질렀다. 그리고 그의 몸이 앞으로 꺾이자 발을 높이 들어 그대로 등짝을 찍어버렸다.

그것으로 끝이었다. 학교 짱은 끽 소리도 못하고 바닥에 엎어져 일어서지 못했다. 그야말로 눈 깜짝할 사이에 벌어진 일이어서 누가 끼어들어 말리고 자시고 할 시간도 없었다. 종태가 툭툭 옷을 털고 자리에 앉고 나서야 아이들은 일제히 탄성을 쏟아냈다. 학교의 주인이 바뀌는 순간이었다. 종태가 그날로 대장이 된 것이다. 권력의 변화를 눈치 챈 아이들이 재빨리 종태 주위로 모여들었다. 하지만 나는 조금도 기쁘지 않았다. 전에 내가 그토록 바라던 상황이었지만 이전보다 거대해진 종태의 존재에 질투심은 더욱 뜨겁게 타올라 나의 영혼은 파산한 알코올중독자의 그것처럼 황폐해졌을 뿐이었다.

*

삼촌이 홍콩으로 떠나고 난 뒤, 아무런 연락도 없이 두 달이 흘러가자 집에선 삼촌에게 뭔가 변고가 생긴 게 아닌가 하는 걱정이 흘러나왔다. 그러던 와중에 여수 앞바다에서 밀수선 한 척이 난파되어 다섯 명의 선원이 익사한 사고가 발생했다. 익사자 가운데 두 명의 신원이 아직 밝혀지지 않았다는 소식에 아버지는 혹시 삼촌이 사고를 당한 게 아닌가 싶어 다음 날 당장 여수로 가 익사자의 신원을 확인했다. 그리고 그날 밤 늦게 집에 돌아온 아버지는 한숨과 함께 담배 연기를 길게 뿜어냈다. 익사자들의 시신을 확인한 결과 다행히 그중에 삼촌의 시신은 없었다고 했다. 하지만 자신이 평생 본 것 중 가장 끔찍한 광경이었다고, 혹시 죽게 되더라도 절대 물에 빠져 죽을 일은 아니라며 고개를 가로저었다. 아버지는 삼촌이 죽었는지 살았는지 소식이라도 들었으면 좋겠다고 했지만 그가 어떤 경위로 홍콩을 가게 되었는지, 또 어떤 사람을 통해 갔는지 알 길이 없어 그저 기다리는 것 말고 식구들이 달리 할 수 있는 것은 아무것도 없었다.

한편, 아버지와 달리 나는 삼촌이 죽었든 살았든 더 이상 아무런 관심이 없었다. 그것은 당시 올리비아에 대한 무모한 사랑으로 심한 열병을 앓고 있었기 때문이었다. 낙서사건으로 인해 올리비아에게 상처를 주는 데에는 성공했지만 그 뒤에 나에게 찾아온 것은 물밀듯 밀려오는 죄책감과 자신에 대한 혐오, 그리고 무력한 절망감뿐이었다. 사랑의 속성이 원래 그런 것이었을까? 그해, 사춘기 소년의 황포한 열정은 끝내 우리 모두에게 씻을 수 없는 상처를 남기고 나와 종태의 운명을 뒤바꿔놓을 그날의 불행한 사건을 향해 한 걸음씩 다가가고 있었다.

 그 일이 왜 하필 우리에게 일어났는지는 알 수 없다. 그날 종태네 소를 풀어놓지 않았다면 그와 같은 불행한 일이 일어나지 않았을까? 아니면 아무 때고 불쑥불쑥 삶에 끼어들어 우리를 예기치 않은 수렁으로 이끄는 짓궂은 운명처럼 그것은 우리의 의지나 행위와는 아무런 상관도 없는 일이었을까? 그것이 그저 아이러니한 운명이었다면, 그래서 우리가 그곳에서 빠져나오려고 발버둥 치면 칠수록 더 깊은 곳으로 발목을 잡아끄는 수렁 같은 거였다면 나는 그저 한 명의 어린 희생자였을지도 모른다. 하지만 죽은 건 우리 소가 아니었다. 그리고 입에 진흙이 가득 들어찬 듯 막막한 슬픔에 눈이 퉁퉁 붓도록 운 것도 내가 아니었다.
 그날, 나는 오랜만에 뒷동산에 올라가 멀리 남쪽 하늘을 보며 홍콩으로 간 삼촌을 생각하고 있었다. 삼촌은 오디션에 떨어진 걸까? 그렇다면 왜 이렇게 소식이 없는 거지? 어쩌면 삼촌은 오디션에 합격해 지금쯤 한창 영화를 찍고 있을지도 모른다. 그도 집에 기쁜 소식을 전하고 싶지만 그곳은 홍콩이라 전화를 걸 수도 받을 수도 없어 그저 빨리 촬영이 끝나 집으로 돌아가기만 기다리고 있을지도 모른다. 하지만 그게 아니라면? 혹시 홍콩으로 가던 도중 배가 난파되어 물에 빠져 죽었다면? 그래서 아버지가 보았다는 밀수꾼들처럼 물에 퉁퉁 불은 시체가 되어 외롭게 동지나해를 떠다니고 있다면? 나는 삼촌이 운동 연습을 하느라 세워놓은 기둥을 하릴없이 발로 차며 자꾸만 밀려드는 불행한 예감을 떨쳐내려고 애썼지만 그럴수록 물에 퉁퉁 불어 무서운 형상을 한 삼촌의 얼굴이 자꾸만 떠올랐다.

이때, 누군가 논두렁을 지나 뒷동산으로 걸어 올라오는 게 보였다. 종태였다. 그는 어찌된 일인지 잔뜩 화가 난 표정이었다. 그러지 않아도 켕기는 게 있던 나는 가슴이 뜨끔했지만 애써 태연한 척 서 있었다. 나를 향해 성큼성큼 다가온 종태는 대뜸 내 멱살을 잡았다.

― 사, 사, 사, 상구. 네, 네, 네가 그랬다며?

종태는 배신감에 치가 떨리는지 삼촌처럼 말을 더듬었다.

― 무슨 소리야? 내가 뭘 그래?

나는 짐짓 당당한 척 큰소리를 쳤지만 나도 모르게 목소리가 떨려 나왔다. 그날, 종태가 학교 짱을 눈 깜짝할 사이에 교실 바닥에 뉘인 이후, 나는 늘 삶은 호박처럼 물렁하기만 한 줄 알았던 종태에게 뜻밖의 단호한 면이 있다는 걸 알고 그에 대해 두려운 마음을 가지게 되었다.

― 화장실에 있는 그림. 네가 그렸다고 그러더라.

아마도 누군가 내가 낙서하는 것을 우연히 목격하고 종태에게 일러바친 모양이었다. 권력의 저울추가 기운 것을 안 아이들은 이미 모두 그의 편이 돼 있었다. 그럼에도 불구하고 내가 단호하게 부정을 했다면 종태는 아마도 내 말을 믿어주었을 것이다. 나는 그의 떨리는 눈빛에서 그도 내가 그러기를 간절히 바란다는 것을 읽어냈다. 그만큼 우리 사이의 우정은 각별한 데가 있었다. 그런데 그때, 내가 왜 그랬을까? 나는 자포자기의 심정이 되는 한편, 엉뚱한 오기가 솟아올랐다. 그래서 그의 팔을 툭 쳐내며 말했다.

― 그래, 내가 그렸다. 그 그림.

순간, 종태는 멱살 잡은 손을 힘없이 떨어뜨렸다. 도저히 믿을 수 없다는 표정이었다.

― 왜? 너도 좋지 않았어? 솔직히 너도 올리브랑 떡 한번 치고 싶었잖아. 뭐, 그림뿐이긴 하지만 나쁠 거 없잖아.

악마가 입 안에서 꾸역꾸역 밖으로 밀어내듯 나 자신도 원하지 않는 말들이 줄줄이 흘러나왔다.

― 참, 너 혹시 올리브네 집에서 벌써 둘이 한 거 아냐? 전에 보니까 단둘이 재밌게 놀던데…….

순간, 퍽! 하는 소리와 함께 나는 뒤로 벌렁 넘어졌다. 종태가 주먹을 날린 것이다. 그는 분노에 휩싸여 얼굴이 울 것처럼 찡그려져 있었다. 내 얼굴에선 코피가 흘렀지만 나는 아랑곳하지 않고 코피를 손등으로 쓱 문지르며 싸울 자세를 취했다. 그리고 이소룡의 후예들은 친구가 된 이후 처음으로 싸움을 벌였다. 종태는 화가 나 앞을 제대로 보지도 않고 되는 대로 마구 주먹을 휘두르는 데 반해 나의 마음은 싸늘한 겨울 호수처럼 차분하게 가라앉아 있었다. 그래서 처음엔 내가 어느 정도 우세했다. 몇 번의 발차기가 종태의 몸에 적중했다. 하지만 곧 우리는 개처럼 뒤엉켜서 마구잡이로 주먹을 휘둘렀다. 그동안 연습한 무술 실력은 온데간데없고 그저 용렬한 적개심만이 가득해 입에선 욕인지 기합인지 모를 이상한 소리가 새어나왔다. 주먹이 엇갈리고 코피가 나고 얼굴이 퉁퉁 부어올랐다. 누군가 말리지 않는다면 누군가 한 명이 죽어야 끝날 것처럼 격렬한 싸움이었다. 하지만 '빵'의 차이를 극복할 수는 없었는지 나는 결국 종태 밑에 깔리게 되었다. 종태는 되는 대로 마구 주먹을 내뻗었고 나는 어디를 어떻게 맞는지도 모른 채 바닥에 뻗어버렸다. 몇 대 맞다보니 통증도 느껴지지 않았다. 종태도 잔뜩 지쳤는지 언제부턴가 휘두르는 주먹에 아무런 힘이 실려 있지 않았다. 그는 몇 번 더 주먹을 내

뻗다 가쁜 숨을 몰아쉬며 자리에서 일어섰다. 그리고 잔뜩 원망스런 눈길로 바닥에 누워 있는 나를 쳐다보다 뭔가 중대한 결심을 한 듯 내뱉었다.

— 이제부터…… 우린 친구도 아냐, 새끼야.

그리고 그는 비틀거리며 산을 내려갔다.

나는 바닥에 누운 채 무심히 하늘에 떠다니는 구름을 바라보았다. 그때 내가 왜 그런 어린애답지 않은 위악을 떨었을까? 그것은 그저 용렬하기만 한 망아지의 아망이었을까? 아니면 내 안에 공산당보다 더 나쁜 악마가 숨어 있어서 제멋대로 나를 조종한 결과일까? 방금 전에 있었던 천둥벌거숭이들의 격렬한 움직임과 거친 소음은 이내 바람소리에 스러지고 한여름의 매미 소리만이 숲 속을 가득 채우고 있었다.

한동안 자리에 누워 있던 나는 천천히 몸을 일으켰다. 온몸이 다 부서졌다 싶은 기분이었는데 다행히 움직이는 데는 아무런 지장이 없었다. 그저 퉁퉁 부은 듯 얼굴이 얼얼하고 옆구리가 조금 결렸을 뿐이었다. 나는 피가 고여 있는 침을 퉤, 뱉어냈다. 입 안이 터진 듯 쓰라렸다.

산에서 내려오던 길이었다. 둔덕길 옆 커다란 뽕나무에 종태네 소가 묶여 있는 게 눈에 띄었다. 이오는 나를 알아본 듯 눈을 끔벅이며 음메, 하고 길게 울었다. 옆에 있던 송아지도 엄마를 따라 음메, 울었다. 송아지는 이제 제법 몸집이 커져서 소의 꼴을 갖춰가고 있었다. 종태는 다음 주쯤 코뚜레를 할 거라고 했다. 주위를 돌아보니 밥을 먹으러 갔는지 종태의 모습이 보이지 않았다. 나는 괜히 심술이

나 송아지의 엉덩이를 발로 뻥, 내질렀다. 송아지가 음메, 하고 울며 나를 피해 엄마 옆으로 달아났다. 그래도 분이 풀리지 않아 나는 한 번 더 힘껏 송아지의 엉덩이를 발로 걷어찼다. 그러자 이오가 화가 난 듯 나를 향해 달려들었다. 끈에 묶여 있어 나를 들이받지는 못했지만 휘청, 하며 뽕나무가 부러질 듯 휘어졌다.

순간, 머릿속에서 종태를 골탕 먹일 재밌는 아이디어가 떠올랐다. 나는 살그머니 이오의 뒤로 다가가 뽕나무에 묶여 있는 끈을 풀어놓았다. 그리고 다시 한 번 송아지의 엉덩이를 힘껏 내질렀다. 송아지가 음메! 하고 비명을 지르며 무작정 앞으로 내달렸다. 그러자 이오도 끈을 바닥에 끌며 자신의 새끼를 따라 달리기 시작했다. 무서운 속도였다. 어미 소와 새끼 소는 둔덕 아래 도라지 밭을 마구 짓밟으며 언덕 아래로 내달렸다. 종태가 소를 찾으려면 고생깨나 할 게 분명했다. 잘못하면 자식보다 소를 더 아낀다고 소문난 아버지에게 돼지게 얻어맞을 수도 있는 일이었다.

그제야 겨우 조금 분이 풀린 나는 떡갈나무 아래, 샘물이 나는 도랑에서 세수를 했다. 차가운 물이 얼굴에 닿자 뜨겁던 열기도 조금 가라앉는 기분이었다. 세수를 하다 문득 맑은 물에 얼굴을 비춰보니 한쪽 눈이 퉁퉁 부어올라 눈동자가 아예 보이지도 않았다. 코 또한 피에로 분장을 한 듯 주먹만 하게 부풀어 있었다. 우스꽝스러웠다. 그리고 부끄러웠다. 나는 물속에 얼굴을 들이밀었다. 차가운 물은 달아오른 얼굴을 식혀주었지만 수치심까지 씻어주진 못했다. 문득, 그즈음 학교에서 배운, 하늘을 우러러 한 점 부끄러움 없기를, 어쩌고 하는 시가 떠올랐다. 가슴이 답답해왔다. 나는 물속에 얼굴을 담그고 더 이상 숨을 참을 수 없을 때까지 버티다 푸우! 물을 내뿜으며 고개를 들어올렸다. 고요한 숲에선 언제 무슨 일이 있었냐는 듯 서늘한 바람이 불어와 이오가 묶여 있던 뽕나무 잎을 흔들고 지나갔다.

*

　아버지가 집을 나선 건 밤 아홉 시가 넘은 시각이었다. 누군가 집에 다녀가는 소리가 들려 마루로 나가보니 아버지가 엄마에게 빨리 손전등을 찾아달라며 급히 옷을 꿰입고 있었다. 아버지가 손전등을 들고 나간 뒤, 엄마는 잔뜩 걱정스런 얼굴로 종태네가 소를 잃어버렸다고 했다. 순간, 가슴이 덜컥 내려앉았다. 종태네 식구들이 뿔뿔이 흩어져 해가 넘어갈 때까지 밥도 못 먹고 들로 산으로 헤매고 다녔는데도 불구하고 끝내 소를 찾지 못하자 급기야 동네 사람들에게 도움을 청했다는 거였다. 엄마의 얘기를 듣는 동안 나는 가슴이 마구 방망이질 쳤다. 그저 종태가 소를 찾느라 고생 좀 하다 아버지에게 경이나 칠 거라고 생각했는데 일이 너무 커져버린 것이다. 나는 급하게 방에 들어가 옷을 입고 신발을 신었다. 엄마가 의아한 얼굴로 이 시간에 어딜 가냐고 물었지만 나는 대답도 없이 무작정 집 밖으로 나서 아버지의 손전등 불빛을 따라 뛰었다. 어두운 하늘엔 먹장구름이 잔뜩 끼어 있었다.
　마을회관 앞엔 몇 개의 손전등이 어른거렸다. 가까이 다가가보니 동네 어른들이 모여 심각한 표정으로 웅성거리고 있었다. 만일 소를 잃어버린 게 문중 사람이었다면 온 동네가 떠들썩했을 터이지만 종태네가 타성바지여서 그런지 모인 사람은 여남은 명밖에 되지 않았다. 그중에 종태네 식구들도 보였는데 다들 혼이 나간 듯 지친 표정이었다. 어둠 속에서 나는 종태와 잠깐 눈이 마주쳤다. 잔뜩 주눅 든 얼굴로 서 있던 종태는 그래도 내가 나와준 게 반가운 듯 퉁퉁 부은 눈으로 희미하게 웃어 보였다. 하지만 나는 차마 종태의 눈을 마주 볼 수 없어 슬그머니 고개를 돌렸다.

─ 너무 걱정할 거 없어요. 아, 손바닥만 한 동네에서 소 새끼가 도망가봤자 어디로 도망가겠어요.

─ 맞아, 그냥 둬도 나중에 다 제집을 찾아오더라고. 아, 전에 구월네도 그러지 않았어? 밤새 이 잡듯이 뒤져도 못 찾았는데 아침에 나가보니까 아, 글쎄 그놈이 외양간에서 태연하게 여물을 먹고 있더래.

사람들이 종태 아버지를 위로한다고 하는 말이었지만 그는 앉았다 섰다 안절부절못하며 연신 담배를 뻐끔거렸다.

─ 근데, 다들 나온 거야?

제일 연장자인 아버지가 사람들을 훑어보며 물었다.

─ 동삼이 아버지는 허리가 아파서 못 나온다고 그러고, 원숙이네는 오늘 제사라고 그러고, 성기 형님은 읍내에 나가서 아직 안 들어왔다고…… 뭐, 얼추 나올 사람은 다 나온 거 같은데요.

마을을 돌며 통지를 맡았던 총각의 말이었다.

─ 쯧쯧, 인정머리 없는 것들! 한동네 사람끼리 어떻게……

담뱃불을 바닥에 비벼 끈 아버지는 손전등을 들고 앞장섰다. 사람들은 아버지의 지시에 따라 서너 명씩 패를 갈라 동서남북으로 흩어졌는데 나는 종태 쪽에 붙어 남쪽으로 가는 어른들을 따라나섰다.

동천읍으로 이어진 들판은 학교 가는 길에 늘 지나던 곳으로 언제나 넉넉한 듯 평화로운 풍경이었지만 어둠에 잠긴 들판은 낮과는 느낌이 사뭇 달랐다. 어스레한 들판 위로 비라도 쏟아지려는지 남쪽에서 불어온 눅눅한 바람이 벼이삭을 쓸고 지나는 소리에 다른 동네인 듯 낯설고 괴이한 느낌마저 들었던 것이다. 손전등을 든 남수 아재는 워이, 워이, 연신 소리를 지르며 불빛을 이리저리 비춰보았지만 이오와 송아지의 모습은 보이지 않았다. 흔들리는 손전등의 불빛을 따라가는 동안 종태와 나는 아무런 말이 없었다. 낮에 싸운 일로 어색하기도 했지만 소를 풀어놓은 죄책감에 차마 입을 열 수 없었던 것이다.

— 혹시 도둑놈이 끌고 간 거 아녜요?

— 뭔 소리여? 우리 마을에 무슨 소도둑이 있다고…….

— 누가 동네사람이래요? 얘기 들어보니까 엊그제도 학촌에서 도둑놈들이 도라꾸*를 들이대고 개울가에 묶어놨던 소를 실어갔다지 뭐예요. 근데 뭐, 워낙 눈 깜짝할 사이에 훔쳐가서 본 사람이 한 명도 없다잖아요.

— 아니, 본 사람도 없는데 도라꾸를 들이댔는지 딸딸이**를 들이댔는지 으트게 알어?

— 딸딸이를 들이댔으면 다 알겠죠. 생각해 보세요, 딸딸이에 소를 싣고 동네를 지나가는데 어떻게 모를 수가 있나. 아무도 본 사람이 없으니까 그건 도라꾸라고밖에 생각할 수가 없다, 이거죠. 안 그래요?

---

* 트럭의 일본식 발음
** 경운기

― 아, 재수 없는 소리들 말고 눈 똑바로 뜨고 잘 살펴보기나 해.
― 젠장, 달이라도 떴으면 좀 나을 텐데…….
어른들이 실없는 소리를 하는 동안 나는 제발이지 이오가 나타나기를 바랐다. 그래서 나의 허물이 감춰지기를 진심으로 바랐지만 아무리 눈에 불을 켜고 찾아봐도 종태네 소들은 어디로 사라졌는지 보이지 않았다.

시간이 얼마나 흘렀을까? 시오리는 족히 걸었을 무렵 천둥번개가 치더니 간간이 빗방울이 떨어지기 시작했다. 그동안 들판을 샅샅이 뒤졌지만 이오는 꼬리조차 보여주지 않았다. 잔뜩 지친 어른들이 하늘을 쳐다보며 소나기가 올 것 같으니 그만 돌아가자고 하자, 종태는 금방이라도 울음을 터뜨릴 것 같은 표정이었다.
― 소는 원래 이렇게 멀리까지 안 와. 보나마나 어디 집 근처에 숨어 있을 텐데 내일 날 밝으면 가까운 데서부터 다시 찾아보자고.
어른들은 종태를 달래듯 어깨를 두드려주고 발길을 돌렸지만 종태는 그 자리에 우뚝 버티고 서서 누군가에게 당장 소를 내놓으라는 듯 어둠 속을 노려보았다.
― 아, 이놈아. 지금은 너무 어두워서 바로 코앞에 있어도 못 찾겠다. 고집 그만 부리고 어서 와.
남수 아재가 들고 있는 손전등은 건전지가 수명을 다한 듯 불빛이 꺼질 듯 희미하게 깜박였다. 이때였다. 누군가 멀리서 고함을 치는 소리가 들렸다.
― 가만! 무슨 소리 안 났어?
다들 발걸음을 멈추고 소리에 귀를 기울였다. 멀리서 들리던 소리는 중간에 릴레이를 하듯 전해져 좀더 가까운 곳에서 들렸다.
— 뭐래? 난 당최 귀가 안 들려서…….
— 찾았다는 거 같은데…….
다들 반가운 표정으로 귀를 쫑긋 세우니 비교적 가까운 곳에서 외치는 소리가 분명하게 들렸다.
찾았어요!
하는 순간, 후다닥 누군가 코앞으로 뛰어갔다. 종태였다. 나도 종태의 뒤를 따라 달리기 시작했다. 얼굴에 와 부딪치는 빗방울이 점점 더 굵어졌다.

학촌으로 이어지는 개울 옆에 작은 수렁논이 한 배미 있었다. 가을걷이가 끝나고 겨울로 넘어가는 농한기가 시작되면 동네 청년들이 날을 잡아 삽으로 진흙을 퍼올려 미꾸라지를 서너 양동이씩 잡던 곳이었다. 미꾸라지를 잡는 날이면 마을회관에 어른들을 모셔놓고 동네잔치를 벌이곤 했는데 고추장을 듬뿍 풀어 얼큰하게 끓여낸 미꾸라지 탕은 어린애들까지도 좋아하는 가을의 별미였다. 그런데 몇 해 전, 산에 벌목을 한 이후 토사가 밀려들어 수렁이 점점 깊어지자 논 주인은 몇 해째 농사를 포기하고 묵혀두던 터였다. 그렇게 천덕꾸러기가 된 수렁논은 곧 자라풀이 뒤덮인 작은 늪지로 변해버렸다.
이오는 어떻게 사람들 눈에 띄지도 않고 마을을 가로질러 수렁배미까지 갔을까? 종태와 내가 숨이 턱에 닿도록 논둑길을 달려 수렁배미에 도착했을 때는 어른들이 이미 죽은 송아지를 꺼내놓고 남은 이오의 뿔에 밧줄을 걸어 죽어라 당기고 있을 때였다. 온통 진흙으로 뒤덮인 송아지의 사체는 그것이 한때 경중거리며 풀밭 위를 뛰어

다녔던 생명체였다고는 믿어지지 않을 만큼 처참했다. 그저 한 무더기의 진흙처럼 보이는 그것이 그래도 살아 있는 동안은 소였음을 말해 주는 것은 거대한 진흙덩어리에서 나뭇가지처럼 삐죽 튀어나온 발굽이었다. 우제류의 뾰족한 발은 산을 타는 데는 유리했지만 쉬구덩이에서 빠져나오는 데에는 심각한 장애가 되었을 것이다. 송아지가 먼저 늪에 빠졌을까? 그래서 어미 소가 새끼를 구하기 위해 뛰어든 걸까? 아니면 반대로 어미가 수렁에 빠져 움쩍달싹 못하는 걸 본 송아지가 그곳이 죽음의 늪인 줄도 모르고 뒤따라 들어간 걸까? 무시무시한 천둥소리에 번갯불이 번쩍이자, 막 진흙구덩이에서 끌려나오는 가엾은 이오의 모습이 눈에 비쳤다. 죽어서도 여전히 커다란 눈망울은 번갯불에 잠깐 번뜩였지만 이미 그곳엔 아무런 생명의 빛도 남아 있지 않았다. 누군가는 땅을 치며 울고 누군가는 혀를 차며 한탄하고 누군가는 바닥에 주저앉아 망연자실, 밧줄을 잡아당기는 장정들의 모습을 바라보기만 했다. 그리고 그 참혹한 광경을 가리려는 듯 수렁배미 위로 쉼 없이 폭우가 쏟아져내렸다.

*

하이고, 그게 도대체 어떤 소인데…… 쯧쯧쯧, 하며 혀 차는 소리가 미처 입 안에서 사라지기도 전이었다. 수렁배미에서 소들이 빠져 죽은 다음 날, 아침 일찍 집을 나간 종태 아버지는 어디를 갔는지 해가 뉘엿뉘엿 넘어갈 때까지 돌아오지 않았다. 아버지를 찾아 나선 종태 형 성태가 그를 발견한 것은 뒷산 할아버지 무덤 옆에서였다.

종태 할아버지는 동천에 떠들어와서 채 한 해도 다 살지 못하고 세상을 떠나 그를 기억하는 이가 거의 없었지만 종태 아버지는 죽기로 결심한 순간 자신의 아버지를 떠올린 모양이었다. 무덤가엔 그라목손* 액제 한 병이 나뒹굴고 있었다. 그는 생전에 자기 집 소를 쳐다보는 것도 쑥스러워할 만큼 마음이 여린 사람이었지만 죽을 때는 이 망할 놈의 세상에 조금의 미련도 없었는지 한 모금만 마셔도 살아날 가능성이 단 1프로도 없다는 치명적인 독극물을 죽음의 방법으로 택했다. 포탄에 맞아 절름발이가 되어서도 남들처럼 잘살아보겠다는 꿈을 포기하지 않았던 그였지만 이오의 죽음으로 한순간에 그만 희망의 끈을 놓고 말았던 것이다.

도미노가 쓰러지듯 연쇄적으로 일어난 비극에 사람들은 할 말을 잃었다. 그들은 길을 가다 마주쳐도 차마 입을 열지 못하고 서로 눈길을 피해 마을은 무거운 침묵에 휩싸였다. 그 누구보다도 큰 충격을 받은 것은 바로 나였다. 한낱 유치한 복수심이 야기한 끔찍한 비극 앞에서 나는 공황에 빠졌다. 사람들이 무섭고 종태네 식구들이 무섭고 나 자신조차 무서워 급기야 세상 전체가 낯설고 무섭게만 느껴졌다. 밤마다 악몽을 꾸었다. 코와 입이 굴개로 가득 메워져 숨도 못 쉬고 소리도 못 내며 진창에서 허우적거리는 꿈이었다. 눈앞이 캄캄하고 가슴이 터질 듯 답답했다. 그러면서도 코에선 늘 지독한 악취가 나는 듯했다. 내가 이오를 죽인 걸까? 그래서 끝내 종태 아버지까지 죽게 된 걸까? 그렇다면 나도 농약을 마시고 죽어야 마땅

---

* 제초제로 쓰이는 농약의 일종

한 게 아닐까?

　종태네 식구가 읍내로 이사를 간 것은 종태 아버지를 땅에 묻은 지 불과 한 달 만이었다. 아버지가 살아 있을 땐 도지라도 얻어 입에 풀칠을 하고 살았지만 농사지을 땅도 한 뙈기 없고 농사지을 사람도 없는데 구태여 마을에 남아 있을 이유가 없었던 것이다. 읍내로 이사를 한 것은 그나마 한촌에 비해 벌어먹고 살기가 나은 이유도 있었지만 그들 모두의 가슴에 평생 한으로 남을 불행한 일로부터 멀리 도망가고 싶었기 때문이었을 것이다. 종태네가 마을을 떠나는 날, 동리 사람들이 이사를 도와준다고 찾아왔지만 세간이 워낙 옹색해 달리 이삿짐이라고 할 만한 것도 없었다. 다섯 식구 살림살이가 경운기 한 대에 다 싣고도 빈자리가 남을 정도여서 보는 이마다 혀를 차고 한숨을 내쉬었다. 이삿짐을 싣고 떠나기 전 나는 종태에게 슬그머니 다가가 쌍절곤을 건네주었다. 오래전 삼촌이 종태에게 전해주라고 맡겨놓은 쌍절곤이었다. 속죄라고 치면 너무 늦은 속죄였다. 종태는 쌍절곤을 받아들고도 조금도 기뻐하는 기색이 없었다. 오히려 낯선 물건을 본 듯 난처한 표정으로 나를 쳐다봤다. 하지만 나는 끝내 종태와 눈을 마주치지 못했다.

　종태가 며칠째 학교에 나오지 않자, 올리비아 선생은 나를 따로 불러내 종태의 안부를 물었다. 나는 그가 읍내로 이사를 가서 잘 모른다고 얼버무렸는데 그날의 사건 이후, 누군가 찬물을 들어부은 듯 올리비아에 대한 나의 열정은 차갑게 식어버렸다. 억측이긴 했지만 나는 올리비아가 그 모든 비극의 단초를 제공했다는 생각에 한동안 그녀를 대해 원망하는 마음까지 갖게 되었다. 후에 올리비아는 종태가 일하는 방앗간을 알아내 두어 번 종태를 찾아갔다. 그러나 그를 다시 학교로 데리고 올 수는 없었다. 순진하기만 한 서울내기 아가씨가 잔인한 운명의 굴레에서 종태를 구원할 수는 없었을 것이다. 나는 종태가 학업을 중단하게 된 것이 모두 내 탓인 양 마음이 괴로웠다.

삼촌이 돌아온 것은 바로 이 즈음이었다. 저녁 어스름 무렵, 일찌감치 저녁을 먹고 집 앞에 나와 서성이는데 멀리서 누군가 이내가 깔린 마을길을 따라 집 쪽으로 걸어오고 있었다. 덥수룩한 머리에다 해진 옷을 입은 사내는 어깨를 축 늘어뜨린 채 털래털래 걸어오고 있었는데 어딘가 낯이 익은 모습이었다. 그러다 마침내 그가 가까이 다가와 얼굴을 확인했을 때 나는 놀라 눈을 크게 떴다.

— 사, 삼촌……!

삼촌은 아무 말도 하지 않았다. 홍콩에서 무슨 일이 있었는지, 오디션이 어땠는지 한 마디도 하지 않았다. 그래도 나는 삼촌의 상황이 어땠을지 대강 짐작이 갔다. 볼이 우묵하게 패어 다른 사람이 된 듯 낯설었고 퀭한 눈에 작은 눈동자가 불안하게 흔들렸다. 무슨 일이 있었는지 모르지만 동지나해의 뜨거운 태양과 비바람에 삼촌의 꿈은 흔적도 없이 스러졌을 터였다.

말이 없기는 아버지도 마찬가지였다. 그는 장롱에서 편지봉투를 한 장 꺼내 삼촌 앞으로 밀어놓았다. 입대 영장이었다. 삼촌은 오랫동안 뚫어져라 영장을 들여다보았다. 그것은 그간 삼촌이 품어온 꿈에 대한 세상의 응답과도 같았다. 그 응답은 매우 간단하고 단호했다. 오랫동안 영장을 들여다보던 삼촌은 그 통보의 내용이 무엇인지 겨우 이해했다는 듯 천천히 고개를 끄덕였다. 아버지는 담배를 피워 물며 한숨을 내쉬듯 입을 열었다.
 ─ 몸만 성하면 됐다. 그만 건너가 쉬어라.

 아름다운 시절은 모두 지나갔다. 종태네 소는 수렁배미에서 죽어 갔고 삼촌의 무모했던 모험도 끝이 났다. 그는 집에 돌아온 지 한 달 만에 머리를 깎고 군대에 입대했다. 나 또한 이전처럼 철없고 즐겁기만 한 망아지가 아니었다. 죽음에 대한 공포와 죄의식은 열다섯 살 망아지의 내면에 깊이 침윤되어 천진한 호기심과 생에 대한 활기 대신 우울함이 깊게 뿌리를 내렸다.
 올리비아 선생은 차츰 평범한 시골 중학교 선생으로 변해갔다. 짜증과 신경질이 늘고 백설기처럼 흰 얼굴엔 기미가 끼었다. 그리고 언제부턴가 아이들을 때리기 시작했다. 화장실엔 올리비아 선생과 체육선생이 성교를 하는 그림이 자주 등장했다. 그림 속에서 체육선생의 성기는 뽀빠이의 팔뚝만큼이나 크고 굵었다. 두 사람의 스캔들은 단지 소문이 아니었다. 어느 날, 밤늦게 올리비아의 집 앞을 지나다 체육 선생이 그녀의 방에서 몰래 나오는 것을 내 눈으로 직접 목격했던 것이다. 대문 앞에서 두 사람은 한동안 은밀한 목소리로 얘기를 주고받았는데 올리비아의 칭얼대는 콧소리가 자주 들려왔다. 하지만 더 이상 나에겐 아무런 질투심도 일어나지 않았다. 올리비아가 손을 흔들며 대문 안으로 들어가자 뽀빠이는 뭔가 흡족한 듯 콧노래와 함께 엉덩이를 씰룩거리며 어둠 속으로 사라졌다.

 이소룡의 유작인 〈사망유희〉가 개봉된 것은 이듬해 여름이었다. 때마침 삼촌이 휴가를 나와 있을 때였다. 나는 모아놓은 용돈으로 표를 사서 삼촌과 함께 일찌감치 맨 앞좌석에 자리를 잡았다. 극장 안은 이소룡의 새로운 추종자들까지 몰려와 폭발할 듯 열기가 가득했다. 불이 꺼지고 마침내 영화가 시작되자 까까머리 촌놈들은 일제히 환호성을 지르며 휘파람을 불어댔다. 하지만 이전과 달리 영화를 보는 삼촌의 눈빛에선 아무런 기대나 흥분도 찾아볼 수 없었다. 영화를 보는 내내 그는 초조한 듯 어색한 표정으로 스크린을 응시했다.

훗날 알려진 바에 따르면 〈사망유희〉에서 이소룡의 대역을 맡은 사람은 부산 출신의 한국인이었다. 하지만 화면에서 그의 얼굴을 볼 순 없었다. 그는 주로 뒷모습만 나오거나 헬멧을 쓰고 등장했는데 한눈에도 이소룡이 아니라는 것을 알아챌 수 있을 만큼 화면 처리가 미숙했다. 조악한 합성화면과 생뚱맞은 자료화면으로 짜깁기 된 영화는 이소룡에 대한 덧없는 향수에 의지해 돈을 벌어보겠다는 얄팍한 상혼만이 담겨 있어 전체적으로 실망스럽기 그지없었다. 하지만 후반부에서 이소룡이 노란색 트레이닝복을 입고 등장한 하이라이트 장면은 매우 인상적이었다.

적을 물리치고 위층으로 올라가면 그 위엔 더 강한 적이 기다리고 있어 이소룡은 매번 힘들게 싸움을 벌이며 한 층씩 위로 올라갔다. 맨 위엔 무엇이 기다리고 있을까? 군살 하나 없이 깡마른 이소룡은 죽음을 바로 눈앞에 둔 운명을 이미 알고 있다는 듯 매번 혼신의 힘을 쏟아냈다. 맨 꼭대기 층, 가장 강한 적 홍가다끼는 2미터가 넘는 장신의 흑인이었다. NBA 출신의 농구선수인 카림 압둘 자바가 연기한 그 거대한 적에 비해 이소룡은 너무 왜소했다. 하지만 그는 자신의 운명이자 한계와도 같은, 사이즈의 차이를 극복하기 위해 최선을 다했다. 그는 빠른 스피드로 허점을 파고들어 마침내 상대의 목을 조이기 시작했다. 목과 이마엔 핏줄이 서고 압둘 자바의 목을 조이는 팔뚝은 운명을 뛰어넘으려는 의지로 굳건했다.

이때였다. 나는 누군가 흐느끼는 소리에 옆을 돌아보았다. 삼촌이었다. 그는 화면에 눈을 응시한 채 어깨를 떨며 울고 있었다. 마침내 이소룡이 압둘 자바를 쓰러뜨렸을 때 관객들은 환호성을 질렀지만 삼촌의 울음소리는 더욱 커져 아예 어린애처럼 넋을 놓고 큰 소리로 울었다. 뒤에서 수군거리는 소리와 함께 키득대며 웃는 소리가 들렸다.

— 저 또라이 새끼 뭐야?
— 에이, 씨발. 분위기 잡치게 왜 극장에 와서 짜고 지랄이야.
— 어이, 거기 군바리! 울려면 나가서 울어. 분위기 깨지 말고.
— 애인한테 차였으면 조용히 술이나 처먹든가 왜 극장에서 울고 난리야.

관객들은 이제 영화보다 삼촌에게 더 주목해 낄낄대며 노골적으로 비웃었지만 삼촌은 아랑곳하지 않고 더욱 큰소리로 울었다.

나는 좌절한 한 사내의 울음소리를 듣고 있었다. 나는 그의 꿈이 어떤 것이었는지 그 바람이 언제나 간절했는지를 알고 있었기에 웃지 않았다. 아니 그의 울음소리를 듣는 동안 나도 눈물이 났다. 종태 아버지가 죽은 이후, 나는 언제나 울고 싶은 기분이었다. 하지만 목과 입에 진흙을 가득 물고 있는 것 같은 답답함에 울 수도 없었고 웃을 수도 없었다. 그런데 엉뚱하게도 이소룡이 적을 물리치던 그 순간 극장에서 난데없이 울음이 터져 나온 것이다. 처음엔 어깨를 떨며 작게 흐느꼈지만 떨림은 온몸에 퍼져나가 나 또한 삼촌처럼 큰소리로 울기 시작했다. 그렇게 우리는 영화가 끝나고 관객이 모두 돌아갈 때까지 맨 앞자리에 앉아 엉엉 소리 높여 울었다.

사 망 유 희 [1]

동구 형이 온 가족의 바람대로 서울에 있는 명문대에 합격하자 마을 입구엔 합격을 축하하는 플래카드가 나붙고 아버지는 돼지를 한 마리 잡아 동네잔치를 벌였다. 나는 이전에 아버지가 그렇게 기뻐하는 모습을 본 적이 없었다. 문중 어른들은 가문의 영광이니, 동천의 자랑이니 하며 축하의 말을 건넸고 아버지의 주름진 얼굴은 막걸리로 불콰해져 하루 종일 실없는 웃음이 떠나지 않았다. 보람이란 바로 그런 경우에 쓰는 말인 듯 아버지는 더없이 뿌듯한 표정으로 호기롭게 술잔을 돌렸다. 문중에선 이미 대학을 마칠 때까지 학비를 대주겠다는 언질까지 있어 아버지는 더없이 흡족한 눈치였다.

— 여기서 뭐해? 안 나가보고…….

내가 방에 들어갔을 때 형은 방바닥에 벌렁 누워 있었다.

— 아까 나가봤어.

— 아버지가 찾던데……

— 나중에 나가보지, 뭐.

형은 귀찮다는 듯 옆으로 돌아누웠다. 밖은 손님들로 왁자지껄했지만 어찌된 일인지 정작 잔치의 주인공인 형은 시큰둥한 얼굴이었다.

— 그러지 말고 한번 나가봐. 조금 아까 안성 작은할아버지도 오

셨던데…….
 내가 한 번 더 재촉하자 형은 발끈해서 자리에서 벌떡 일어섰다.
 ― 씨발. 그깟 입학금 안 받으면 되지, 뭐 나가서 고맙다고 발바닥이라도 핥으라는 거야?
 나는 형의 신경질적인 반응에 놀라 어리둥절한 얼굴로 쳐다보았다. 그는 시끌벅적한 밖을 쳐다보며 냉소적으로 내뱉었다.
 ― 촌놈들. 산골짝에 처박혀서 세상이 어떻게 돌아가는 줄도 모르고…….
 ― 세상이 어떻게 돌아가는데?
 내가 따지듯 묻자 형은 고개를 돌리며 말했다.
 ― 솔직히 난 여기가 지긋지긋해. 가난하고 무식하고 힘도 없는 것들이 어깨에 힘만 주고 다니면 되는 줄 아나본데. 너, 지금이 어떤 세상인지 아냐? 인간이 우주선을 타고 달나라까지 가는 세상이야. 그런데 여기는 지금도 똥지게를 지고 다니잖아. 사람이 굶지만 않고 살면 다냐? 인간답게 살아야지.
 형이 말하는 인간다운 삶이라는 게 뭔지 잘 모르겠다. 하지만 나는 우리 집이 가난하다고 생각해 본 적은 한 번도 없었다. 밥 세 끼 안 굶고, 정상적으로 아이들 학교에 보내고, 텔레비전에서 나오는 연속극도 보고 살면 그런 대로 인간다운 삶 아닌가? 종태처럼 돈이 없어 학교에도 못 다니고 어린 나이에 방앗간에서 일을 해야 하는 고달픈 삶도 있는데…….
 형은 다시 자리에 벌렁 누우며 혼잣말처럼 중얼거렸다.
 ― 사람이 근대화가 되어야지, 근대화가. 안 그러면 짐승하고 다를 게 뭐가 있어?

그제야 나는 비로소 희미하게 형이 말하는 인간다운 삶이 박정희가 말하던 근대화와 관련이 있는 게 아닐까 하는 생각이 들었다. 인간다운 삶, 근대화, 우주선, 달나라…… 나의 머릿속은 혼란스러웠지만 그때 나는 처음으로 형의 마음속에 우리와는 다른 어떤 복잡한 열망과 콤플렉스가 자리 잡고 있다는 것을 눈치 챘다. 그리고 우리가 다시는, 그리고 영원히, 이전처럼 참새를 잡으러 다니고 먹을 감으러 다니고 원두막에 누워서 별을 보던 시절로 돌아갈 수 없다는 것을 깨달았다. 그것은 어쨌거나 매우 슬픈 일이었다.

삼촌이 제대하던 해 가을, 온 국민이 영웅으로 믿었던 한 독재자의 죽음이 있었다. 초가지붕을 슬레이트 지붕으로 바꾸고 새벽 여섯 시에 큰 소리로 음악을 틀어대며 근대화를 부르짖었던 바로 그였다. 엄마는 나라가 망하기라도 한 것처럼 동네 아줌마들과 모여서 함께 통곡을 했다. 쿠데타로 정권을 탈취해 20여 년간 제왕으로 군림했던 독재자는 죽을 때까지 권력을 누리고 싶어 했지만 아이러니하게도 자신이 신뢰했던 한 부하의 총에 의해 살해됐다. 그것도 가장 안전하다고 믿었던 장소에서였다. 온 나라가 공황 상태에 빠져 우왕좌왕하는 동안, 독재자 밑에서 야심을 키우며 호시탐탐 기회를 노리던 승냥이 떼들이 날뛰기 시작했다. 하지만 동천읍과 같은 시골에선 권력의 중심에서 무슨 일이 벌어지는지도 알지 못한 채, 때가 되면 씨를 뿌리고 때가 되면 모를 내고 때가 되면 김을 매는, 수백 수천 년을 이어온 평화로운 일상이 계속되었다.

삼촌은 제대한 뒤에 한동안 아버지를 도와 농사를 지었다. 군대에 가 있는 동안 무모했던 열정을 모두 씻어버린 듯 묵묵히 일만 했는데 당시 삼촌의 얼굴이 매우 편안해 보여 나는 그가 평생 농사꾼으로 살기로 마음먹었나보다고 생각했다. 공화정 역사상 가장 격렬하고 추악한 음모가 정권의 중심에서 진행되고 있는 동안, 아이러니하게도 삼촌은 인생에서 가장 평화로운 시기를 보내고 있었다. 하지만 그것은 태풍이 몰아치기 직전, 잠시 찾아온 짧은 휴식이었을 뿐이었다.

　이듬해 5월이었다. 비상계엄이 전국으로 확대되었지만 농촌은 아무 일 없다는 듯 여전히 평화로웠다. 아버지와 삼촌은 일찌감치 논갈이를 마치고 가래질에 써레질로 한창 바쁜 모내기철을 보내고 있었다. 그런데 서울에서 대학에 다니던 형이 예고도 없이 집에 내려왔다. 아버지가 방학도 안 됐는데 어쩐 일이냐고 묻자 형은 긴급조치에 의해 대학에 휴교령이 내려졌다고 했다. 그러자 아버지는 빨갱이들 때문에 애들이 공부도 못하게 됐다며 버럭 화를 냈다. 그리고 형에게 시국이 어수선하니 서울에 올라가지 말고 조용히 집에서 책이나 들여다보고 있으라고 당부했다.
　― 근데, 네 생각엔 이번에 누가 대통령이 될 것 같으냐?
　저녁을 먹던 자리에서였다. 텔레비전으로 뉴스를 보던 아버지가 형에게 물었다.
　― 전 잘 모르겠어요.
　형은 말을 아끼는 듯 고개를 숙이고 묵묵히 밥만 먹었다. 대학생이 된 형은 내가 예상했던 모습과는 많이 달라 보였다. 명문대생이 되었으니 누구보다 당당하고 자신감이 있을 거라고 생각했지만 그의 표정엔 어딘가 불안한 듯 초조한 기색이 역력했다.

― 사실, 박정희가 오래 해먹긴 오래 해먹었지.

아버지는 텔레비전으로 눈길을 돌리다 말고 문득 생각난 듯 입을 열었다.

― 참, 그 사람 있지? 거 왜, 국보위 뭐시기라고 하는 사람. 테레비에서 몇 번 봤는데 난 그 사람 괜찮아 보이더라. 똑똑하고 남자답게 인물도 훤하고……. 다들 무슨 김대중이니 김영삼이니 떠들어대지만 난 정치한다는 놈들보다 외려 그런 사람한테 한번 맡겨봤으면 싶더라.

그러자 엄마가 말을 받았다.

― 아이고, 난 그 사람 무서워서 싫던데…….

― 무섭긴 뭐가 무서워?

― 인상이 그렇잖아요. 내가 보기엔 바늘로 찔러도 피 한 방울 나올 것 같지 않아서…….

― 젠장, 나라를 다스리려면 그런 강단도 있어야지, 최규하처럼 물러터지면 뭐에다 쓰게?

여기서 새삼 아버지의 정치의식에 대해서는 말하고 싶지 않다. 독재자가 탄생하는 데에는 다 그럴 만한 이유가 있는 것이다.

― 공부는 잘 되냐?

저녁을 먹고 내 방으로 건너온 형이 물었다.

― 그저 그래.

나는 시큰둥하게 대답했는데 사실이 그랬다. 곧 대학입시를 봐야 했지만 공부가 그저 그래서 엄마는 늘 나와 형을 비교하며 잔소리를 해댔다. 그저 그랬던 건 공부뿐만이 아니었다. 노는 것도 그저 그랬고 미래에 대한 꿈도 그저 그래서 인생 전체가 그저 그런 열여덟이 었다.

— 근데, 정말 광주에서 난리가 났어?

내가 책을 옆으로 치우며 묻자 형은 놀란 눈으로 나를 물끄러미 쳐다보다 물었다.

— 누가 그래?

— 우리 국어선생이. 광주에서 데모를 하다가 사람들이 많이 죽었다고 그러던데…….

— 나도 몰라. 근데, 너 어디 가서 그런 말 하고 다니지 마.

— 왜?

— 그냥, 입조심 하라고.

형의 말에 나는 왠지 두려운 마음이 들었지만 그 실체가 무엇인지 정확히 알 수 없었다.

— 근데, 형은 데모 안 해?

나는 텔레비전 뉴스에서 가끔 나오던, 대학생들의 격렬한 데모 장면을 떠올리며 물었다.

— 하면 뭐하냐? 그렇다고 세상이 바뀌는 것도 아닌데…….

형은 자리에 벌렁 누우며 대답했지만 나는 그 말이 무슨 뜻인지 몰랐다. 세상이 바뀐다? 세상이 바뀐다는 건 어떤 걸까? 그런데 뭐가 잘못되었기에 세상을 바꾸려는 거지? 형은 뭔가 더 알고 있는 듯했지만 거기에 대해선 굳게 입을 다물었다.

형이 경찰에 연행이 된 것은 집에 내려온 지 채 일주일도 지나기 전이었다. 동천경찰서에서 나온 형사들이 집에 있던 형을 차에 태워 데리고 갔다는 소식에 아버지는 모를 내다 말고 얼굴에 진흙을 잔뜩 묻힌 채 한달음에 경찰서로 달려갔지만 면회는커녕 형의 뒤꿈치조차 볼 수 없었다. 형의 구속으로 평화롭던 집안에 갑자기 먹구름이 드리워졌다. 아니 먹구름 정도가 아니었다. 아버지는 하늘이 무너지는 기분이었다. 명문대에 합격했다고 동네잔치를 한 지 얼마나 되었다고!

아버지는 문중에서 방귀깨나 뀐다는 사람들을 총동원해 백방으로 알아보았지만 어찌된 영문인지 형의 행방은커녕 죄목조차 알 수 없었다. 다만 당시 뉴스에서 자주 보도되던 불순분자, 폭도, 내란음모 등의 말들과 관련이 있을 거라는 짐작만 해볼 뿐이었다. 기실, 아버지 세대에게 있어서 그것은 살인죄보다도 더 무서운 것이었다. 그 실체조차 명확하지 않은 이데올로기의 문제로 그들은 이미 근거리에서 끔찍한 비극을 경험했던 바, 붉은색 비슷한 것만 봐도 놀라서 기겁을 하곤 했던 것이다.

훗날 경찰로부터 전해 들은 바에 의하면 형은 단순가담자라고 했다. 대학에 갓 입학한 신입생이 멋모르고 선배들을 따라다니다 얼떨결에 데모에 참가하게 되었다는 거였다. 그 단순가담자라는 말에는 뭔가 이해와 용서, 혜량과 참작 등의 너그러운 어감이 담겨 있어 아버지는 하늘이 무너진 것 같은 절망감 속에서도 얼마간 안도의 한숨을 내쉬었는데 실제로 형은 경찰에 연행된 지 열흘 만에 집으로 돌아왔다. 엄마가 버선발로 뛰어나가 형을 부둥켜안고 울음을 터뜨리자 형도 그간의 긴장이 풀어진 듯 엄마 가슴에 얼굴을 묻고 줄줄 눈물을 흘렸다.

형은 며칠 새 얼굴이 반쪽이 되어 여기저기 피멍이 들어 있었고 어디를 어떻게 다쳤는지 자리에서 일어서고 앉을 때마다 허리를 붙잡고 인상을 찡그렸다. 아버지는 형을 그렇게 만든 장본인이 바로 인물도 훤하고 강단이 있어 보이는, 거 왜 국보위 뭐시긴가 하는 사람이라는 사실도 알지 못한 채 그저 막연히 허공에 대고 야차 같은 놈들! 이라며 욕설을 퍼부었다. 이후, 형은 집 밖에도 나가지 않고 방에 누워 잠만 잤는데 아이가 경기를 일으키듯 자다 말고 놀라 벌떡 깨어나곤 했다. 이에 엄마는 한약방에서 녹용을 잔뜩 넣은 보약을 지어와 지성으로 달여 먹였다. 옆에서 형을 지켜보던 나는 단순하게 가담만 한 사람이 저 정도라면 그 일에 복잡하게 얽힌 사람은 과연 어땠을까, 상상하며 몸서리를 치는 한편, 세상에는 어디에서 발원하는지 짐작조차 할 수 없지만 도치나 토끼 같은 불량배보다 훨씬 더 무섭고 거대한 힘이 존재한다는 걸 처음 깨달았다.

형은 자신이 경찰서에서 무슨 일을 겪었는지 끝내 입을 열지 않았다. 짐작컨대 그의 대학생활은 예상과 달리 그리 행복하지 않았던 모양이었다. 사실 공부를 잘하는 것 빼고는 아무것도 잘하는 게 없던 형이었다. 게다가 형이 다니는 대학은 전국의 수재들이 사열종대로 집합한 곳이어서 공부 잘하는 건 새삼 자랑할 거리도 못 됐다. 누구나 그랬겠지만 형 또한 서울의 명문대에 입학하면서 기대한 건 얼굴이 백옥처럼 희고 존칭형 종결어미 '요'를 발음할 때 입술을 유난히 앙증맞게 오므리는 서울의 여대생들이었을 것이다. 왜 아니었겠는가! 그 똑똑한 예쁜이들과 미팅도 하고 엠티도 가고 학사주점에서 술도 마시며 문화와 예술, 정치와 철학을 논하는 달콤하고 우아한 대학생활을 꿈꿨을 것이다. 하지만 형에겐 남자다운 매력도, 귀여움성도, 유머와 재치도, 남다른 카리스마도 없었다. 그러다보니 형은 그저 두꺼운 안경을 쓴, 눈 나쁜 촌놈일 뿐 달리 관심을 끌 만한 계제가 없었을 것이다.

살다보면 그런 기분이 들 때가 있다. 다들 서로 아는 농담을 주고받는데 나만 그 농담을 이해하지 못해서 어리둥절한 표정으로 쳐다보는 기분, 그래서 왠지 나만 바보가 된 것 같은 기분. 다들 주변의 열화와 같은 응원을 등에 업고 홈경기를 치르는데 나 홀로 야유와 적대감에 둘러싸여 어웨이경기를 치르는 기분, 다들 당구장 1번 다이에 모여서 짜장면을 시켜먹으며 신나게 죽빵을 치는데 나 혼자 구석자리에서 사구를 치다 쫑이 난 기분, 그런데 당구장 알바가 쌩 까고 커피도 안 갖다주는 기분, 개새끼! 분명히 눈도 마주쳤는데…… 하는 기분, 그래서 이 세상 전체가 나를 따돌리기 위해 음모를 꾸민 게 아닐까 하는 그런 더러운 기분 말이다. 모르긴 모르되 형의 대학시절도 아마 그랬을 것이다. 비록 고향에선 가문의 영예를 모두 짊어진 수재였지만 대학에서 그는 여대생은커녕 친구 하나 없는 지질한 루키였을 뿐이었다. 그런 루키에게 먼저 손을 내민 건 진지한 눈빛에 카리스마가 넘치던 한 운동권 선배였다.

— 자넨 여기서 뭘 하고 있나?

— 그, 그냥……

보기만 해도 당장 고해성사를 해야 할 것 같은 단호한 눈빛이다.

— 보아하니 신입생인 것 같은데 많이 외로워 보이는군. 그렇지 않나?

— 뭐, 그, 그냥……

— 내가 보긴 제대로 봤군. 그런데 혹시 누가 자넬 외롭게 한다고 생각한 적 없나?

— 누, 누가요?

형은 주변을 둘러본다. 캠퍼스엔 삼삼오오 짝을 지어 몰려다니는 청춘들이 뿜어내는 활기로 봄이 만발해 있다.

— 이런 순진한 학생을 봤나. 내 얘기 잘 들어. 자네가 외로운 건 자네 탓이 아니야. 자넨 아무 잘못도 없어. 그것은 누군가 우리의 행복을 빼앗아갔기 때문이야.

— 해, 행복이요?

— 그래, 우리는 누구든 각자 행복할 권리가 있어. 그런데 누군가 그것을 몽땅 빼앗아 간 거야.

— 그, 그게 누군가요?

그는 형의 흔들리는 눈동자를 한참 들여다보다 입을 연다.

— 궁금한가? 나를 따라오면 그게 누군지 가르쳐주지.

외로움에 떨며 사랑에 목말라 하던 형은 덜컥 그 손을 잡았을 것이다. 하지만 기실 그는 운동권이라고 분류하기에도 애매한 존재로 주변만 맴돌았을 뿐이다. 그래서 어정쩡한 포즈로 선배의 뒤를 따라다니다 재수 없게 경찰의 명단에 올랐던 것이다. 그는 아무런 확신도 없었고 아무런 전망도 없었다. 그런 그에게 돌아온 것은 무자비한 린치였다. 고통을 견딜 수 있는 인간은 세상 어디에도 없다. 그래서 겁에 질린 대개의 학생들이 그랬던 것처럼 그도 선배들의 이름을 팔고 악마의 손아귀에서 벗어났다.

아무런 야심도 없이 서울 땅을 밟은 촌놈이 누가 있을까? 그들은 모두 중원을 평정하고 금의환향을 꿈꾸었지만 주연은 고사하고 조연은커녕, 단역도 아닌 엑스트라로 전락한 처지를 깨닫곤 다들 조금씩 더 독해졌을 것이다. 형도 그랬다. 그는 잠깐 죄의식 비슷한 걸로 혼란에 빠지긴 했지만 곧 마음을 정리했다. 형을 움직인 것은 이데올로기가 아니었다. 그를 움직인 것은 콤플렉스였다. 그리고 교과서에는 안 나오는 혼돈과 외로움이었다. 그는 법전 속에서 자신의 인생을 구하고자 했다. 간결하고 단호한 판결문 안에 담긴 명징한 미래와 단단한 약속, 그것이 그가 선택한 구원의 길이었다.

*

정국은 점점 더 혼미 속에 빠져들고 있는 듯했지만 실은 모든 게 이미 결정되어 있었다. 승냥이들의 탐욕은 끝이 없었고 그 누구도 그들을 견제할 힘을 가지고 있지 못했다. 삼촌이 비료를 사러 읍내에 나갔다가 돌아오지 않은 것은 그해 여름이었다. 그날 밤늦도록 삼촌이 돌아오지 않자 아버지는 읍내에서 모처럼 친구를 만나 술이라도 마시나보다고 생각했는데 삼촌은 그 다음 날도, 또 그 다음 날도 돌아오지 않았다. 이때쯤 식구들은 그가 비료 살 돈을 들고 서울로 올라가버린 게 아닌가 슬며시 걱정이 되었는데 얼마 뒤 집에 통지문이 배달되었다. 내용인즉 계엄포고령 13호에 의거, 삼촌이 순화교육 대상자로 분류되어 군부대에서 4주간 교육을 받게 되었다는 거였다.

처음에 우리는 순화교육이라는 게 어떤 내용인지 전혀 짐작하지 못했다. 아버지는 그저 한창 바쁜 김매기 철에 삼촌이 4주간이나 자리를 비우게 되어 한숨을 내쉬었는데 공교롭게도 바로 그날 저녁, 우리는 텔레비전 뉴스 화면에서 위통을 벗어부친 건장한 체격의 남자들이 어깨에 무거운 봉을 메고 체조를 하는 장면을 목격했다. 그들은 사회악 일소를 목적으로 검거된 범죄자와 불량배들로 순화교육을 받는 삼청교육대원들이라고 했다. 하나같이 흉악한 인상에 온몸에 문신을 하고 있어 한눈에 딱 봐도 사회악이라는 단어에 걸맞는 몰골들이어서 반드시 순화와 정화가 필요할 것처럼 보였다. 그것은 보는 사람으로 하여금 섬뜩한 두려움이 들게 하는 한편, 이제야 뭔가 세상이 제대로 돌아가고 있구나, 하는 뿌듯한 기분이 들게 했다. 그런 애매한 양가감정이 우리가 처음 목격한 죽음의 순화교육, 삼청교육대의 첫인상이었다.

나는 삼촌처럼 순하디 순한 사람이 왜 새삼 순화교육을 받아야 하는지 이해할 수 없었지만 달리 큰 걱정은 하지 않았다. 왜냐하면 어디까지나 순화(純化)에 목적이 있는 교육이니 내 짐작엔 산 좋고 물 좋고 공기 맑은 삼청(三淸)지역에 교육 대상자들을 모아놓고 아랑훼즈 협주곡 같은 폴 모리아 풍의 경음악을 틀어주면서 지리산 청정지역에서 생산된 유기농 녹차를 제공하고 김남조나 유안진 같은 여류 시인들의 아름다운 시를 읽어주고, 때로는 안병욱이나 김태길 교수 같은 저명한 철학자들을 초빙해 자아의 발견이라든가 예술의 의미와 그 이해, 인격의 고양과 이타심에 대해, 그래서 어떻게 사는 것이 과연 인간다운 삶인가, 하는 강연도 들려주고, 물론 체력단련을 위해 가끔 봉체조도 하겠지만 그것은 어디까지나 재미삼아 한번 해보는 것일 뿐 대개는 낙엽이 떨어지는 호숫가를 산책하거나 잔디밭에서 서로 손을 맞잡고 원을 그리며 포크댄스를 배우거나 모닥불 가에 둘러앉아 통기타 반주에 맞춰 가방을 둘러멘 그 어깨가 아름다워, 노래를 부르는 게 일과이며 교육 말미쯤엔 한경직 목사나 조용기 목사 같은 저명한 종교 지도자의 인도 하에 찬송가를 부르고 예배를 드리다보면 어느 결엔가 짐승 같은 불량배들의 거칠고 황폐했던 영혼이 오리 앞가슴 털같이 부드러운 무언가에 둘러싸인 듯 따뜻해져 지난 삶을 뜨겁게 반성하다 마침내 강복의 시간이 되어, 지금은 우리 주 예수 그리스도의 은혜와 하나님의 그 크신 사랑과 성령의 교통하심이 임재를 사모하는 자들에게 영원토록 있을지어다, 하며 축도를 하는 동안 덩치 큰 사내들은 자신도 모르게 닭똥 같은 눈물을 줄줄 흘리며, 목사님, 저를 용서해 주세요, 전 정말이지 죽일 놈입니다, 엉엉 울다 급기야 바닥에 머리를 짓찧는 자해와 고백의 한바탕 퍼포먼스를 끝내고 나면 죄 많은 영혼이 정말로 정화가 된 듯 뿌듯한 기쁨에 콧구멍이 저절로 벌렁대며 자신이 선물을 나눠주는 산타클로스라도 되는 양 하루 종일 온화한 미소가 입가에서 떠나지 않아 마침내 카스텔라처럼 폭신폭신하고 햄스터처럼 앙증맞은 사내로 순화되어 룰루랄라 엉덩이를 씰룩이며 집으로 돌아가는, 그런 교육이 아닐까 상상했다. 물론 그것이 어쩌면 그들에게는 박달봉으로 두들겨 맞아 머리가 깨지고 얼음장 위에서 구르다 뱃가죽이 찢어지는 것보다 더 끔찍한 고문일지는 모르겠지만 말이다.

　퍽, 하는 소리와 함께 눈앞이 아득해졌다. 머리가 깨지는 듯한 끔찍한 고통은 그 뒤에 찾아왔다. 삼촌은 비명을 지르며 본능적으로 머리를 손으로 감싸 쥐었다. 그 위로 사정없이 몽둥이가 떨어졌다.

쇠몽둥이처럼 단단한 박달봉은 머리고 어깨고 가리지 않고 미친 듯 날뛰었다. 이 세상에 고통을 참을 수 있는 인간은 아무도 없다. 삼촌은 비명을 지르며 바닥을 나뒹굴었지만 참을 수 없는 고통 속에서도 머리를 보호하려고 필사적으로 노력했다. 그 위로 몽둥이가 떨어지자 머리를 감싼 손가락 하나가 부러진 듯 끔찍한 고통이 느껴졌다. 그래도 머리가 깨져 죽는 것보단 나았다. 이틀 전에도 한 교육생이 머리가 깨져 죽었다. 원산폭격을 하다 버티지 못하고 옆으로 쓰러졌다는 게 이유였다. 박달봉이 그의 머리에 떨어지는 순간 삼촌은 두개골이 함몰되는 소리를 들었다. 조교들이 시체를 트럭에 실어갔고 그 행방에 대해 아는 사람은 아무도 없었다. 200여 명의 교육생 가운데 이미 아홉이 죽었으니 이틀에 한 명꼴로 죽어나간 셈이었다. 살아야 한다! 살아서 돌아가야 한다! 삼촌은 몽둥이로 사정없이 두들겨 맞는 와중에도 마음속으로 그렇게 외쳤다.

저녁 점호 시간은 죽음과 공포의 나락이었다. 살기로 눈을 번뜩이는 두억시니들은 박달나무를 깎아 만든 몽둥이를 들고 만두 속에 넣을 고기를 다지듯 교육생들을 사정없이 두들겨대 단말마의 비명소리와 함께 갈비뼈가 부러지고 내장이 파열되고 입에서 피를 뿜어내는 참혹한 지옥도가 펼쳐졌다. 두들겨 맞는 데에는 따로 이유가 없었다.

— 너희들이 들어오기 전 우린 상부로부터 너희들을 두들겨 패서 일이 년 안에 모두 골병이 들어 죽게 하라는 지시를 받았다. 그리고 우리 교관들은 교육 중에 한 사람 앞에 각자 세 명씩 때려죽여도 좋다는 허가도 받았다.

교육대에 입소해 교육을 받는 첫날이었다. 건장한 체격의 한 교관이 단상 위에 올라가 연설을 했다. 계급장도 명찰도 없었고 모자를 푹 눌러써 얼굴도 잘 보이지 않았다. 그것이 오히려 더 큰 공포심을 불러일으켰다. 이때 교육생 중의 한 명이 쿨럭거리며 기침을 했다. 삼촌과 같은 트럭을 타고 부대에 들어온 오십 대 중반의 사내였다. 그는 폐병을 앓고 있는 듯 트럭을 타고 이송을 하는 도중에도 쉴 새 없이 기침을 해댔는데 사람들은 그가 노숙자라고 했다. 미상불 제대로 씻지를 못해 온몸에 부스럼이 나 있었고 제대로 먹지를 못해 몸에 살점이라곤 한 점도 붙어 있지 않아 서 있는 것조차 버거워 보였다. 자신이 연설을 하는 도중 기침소리가 들리자 눌러쓴 모자 밑으로 교관의 눈빛이 섬뜩하게 빛났다. 그는 조교들에게 당장 그를 끌어내라고 했다. 조교들은 대열에서 그를 끌어내 단상 앞에 무릎을 꿇렸다.

　— 여기 교육생들 중에 내 말을 믿지 못하는 개새끼가 한 명 있는 것 같다. 지금부터 내가 한 말이 사실인지 아닌지 똑바로 지켜보도록!

　교관은 단상에서 내려와 박달봉을 들고 노숙자의 등 뒤로 다가왔다. 그가 조교들에게 눈짓을 보내자 조교들은 양 옆에서 그가 움직이지 못하게 팔을 붙잡았다. 뭔가 심상치 않은 분위기에 노숙자는 누군가 자신을 구원해 주기를 바라는 듯 공포에 질린 눈으로 주위를 둘러보았지만 황량한 연병장엔 싸늘한 바람만 불 뿐 그를 구원해 줄 이는 아무도 없었다. 이때, 교관은 노숙자의 귀에 대고 들릴 듯 말듯 조용하게 속삭였다.

　— 245번. 너를 이제 사형에 처하노라.

그리고 박달봉을 높이 들어 노숙자의 머리를 힘껏 내리쳤다. 빽! 하는 소리와 함께 단번에 머리에서 피가 튀고 노숙자의 입에서 비명이 터져나왔다. 이를 지켜보는 교육생들은 순간 몸이 움찔했다. 노숙자는 고통에 몸부림을 쳤지만 양쪽에서 건장한 조교들이 팔을 붙잡고 있어 꼼짝할 수 없었다. 교관은 정수리를 노리고 사정없이 노숙자의 머리를 가격했다. 몇 대 후려치자 이미 두개부에 치명적인 손상을 입은 듯 얼굴이 피범벅이 되고 눈이 허옇게 뒤집혀 심한 경련이 일어났다. 그 움직임이 어찌나 격렬한지 바닥에 흙먼지가 일었다. 노숙자는 곧 절명해 사지가 축 늘어졌다. 그것은 백주대낮에 행해진 공개적인 살인이었다. 교육생들은 다들 경악해 공포에 질려 몸을 덜덜 떨었고 바지에 오줌을 싸거나 먹은 것을 토하는 이도 있었다. 부대로 이송되기 전 검거되는 과정에서, 그리고 유치장에서 대기하는 동안 경찰과 계엄군으로부터 무수한 구타와 가혹 행위가 있었지만 삼촌이 살인을 직접 목도한 건 그때가 처음이었다.

교육생들은 훗날, 그것이 미리 계획된 살인이라는 것을 깨달았다. 아무 연고가 없어 뒤탈이 없을 것 같은 노숙자를 골라 초반에 본때를 보여줌으로써 기선을 제압하기 위해 의도된 학살이었던 것이다. 또 한 명의 교육생이 희생된 것은 이틀 뒤였다. 이번에도 연고가 없는 부랑자 출신의 교육생이었고 그를 살해한 것 역시 노숙자를 때려죽여 이미 염마라는 별명을 얻은 교관의 짓이었다. 그 교육생은 구보를 하던 도중 힘에 부쳐 대열에서 낙오되었는데 염마는 연병장에 넘어져 있는 그를 군홧발로 사정없이 짓밟았다. 뾰족한 뒤꿈치로 내리찍는, 소위 곡괭이 찍기라는 잔인한 구타였다. 교관이 가슴을 집중적으로 내리찍자 갈비뼈가 부러지고 내장이 파열되어 부랑자 출신의 교육생은 피를 토하며 죽어갔다. 그렇게 죽어간 교육생의 시체는 부대 밖으로 실려 갔고 사망자들의 인사기록 카드는 쓰레기장에서 소각되었다. 그렇게 애초에 존재하지도 않은 유령이 되어 강원도의 깊은 산속에서 흔적도 없이 사라진 원혼들의 숫자는 과연 얼마나 될까?

삼촌이 읍내에 비료를 사러 나갔다가 계엄군과 맞닥뜨린 것은 비료대금을 미리 지불해 놓고 근처에 있는 이발소로 머리를 깎으러 가던 길이었다.

— 야, 너 이리 좀 와봐.

사복을 입은 두 명의 사내가 걸어가는 삼촌을 불러 세웠다.

— 왜, 왜, 왜 그러시는데요?

— 뭐? 왜 그래? 이 새끼 봐라.

머리가 짧은 사내는 다짜고짜 삼촌의 정강이를 걷어찼다. 저절로 비명소리가 나올 만큼 아파 내려다보니 두 사람 모두 군화를 신고 있었다. 그제야 삼촌은 그들이 단순한 사복경찰이 아닌 계엄군이라는 것을 눈치 챘다. 그들은 삼촌에게 신분증을 요구했다. 하지만 도시 한복판도 아니고 한적한 농촌에서 비료를 사러 나오는 길에 따로 신분증을 지참할 리 없었다. 이에 신분증이 없다고 하자 그들은 삼촌을 마구 두들겨 패기 시작했다.

— 이 새끼, 아주 불순하구먼. 지금 시국이 어느 땐데 신분증도 없이 돌아다녀?

삼촌은 억울함에 눈물이 날 것 같았지만 사정없이 내리찍는 살벌한 군홧발에 미처 항의할 엄두도 내지 못했다. 그들은 삼촌을 실컷 두들겨 팬 뒤 경찰서로 연행해 갔다.

경찰서 안은 삼청계획에 의해 검거된 자들로 발 디딜 틈도 없었다. 당시 계엄사가 주관한 불량배 소탕 계획, 즉 〈삼청 5호 계획〉에 의해 검거된 사람의 숫자는 무려 6만이 넘었다. 그들은 사회악을 일소한다는 구실로 군경을 동원해 무차별적으로 민간인을 잡아들였지만 그중에 전과가 없는 사람이 절반에 가까웠고 설사 전과자라 하더라도 이미 모두 죗값을 치른 사람들이었다. 그들은 특히 힘없고 빽 없는 노숙자와 부랑자, 행상과 막노동꾼 등을 집중적으로 잡아들였는데 그들 중에는 다수의 미성년자와 여자, 70대 노인도 포함되어 있었다. 또한 집 앞에서 술 먹고 고성방가를 하다 잡혀온 사람, 삼촌처럼 불심검문에 걸려 잡혀온 사람, 당구장에서 큰 소리로 맞았네 안 맞았네 실랑이를 하다 잡혀온 사람, 옆에서 이를 말리다 잡혀온 사람 등 억울하게 잡혀온 사람도 부지기수였다.

그들은 계엄군이 포함된 심사위원회에서 등급 분류 심사를 받았는데 삼촌은 B급으로 분류가 되었다. 왜 자신이 B급 판정을 받았는지, 그리고 그것이 무엇을 의미하는지 묻고 싶었지만 총을 든 살벌한 계엄군의 기세에 눌려 삼촌은 아무 말도 못하고 다른 이들과 함께 굴비두름 엮이듯 포승줄에 묶여 밖에 대기하고 있던 버스에 올라탔다. 버스는 관광회사에서 급히 동원한 듯 옆구리에 '아름다운 강산 행복한 여행, 신세계관광'이란 글씨가 선명했다. 버스에서 내릴 때까지 그들은 그것이 얼마나 길고 끔찍한 여행이 될지 아무도 짐작하지 못했다.

B급은 조직 폭력, 공갈, 치기배의 행동대원, 기타 경제, 정치 폭력

배, 상습 도박, 사기꾼, 폭력우범자, 강도, 절도, 밀수, 마약 전과자로서 재범의 위험이 있는 자에게 부여된 등급이었다. 그들은 4주간의 순화교육 후에 6개월간의 근로봉사 처분을 받았는데 B급 대상자 중에는 신군부정권의 눈 밖에 난 민주투사나 노동운동가, 언론인과 정치인 다수가 포함되어 사상초유의 국민개조 프로젝트는 정권유지 수단으로 적극 이용되었다. 삼촌은 억울했다. 자신은 민주투사도 아니었고 노동운동가도 아니었고, 깡패도 아니었고 범죄자는 더더욱 아니었다. 그런데 왜 B급 판정을 받았을까? 어디로 가는지도 모르는 버스 안에서 삼촌은 경찰서에 연행되었을 때 자신을 발견하고 반가운 얼굴로 맞아주던 서경사의 얼굴이 떠올랐다.

　서슬 퍼런 계엄군의 기세는 경찰서 안에서도 예외가 아니었다. 그들은 자신들의 세상이 온 듯 안하무인격으로 설쳐대 경찰들조차 죽을 맛이었다. 조카뻘밖에 안 되는 계엄군들이 마치 부하를 부리듯 명령조의 반말지거리를 해올 때면 당장 옷을 벗어던지고 싶었지만 서 형사는 닳고 닳은 경찰답게 재빨리 사태를 파악하고 복지부동, 납작하게 엎드린 채 눈치만 보며 계엄이 해제되기만을 기다렸다.

　불량배 소탕작전에는 경찰관마다 각자에게 할당된 머릿수가 있어 소령 계급장을 단 계엄분소장은 검거 실적이 낮은 경찰들을 따로 모아 조인트를 까는 등 닦달을 해댔다. 이에 경찰관들은 범죄자를 검거하기 위해 눈에 불을 켰지만 대도시와 달리 한적한 농촌에 범죄자가 득시글대는 것도 아니고 그렇다고 죄도 없이 아무나 무고한 사람을 잡아넣을 수도 없는 노릇이어서 골머리를 앓았다. 하지만 사람의 생각은 상황에 따라 전환될 수도 있는 법, 죄라는 것이 반드시 죄라 일러서 죄가 아니며 생각하기에 따라선 모두가 죄인이 될 수도 있어 일찍이 예수께서 이 점을 간파하시고 너희 중에 죄 없는 자 이 여인에게 돌을 던지라 하시기도 했거니와, 한편으론 매우 다행스럽게도 검거 지침으로 하달된 검거 대상자의 범위가 참으로 넓고도 애매하기 그지없어 길가는 아무나 붙잡고 따져보면 모두가 우범자로 분류될 수도 있어, 예컨대 꼴을 베다 낫에 베인 상처가 보기에 따라선 폭력배들 간의 싸움으로 생긴 칼자국으로 볼 수도 있고 친구들끼리 술 먹고 재미삼아 팔뚝에 새겨 넣은 '友情'이란 두 글자가 보기에 따라선 서로 간의 결속을 다지기 위한 범죄 조직원의 표식으로 볼 수도 있으며 벽돌을 한 짐 나르고 허리를 펴며 아이고! 이놈의 세상, 힘들어 못살겠다, 하는 막노동꾼의 한탄이 듣기에 따라선 불순한 사상을 가진 사회 불만 세력의 위험한 선동으로 들릴 수도 있었으니 서 형사를 비롯해 경찰들은 그저 눈에 보이는 대로 아무나 잡아들여 머릿수를 채우기에 급급했는데 그래도 그것을 한 가닥 양심이라고 부를 수 있을까? 아무리 색안경을 끼고 털어봐도 먼지 하나 안 나오는 사람을 잡아넣을 때면 뭔가 마음 한 구석이 찜찜했는데 몸에 작은 비둘기 문신이라도 하나 있으면 땡큐! 그렇게 반갑고 고마울 데가 없었고 약간의 불량기나 뭔가 구린 데가 있어 보이는 사람을 검거할 때면 더없이 마음이 편안해 다리를 쭉 뻗고 잘 수 있었다.

처음에 삼촌은 경찰서로 연행되어 조사를 받았지만 검거 대상자에 해당할 만한 특별한 혐의가 없었다. 담당경찰관은 매우 아쉽다는 듯 입맛을 다시다 조인트를 몇 대 더 까고 훈방처분을 내렸다. 그렇게 삼촌이 악마의 소굴을 막 빠져나왔을 때였다. 외근을 하고 들어오던 서 형사는 경찰서 입구에서 삼촌과 정면에서 마주쳤다. 그는 한눈에 삼촌을 알아보고 먹이를 발견한 하이에나처럼 입이 쭉 찢어졌다.
— 야, 권도운. 너 어디 가는 거야?
— 지, 지, 집에 가는데요.
서 형사는 몇 년 전, 그 유명한 〈역전다방습격사건〉이 있었을 때 집으로 삼촌을 잡으러 왔던 바로 그 경찰관이었다. 당시 아버지는 그에게 적지 않은 돈을 뇌물로 먹여 삼촌이 나중에 경찰서에 출두해 간단한 진술서를 쓰고 사건은 무마되었지만 서 형사는 삼촌의 얼굴을 똑똑히 기억하고 있었다.
— 아니, 그렇게는 안 되지. 너 같은 놈이 아무 일도 없이 훈방으로 끝나면 여기 유치장에 남아 있을 사람은 아무도 없어.
이때, 계엄분소장이 안에서 나오다 서 형사와 삼촌을 보고 물었다.
— 이놈은 뭡니까?
— 아, 소장님. 이놈은 동천에서 유명한 건달인데 미성년자 약취와 강간, 폭력조직 결성과 살인미수 등 여러 범죄 혐의가 있었지만 증거가 없어서 그냥 풀려났던 놈입니다.
— 뭐야? 이 새끼 진짜 악질이구먼.
계엄분소장은 다짜고짜 진압봉으로 삼촌을 마구 두들겨 패기 시작했다.
삼촌이 B급 판정을 받고 교육대로 가는 버스에 올라탈 때였다. 그날 짭짤한 실적을 올린 서 형사가 흡족한 표정으로 다가와 포승줄에 묶인 삼촌의 어깨를 툭툭 치며 말했다.
— 권도운. 넌 잘할 수 있을 거야. 암, 그렇고말고. 이번에 무사히 교육을 받고 돌아오면 넌 새 나라의 새 일꾼으로 다시 태어나는 거야. 어때? 꼭 그렇게 하겠다고 나랑 약속할 수 있지?

그는 아버지 같은 자애로운 미소와 함께 한국판 아우슈비츠를 향해 떠나는 버스를 향해 손까지 흔들어주었다.

*

아침에 일어나 연병장으로 나왔을 때 교육생들은 철조망에 걸려 죽어 있는 한 구의 시체를 보았다. 30대 중반의 교육생으로 아마도 간밤에 탈출을 하려다 경비병에게 들켜 목숨을 잃은 모양이었다. 오밤중에 콩 볶듯 총소리가 요란하더니 총알을 얼마나 많이 맞았는지 마치 누더기를 철조망에 걸어놓은 듯 몰골이 처참했고 바닥에 흥건하게 고인 피가 아침 햇살에 굳어가고 있었다. 간밤엔 점호가 끝난 뒤 유리조각을 삼켜 스스로 목숨을 끊은 사람도 있어 하룻밤 사이에 시체가 두 구나 나왔다. 시체를 치우지 않은 것은 전시효과를 노린 것으로 교관은 교육생들에게 탈출을 시도하면 어떤 꼴이 되는지 똑바로 보라며 철조망 위에 늘어진 시체를 가리켰다. 삼촌은 부대를 포위하듯 빙 둘러서 있는 초소를 바라보았다. 위장막으로 둘러싸인 초소마다 기관단총의 총신이 불쑥 튀어나와 있어 섬뜩한 느낌을 주었는데 그것은 외부가 아닌 부대 안쪽을 겨누고 있어 교육생들은 언제 총알이 튀어나올지 모르는 두려움에 몸서리를 쳤다.

아침식사를 끝내고 다시 연병장으로 나왔을 때, 관광버스 한 대가 정문을 통과해 부대 안으로 들어섰다. 새로운 교육생들이 입소한 거였다. 그들은 포승줄에 묶인 채 연병장에 부려졌다. 조교들은 밑에서 기다리고 있다 차에서 굴러 떨어지는 족족 교육생들을 군홧발로 짓밟고 몽둥이로 두들겨 패 새로운 비명소리가 연병장을 가득 채웠다. 새로 들어온 교육생들을 지켜보던 삼촌은 뜻밖에도 낯익은 인물을 한 명 발견했다. 도치였다. 살이 많이 빠져 볼이 홀쭉해지긴 했지만 삼촌은 땅딸한 몸매의 그를 대번에 알아보았다. 동천읍에서 나름 한 다구빨로 명성을 날렸던 도치였지만 사람 목숨이 파리 목숨만도 못한 인간도살장 안에서 그는 그저 고깃덩어리나 다름없어 불쌍하게도 몽둥이가 떨어질 때마다 이리저리 몸을 뒤채며 돼지처럼 꽥꽥, 비명을 질러댔다.

이틀 뒤, 교육이 끝나고 목욕탕에서 삼촌은 도치와 우연히 마주쳤다. 도치는 발가벗은 채 어리벙벙한 표정으로 주변을 둘러보며 비누를 들고 서 있었다. 삼촌은 조교의 눈을 피해 그에게 다가가 먼저 말을 건넸다.
― 그, 그동안 자, 잘 지냈니?
잘 지냈냐고? 이틀에 한 명꼴로 사람이 죽어가는 마당에 그런 다정한 인사가 가당키나 했을까? 도치는 처음에 삼촌을 잘 알아보지 못했다. 그도 그럴 것이 제대로 먹지를 못해 다부졌던 몸이 뼈와 가죽만 남은 데다 온몸이 멍투성이여서 그가 과거에 자신에게 모욕을 안겨주었던, 그래서 죽이고 싶을 만큼 미워했던 바로 그 씹새라는 것을 알아보지 못했던 것이다. 그러다 한참 만에야 겨우 삼촌을 알아본 도치의 머릿속에 원수는 외나무다리에서 만난다더니, 어쩌고 하는 속담이 떠올랐을까? 그렇진 않았을 것이다. 그는 원수고 뭐고 간에 그저 아는 사람을 만난 반가움과 서러움에 그만 발가벗은 삼촌을 끌어안고 자신도 모르게 흑, 울음을 터뜨리고 말았다.

삼촌은 흐느끼는 도치의 얼굴을 차마 마주볼 수 없어 눈을 밑으로 깔았는데 살이 빠졌는데도 불구하고 여전히 볼록 튀어나온 배에는 오래전 깨진 콜라병으로 자해한 흔적이 선명했다. 그런데 그 참혹한 순간에 왜 하필 눈길이 그쪽으로 향했을까? 배꼽 아래 있는 작은 돌기 말이다. 아이! 그것을 뭐라고 불러야 옳을까? 감히 자지라고 부르기엔 가당치도 않고 고추라고 부르기에도 차마 민망해서 되는 대로 그냥 옛다 모르겠다, 인심 쓰듯 번데기라고 불러도 왠지 진짜 번데기가 살짝 짜증을 낼 것 같은(나를 너무 좆으로 보는 거 아냐?), 그래서 당신이 무엇을 상상해도 그 이하일 수밖에 없는, 분명히 뭔가 있기는 있되 누군가 강력하게 없다고 주장하면 그저 고개를 끄덕일 수밖에 없는 그 작은 돌기로 인해 도치는 목욕탕 안에서 더욱 초라하고 왜소하게 느껴졌는데 그 이름을 알 수 없는 기이한 돌기에 대한 콤플렉스가 바로 상대를 질리게 만드는 다구빨의 원천이었을까?

아래를 내려다보던 삼촌은 뭔지는 모르지만 하여간 모든 게 다 자신의 잘못인 양 한없이 미안한 마음이 들어 자기도 모르게 도치를 와락 끌어안고 괜찮아 인마, 하는 기분으로 어깨를 두드려주었다. 도치 또한 뭔지는 모르지만 삼촌의 가슴에 안긴 채 서러움이 복받쳐 엉엉 소리 내어 울었다. 이때 옆 소대의 교육생들이 목욕탕으로 막 들어섰다. 그리고 삼촌은 눈에 익은 인물을 또 한 명 발견했다. 겜뻬이*는 가락꾸**에서 만나고 술 취한 놈은 천호동에서 만난다더니 삼촌이 목욕탕에서 만난 것은 다름 아닌 토끼였다. 그 또한 발가벗은

---

* 당구용어. 편 갈라치기
** 당구용어. 빈 쿠션치기

채 엉거주춤 목욕탕으로 들어오다 삼촌과 도치를 발견하고 흠칫 걸음을 멈추었다. 삼촌의 품에 안겨 울던 도치도 토끼를 보고 황급히 삼촌에게서 떨어지며 그에게 90도로 정중하게 인사를 했다.

— 혀, 형님! 어떻게 여기까지……

그리고 보면 불량배일제소탕작전이 나름 성공을 거둔 듯 삼촌은 동천의 건달 두 명을 삼청교육대 목욕탕에서 한꺼번에 만나게 되었는데 형만 한 아우가 없다는 말이 괜한 말이 아닌 듯 도치와 달리 토끼는 삼촌을 보고 울지도 않았고 눈도 내리깔지 않았다. 그는 초췌한 듯 불안한 표정 속에서도 역전파 형님으로서의 위엄을 잃지 않으려는 듯 애써 당당한 표정으로 삼촌을 꼬나보았다.

— 너란 놈은 참 운도 좋구나. 이런 데만 아니었다면 진즉에 내 손으로 갈아마셨을 텐데…….

삼촌은 뭐 그러시든지, 하는 표정으로 쳐다보았다. 그렇게 세 남자는 뜻하지 않은 장소에서 발가벗은 채 서로 마주보며 서 있었다. 긴장의 순간이었다. 이때였다. 갑자기 어디선가 조교가 들이닥치더니 다짜고짜 세 사람에게 사정없이 곤봉을 휘두르며 욕설을 퍼부었다.

— 이 새끼들이 아직 사회물이 덜 빠졌구먼. 목욕하라고 처넣었더니 씻지는 않고 어디서 잡담들이야, 잡담이!

세 사람은 발가벗은 채 조교가 시키는 대로 차가운 목욕탕 바닥을 좌로 구르고 우로 구르며 매가 떨어질 때마다 비명을 질러댔다. 다들 동천에선 나름대로 한 가닥 하던 주먹들이었지만 삼청교육대 안에서 그들은 새파란 조교 한 명에게도 벌벌 기며 목숨을 부지하기 위해 악다구니를 쓰는 불쌍한 희생자에 지나지 않았던 것이다.

불쌍한 도치는 그때까지도 여전히 역전파에 들어가지 못하고 토끼 형님의 처분만 기다리고 있는 중이었다. 그즈음 역전파의 두목은 토끼였다. 보잘것없는 논두렁 건달들에게 두목이 따로 있을 리 없었지만 그래도 위에 있던 형님이 인근의 한 방직공장에 경비로 취직을 하면서 자연스럽게 토끼가 우두머리의 자리에 올라서게 된 거였다. 그래서 도치는 제 몸 하나 건사하기도 힘든 교육대 안에서도 토끼의 눈에 들기 위해 애를 썼다. 봉체조를 할 때면 작은 키에도 불구하고 조금이라도 토끼의 힘을 덜어주기 위해 그의 옆에 바짝 붙어 서서 안간힘을 썼으며 선착순을 할 때도 토끼에게 먼저 순서를 양보했고 운 좋게 연병장에서 담배꽁초라도 하나 주우면 주머니에 꿍쳐두었다 형님에게 우선 상납하는 등 목숨이 왔다 갔다 하는 도살장 안에서도 참으로 눈물겨운 노력을 기울였다.

날씨가 쌀쌀해지면서 교육생들의 숫자는 점점 더 늘어나 자갈밭이던 연병장은 뛰고 구르고 기어다니는 교육생들에 의해 테니스장처럼 반질반질하게 다져졌다. 조교들은 언제나 굶주린 사냥개처럼 눈을 번들거리며 먹잇감을 찾아다녔다. 몇 번의 살인 이후, 그들은 폭력과 죽음의 쾌락에 눈을 떴다. 군홧발에 짓뭉개져 살점이 떨어져 나가고 뼈가 부서지는 고통의 비명소리에 야차들은 더욱 흥이 나 미친 개처럼 날뛰었다. 그들은 원래 푸른 옷에 젊음을 바친 꽃다운 청춘들이었지만 곤봉이 피로 물들어가는 동안 점차 무서운 야차로 변해갔고 고통에 몸부림치는 불쌍한 피조물들 앞에서 그들은 잔혹한 신이 되었다.

나는 과연 살아서 여기를 나갈 수 있을까? 그래서 다시 가족에게 돌아갈 수 있을까? 교육생들의 머릿속엔 오로지 그 생각밖에 없었다. 하지만 그것은 전적으로 교관들의 손에 달린 문제였다. 언제나 그렇듯이 피조물이 신 앞에서 할 수 있는 것은 기도 말고는 아무것도 없었다.

교관들 중에서도 염마는 단연 돋보이는 인물이었다. 염 중위라고 알려진 그는 교육생들 사이에서 염마, 혹은 염장이라는 별명으로 악명을 떨쳤는데 건장한 체격에 힘이 장사여서 그가 사용하는 곤봉은 다른 교관들의 것에 비해 배나 길고 무거웠다. 따라서 그가 휘두르는 곤봉에 맞으면 최소한 어디가 부러져 병신이 되거나 심한 경우 목숨을 잃기도 했다. 그는 단순하고 무식한 성격이라 복잡한 방법을 쓰지 않았다. 그저 교육생을 향해 무지막지하게 몽둥이를 휘둘렀는데 가슴이고 등짝이고 머리고 가리지 않았다. 읍내 다방의 한 여급에게 바람을 맞고 돌아온 다음 날, 그는 또 한 명의 교육생을 몽둥이로 때려죽였다. 왜 그랬냐고? 이에 대한 대답은 오로지 하나였다.

그래도 됐으니까. 그래도 되면 그러는 게 인간이니까. 1940년 4월 스탈린의 지시를 받은 소련의 비밀경찰은 스몰렌스크 카틴 숲에서 폴란드군 장교와 지식인, 예술가와 성직자 등 2만 2천 명을 살해해 암매장했다. 2차대전 기간 중 나치는 유태인 500만 명을 학살했다. 1948년, 제주도에선 군경토벌대에 의하여 6년여에 걸쳐 양민 3만여 명이 살해당했다. 1975년, 캄보디아에선 크메르 루즈당의 지도자 폴 포트가 전 국민의 30퍼센트에 해당하는 200만 명을 감금, 학살했다. 1992년, 발칸반도에서는 세르비아계에 의해 보스니아계 주민 25만 명이 학살되었다. 1994년 4월부터 3개월간 르완다에선 후투족이 투치족과 온건파 후투족을 무차별 살해했다. 모두 80만 명이 희생되었다. 왜 그랬냐고? 그래도 됐으니까. 그래도 되면 그러는 게 인간이니까. 인간은 원래 그런 존재니까. 과거에도 그랬으며 앞으로 또 그럴 테니까. 그렇다! 그렇게 대학살의 역사는 멈추지 않고 계속되는 법이다. 그래서 그저 살아 있는 동안 자신에게 그런 일이 일어나지 않기를 기도하는 수밖에 없다. 자신이 가해자가 될지, 피해자가 될지 모르지만 말이다.

*

삼촌과 같은 내무반을 쓰는 교육생 중에 정 기자라고 불리는 40대 초반의 남자가 있었다. 유난히 두꺼운 안경을 쓴 그는 신문사 기자 출신으로 알려져 있었는데 어찌된 일인지 그의 훈련복 뒤엔 다른 교육생들과 달리 커다란 X자가 그려져 있었다. 그는 행여 그 곱표가 지워질세라 아침마다 빨간색 매직으로 정성들여 다시 진하게 그려 넣곤 했는데 동료들이 이유를 물으니 그는 곱표가 지워지는 날이 곧 자신의 제삿날이라고 했다. 교관들이 검사를 해서 곱표가 잘 보이지 않으면 자신을 죽이겠다고 협박했다는 거였다.
  부대 안엔 정 기자 말고도 등에 빨간색 곱표를 달고 있는 교육생이 20여 명 더 있었는데 그들은 모두 신군부정권의 눈 밖에 난 요시찰 인물들로 특별관리대상자였다. 소위 반정부인사라는 거였다. 그래서일까? 교관들은 빨간색 표식이 있는 교육생들을 유난히 더 혹독하게 다뤘다. 몽둥이질에 더욱 힘이 들어가는 것은 물론, 점심시간에는 그들만 따로 불러내 뺑뺑이를 돌려 점심을 굶기기도 예사였다. 빨간색 곱표를 그려 넣은 것은 바로 그렇게 하기 위해서였다.

교육생들은 빨간색 곱표들과 가깝게 지내는 것을 두려워했다. 행여 자신에게 잘못 불똥이 튈까 싶어서였다. 하지만 정 기자는 그런 교육생들에 대해 조금도 서운한 내색을 하지 않았다. 오히려 누군가 먼저 말을 걸어오면 그에게 피해가 갈까 저어해 자신이 먼저 자리를 피했다. 또한 그는 50킬로그램 남짓한 깡마른 몸에 늘 골골대는 허약 체질이었지만 단체로 기합을 받거나 훈련을 받을 때면 동료들에게 폐가 되지 않도록 안간힘을 쓰며 최선을 다했다. 또한 몽둥이로 두들겨 맞을 때도 매우 의연한 모습을 보여주었다. 덩치가 산만 한 건달들도 꽥꽥, 비명을 질러대며 게거품을 물게 하는 끔찍한 매질이었지만 그는 한 번도 피하는 법 없이 깡마른 몸으로 매를 고스란히 받아내면서도 비명 한 번 지르지 않았다. 이에 대해 그는 언젠가 삼촌에게 다음과 같이 말한 적이 있었다.

― 만일 내가 아파서 비명을 질러대면 저 돼지새끼들은 아마도 더 신이 나서 날뛸 거야. 물론 나도 너무 고통스러워서 비명을 지르고 싶지만 저 돼지들이 기뻐한다고 생각하니까 비명이 안 나와. 왜냐하면 난 저 돼지새끼들을 즐겁게 해주고 싶은 마음이 손톱만큼도 없거든.

그해 9월, 반란의 수괴가 대통령에 취임함으로써 승냥이들은 완전한 승리를 쟁취했다. 쿠데타에 의한 정권 찬탈이었지만 박정희 때도 그랬듯이 성공한 쿠데타는 혁명이 되었다. 그리고 국민들은 남자답게 강단이 있어 보이는 그에게 열광적인 지지를 보냈다. 쿠데타의 개념조차 모르는 대부분의 국민들처럼 삼촌 또한 정치에 대해 전혀 아는 바가 없었다. 그래서 빨간색 곱표가 무엇을 의미하는지 정치범, 혹은 반정부인사라는 단어가 얼만큼 위험한 말인지 가늠할 수 없었다. 다만 정 기자가 왠지 자신과는 다른 부류의 사람이라고 느껴져 어느 정도 거리를 두고 지냈다.

　기자 시절, 정 기자는 데스크로부터 반란의 수괴를 찬양하는 기사를 쓸 것을 종용받았다. 언론은 이미 승냥이들에 의해 장악되어 그들에게 불리한 기사는 단 한 줄도 보도될 수 없었다. 정 기자는 흔쾌히 청탁을 수락해 기사를 작성했다. 문장은 훌륭했고 내용에도 아무런 문제가 없었다. 반란의 수괴는 위기에 처한 나라를 구한 영웅으로 묘사되었다. 그리고 대한민국의 미래를 이끌어갈 위대한 영도자였다. 그런데 기사가 나간 지 얼마 지나지 않아 그는 정보부 지하실로 끌려갔다. 수사관은 그에게 신문을 한 장 내밀었다. 그가 쓴 기사가 실린 신문이었는데 문장의 첫 음절마다 빨간색 동그라미로 표시가 되어 있었다. 수사관은 그 글자들을 큰 소리로 읽어보라고 했다. 정 기자는 잠시 망설이다 동그라미 표시가 된 글자를 읽었다.

　늑 . 대 . 가 . 나 . 타 . 났 . 다.

　이후, 그는 말할 수 없이 혹독한 고문을 당했다. 배후가 누구인지 밝히라는 거였다. 당연히 배후는 없었다. 하지만 모진 고문 끝에 그는 결국 자신의 배후가 누구인지 자백했다.

　정한별? 정한별이 누구지? 그들은 먹이를 발견한 사냥개처럼 눈을 번득이며 물었다. 정한별은 두 살 된 제 딸애입니다. 다음 주가 생일이죠. 뭐야? 이 새끼가 지금 장난치나? 장난이 아닙니다. 그럼 겨우 두 살 먹은 애가 어떻게 배후라는 거야? 그 애는 나의 양심입니다. 그리고 바로 우리의 미래죠. 내가 믿는 것은 그것뿐입니다. 그러니 그 애가 나의 유일한 배후라고 할 수 있죠. 이때 수사관은 매우 감동한 눈으로 잠시 정 기자의 눈을 응시하다 그의 손을 잡고 눈물을 주르르 흘리며 말했다. 선생님! 존경합니다. 그리고 정말 부끄럽습니다. 며칠 뒤, 정 기자의 딸은 생일을 맞아 커다란 곰 인형을 선물로 받았다. 선물을 보낸 사람의 이름도 연락처도 적혀 있지 않았다. 다만 상자 안에 쪽지가 한 장 들어 있었다.

미안하다, 아가야. 너의 생일에 아빠를 보내주지 못해서. 대신 이 인형을 보내니 부디 우리를 용서해 주렴. 너의 두 번째 생일을 축하한다.

그 곰 인형은 정 기자의 손을 잡고 눈물을 흘렸던 수사관이 보낸 선물이었을까? 그것은 끝내 밝혀지지 않았다.

이상과 같은 내용은 훗날 정 기자가 정치인으로 변신했을 때 발간한 자서전에서 발췌한 것으로 실제와 다소 차이가 있을 수도 있다 (뭐, 자서전이라니까). 만신창이가 된 몸으로 남영동에서 풀려나던 날, 그는 미처 딸의 얼굴을 볼 사이도 없이 정문 앞에 대기하고 있던 지프차에 태워져 어디론가 끌려갔다. 눈을 떠보니 강원도 두메산골에 있는 한 군부대였다. 연병장엔 먼저 입소해 교육을 받고 있는 교육생들로 가득 차 있었는데 정 기자는 그들의 몸에 새겨진 문신과 칼자국을 보고서야 비로소 자신이 악명 높은 죽음의 삼청교육대에 끌려왔다는 사실을 깨달았다.

하루는 봉체조를 하다 정 기자가 부상을 당하는 일이 있었다. 300킬로그램이 넘는 무거운 봉을 드느라 무리를 했는지 왼쪽 어깨가 잔뜩 부어올라 팔을 움직일 수조차 없었다. 그럼에도 정 기자는 이를 악물고 고통을 참아내며 봉체조를 계속했다. 그의 의연한 태도에 평소에도 존경하는 마음을 품고 있던 삼촌은 조교들 눈에 띄지 않게 그의 옆에 바짝 붙어 서서 조금이라도 힘을 덜어주려고 애를 썼다. 그 마음이 그에게 전해졌던 걸까? 일과가 끝난 뒤, 정 기자는 수건을 찬물에 적셔 어깨에 냉찜질을 하며 삼촌에게 말을 건넸다.

— 그렇게 나를 도와주려고 애쓸 거 없네.

삼촌이 의아한 얼굴로 쳐다보자 그는 깨진 안경알 너머로 눈을 반짝이며 비장한 어조로 말했다.

— 난 어차피 여기서 살아나가지 못해.

— 왜, 왜, 왜 그, 그, 그런 말씀을 하십니까?

— 교육이 끝나기 전까지 빨간색 표시가 있는 교육생들을 다 죽이라는 명령이 떨어졌다는 얘기를 들었거든. 잘 생각해 봐. 이 부대 안에 지금 빨간색 곱표가 몇 명이나 남아 있는지.

그러고 보니 20여 명이 넘던 빨간색 곱표는 어느 순간엔가 눈에 띄게 숫자가 줄어들어 절반밖에 남아 있지 않았다.

— 다, 다, 다들 부, 부상을 당해서 후, 후, 후송을 간 거 아닌가요?

— 이런 순진한 친구를 봤나. 밖에 서 있는 저 앰뷸런스가 병원으로 가는지 화장터로 가는지 자네가 봤어?

삼촌은 화장터란 말에 등골이 섬뜩했다.

— 그래서 내가 조교들한테 부상당한 사실을 숨기는 거야. 내가 부상당한 걸 알면 저 돼지들은 아마도 좋아라, 신이 나서 나를 죽이려고 들겠지. 하지만 나도 그렇게 쉽게 당하진 않아. 버텨볼 때까지 버텨봐야지.

정 기자는 애써 담담한 척 말을 했지만 그간의 혹독한 매질과 훈련으로 몸이 쇠약해지면서 정신까지 함께 무너져내린 듯 어느 정도 자포자기를 한 듯한 눈빛이었다.
　― 참, 그러고 보니 이제 생각이 났군!
　냉찜질을 하던 정 기자는 갑자기 무릎을 탁 치며 말했다.
　― 뭐, 뭐, 뭐가요?
　― 자넬 처음 봤을 때 누굴 닮았다고 생각했거든.
　― 제, 제, 제가요?
　― 그래. 그런데 그게 여태 생각이 안 나다 이제야 생각이 났어.
　― 그, 그, 그게 누군데요.
　― 이소룡.
　― 이, 이, 이, 이, 이, 이, 이, 이소룡이요?
　― 그래. 자네 이소룡이라고 알아?
　알다 마다! 삼촌은 의외의 장소에서 이소룡이란 이름을 듣자 반가움에 절로 고개를 끄덕였다.
　― 짙은 눈썹하며 갸름한 얼굴, 호리호리한 몸매가 영락없는 이소룡이야. 내가 이소룡을 직접 만나본 적이 있어서 잘 알지.
　― 이, 이, 이소룡을 만났다고요. 그게 정말입니까?
　― 그럼, 내가 왜 여기까지 와서 거짓말을 하겠나. 내가 홍콩에 특파원으로 2년 정도 나가 있었거든. 이소룡 때문에 아시아가 들썩들썩할 때였지. 그때 이소룡을 만나서 직접 인터뷰를 했어. 사진도 찍고……
　삼촌의 머릿속에선 자신이 이소룡의 사형이었다고 뻥을 쳤던 칼판장의 얼굴이 언뜻 스쳐갔다. 하지만 정 기자는 칼판장과는 다른 인물이었다. 그리고 자신에게 사기를 칠 이유도 없었다. 그런데 이때, 정 기자가 사선을 넘나드는 극한 상황에서 만난 동료라서였을까? 삼촌은 그동안 누구에게도 털어놓지 않았던 비밀 한 가지를 조심스럽게 털어놓았다.

— 저, 사, 사, 사실은 저도 이, 이, 이소룡을 만난 적이 있습니다.

— 자네도?

— 네.

정 기자는 뜻밖이라는 듯 삼촌을 쳐다보았다.

— 이소룡은 죽은 지 한참 됐는데……?

— 아, 아, 알고 있습니다.

— 그런데 어떻게……?

— 이, 이, 이소룡이 몇 번 저, 저, 저를 찾아온 적이 있습니다.

— 그럼, 이소룡의 귀신을 봤다는 건가?

— 귀, 귀, 귀신인지 아닌지는 모르겠지만 하, 하, 하여간 몇 번 만난 적이 있습니다.

정 기자는 잠시 삼촌을 쳐다보다 뭔지 알겠다는 듯 순순히 고개를 끄덕였다.

— 그래, 그럴 수도 있어. 원래 사람이 죽으면 영혼이 이승을 떠나야 하는데 한이 많아서 미처 못 떠나고 중음에서 떠돌다 자네에게 잠시 찾아왔을 수도 있지.

— 그, 그, 그런 수도 있습니까?

— 나는 지금도 밤에 자다가 가끔씩 이 교육대에서 죽은 영혼들을 만난다네. 억울하게 잡혀 와서 맞아 죽은 사람도 있고, 병들어 죽은 사람도 있고, 유리조각을 삼켜서 자살한 사람도 있고…….

— 서, 서, 선생님이 들어오기 전에 시, 시, 실제로 유, 유리조각을 삼켜서 자, 자, 자살한 사람이 있었습니다.

삼촌의 말에 정 기자는 심란한 표정으로 잠시 입을 다물었다.
　— 그, 그, 그리고 실은 저도 호, 홍콩에 간 적이 있었습니다.
　잠시 후, 삼촌이 다시 입을 열었다.
　— 자네가 홍콩을?
　— 네, 호, 호, 혹시 사, 사, 사망유희라는 영화를 보셨습니까?
　— 당연히 봤지. 이소룡이 그 영화를 찍다가 죽어서 대역을 써서 완성한 거잖아.
　— 마, 맞습니다. 그 대역을 뽑을 때 저, 저, 저도 오, 오디션에 참가하려고 호, 호, 홍콩에 갔었거든요.
　— 그러고 보니…… 맞아! 이소룡 대역을 맡은 배우가 한국인이라고 하던데, 그럼 자네가 바로……?
　정 기자는 눈이 휘둥그레져서 삼촌을 쳐다보았다.
　— 아, 아, 아니요. 그, 그 사람은 제가 아닙니다. 저, 저, 저는 그, 오, 오디션에 차, 참가하지 못했습니다.
　— 아니, 홍콩까지 갔다면서 왜……?
　이때, 삼촌은 홍콩에서 있었던 일을 처음으로 정 기자 앞에서 털어놓았다.

　당시 삼촌이 타고 간 배는 여객선이 아니라 작은 밀항선이었다. 그런데 승선을 해보니 오디션을 보러 가는 사람은 삼촌 한 사람만이 아니었다. 그들이 어떤 경로로 그 배에 오르게 되었는지는 알 수 없었지만 마치 영화사에서 따로 전세를 낸 듯 배 안엔 홍콩의 꿈을 안고 무작정 몸을 실은 젊은 이소룡들로 가득 차 있었다. 뼈쩍 마른 이소룡, 뚱뚱한 이소룡, 머리가 너무 큰 이소룡, 다리가 조금 짧은 이소룡, 빨간 이소룡, 파란 이소룡, 찢어진 이소룡, 이소룡과 매우 비슷하기는 하지만 어딘가 살짝 빽사리가 난 이소룡, 아무리 잘 봐주려고 노력해도 이소룡과 비슷한 데라곤 한 군데도 없는 이소룡, 도대체 얘는 또 뭐지, 싶은 이소룡, 이보게 젊은이, 인생은 분명 용기도 필요하지만 때로는 지혜도 필요한 법이라네, 라고 말해 주고 싶은 이소룡, 그런데도 말귀를 못 알아듣고, 그게 무슨 뜻인데요, 라고 물으면, 그러니까 그게 무슨 뜻이냐 하면 말이지, 음, 그럼 이렇게 얘기해 볼까? 옛날 이탈리아에 프란체스코란 성인이 한 분 계셨는데 그분께선 다음과 기도문을 남기셨다네. 주여, 내가 할 수 있는 일은 최선을 다하게 하시고, 내가 할 수 없는 일은 체념할 줄 아는 용기를 주시며, 이 둘을 구분할 수 있는 지혜를 주소서. 그런데도 여전히 아이, 씨발, 그러니까 도대체 무슨 말을 하고 싶은 거냐고요, 라고 하면 가지 말라고! 인마! 가봤자 안 된다고! 라고 말해 주고 싶은 이소룡…….

기실, 그들 가운데 오디션에 합격할 가능성이 있는 사람은 거의 없었지만 그들은 다들 오디션에 자신의 인생이 걸린 듯 비장하고 진지했다. 그들은 아침마다 갑판 위에 모여서 서로 경쟁을 하듯 온갖 괴성을 내지르며 다양한 무술 동작을 선보였는데 수십 명의 짝퉁 이소룡들이 아침 햇살을 받으며 무술 연습을 하는 장면은 참으로 장관이었다.

태풍을 만난 건 밀항선이 여수를 떠난 지 일주일쯤 지났을 때였다. 밀항선은 동지나해를 건너 대만 근처를 지나고 있었다. 부슬부슬 비가 내리고 어디선가 바람이 불어와 뱃전이 조금씩 흔들리더니 순식간에 배를 뒤집어버릴 듯 거대한 파도가 작렬하고 천지를 찢어

발기듯 천둥과 번개가 무섭게 내리쳤다. 승객들이 모두 잠든 한밤중이었다. 사방은 칠흑같이 어두웠고 밀항선은 망망대해 위에 떠 있는 한 점 부표처럼 당장이라도 부서질 듯 위태롭게 흔들렸다. 놀라 깨어난 승객들은 다들 두려움에 떨며 하늘을 쳐다보았다. 그리고 파도가 멈추기를 기도했다. 종교가 있는 자들은 물론 무신론자들까지도 그간의 악행과 오만에 대해 반성하며 용서를 구했다. 오디션을 보러 가던 이들도 급히 기도의 대열에 동참했다. 그들은 오디션이고 나발이고 그저 목숨만 살려준다면 조용히 고향에 돌아가 평생 나대지 않고 남은 여생을 착하게 살겠노라 다짐했다. 하지만 삼촌은 두려운 가운데서도 억울한 심정이었다. 억울해서 화가 났고 억울해서 눈물이 날 것 같았다. 도대체 어떻게 해서 이루어진 홍콩행인가! 삼촌은 물에 빠져 죽는 건 억울하지 않았지만 오디션을 못 보고 죽는다면 억울해서 도저히 눈을 못 감을 것 같았다. 그래서 그는 다른 이소룡들과 달리 오디션을 볼 수 있게 해준다면 목숨도 아깝지 않다고, 그러니 죽을 때 죽더라도 오디션은 보고 죽게 해달라고 기도했다.

어느 쪽의 기도가 통한 건지는 알 수 없지만 다음 날 아침이 되자 바람이 차츰 잦아들고 오후에는 먹구름 사이로 밝은 해가 모습을 드러내 승객들은 폭풍우 속에서 마침내 살아남았다는 안도감에 서로 부둥켜안고 생존을 축하했다. 하지만 낡은 밀항선은 기관이 고장 나고 통신장비마저 파손되어 결국 조난을 당하고 말았다. 다시 위기가 찾아왔다. 밀항선이 망망대해를 유령선처럼 표류하는 동안 보름이 흘러갔다. 식량은 이미 바닥난 지 오래였고 남지나의 뜨거운 태양 아래 몸과 마음은 완전히 탈진해 버렸다.

차라리 태풍을 만났을 때 배가 뒤집혀 죽었더라면 좋았을 거라고 다들 한탄할 무렵, 배는 마침내 중국 령의 한 작은 섬에 도착했다. 다들 살았다며 환호성을 지르고 서로 부둥켜안으며 눈물을 흘렸다. 다만 배가 떠밀려간 곳이 백여 가호도 안 되는 작은 섬마을이어서 음식을 구하는 것이 쉽지 않았고 잠자리도 여의치 않았다. 게다가 때는 공교롭게도 우기여서 하루 종일 비가 내렸다. 조난자 가운데 중국말을 할 줄 아는 이가 있었지만 워낙 사투리가 심한 지역이라 현지인들과 의사소통을 하는 데에도 애를 먹었다.

  본토에서 경찰이 도착한 것은 나흘이 지난 뒤였다. 조난자들은 섬 주민들이 나뭇가지와 갈대를 엮어 급히 마련해 준 막사에서 잠을 자며 곰팡이가 핀 눅눅한 빵으로 끼니를 때웠다. 그러는 동안 경찰에 불려가 조사를 받았는데 당시엔 중국과 외교관계가 없던 때라 조사는 끝도 없이 계속되었다. 그들이 특히 수상하게 여긴 건 도무지 정체를 알 수 없는 일단의 젊은이들이었다. 하나같이 다부진 몸에 분위기가 심상치 않은 그들의 가방 안엔 마치 무슨 표식이라도 되는 양 쌍절곤이 하나씩 들어 있었다. 이소룡 영화를 한 번도 본 적이 없는 중국 경찰은 짧은 봉 두 개를 쇠사슬로 연결한 그 기이한 물건을 두고 오랫동안 토의를 벌였다. 그러는 동안 승객 중 한 명이 괴질로 사망하자 사람들은 머나먼 이역 멀리 외딴 섬에서 죽을지도 모른다는 두려움에 휩싸였다. 그것은 스타의 꿈을 안고 당당하게 배에 올랐던 이소룡들도 마찬가지였다. 그들은 몸과 마음이 지칠 대로 지쳐 오디션이고 뭐고 제발 집으로 돌아가기만을 꿈꾸었다.

  한 달 내내 지겹게 내리던 비가 멈추고 날이 개인 것은 때마침 출항 허가가 떨어진 날 아침이었다. 조사를 마친 경찰이 기나긴 회의와 복잡한 절차를 거쳐 마침내 밀항선을 한국으로 다시 돌려보내기로 결정한 것이다. 승객들이 이른 새벽부터 바쁘게 짐을 꾸려 승선을 다 마치자 마치 출항을 축하하듯 안개가 걷히며 동쪽에서 해가 떠올랐다. 지칠 대로 지친 와중에도 모처럼 보는 해가 반가웠던지 승객들은 다들 뱃전으로 나와 동쪽 바다에서 떠오르는 해를 바라보며 귀향의 기쁨에 들떠 있었다.

이때였다. 안개가 걷히면서 어느 순간, 바다에서 불쑥 솟아난 듯 저 멀리 희미하게 한 해안도시가 눈에 들어왔다. 해안을 따라 하늘을 찌를 듯 빌딩들이 줄지어 서 있었고 거대한 배들이 항구에 빽빽이 정박해 있었다. 그 도시는 내내 그곳에 있었지만 그동안 날이 궂어 아무도 보지 못한 거였다. 다들 감탄한 표정으로 쳐다보다 지나가던 한 승무원에게 바다 건너에 있는 도시의 이름이 뭐냐고 묻자 그는 그곳이 바로 홍콩이라고 했다. 그 말에 얼치기 이소룡들은 일제히 망치로 뒤통수를 얻어맞은 듯 멍해졌다. 꿈에도 그리던 홍콩이 저렇게 가까운 곳에 있었다니! 그런데도 여태 그 사실을 몰랐다니! 그들은 홍콩에 조금이라도 더 가까이 다가가려는 듯 일제히 뱃전으로 발을 한 걸음 더 내디뎠다. 아침 햇살에 황금빛으로 반짝이는 홍콩은 참으로 아름다웠다. 그리고 손에 잡힐 듯 가까이 있었다. 하지만 절대 헤엄을 쳐서 건널 수 있는 거리는 아니었다. 그렇게 홍콩은 영원히 가닿을 수 없는 이상향처럼 바다 건너 저 멀리에서 오롯이 빛나고 있었다.

이때, 뱃고동이 길게 울리며 배가 섬을 출발했다. 그리고 잠깐 사이에 홍콩이 눈앞에서 멀어지기 시작했다. 얼치기 이소룡들의 꿈도 함께 멀어지고 있었다. 아무도 뱃전을 떠나는 이가 없었다. 그리고 아무도 입을 여는 이가 없었다. 그때 그 수많은 이소룡들은 무슨 생각을 하고 있었을까? 그들은 고향으로 돌아간다는 기쁨도 잊은 채 하염없이 줄줄 흘러내리는 눈물 너머로 뿌옇게 멀어지는 홍콩을 바라보고 있었다. 때마침 갈매기 떼가 작별인사를 하듯 요란하게 끼룩거리며 배 위를 날아갔고 승객들은 피곤한 몸을 누이기 위해 각자 선실로 돌아갔다. 하지만 수많은 짝퉁 이소룡들은 홍콩이 눈앞에서 완전히 사라질 때까지 뱃전에 남아 자신들의 꿈이었던 황금빛 도시를 하염없이 바라보고만 있었다.

― 그럼 결국 오디션은 보지 못한 거로군.

삼촌이 긴 얘기를 끝냈을 때 정 기자가 안타까운 표정으로 말했다.

― 거 참, 하늘도 무심하지. 어떻게 코앞까지 가서…… 쯧쯧쯧.

정 기자는 혀를 차며 위로하듯 삼촌에게 한 마디를 던졌다.

― 내가 장담하는데 만일 자네가 그 오디션을 봤다면 충분히 합격하고도 남았을 걸세.

― 저, 저, 정말 그렇게 새, 생각하십니까?

― 암, 이건 빈말이 아니라 자네라면 틀림없이 붙었을 거야. 자네 무술 실력을 보진 못했지만 내가 보기에 대역을 맡았던 그 배우보다 자네가 이소룡과 분위기가 더 비슷해.

그의 말이 홍콩까지 갔다가 바로 코앞에서 발길을 돌려야 했던 삼촌에게 위로가 되었을까? 이때 내무반 조장이 들어서며 큰 소리로 외쳤다.

― 점호 준비!

*

 며칠 뒤, 도치가 찾아와 잠깐 보자며 삼촌을 건물 뒤로 끌고 갔다. 그는 양말 속에 몰래 꿍쳐온 담배꽁초를 꺼내 삼촌에게도 한 대 권했다.
 ─ 나, 나, 난 담배 안 피워.
 ─ 어떻게 군대도 갔다 온 씹새가 담배도 안 피우냐? 재미없게.
 도치는 꽁초에 불을 붙여 맛나게 한 대 피우며 말했다.
 ─ 너 정 기자란 양반하고 친하냐?
 ─ 뭐, 그, 그냥……
 ─ 그런 빨갱이하고 가깝게 지내지 마. 잘못하면 너까지 다치는 수가 있어.
 ─ 그, 그 사람, 빠, 빨갱이 아닌데…….
 ─ 빨갱이는 원래 겉만 봐가지고는 알 수 없는 거야. 그러니까 조심하라고, 씹새야. 이건 내가 하는 말이 아니라 토끼 형님이 너한테 전해달라고 해서 하는 말이야.
 ─ 토, 토끼가?
 ─ 그래, 씹새야. 형님이 말씀은 안 하시지만 너를 좋게 보고 계시는 것 같더라. 형님 말씀이 그래도 한동네 사람인데 끝까지 살아남아서 같이 손 붙잡고 고향에 돌아가야 되지 않겠냐고 하시더라.
 삼촌은 뜻밖의 호의에 약간 어리둥절한 기분이었다.
 ─ 그리고 이건 아직 비밀이지만 형님이 여기서 나가면 나를 정식으로 역전파에 넣어주시겠다고 약속했거든. 만일 그렇게 되면 내가 형님한테 잘 말씀 드려서 너도 우리 조직에 들어올 수 있도록 힘써

볼게. 그러니까 앞으로 형님 만나면 인사 좀 잘해, 이 씹새야.
 삼촌은 역전파 조직원이 되는 것에 대해 손톱만큼도 관심이 없었지만 그래도 두 사람과 어느 정도 구원(舊怨)이 풀린 것 같은 홀가분함에 말없이 고개를 끄덕였다.
 ― 근데, 너 혹시 먹을 것 좀 없냐?
 ― 어, 없는데…….
 ― 알았다. 앞으론 먹을 것 좀 갖고 다녀, 씹새야.
 도치는 아쉽다는 듯 담뱃불을 바닥에 비벼 끄고 황급히 자리를 떴다.
 배가 고픈 건 도치뿐만이 아니었다. 삼청교육대 안에선 두들겨 맞는 것도 괴로웠지만 배고픔은 또 다른 별개의 고통이었다. 교육대에서 제공되는 부식은 개돼지에게 먹이는 음식찌꺼기보다 조금도 나을 게 없었고 그마저도 양이 부족해 교육생들은 늘 배고픔에 허덕였다. 애초에 할당량이 적기도 했지만 부식을 윗선에서 빼돌렸기 때문이었다. 쌀을 빼돌려 쌀가게에 팔아먹고 고기를 빼돌려 정육점에 팔아먹고 기름을 빼돌려 주유소에 팔아먹는 것은 당시 일반 보병부대에서조차 일반화된 관행이었으니 삼청교육대같이 특수한 부대에선 두말할 나위도 없었다. 교육생들은 그런 이중의 고통 속에서도 하루빨리 4주가 지나 집으로 돌아가기만을 손꼽아 기다리고 있었지만 교육대의 시간은 모래시계에서 모래가 떨어지듯 한없이 더디게만 흘러갔다.

 삼촌이 문을 열고 들어섰을 때 사무실엔 양복을 입은 사내 둘이 자리에 앉아 있었다. 그들은 교육대에서 한 번도 마주친 적이 없는 낯선 얼굴이었는데 삼촌이 군대에 있을 때의 경험으로 미루어보아 보안대 출신임이 분명해 보였다. 삼촌을 데려온 염마는 그들에게 깍듯하게 거수경례를 하고 밖으로 나갔다. 안경을 쓴 사내는 뭔가 복잡해 보이는 서류를 들여다보고 있다 삼촌에게 의자를 가리키며 말했다.

― 거기 앉아.

삼촌이 자리에 앉자, 안경은 서류를 들고 와 맞은편 의자에 앉았다.

― 권도운, 맞나?

― 네, 마, 마, 맞습니다.

― 원래 말을 그렇게 더듬나?

― 네, 워, 워, 원래……!

하는 순간, 정강이가 부서지는 듯한 통증에 삼촌은 비명을 질렀다. 옆에 서 있던 다른 사내가 구둣발로 정강이를 걷어찬 거였다. 불곰처럼 구부정한 어깨에 꽤나 완력이 있어 보이는 사내였다.

― 여기서 원래라는 건 없다. 계속 그렇게 버버거리면 여기서 걸어 나가지 못할 거야.

안경은 얼핏 보면 관공서의 공무원처럼 평범한 인상이었지만 오히려 기계처럼 차갑고 단조로운 태도가 어떤 면에선 염마보다 더 섬뜩한 느낌을 주었다.

― 정경태라고 알지?

삼촌은 그제야 보안대에서 자신을 부른 이유가 무엇인지 깨달았다. 정경태는 바로 정 기자의 이름이었다.

― 네, 아, 압니다.

삼촌은 대답을 하며 뭔가 쉽게 넘어갈 것 같지는 않다는 불길한 예감에 길게 심호흡을 했다.
―정경태랑 무슨 얘기 했어?
―네?
하는 순간, 다시 정강이에서 깊은 통증이 느껴졌다.
―정경태랑 무슨 얘기 했냐고.
안경은 소리를 지르지 않았다. 그저 무심한 듯 사무적이고 기계적인 말투여서 삼촌은 상대의 감정을 짐작할 수 없었다.
―그, 그, 그 그냥 이, 이, 이런저런……
불곰은 다시 정강이를 걷어찼다. 그새 정강이가 까져 피가 흘러내렸는지 발등이 축축해졌다. 두 사람은 서로 역할을 분담한 듯 안경은 묻기만 하고 불곰은 한 마디 말도 없이 정강이를 걷어차기만 했다.
―이, 이, 이, 이……
삼촌은 다시 비명을 질렀다. 불곰은 한쪽 정강이만 골라서 그것도 한 부위만을 집중적으로 걷어차 고통이 더욱 심했다. 삼촌은 말을 더듬지 않으려고 애를 썼지만 울음이 날 것 같은 통증과 긴장에 더욱 심하게 말을 더듬었다.
―이, 이, 이, 이, 이……
―이 누구!
불곰은 기계처럼 일정한 강도로 정강이를 걷어찼다. 다리가 끊어지는 듯 고통스러웠다. 정신 차려, 권도운! 잘못하면 여기서 다리를 한 짝 잃을 수도 있어. 삼촌은 침을 꿀꺽 삼켰다. 그리고 한 음절씩 끊어서 천천히 힘겹게 입을 뗐다.
―이, 소, 룡에, 대해 얘, 기, 했습니다.
삼촌은 겨우 더듬지 않고 한 마디를 했는데 그 한 마디 말을 내뱉는 데 기력이 모두 소진된 것 같았다.
—이소룡?
 두 사람은 서로 눈을 마주쳤다. 그리고 동시에 삼촌을 쳐다보았다. 안경은 먹이를 발견한 승냥이처럼 눈빛을 반짝거렸다.
—좋아. 앞으로도 그런 식으로만 얘기하면 넌 병신이 안 될 수도 있어. 우린 네가 그렇게 악질이라고 생각하진 않아. 보나마나 정경태, 그놈 꼬임에 넘어갔을 거야. 그러니까 넌 그냥 보고 들은 대로만 얘기하면 돼.
 안경은 의자를 바싹 당겨 앉으며 삼촌을 달래듯 부드럽게 말했다.
—자, 그럼 이제 그 이소룡이 누군지 얘기해 봐. 우선 그놈 직업이 뭐야?
—지, 지, 직, 업이요?
 불곰이 다시 정강이를 걷어찼다.
—말 더듬지 말라고 그랬지?
 삼촌은 다시 숨을 가다듬은 후 천천히 입을 뗐다.
—이, 소룡은 영, 화, 배우입니다.
—영화배우?
—네.
 두 사람은 뜻밖이라는 표정이었다.
—빨갱이 새끼들이 이젠 영화계까지 침투했구먼.
 삼촌은 뭔가 오해가 있다고 느꼈지만 그들은 대어를 발견한 듯 신나는 표정이었다.
—그럼 정경태랑 이소룡은 어떤 관계야?
—기자, 생활, 할 때, 만나서, 인터뷰를, 했다던데요. 사진도 찍고.

폭력에 대한 두려움 앞에서 수줍음과 망설임이 모두 사라진 듯 다행히 어느 순간부터 말을 더듬지 않았다.
— 그럼 둘이 접선한 장소가 어디야?
— 접선, 이요?
— 그래, 둘이 만난 장소 말이야.
— 홍콩, 이라고 하던데…….
— 홍콩?
두 사람은 놀란 듯 동시에 합창을 했다.
— 뭐야, 그럼 국제적인 빨갱이 조직이라는 거야?
안경이 혼잣말처럼 중얼거리자 불곰이 물었다.
— 국제적인, 조직이요? 그런 게 있습니까?
— 그래, 옛날에 제1인터내셔널*이니 제2인터내셔널이니 하는 국제적인 빨갱이 조직이 있었거든.
그러자 불곰이 약간 걱정스러운 듯 말했다.
— 그럼, 이거 중정**에다 먼저 보고해야 되는 거 아닙니까?
— 그건 나중에 결정하고, 아무튼 좋아. 두 사람이 이소룡 얘기를 했다고 했지? 그럼 좀더 구체적으로 말해 봐. 정경태랑 무슨 얘길 했는지…….
안경은 다시 삼촌에게 물었다.
— 이소룡이 바람피웠다는 얘기를 했어요. 원래 미국에 부인이 있

---

* 1864년 9월 28일에 런던에서 창설된 국제노동자협회(International Workingmen's Association).
** 중앙정보부. 1961년 김종필에 의해 창설된 후 국가안전기획부를 거쳐 국가정보원으로 개칭하여 현재에 이르고 있음.

는데 홍콩에 따로 만나는 애인이 있었다고.

— 부인이 미국에 있다고?

— 네.

— 이, 이, 이거 보통 거물이 아닌 것 같은데…….

말을 더듬지 말라고 하더니 이번엔 그들이 말을 더듬었다.

— 그, 그리고 또?

— 또…… 참, 그런 얘기도 했어요. 쇠고기를 주스처럼 날로 갈아서 마셨다고.

— 생고기를, 마셨다고?

— 네.

— 왜, 왜 그랬대? 왜?

안경은 당황한 기색이 역력했다.

— 근육을 만들려고 그랬대요.

— 그, 그럼 뭐야, 씨발. 124군부대* 같은 거야?

안경은 당황한 듯 자리에서 벌떡 일어섰다.

— 지금 그 새끼 어디 있는지 알아?

— 정 기자님은 지금 훈련 중인데요.

— 정경태 말고 이소룡 말이야, 이소룡!

— 이소룡은…… 죽었는데요.

— 뭐야? 죽었어?

안경은 허탈한 표정으로 다시 자리에 털썩 주저앉았다.

---

* 북한의 민족보위성 정찰국 소속의 특수부대. 1968년 1월 21일, 청와대를 습격하기 위하여 서울 세검정고개까지 침투했던, 소위 김신조 사건으로 유명해졌다.

― 너, 혹시……

이때, 불곰이 조심스럽게 입을 열었다.

― 네가 말하는 이소룡이란 놈이 짱깨영화에 나오는 그 배우를 말하는 건 아니지?

― 네, 맞아요! 제가 아까 그랬잖아요. 영화배우라고.

그날, 삼촌은 다리가 부러지지 않은 게 다행이었다. 불곰과 안경을 삼촌을 바닥에 눕혀놓고 화가 풀릴 때까지 짓밟았다. 그리고 앞으로 정 기자가 하는 말과 행동, 또 누구와 만나서 무슨 얘기를 나누는지 감시해서 하나도 빠짐없이 보고를 하라며, 만일 그렇게 하지 않으면 삼청교육대에서 귀신이 될 때까지 내보내지 않겠다고 협박을 한 후 돌려보냈다.

*

폭력과 죽음의 공포 앞에서도 당당할 수 있는 사람은 세상 어디에도 없다. 심지어 예수조차도 십자가 위에서 '엘리 엘리 사박다니*'라고 외치지 않았던가. 자신들의 인생에서 가장 긴 한 달을 보내고 있던 교육생들은 퇴소하는 날이 가까워질수록 행여 잘못된 불운이 자신에게 떨어질까 두려워 그저 낙엽도 피해가는 심정으로 조심조심, 마지막 한 주를 보내고 있었다. 희망이 있다는 건 그래서 좋은 걸까? 가혹한 매질에 지치고 배고픔에 지친 교육생들의 초췌한 얼굴

---

* 주여, 어찌 나를 버리시나이까.

에서도 알듯 모를 듯 희미한 생기가 피어났다. 하지만 정 기자는 다른 교육생들과 정반대로 퇴소일이 가까워질수록 초조해 하는 기색이 역력했다. 왜냐하면 퇴소일이 가까워지면서 사냥개들이 더욱 독이 올라 등에 빨간색 곱표가 있는 교육생이 한 주에만 세 명이 죽어 나갔기 때문이었다. 그들은 모두 자살이나 병사로 처리가 되었지만 그것이 명백한 타살이라는 것을 모르는 사람은 아무도 없었다.

마지막 주가 시작되기 전 정 기자는 심한 고열에 시달렸다. 쌀쌀한 가을비 속에서 하루 종일 고된 훈련을 받고 난 뒤였다. 단순한 감기가 아닌 듯 밤새 기침을 하며 헛소리까지 해대 내무반 동료들은 이제 그가 죽을 때가 되었나보다고 수군거렸다. 옆 침상을 쓰는 삼촌은 의무실에라도 가보는 게 어떻겠냐고 권했지만 정 기자는 단호하게 고개를 저었다. 자신이 아픈 것을 알면 교관들이 더욱 심하게 괴롭힐 거라고 생각했기 때문이었다. 그나마 교관들이 외출을 한 주말이어서 삼촌은 옆에서 그를 돌볼 수 있었는데 물수건으로 몸을 닦아주려 옷을 벗겨보니 뼈만 남은 앙상한 몸이 온통 상처투성이인 데다 하도 매를 많이 맞아 여기저기 살이 꺼멓게 죽어 있어 마치 시체를 염습하는 느낌이었다. 신음소리를 내며 앓던 정 기자는 희미하게 눈을 떠 자신의 몸을 닦아주는 사람이 삼촌임을 알아보자 겨우 안심한 듯 다시 눈을 감았다. 그리고 가르랑거리는 목소리로 힘겹게 입을 열었다.

— 얼마 전까지만 해도 그런 생각을 했네. 죽을 때 죽더라도 죽기 전에 마누라하고 딸애 얼굴이나 한 번 보고 죽었으면 좋겠다고. 그런데 지금은 그게 어쩐지 사치처럼 느껴지는구먼.

— 그게 왜 사치라고 생각하십니까?

죽음의 공포 앞에선 망설임도 사라지는 법. 보안대에서 곤욕을 치른 이후 삼촌은 더 이상 말을 더듬지 않았다.

― 아무래도 난 여기서 살아나가지 못할 것 같아.

― 이제 일주일만 버티면 되는데 왜 그런 소리를 하세요?

― 일주일? 지난주엔 일주일에 네 명이나 죽었어. 그중에 세 명이 나 같은 곱표들이야.

힘겹게 말을 잇던 정 기자는 갑자기 자리에서 벌떡 일어나 앉았다. 그리고 삼촌의 눈을 쳐다보며 말했다.

― 자네한테 한 가지 부탁이 있네.

― 뭔데요?

― 내가 여기서 죽으면 저놈들은 틀림없이 내가 자살한 걸로 처리를 할 거야. 부검도 못하게 바로 화장을 해버리고 통지만 하면 끝나는 일이거든. 그러니까 자네가 여기서 나가면 내 아내한테 전해주게. 내가 절대 자살한 게 아니라고. 내가 그렇게 나약한 인간이 아니었다고. 난 최선을 다했지만 어쩔 수 없었다고. 어때? 약속해 줄 수 있지?

정 기자의 눈은 더없이 비장하고 슬퍼 보였다. 그 눈을 들여다보고 있자니 삼촌은 가슴이 미어질 것 같았다. 잠시 정 기자를 바라보던 삼촌도 비장한 표정으로 입을 열었다.

― 누가 그런 말을 했어요. 나보다 더 힘도 세고 덩치도 큰 놈이 싸움을 걸어오면 그 적에게 감사하라고요. 왜냐하면 그놈이 내 자존심을 건드려준 덕분에 그놈에게 본때를 보여줄 수 있으니까요.

정 기자는 삼촌의 엉뚱한 말에 의아한 표정으로 물었다.

― 누가 그런 말을 했어?

― 이소룡이요.

― 그런데…… 그 말이 지금 우리랑 무슨 상관인가?

― 누군지는 모르지만 난 지금 우리가 아주 힘도 세고 덩치도 큰 놈한테 제대로 걸려들었다는 생각을 했거든요. 그러니까 여기서 교육을 마치고 보란 듯이 걸어서 나가면 그게 바로 그놈에게 본때를 보여주는 거잖아요.

정 기자는 어린 나이의 삼촌이 보여준 의기에 감동을 했을까? 아니면 그저 천진하기만 한 생각에 코웃음이 났을까? 그는 한동안 삼촌의 얼굴을 바라보다 보일 듯 말 듯 미소를 띠우며 말했다.

― 자넨 아무리 봐도 정말 이소룡을 많이 닮은 것 같아.

정 기자는 다시 자리에 누워 한참 기침을 해댔다. 그리고 혼잣말처럼 힘없이 중얼거렸다.

― 그래, 이소룡 말처럼 나도 본때를 보여주고 싶은데 불행하게도 이번엔 너무 강한 상대를 만났어. 솔직히 지금 심정으론 당장 내일 하루도 못 버틸 것 같아.

그날 밤, 정 기자가 고른 숨소리를 내며 잠이 든 후에도 삼촌은 마음이 번란해 한동안 잠을 이루지 못했다. 도대체 왜 정 기자처럼 똑똑하고 의연한 사람에게 이런 일이 벌어진 걸까? 그리고 다른 사람들은? 우리가 아무리 불량배고 불순분자라 하더라도 사람을 이렇게 두들겨 패고 심지어는 죽이기까지 하는 게 과연 올바른 걸까? 그렇게 해서 뭐가 순화되는 걸까? 그리고 이런 계획은 도대체 누가 세우는 걸까? 정 기자가 옆에서 갑자기 발작적으로 기침을 했다. 그는 정말 딸애의 얼굴을 다시는 못 보고 죽는 걸까? 삼촌은 갈고리보다 더 무섭고 덩치가 큰, 그리고 정체를 알 수 없는 상대에 대해 생각하며 밤새 뒤척거렸다.

　새로운 한 주가 시작되는 월요일엔 교관들이 더욱 미친 듯이 날뛰었다. 주말에 휴식을 하며 체력을 비축해 기운이 남아도는 탓도 있었지만 주말 동안 교육생들의 군기가 빠져 있어 주초에 다시 혹독하게 다잡아놔야 주말까지 약발이 든다고 생각했기 때문이었다. 삼촌이 아침에 일어나 옆자리를 보니 정 기자의 상태가 심상치 않았다. 삼촌은 그에게 다시 한 번 의무실에 갈 것을 권했지만 끝내 고집을 꺾지는 못했다. 그는 자신의 훈련복을 가져다 달라며 힘겹게 자리에서 몸을 일으켰다. 삼촌이 그의 관물 대에서 훈련복을 꺼냈는데 등에 그려진 빨간색 곱표가 마치 죽음의 표식처럼 섬뜩하게 느껴졌다.
　그날의 훈련은 천여 명의 교육생들이 연병장에 모여 함께 체조를 하는 것으로 시작되었다. 새로 입소한 교육생들은 얼떨떨한 두려움에, 그리고 먼저 입소한 축들은 마지막 고비를 제발 무사히 넘겼으면 하는 바람에 교관의 구령에 맞춰 열심히 팔다리를 놀렸다. 그런데 체조를 하는 도중 조교 한 명이 등 뒤로 다가와 아무런 이유도 없이 삼촌의 어깨를 몽둥이로 힘껏 내리쳤다.
　─이 새끼! 완전히 군기가 빠졌네. 엎드려뻗쳐!
　삼촌이 바닥에 엎드리자 조교는 인정사정 볼 것 없이 몽둥이질을 해댔다.
　이제 시작이로군. 삼촌은 매를 맞으며 이를 악물었다. 이미 각오를 단단히 하고 있었지만 그렇다고 해서 고통이 줄어드는 건 아니었다. 삼촌이 매를 맞는 데에는 달리 특별한 이유가 없었다. 그의 등에 빨간색 X자 표시가 있었기 때문이었다. 한 달여의 교육기간 중에 빨간색 곱표는 점점 줄어들어 남은 숫자가 겨우 예닐곱뿐이었지만 조교들은 그들이 출소하기 전에 때려죽이라는 명령을 받은 듯 곱표를 발견하기만 하면 아무 이유 없이 가혹한 매질을 하곤 했다. 그날 아침, 삼촌은 정 기자에게 옷을 건네주며 몰래 자신의 옷과 바꿔치기를 했다. 만일 정 기자가 곱표가 된 옷을 입고 나가면 쇠약해질 대로 쇠약해진 그가 더 이상 버티지 못하고 연병장에서 쓰러질 거란 생각이 들었기 때문이었다.

그것이 삼촌이 생각하는 정의라는 거였을까? 아니면 함께 훈련을 받고 고통을 나누는 동안 생긴 동료애 같은 거였을까? 그날 아침 삼촌은 옷을 바꿔 입으며 진심으로 정 기자가 무사히 교육을 마치고 나가기를 바랐다. 그래서 그의 아내와 딸에게 돌아가기를 원했다. 아무리 건장한 사내라 하더라도 자신의 몸뚱이 하나 건사하기 힘든 죽음의 교육대 안에서 그런 마음이 가당키나 한 것이었는지는 모르겠지만, 그래서 어쩌면 자칫 목숨을 잃을 수도 있는 위험한 행동이지만 삼촌은 그래도 젊고 건강한 자신이 정 기자보다는 잘 견딜 수 있지 않겠냐는, 그러다 혹시 목숨을 잃는다 하더라도 가족이 있는 정 기자가 죽는 것보다는 낫지 않겠냐는 생각을 가지고 있었다.

— 자네, 도대체 이게 무슨 짓인가!

오전 교육을 마치고 잠시 휴식을 취할 때, 삼촌이 훈련복을 바꿔 입은 사실을 뒤늦게 눈치 챈 정 기자가 삼촌을 다그치며 당장 옷을 내놓으라고 했다. 하지만 입고 있는 옷을 강제로 벗길 수는 없는 일, 삼촌이 눈도 꿈쩍 않고 모른 척 외면하자 정 기자는 답답하다는 듯 가슴만 쳤다. 그날 삼촌은 자신의 예상보다 훨씬 더 모진 꼴을 당했다. 교육 중에는 말할 것도 없고 교육이 끝난 뒤에도 빨간색 X자 표시가 있는 교육생들을 따로 불러 복날 개 패듯 한 시간이 넘게 두들긴 후에야 내무반으로 돌려보냈는데 다음 날, 곱표를 한 교육생 가운데 한 명의 모습이 사라지고 없었다. 군홧발로 배를 심하게 걷어차인 끝에 장 파열로 숨졌다는 소문이 돌았지만 진실은 강원도 산골 어느 쓸쓸한 계곡에 아무도 모르게 묻혀버렸다. 다른 교육생들은 출소가 가까워질수록 더욱 기승을 부리는 승냥이들의 폭력에 벌벌 떨었지만 삼촌의 어디에 그런 무모한 의협심이 숨겨져 있었던 걸까, 삼촌은 당장 훈련복을 내놓으라는 정 기자의 다그침에도 아랑곳 않고 다음 날도, 또 그 다음 날도 빨간색 곱표가 그려진 훈련복을 입고 교육을 받으러 나섰다.

*

도치가 식당에서 점심을 먹고 막 자리에서 일어섰을 때였다. 고참으로 보이는 한 취사병이 도치를 불렀다.

— 야, 23번! 너 이리 와봐.

23번은 도치가 교육대에서 부여받은 번호였다. 교육대 안에선 아무도 이름을 부르지 않았다. 죄수들이 부여받은 수인번호처럼 명찰엔 단지 숫자만 적혀 있을 뿐이었다.

— 저요?

— 그럼 여기 23번이 너 말고 또 있냐?

취사병은 군홧발로 대뜸 도치의 조인트를 내질렀다. 그리고 그에게 안으로 따라 들어오라고 했다. 도치가 엉거주춤 취사병을 따라 들어가니 배식대 안쪽 주방에선 10여 명의 취사병들이 정신없이 일을 하고 있었다. 수증기와 음식 냄새로 가득 찬 그곳은 늘 배가 고파 걸근대는 도치에겐 천국이나 다름없었다. 들어가서 목욕을 해도 좋을 만큼 큰 배식 통 안엔 멀건 된장국이 가득 담겨 있었고 한쪽에선 돼지처럼 뚱뚱하게 살이 찐 취사병이 방금 스팀으로 쪄낸 무럭무럭 김이 오르는 밥을 다른 배식 통에 부지런히 퍼 담고 있었는데 그가 사용하는 도구는 주걱이 아니라 야전에서 사용하는 삽이었다. 이를 바라보던 도치는 자신도 모르게 침을 꿀꺽 삼키며 그 밥을 딱 한 삽만 먹을 수 있으면 소원이 없겠다고 생각했다. 기실 교육대에서 지급되는 부식으론 간에 기별도 가지 않아 교육생들은 다들 배고픔에 시달렸다. 그러니 몸집을 불리느라 매일 호떡을 백 개씩 먹어치우던 도치는 오죽했겠는가! 삼청교육대는 그렇게 사람을 개돼지처럼 다루는 축생도(畜生道)인 동시에 배고픔의 고통으로 가득 찬 아귀도(餓鬼道)이기도 했다.

그날 취사병이 도치를 부른 것은 군용견에게 개밥을 주고 오라는 심부름을 시키기 위해서였다. 도치는 잔반이 가득 담긴 양동이를 들고 식당 뒤편에 있는 개집으로 다가갔는데 도치를 본 개들은 일제히 날카로운 이빨을 드러내며 무섭게 으르렁거렸다. 군용견은 덩치가 성인 남자만 한 독일산 셰퍼드들로 얼마 전엔 용케 철조망을 넘어 도망치던 교육생을 쫓아가 물어 죽였을 정도로 사나웠다. 도치가 잔반이 든 양동이를 조심스럽게 개집 쪽으로 밀어놓자, 군용견들은 머리를 박고 시끄러운 소리를 내며 허겁지겁 잔반을 먹어치웠다. 이를 지켜보던 도치는 자신의 신세가 잔반이나마 배불리 먹을 수 있는 개만도 못한 신세라는 생각에 울컥, 처량한 기분이 들었다. 그런데 그때 왜 군용견들이 먹는 개밥이 그렇게 맛있게 보였을까? 멀건 국에 만 밥엔 간혹 고깃덩어리처럼 보이는 건더기도 들어 있어 한눈에 봐도 교육생들이 먹는 부식보다 훨씬 나아 보였다. 그리고 군용견들이 어찌나 맛있게 쩝쩝거리며 밥을 먹는지 도치는 자신도 모르게 침을 꿀꺽 삼켰다. 그리고 개집 주위를 둘러보았다. 아무도 지켜보는 이가 없었다. 이에 도치는 자신도 모르게 개밥이 담긴 양동이를 재빨리 앞으로 끌어당겼다. 그리고 손으로 개밥을 마구 퍼먹기 시작했다. 졸지에 먹을 걸 빼앗긴 군용견들은 도치를 보고 미친 듯 짖어댔지만 도치의 귀엔 아무 소리도 들리지 않았다. 그저 뱃속에 뭔가 들어간다는 행복감에 정신없이 개밥을 입으로 퍼 넣었다. 그러다 개밥 안에서 종류를 알 수 없는 생선대가리를 발견하자 도치는 볼 것도 없이 통째로 입에 집어넣고 와작와작 뼈째로 씹어 먹었다. 그러자 설명할 수 없는 오묘한 맛이 입 안 가득 퍼져나가며 도치의 행복지수는 최고조에 달했다. 그는 양동이에 묻은 음식찌꺼기까지 말끔하게 핥아먹었는데 바로 코앞에서 개들이 컹컹대며 짖어대는 와중에 도치가 개밥그릇에 머리를 박고 게걸스럽게 손으로 개밥을 퍼먹는 장면은 참으로 기이한 초현실이자 축생도와 아귀도, 지옥도가 모두 합쳐진 끔찍한 삼악도의 한 풍경이었다.

삼촌은 여전히 빨간색 곱표가 그려진 훈련복을 입고 교육을 받고 있었다. 며칠간의 심한 구타로 온몸에 멍이 들고 심신이 지칠 대로 지쳐 있었지만 며칠만 지나면 교육이 끝난다는 희망으로 마지막 주를 힘겹게 버티고 있었다. 물론 삼촌처럼 B급으로 분류된 사람들은 교육이 끝난 뒤에도 집으로 돌아가지 못하고 근로봉사대에서 6개월간 강제노역을 해야 했지만 그래도 삼청교육대보단 낫지 않을까 하는 기대에 하루빨리 교육이 끝나기만을 바랐다.

삼촌이 속한 중대의 교육생들은 벌써 한 시간도 넘게 원산폭격을 계속하고 있었다. 그것은 손 대신에 머리를 땅에 박고 버티는 것으로 정수리가 깨질 듯 아프고 목이 부러질 것처럼 고통스러운 기합이었다. 연병장 여기저기에선 끙끙대며 버티는 고통스런 신음소리와 조교들이 넘어진 교육생들을 구타하는 소리로 시끄러웠다. 하지만 운동에 이골이 난 삼촌에게 있어선 다른 기합을 받는 것보다 수월해 원산폭격을 한 상태에서 자신도 모르게 깜박 잠이 들고 말았다. 그리고 잠시 꿈을 꾸었는데 뜻밖에도 오랫동안 잊고 있던 마 사장이 꿈에 나타났다. 그녀가 난데없이 꿈속에 등장한 것은 홍콩까지 보내주는 호의를 베풀었는데도 몇 년간 한 번도 찾아보지 못한 죄책감 때문이었을까? 꿈속에서 마 사장은 매우 냉랭한 표정으로 삼촌에게 말했다. 전에 내가 그랬지? 너도 누군가를 배신할 상이라고. 결국은 너도 칼판장이랑 똑같은 놈이야. 꿈속이었지만 삼촌은 뭔가 변명을 하고 싶었다. 당신을 찾아가지 못한 것은 오디션도 보지 못하고 돌아온 부끄러움에 차마 찾아볼 면목이 없었기 때문이라고, 그래도 마음속으론 늘 당신의 고마움을 잊지 않고 있다고. 그러나 삼촌은 숨이 막힐 것 같은 답답함에 말이 나오지 않았다.

이때, 갑자기 옆구리에 격심한 통증이 느껴졌다. 누군가 옆구리를 군홧발로 호되게 걷어찬 거였다. 삼촌이 바닥을 나뒹굴며 위를 올려다보니 모자를 깊숙이 눌러쓴 교관이 싸늘한 눈길로 삼촌을 내려다보고 있었다. 염마였다.

— 이 빨갱이 새끼가 아직까지도 죽지 않고 살아 있었구먼.

염마는 삼촌의 등에 그려진 빨간색 X자를 노려보며 말했다. 다행인지 불행인지 그는 삼촌이 정 기자와 옷을 바꿔 입은 사실을 알아채지 못했다. 교관들은 교육생들과 한 달 내내 얼굴을 마주하면서도 그들의 이름은커녕 번호조차 기억하지 못했다. 그것은 교육생들이 제각기 존엄한 생명을 가진 인격체라는 인식이 없었기 때문이었다. 소들에게 아무런 애정이 없는 소몰이꾼이 소들의 존재를 개별적으로 인지할 수 있을까? 교관들에게 있어서 교육생들은 그저 도살장에 끌려온 한 무리의 소 떼일 뿐, 따로 연민이나 죄의식을 느낄 만한 대상이 아니었던 것이다. 염마는 빨간색 표식이 있는 소 한 마리를 향해 곡괭이자루를 높이 쳐들었는데 삼촌은 그의 눈에서 섬뜩한 살기를 감지했다. 아니나 다를까, 매라면 이미 이골이 날 정도로 많이 맞아봤지만 그날 염마는 삼촌을 때려죽이기로 마음을 굳혔는지 휘두르는 몽둥이에서 뚜렷한 살의가 느껴졌다.

머리를 보호해야 돼! 머리를! 삼촌은 뼈가 부러지는 무시무시한 고통 속에서도 곡괭이자루에 잘못 맞았다가는 그 자리에서 즉사할지도 모른다는 두려움에 필사적으로 몸을 웅크리고 팔을 들어 머리를 감쌌다. 그것은 무술인의 본능에 따른 행동으로 허리가 부러지거나 갈비뼈가 부러져 병신이 될 수는 있지만 머리만 보호하면 죽음을 피할 수 있을 거라고 생각했기 때문이었다. 하지만 그것은 도살장에 끌려온 돼지가 살아보려고 머리를 굴리는 것처럼 무의미한 몸부림일 뿐, 염마의 곡괭이자루는 더욱 무섭게 붕붕거리며 날아왔다.

— 하여간 빨갱이 새끼들 지독한 건 알아줘야 해. 쇠비름보다 더 악랄한 새끼! 죽어라! 죽어!

쇠비름은 줄기 전체가 물주머니 역할을 하는 통통한 다육질 식물로 뿌리째 뽑아서 길섶에 던져놓으면 죽은 듯 시들었다가도 비만 한번 내리면 다시 무성하게 자라나는 골치 아픈 잡초였다. 삼촌은 매를 맞으며 그가 쇠비름을 아는 것으로 미루어 자신과 같이 농촌 출신일 거라고 짐작했다. 한가한 농촌에서 봄이면 소를 몰며 써레질을 하고 가을엔 밤하늘의 별을 보며 휘파람을 불던 한 젊은이가 어쩌자고 이리 잔혹한 염마졸이 된 걸까? 찔레를 꺾고 삘기를 뽑던 그 손은 또 어쩌다가 사람을 때려죽이는 잔혹한 도살자의 손이 된 걸까? 삼촌은 정신을 잃을 것 같은 끔찍한 고통 속에서도 그 참혹한 현실에 절망을 느꼈다. 그리고 슬펐다.

그래서였을까? 어느 순간 삼촌은 온몸에 힘이 쭉 빠지며 자신도 모르게 머리를 막고 있던 손을 툭 떨어뜨렸다. 연병장에 누워서 본 하늘엔 작은 뭉게구름이 피어오르고 고추잠자리가 어지럽게 날고 있었다. 그리고 그 아래에선 군홧발에 뼈가 부러지고 살점이 떨어져나가는 아비규환의 지옥도가 펼쳐지고 있었다. 염마의 몽둥이질은 계속되었지만 이미 몸에 감각이 사라진 듯 아무런 통증도 느껴지지 않았다. 그리고 주위에선 여전히 교육생들의 구령소리와 신음소리로 시끄러웠지만 어찌된 일인지 삼촌의 귀엔 아무 소리도 들리지 않았다. 사위가 갑자기 고요해지는 기분이었다. 이때 염마의 얼굴이 불쑥 눈앞으로 들어왔다. 그는 살기 어린 미소를 띄우며 삼촌만 들릴 만큼 작은 소리로 속삭였다.

― 17번, 너를 이제 사형에 처한다.

그리고 무방비로 노출된 삼촌의 머리를 노리고 곡괭이자루를 높이 치켜들었다. 삼촌은 더 이상 팔을 들어 막을 기운도 없었다. 결국 나는 이렇게 죽는 것인가? 그래, 어쩌면 그게 나을지도 모르지. 이젠 너무 지쳐서 버틸 힘도 없는데……. 삼촌은 조용히 눈을 감았다.

이때였다. 한 조교가 교육생 한 명을 염마에게 데려왔다.
— 뭐야, 그 새낀?
삼촌을 단매에 때려죽이려던 염마가 곡괭이자루를 내리며 물었다.
— 네, 이 새끼가 개밥을 훔쳐 먹었답니다.
— 뭐? 그게 정말야?
— 네, 취사병이 봤다는데 본인이 안 먹었다고 끝까지 우겨서 데려왔습니다.
삼촌이 힘겹게 눈을 떠보니 조교가 데려온 교육생은 다름 아닌 도치였다. 조교는 도치의 조인트를 까며 윽박질렀다.
— 더러운 새끼, 아무리 배가 고파도 그렇지, 어떻게 개밥을 훔쳐 먹을 생각을 해. 그리고 거짓말까지 해?
도치는 염마 앞에서 공포에 질려 다리를 덜덜 떨었는데 어찌나 개밥을 많이 퍼먹었는지 눈에 띄게 배가 불룩했다. 염마는 맹꽁이처럼 튀어나온 도치의 배를 쳐다보다 목에 걸린 호루라기를 입에 가져가 힘껏 불었다. 중대별로 흩어져서 교육을 받던 교육생들이 삽시간에 연병장에 도열했다. 삼촌도 비틀거리며 일어나 열에 끼어들었다. 염마가 관심을 다른 데로 돌리는 바람에 다행히 삼촌은 죽음을 모면했지만 갈비뼈가 부러진 듯 숨을 쉴 때마다 끔찍한 고통이 밀려왔다.
— 잘 들어라. 방금 교육생 중의 한 명이 개밥을 훔쳐 먹었다는 보고를 들었다. 개만도 못한 새끼가 개가 먹을 밥을 훔쳐 먹는 건 엄연한 하극상이자 범법 행위이다. 여기는 범죄자들을 모아서 순화교육

을 하는 곳이다. 그러니 여기 와서도 범죄를 저질렀다는 것은 더 이상 교육을 받을 생각이 없다는 뜻으로 간주하겠다.

염마는 단상 위에 서서 거만한 눈으로 교육생들을 굽어보며 일장 연설을 했는데 그의 목소리엔 기이한 리듬과 광기가 어려 있었다.

— 하지만 난 조교의 말을 믿지 않는다. 왜냐하면 난 내 눈으로 직접 보지 않은 건 절대로 믿지 않기 때문이다. 그래서 이제부터 교육생이 진짜 개밥을 훔쳐 먹었는지 아닌지 내 눈으로 직접 확인을 할 것이다. 23번, 앞으로!

염마의 명령에 도치는 재빨리 앞으로 튀어나왔다.

— 자, 식사를 했으니까 소화를 시키기 위해서 이제부터 운동을 실시한다. 일단 가볍게 구보로 연병장 열 바퀴를 돈다. 단 너는 개밥을 훔쳐 먹은 개새끼니까 개처럼 기어서 돌아야 한다. 실시!

도치가 염마의 말을 이해하지 못하고 엉거주춤 서 있자, 조교가 몽둥이로 도치의 어깨를 힘껏 내리쳤다.

— 이 새끼, 빨리 안 기어!

— 실시!

도치는 복창과 함께 바닥에 엎드렸다. 그리고 교육생들이 모두 지켜보는 가운데 기어서 연병장을 돌기 시작했다.

좌로 굴러, 우로 굴러, 낮은 포복, 높은 포복, 교육생들에겐 기합이 생활이다 보니 처음엔 그런대로 견딜 만했다. 하지만 두 바퀴를 넘어가자 팔꿈치가 까져 피가 흐르고 숨이 턱 끝까지 차오르면서 가슴이 답답하고 명치가 쿡쿡 쑤시기 시작했다. 세 바퀴째를 돌 때는 먹은 음식이 위로 쏠리며 위장을 쥐어짜는 듯 고통스러웠고 다섯 바퀴째는 눈앞이 어지러워 땅이 빙빙 도는 기분이었다. 도치가 기는 것을 멈출 때마다 등 뒤에선 조교의 몽둥이가 떨어졌다. 어느 순간, 도치는 더 이상 견디지 못하고 자리에서 벌떡 일어섰다. 그리고 큰 소리로 외쳤다.

― 먹, 먹었습니다!
― 뭐라고?

염마가 물었다.

― 머, 먹었다고요.

이때, 옆에 있던 조교가 몽둥이로 다시 도치의 어깨를 힘껏 내리쳤다.

― 똑바로 얘기해, 이 새끼야!
― 개밥을 훔쳐 먹었습니다!

도치가 인상을 쓰며 크게 외쳤다. 하지만 염마는 보일 듯 말 듯 잔인한 미소를 띠며 말했다.

― 다시 한 번 말하지만 난 내 눈으로 직접 보지 않은 건 절대로 믿지 않는다. 23번은 계속 운동장을 돈다, 실시!

도치는 다시 바닥에 엎드렸다.

― 이제부턴 구령에 맞춰 돈다. 단 너는 개새끼니까 개처럼 짖는다. 하나 둘!
― 멍멍!

도치는 염마의 구령에 맞춰 개처럼 짖으며 운동장을 기어서 돌았는데 팔에 힘이 빠져 자주 넘어졌다. 그럴 때마다 그에게 몽둥이가 떨어졌다.

― 하나 둘!
― 멍멍!

온몸에선 식은땀이 흐르고 누군가 안에서 위장을 칼로 쑤시는 듯 아팠다.
　― 하나 둘!
　― 멍멍!
　얼굴이 하얗게 질리고 땅이 뱅글뱅글 돌았다. 그리고 마침내 도치는 표정이 묘하게 일그러지더니 우웩! 하는 소리와 함께 토사물을 쏟아내기 시작했다. 소방차에서 물을 쏘듯 도치의 입에선 죽처럼 멀건 토사물이 뿜어져 나왔다. 이에 조교들과 교육생들은 일제히 인상을 찌푸리며 탄성을 질렀고 이를 지켜보던 삼촌은 그 옛날 동천에서 도치가 호떡 아흔두 개를 먹고 게워냈던 당시의 퍼포먼스를 떠올려야 했다. 토끼 또한 그 장면을 지켜보며 당시의 끔찍했던 기억이 떠올라 자신도 토할 것 같은 역겨움에 몸서리를 쳤다. 개밥을 먹고 토해 낸 토사물에선 설명할 수 없을 만큼 지독한 냄새가 나 조교들은 코를 싸쥐고 뒤로 물러섰지만 염마는 아무렇지도 않은 듯 그 자리에 우뚝 서서 도치를 노려보았다.
　― 아직 세 바퀴 남았다. 계속 돌도록.
　먹은 것을 모두 게워내느라 기진한 도치는 다시 바닥에 엎드려 개처럼 연병장을 기기 시작했다.
　― 이제부터 내가 하는 말을 그대로 복창한다. 나는 인간이 아니다.
　― 나는……
　도치는 차마 말을 잇지 못하고 바닥에 넘어졌다. 그 위로 곡괭이 자루가 춤을 추었다.
　― 이 더러운 새끼! 훔쳐 먹을 게 없어서 개밥을 훔쳐 먹어! 빨리 복창해!

도치는 힘겹게 일어서서 바닥을 기었다.
― 나는 인간이 아니다!
― 나는…… 인간이 아니다!
도치는 엄마의 말을 복창했다.
― 나는 개새끼다.
― 나는…… 개새끼다!
엄마는 한 번씩 복창을 할 때마다 곡괭이자루를 한 번씩 휘둘렀다.
― 나는 개밥을 훔쳐 먹은 개새끼다!
― 나는…… 개밥을 훔쳐 먹은…… 개새끼다!
그 참혹한 장면을 지켜보는 교육생들의 기분을 뭐라 설명할 수 있을까? 그들은 모두 자신이 당하는 것 같은 두려움과 함께 한없이 비참한 기분이 되어 가엾은 개밥 도둑을 바라보고만 있었다. 그런데 어느 순간, 삼촌은 도치에게 뭔가 미세한 변화가 생겼다는 것을 감지했다. 그는 맞을 때에도 별다른 고통을 느끼지 못하는 듯 표정에 변화가 없었고 언제부턴가 눈동자에서 이상한 광채를 발하기 시작했다.
― 나는 인간이 아니다.
도치가 복창했다.
― 나는…… 인간이다.
엄마는 때리느라 열중해서 도치가 복창을 다르게 했다는 사실을 알아채지 못했다.
― 나는 개새끼다!
― 나는…… 개새끼가 아니다.
이번엔 도치의 말이 또렷하게 귀에 들어왔다. 엄마는 멈칫하더니 곡괭이자루를 천천히 내려놓았다.

— 지금 뭐라고 했지?

— 나는…… 개새끼가 아니다.

염마는 군홧발로 도치의 옆구리를 힘껏 내질렀다.

— 이 새끼가 뒈지려고 환장을 했나!

도치는 배를 움켜쥐고 흙바닥에 나뒹굴었다.

— 똑바로 복창한다. 나는 인간이 아니다!

— 나는……

도치는 창자가 끊어지는 고통 속에서 이를 악물었다.

— 인간이다.

염마는 쓰러진 도치를 군홧발로 마구 짓밟았다.

— 다시 한 번 복창한다. 나는 개새끼다.

— 나는 개새끼가 아니다!

도치는 이를 악물고 크게 외쳤다. 그 옛날 삼촌 앞에서 깨진 병으로 배를 그었을 때처럼 도치의 표정은 비장했다. 그동안 두려움과 공포심에 짓눌려 있던 다구빨이 마침내 되살아난 것인가? 하지만 이번엔 아흔여덟 바늘 정도로 해결할 수 있는 상황이 아니었다. 도치는 염마와 조교에게 짓밟혀 곧 피투성이가 되었지만 입을 멈추지 않았다.

— 나는 개새끼가 아니다! 나는 인간이다!

도치는 자리에서 일어나 행진을 하듯 팔을 높이 쳐들며 앞으로 걸어가며 고함을 질렀다. 그의 입에선 게거품이 흘러내렸고 가르랑거리는 목구멍에선 사람의 것이 아닌 듯 괴이한 목소리가 튀어나왔다.

— 나는 개새끼가 아니다! 나는 인간이다!

이를 지켜보는 교육생들은 모두 마음속으로 제발 그의 입이 멈추기를 바랐지만 도치의 영혼은 이미 고통스러운 육체를 멀리 벗어난 듯 아무런 두려움이 없었다.

— 기어! 기란 말이야, 이 개새끼야!

염마와 조교는 도치를 주저앉히기 위해 미친 듯이 날뛰었지만 도치는 몽둥이에 두들겨 맞으면서도 마치 고통을 모르는 로봇처럼 꾸역꾸역 앞으로 걸어갔다. 그러다 마침내 염마가 휘두른 몽둥이에 다리가 부러진 듯 털썩, 그 자리에 주저앉았다. 그는 이를 악물고 다시 일어서려고 했지만 정강이가 부러져 꼼짝할 수 없었다. 염마는 도치 앞에 쭈그리고 앉아 손으로 도치의 턱을 들어올렸다. 그리고 숨을 씩씩 몰아쉬며 말했다.

— 마지막 명령이다. 복창해.

도치는 고개를 옆으로 돌려 교육생들을 훑어보았다. 교육생들의 얼굴은 공포에 질려 얼음장처럼 딱딱하게 굳어 있었다. 도치는 교육생들과 눈을 맞추듯 한 명 한 명 둘러보다 근처에 있던 삼촌과도 눈이 마주쳤다. 그의 눈엔 더 이상 아무런 수치심도 아무런 두려움도 없었다. 이때 삼촌은 그가 마치 작별인사를 하듯 희미하게 웃고 있다고 느꼈다. 그의 입에선 피와 함께 침이 흘러내려 턱을 받치고 있는 염마의 손바닥 위에 고였다. 그는 염마를 쳐다보며 힘겹게 입을 열었다.

— 뭐라고, 복창할까요?

이에 염마가 대답했다.

— 나는 개새끼다.

도치는 퉁퉁 부은 얼굴을 찌그러뜨리며 히죽 웃었다. 그리고 염마에게 말했다.

— 너도 알고 있었구나.

— 뭐?

— 방금 네 주둥이로 말했잖아. 너는 개새끼라고.

그제야 염마는 무슨 말인지 깨닫고 얼굴이 딱딱하게 굳어졌다.

— 난 널 처음 볼 때부터 알고 있었어. 네가 엄마 뱃속에서 나올 때부터 개새끼였다는 걸.

조교는 옆에서 욕을 하며 길길이 날뛰었지만 염마는 그를 제지하며 자리에서 일었다. 그리고 도치의 귀에 대고 조용히 속삭였다.

— 23번. 너를 사형에 처한다.

염마는 손에 묻은 침을 도치의 어깨에 쓱 문질러서 닦아내고 곡괭이자루를 들어올렸다. 그것은 마치 죄수의 목을 베기 위해 칼을 높이 치켜든 망나니의 모습처럼 보였다.

머리를 피해! 라고 삼촌이 마음속으로 외쳤지만 도치는 고개를 빳빳이 든 채 눈을 감았다. 곧이어 퍽! 하는 소리와 함께 도치의 머리에서 피가 튀었다. 그리고 마치 슬로우 모션 화면처럼 천천히 옆으로 쓰러졌다. 삼촌은 차마 도치를 똑바로 쳐다보지 못하고 고개를 옆으로 돌렸다. 이때, 교육생들 사이에서 갑자기 누군가 한 명이 벌떡 일어서서 앞으로 뛰어나갔다. 토끼였다. 조교들이 앞을 막아섰지만 토끼는 그들을 거칠게 밀쳐내며 바닥에 넘어진 도치에게 다가갔다.

— 도치야!

도치는 가까스로 눈을 떴다.

— 혀, 형님······

— 그래, 나다.

토끼는 도치를 와락 끌어안았다.

— 이, 이제부터 너는……

토끼는 목이 메어 말이 나오지 않았지만 이를 악물고 울음을 참으며 힘겹게 말을 이었다.

— 너는 이제부터 자랑스러운 역전파의 일원이다.

그 말이 강원도 산골 군부대 연병장에서 억울하게 맞아 죽어가는 도치에게 위안이 되었을까? 피로 범벅이 된 도치의 얼굴엔 보일 듯 말 듯 희미하게 미소가 떠올랐다. 그리고 곧 고개를 옆으로 떨어뜨렸다.

다시 살인이 일어났다. 삼청교육대 안에서 교관들은 재판관이자 교도관이며 팔부의 야차이자 지옥을 관장하는 염라대왕이었다. 그들은 누구나 사형집행인이 될 수 있었으며 죄에 대한 심판과 처벌은 단 한순간에 이루어졌다. 그것은 문명과 정부 이전, 법률과 권리 이전, 생명과 자유 이전의 세계, 몽둥이와 총칼이 지배하는 야만의 세계였다.

한 생명이 이승을 떠나는 순간, 넓은 연병장은 무거운 침묵에 휩싸였다. 교육생들은 모두 고개를 숙인 채 목구멍 저 깊은 곳에서 치솟아 오르는 울분을 애써 눌러 삼키고 있었다. 눈앞에선 토끼가 도치를 끌어안은 채 울부짖고 조교들은 몽둥이를 휘두르며 그를 떼놓기 위해 악다구니를 쓰는 아비규환의 지옥도가 펼쳐졌지만 그들의 귀엔 아무 소리도 들어오지 않았다. 시간이 멈춘 듯 고요한 침묵 속에서 그들의 머릿속엔 방금 전 도치가 죽어가며 외친 목소리가 점점 더 크게 울려 퍼졌다.

나는 개새끼가 아니다! 나는 인간이다!

오랫동안 사람이 아닌 금수로 취급받으며 살아온 그들에게 도치의 말은 큰 충격과 혼란을 야기했다. 도대체 그 말이 무슨 뜻이지? 우리가 개새끼가 아니라고? 설마 그럴 리가…… 만일 그의 말대로 우리가 개새끼가 아니라면 우리는 뭐지? 그렇다고 감히 인간일 리는 없잖은가! 어릴 때 엄마젖을 먹었으니 포유류인 건 틀림없지만 그렇다고 인간이란 증거가 될 수는 없지. 개도 어미젖을 먹으니까. 그럼 우리는 과연 어떤 존재일까? 인간을 닮은 로봇? 설마 그럴 리야! 몽둥이로 맞으면 저절로 비명이 나올 만큼 아프고 동료가 죽으면 이렇게 슬픈데……. 그렇다면 감정이 있는 로봇? 에이, 그건 공상과학소설에나 나오는 얘기겠지. 21세기라면 모르지만 지금은 80년대인데 그런 게 벌써 발명됐을 리 없잖은가. 그럼…… 혹시…… 어쩌면…… 우리가 한때 인간이었던 건 아닐까? 그렇다면 지금은? 개돼지? 아니다. 그럴 리가 없다. 인간이 개돼지로 변신했다는 얘기는 못 들어봤으니까. 어쩌면…… 우리가 아직도 여전히 인간인 건 아닐까? 아니다! 그럴 리가 없다! 그건 정말이지 말도 안 된다. 우리가 인간이라면 이렇게 배를 주리고 몽둥이로 두들겨 맞으며 살 리가 없잖은가! 그렇다면 우리는 혹시 그런 게 아닐까?

……개 같은 인간.

개 같은…… 인간? 맞다! 우리는 개 같은 인간이다! 생각해 보면 어릴 때부터 그런 말을 참 많이도 들었지. 그땐 그게 그냥 욕인 줄 알았는데…… 그래! 이제야 알겠다. 우리는 개 같은 인간이었어. 바보 같은 놈! 다른 사람들이 이미 다 알고 있는 걸 이제야 깨닫다니! 그리고 아아! 개 같은 인간이라니 이 얼마나 다행한 일인가! 우리는 개 같은 인간일 뿐, 진짜 개는 아니라는 말이잖아. 맞아! 비록 개 같기는 하지만 어쨌든 인간은 인간이잖아. 아아! 그러니까 우리가 진짜 인간이었단 말이지? 그래! 우리는 개새끼가 아니야. 우리는 어쨌든 인간이었던 거야.

그날 죽은 도치 앞에서 토끼가 울부짖는 동안 교육생들의 머릿속에선 마침내 자신이 누구인지를 발견하는, 자기정체성의 일대 전환이 일어났다. 그래서 누군가 자리에서 벌떡 일어서며 외쳤다.

— 우리는 개새끼가 아니다!

몇몇 교육생들이 그 말을 받아 따라 외쳤다.

— 우리는 개새끼가 아니다!

다른 교육생이 자리에서 벌떡 일어섰다.

— 우리는 인간이다!

— 우리는 인간이다!

더 많은 사람들이 자리에서 일어섰다. 그리고 목소리가 점점 더 커졌다.

— 우리는 개새끼가 아니다!

— 우리는 인간이다!

교관들과 조교들은 당황한 기색이 역력했다. 그래서 닥치는 대로 몽둥이를 마구 휘두르며 소리쳤다.

— 앉아! 앉으라고 이 개새끼들아!

하지만 이미 터져버린 봇물처럼 구호는 더 크게 퍼져나갔다.

— 우리는 개새끼가 아니다! 우리는 인간이다!

교육생들은 몽둥이에 맞아 머리가 깨져 피가 흘러내려도 눈 하나 꿈쩍 않고 교관들에게 다가가며 외쳤다.

— 우리는 개새끼가 아니다! 우리는 인간이다!

공포심이 사라진 교육생들의 눈동자는 분노로 일렁거려 당장 무슨 일이라도 벌어질 것처럼 위태로웠다. 교관들은 그들의 기세에 눌려 더 이상 몽둥이를 휘두르지 못하고 주춤주춤 뒤로 물러섰다. 하지만 염마는 여느 교관들과는 달리 조금도 위축되지 않았다. 그는 도치를 때려죽인 곡괭이자루를 높이 치켜들고 교육생들을 향해 외쳤다.

— 지금부터 셋 셀 동안 자리에 앉아라. 안 그러면 이 몽둥이로 한 놈씩 대가리를 깨뜨려버릴 것이다. 백 명이고 천 명이고 상관없다. 하나!

교육생들은 잠시 주춤했다. 염마의 곡괭이자루를 보는 순간, 잠시 잊고 있던 공포심이 되살아난 것이다.

— 둘!

교육생들은 순간 자신들이 인간이란 사실을 다시 까맣게 잊어버렸다. 맞아! 우리가 인간일 리가 없지. 어떻게 그런 황당한 생각을 했지? 도치 때문에 잠시 딴 생각을 했군. 그리고 오랫동안 길들여진 본능에 따라 막 자리에 앉으려고 했다. 이때였다. 죽은 도치를 끌어안고 있던 토끼가 벌떡 일어나 염마를 향해 돌진했다.

— 이 개새끼, 죽어!

그리고 염마의 등에 올라타 주먹을 마구 휘둘렀다. 염마는 몸을 흔들어 토끼를 떼어내려고 했지만 토끼는 그의 머리를 잡고 귀를 물어뜯었다. 염마는 귀가 떨어져나가며 비명을 질렀다. 그 소리를 신호로 교육생들은 일제히 함성을 지르며 교관들을 향해 달려들었다. 이때 무리 중에 섞여 있던 삼촌은 연병장을 둘러싼 초소에서 뭔가 번쩍하며 날카로운 빛이 운동장을 향해 움직이는 것을 보았다.

 그것은 또 무슨 소리였을까? 적막한 골짜기를 뒤흔들며 바람을 가르고 날아온 그 섬뜩한 소리에 교육생들은 돌처럼 몸이 굳어졌다. 그리고 엄마의 등 위에 올라탔던 토끼가 짚단처럼 힘없이 바닥에 툭 떨어지는 것을 보았다. 피로 범벅이 된 입에 엄마의 귀 한 짝을 문 채였다. 동시에 위장막으로 은폐된 M60* 총신에서 불꽃이 튀었고 10여 명의 교육생들이 쓰러졌다. 어디서 무슨 일이 벌어졌는지 알지도 못한 채 무작정 앞으로 달려가던 한 교육생의 목에선 피가 뿜어져나왔다. 그는 고목이 넘어가듯 앞으로 고꾸라졌는데 미처 손으로 막을 새도 없이 목에선 분수처럼 피가 솟구쳤다. 흙먼지가 이는 연병장은 곧 시체들이 나뒹구는 살육의 현장으로 변했다. 공포에 질린 교육생들은 비명을 지르며 이리저리 흩어졌다. 하지만 사방이 철조망으로 가로막혀 빠져나갈 구멍은 한 군데도 없었다. 아무런 엄폐물도 없는 넓은 연병장에서 교육생들은 무방비로 노출된 채 M60 사수들의 손쉬운 사냥감이 되었다. 철조망을 넘어가려다 총에 맞아 즉사한 사람도 여럿이었다. 그들은 젖은 빨래처럼 철조망 위에 걸쳐진 채 주검이 되어 검붉은 피를 쏟아냈다.
 교육생들은 우왕좌왕 살 길을 찾아 헤매다 결국 정문 쪽을 향해 소 떼처럼 몰려갔다. 삼촌도 그들을 따라 정문 쪽으로 도망가다 뭔가에 발이 걸려 넘어지고 말았다. 돌아보니 한 교육생이 핏물이 배어나오는 배를 움켜쥐고 살려달라며 비명을 질러대고 있었다. 다리

---

* 1950년대 개발된 미국의 다용도 기관총

에 총을 맞은 채 엉금엉금 기어서 도망가려는 이도 있었고 사자 우리에 던져진 기독교도들처럼 울부짖으며 하나님을 찾는 이도 있었다. 삼촌은 망연자실, 살육의 한복판에 힘없이 주저앉았다. 여기는 과연 어디인가? 그리고 저들은 누구인가? 도대체 이들에게 무슨 죄가 있기에 적막강산 외로운 골짜기에서 이런 비참한 죽음을 맞아야 하는 걸까? 죽음의 피비린내는 너무 강렬했고 생은 너무 아득하게 느껴졌다.

   이때 정문이 돌파되었는지 와! 하며 지축을 뒤흔드는 함성소리가 들렸다. 잠시 정신을 놓고 있던 삼촌은 용수철처럼 벌떡 일어서서 정문을 향해 달려갔다. 어떻게 정문을 뚫었는지 앞을 가로막고 있던 바리케이드는 한쪽에 나뒹굴고 있었고 정문 초소는 유리창이 깨진 채 박살나 있었다. 총에 맞고 쓰러져 죽은 교육생도 몇 명 눈에 띄었다. 살아 있는 무리들은 정문을 지나 막 밖으로 뛰어나갔다. 하지만 곧 그 자리에 우뚝 멈춰 섰다. 무작정 뒤를 따라오던 교육생들도 멈춰 있는 대열에 막혀 더 이상 앞으로 나가지 못했다. 삼촌이 교육생들 틈을 헤집고 보니 앞에 장갑차 한 대와 군용트럭이 서 있고 그 앞에 중대 병력의 군인들이 일제히 총을 겨눈 채 길을 가로막고 있었다.

   폭동을 일으킨 교육생들은 어디서 구했는지 각자 손에 각목과 곡괭이자루 등 무기를 들고 있었지만 상대는 총이었다. 뒤로 돌아가자니 뒤에서도 총구가 겨누고 있었고 뚫고 나가자니 앞에서도 총구가 겨누고 있었다. 진퇴양난의 상황이었다. 이때 지프차가 멈춰서고 대위 계급장을 단 장교 한 명이 차에서 내렸다. 그는 군인들 앞에 우뚝 서서 외쳤다.

   — 모두 바닥에 엎드려라! 안 그러면 발포하겠다!

교육생들이 어찌해야 할 바를 모르고 잠시 엉거주춤 서 있자 대위는 권총을 꺼내들었다. 그리고 탕, 방아쇠를 당겼는데 마치 장난감 총을 쏘듯 아무런 망설임이 없었다. 앞에 서 있던 교육생 한 명이 가슴을 움켜쥐고 쓰러졌다. 그제야 교육생들은 허겁지겁 일제히 바닥에 납작 엎드렸다. 그것은 그 어떤 명령보다도 단호했고 그 어떤 몽둥이보다도 강력했다. 삼촌도 바닥에 엎드려 머리를 손으로 감싸 쥐었다. 그리고 이제 다 끝났구나, 하는 생각이 들었다.

그날의 작은 봉기는 50여 명의 사상자를 내고 끝이 났다. 그 가운데 10여 명은 그 자리에서 총격을 받아 사망했지만 모두 사고사로 처리되었다. 그리고 며칠 뒤, 살육의 현장에 있었던 교육생들은 각기 다른 근로봉사대로 뿔뿔이 흩어졌다. 삼청교육대를 떠나는 날 정기자는 삼촌의 손을 잡고 눈물을 흘렸다. 그는 삼촌이 자신의 목숨을 구해준 은인이라며 평생 고마움을 잊지 않겠노라고, 그리고 어디를 가든 살아 있기만 한다면 언젠가 다시 만날 거라고, 그게 저들에게 본때를 보여주는 거라며 이소룡의 말을 다시 인용했다.
토끼는 죽지 않았다. 저격수의 총알이 허벅지를 꿰뚫어 한쪽 다리를 절단해야 했지만 다행히 목숨을 잃지는 않았다. 도치는 사고사로 처리되었다. 그의 가족들은 그의 시신을 볼 수 없었다. 이미 화장을 해버려 그의 끔찍한 주검을 보지 못한 게 오히려 다행이라면 다행이었다. 삼촌은 이에 대해서 한 번도 입을 열지 않았다. 그러다 오랜 시간이 흘러 할머니의 어느 기일에 제사가 끝나고 술을 마시다 문득 생각이 난 듯 혼잣말처럼 중얼거렸다.
— 도치가 죽었어.

― 뭐라고, 삼촌?

― 도치가 죽었다고.

― 도치가 누구야?

― 옛날에 나하고 삼청교육대에 같이 들어갔던 고향 친구가 한 명 있었는데 곡괭이자루로 맞아죽었어.

― 왜?

― 병신 새끼, 괜히 다구빨 세우다가 그랬지, 뭐.

나는 그때 삼촌이 말한 도치가 내가 어릴 때 목격했던 그 땅딸막한 깡패라는 사실을 알지 못했다. 삼촌은 옛날 생각이 나는 듯 잠시 창밖을 바라보다 소주를 단숨에 털어 넣었다. 그리고 젓가락으로 김치를 집으며 말했다.

― 그래도 동천 바닥에서 그놈 다구빨 따라갈 놈은 아무도 없었지.

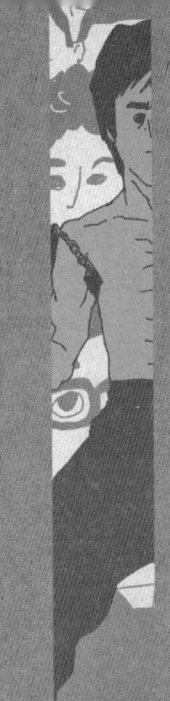

사망유희 {2}

철컹!

면회실 안으로 들어서자 등 뒤로 문이 닫혔다. 밖은 푹푹 찌는 오뉴월 한여름이었지만 좁은 면회실 안은 에어컨이라도 틀어놓은 듯 한기가 흘러나와 몸이 저절로 움츠러드는 기분이었다. 잠시 후, 뿌연 유리창 너머 면회실로 푸른 수의를 입은 종태가 들어섰다. 나는 자리에서 일어나 종태를 향해 어색하게 웃어 보였다. 뭐라고 인사말을 건네고 싶었지만 아무 말도 나오지 않았다. 오히려 종태가 자리에 앉으며 먼저 입을 뗐다.

— 앉아라. 오랜만이다.

자리에 앉아보니 유리창이 너무 뿌예서 상대의 얼굴이 잘 보이지 않았고 목소리도 제대로 들리지 않았다. 그저 유리창 너머로 가슴에 새겨진 수인번호만 또렷하게 눈에 들어왔다. 수의를 입은 종태의 생생한 얼굴과 마주할 자신이 없었던 나는 차라리 다행이라는 기분이 들었다.

— 잘, 지내니?

— 그래, 잘 지낸다. 넌 대학 다닌다며?

유리창 너머에서 종태가 짐짓 밝은 목소리로 물어왔다.

―뭐, 그냥……

 종태는 골격이 더 커진 듯 몸집이 두툼했고 목소리엔 예전 같지 않은 무게가 실려 있어 딴 사람인 듯 낯설게 느껴졌다. 그를 마지막으로 본 건 2년 전이었다. 당시 나는 대학입시에 떨어져 재수학원에 다니기 위해 서울로 올라가는 길이었고 그는 기차역 앞 가판에서 장사를 하고 있었다. 신문과 잡지, 간단한 주전부리와 우유 등을 파는 가판이었다. 우리는 서로 마땅히 할 말이 없어 신발로 바닥에 그림을 그리고 있었는데 열차가 출발할 시간이 다 되자 종태는 올라가는 길에 먹으라며 급히 음료수와 과자를 비닐봉지에 싸주었다. 그때 나는 종태를 교도소에서 만나게 될 거라고는 상상도 하지 못했다.

―그럼 이제 대학생이네.

―대학생은 무슨…… 밥은 잘 나오니?

―밥이야 뭐 주는 대로 먹는 거지. 먹을 만해.

 5년…… 5년이면 내가 군대에 다녀와 대학을 졸업할 나이였다. 그때까지 종태는 여기서 한 살씩 나이를 먹어가겠지. 나는 달리 할 말이 없어 잠시 침묵이 흘렀다.

―대학생이면 미팅도 하고 그러겠네.

 종태가 먼저 입을 열어 그가 오히려 나를 면회하는 꼴이었다.

―난 그런 거 안 해.

―왜?

―그냥…… 재미없어서.

―그럼 혹시 너 운동권이냐?

―운동권?

―그래. 만날 데모하고 그런 애들 있잖아.

―난 데모도 안 해.

―그럼 뭐해? 너도 네 형처럼 공부만 하냐?

―아니. 그냥…… 아무것도 안 해.

그 말은 어느 정도 사실이었다. 당시 나는 운 좋게 서울에 있는 4년제 대학에 들어갔지만 캠퍼스를 무시로 배회하기만 했을 뿐, 미팅을 열심히 하는 것도 아니고 데모를 열심히 하는 것도 아니고 그렇다고 공부에 열중하는 것도 아니어서 나 자신도 스스로를 한심하게 여기고 있던 터였다.

―삼촌은 잘 계시니?

종태가 물었다.

―응. 요즘 충무로에서 영화 찍는다고 왔다 갔다 하는데 뭘 하는지 잘 모르겠어. 서울에 있어도 서로 얼굴을 자주 못 보니까.

―그럼 이제 진짜 배우네.

―뭐, 그냥 단역배우지. 삼촌 말로 으악새 배우라고 하더라.

―으악새 배우?

―응. 주인공이 한 대 때리면 으악! 하고 쓰러져서 으악새 배우래.

내 말에 종태도 피식 웃음을 터뜨렸다. 우리는 잠시 마주보며 웃었지만 웃음은 오래가지 않았다. 나는 종태를 쳐다보다 문득 입을 열었다.

―난…… 네가 이런 데 올 거라고는 생각도 못했는데…….

―그럼 이런 데 오는 놈은 뭐, 따로 있냐?

―그건 아니지만……

―생각해 봐라. 애비가 농약을 마시고 죽었는데 그 자식이 교도소 말고 갈 데가 어디 있겠냐?

종태는 시니컬했다. 이전에는 찾아볼 수 없던 모습이어서 나는 종태가 내가 모르는 낯선 세계로 들어섰음을 확인하고는 마음이 착잡해졌다. 이때 입회를 하던 교도관이 면회가 끝났다는 것을 알리자 종태는 지체 없이 자리에서 일어섰다.

― 앞으로 굳이 면회 같은 거 올 거 없다. 대학생은 이런 데 드나들면 못 써.

종태는 이미 우리가 다시는 과거로 돌아가지 못한다는 걸 깨달았을까? 그는 망설임 없이 등을 돌려 면회실을 나갔다.

― 종태야……

나는 뭐라고 인사를 하고 싶었지만 목이 메어 말이 나오지 않았다.

80년대에 들어서면서 동천은 거대한 변화를 맞이했다. 정권을 장악한 군사정부는 수도권에 인구가 과밀하게 집중되는 것을 막기 위해 동천 일대에 대규모 공업단지를 조성해 서울 근교에 산재해 있는 중소기업과 화학, 섬유, 고무업종 등 부적격 공해업체를 이전하는 사업을 추진한 것이다. 그 과정에서 동천을 공단의 배후도시로 개발해 야산을 깎아내 도로를 뚫고 논밭을 밀어내 아파트를 세우는 등 조용하던 소읍에 산업화, 도시화의 거센 바람이 불어닥쳤다.

종태가 사람을 칼로 찌르고 상해죄로 5년형을 선고받은 것은 그의 나이 스물두 살 때의 일이었다. 종태는 동천파의 사주를 받아 동천의 패권을 노리는 라이벌 조직의 두목을 살해하려다 실패했다. 허파를 노리고 뒤에서 찌른 칼이 빗나간 것이다. 그는 다행히 살인미수죄가 아니라 상해죄로 처분 받았는데 이는 토끼가 뒤를 봐줘서 가능한 일이었다.

당시 동천파의 보스는 토끼였다. 그는 공단이 조성되기 전부터 동천에 자리를 잡고 있던 토박이 건달로 신군부 초창기에 삼청교육대에 끌려가 절름발이가 되어 나왔지만 동천에 뭔가 심상치 않은 바람이 불기 시작하자 누구보다도 발 빠르게 움직였다. 그가 절름발이라서 사람들은 처음에 그를 '찐따'라고 놀렸지만 그는 진짜 찐따는 아니었다. 그는 발전적 해체라는 명분으로 지리멸렬하던 기존의 역전파를 없애고 자신을 중심으로 한 토끼파를 새로 주창하는 한편, 아는 동생의 아는 동생, 그리고 또 그 아는 동생들의 아는 동생들을 끌어 모아 조직을 재정비하는 한편, 에미가 창녀였거나 애비가 농약을 마시고 죽어, 늘 이 좆 같은 세상 하늘과 땅이 붙어서 들들 맷돌질이나 해버렸으면 좋겠다는 원한에 가득 차 상대의 등에 아무렇지도 않게 칼을 꽂아 넣을 수 있는 독기를 가진 뛰어난 인재를 등용하는 한편, 조만간 벌어질 전쟁에 대비해 회칼이나 쇠파이프, 야구방망이와 오토바이체인 등 인마살상용 장비를 갖추는 한편, 이 한 몸 동천을 위해 바친다는 일념으로 목숨을 초개와 같이 버릴 수 있는 강한 정신력을 고취시켜 한심한 논두렁 건달들을 일당 백, 무시무시한 조직원으로 변모시키는 등 곧 다가올 새로운 미래에 대비했다.

그의 예상은 적중했다. 공단에 업체들이 속속 입주하고 아파트 단지가 조성되자, 서울과 인근 도시에 기반을 가지고 있던 조직폭력배들이 대거 동천으로 세력을 확장해 오기 시작했다. 그들은 술집과 나이트클럽 등 유흥업뿐만 아니라 온갖 건설과 개발을 둘러싼 이권에 개입하면서 토끼파를 위협해 왔다. 이에 토끼는 회칼을 빼들고 이들과 맞서 싸웠다. 싸움은 무자비하고 격렬했다. 여러 명이 죽고 여러 명이 땅속에 파묻히고 여러 명이 병신이 되고 수많은 조직원들이 교도소에 가는 등 동천의 패권을 둘러싼 전쟁은 무려 3년이나 계속되었다. 전쟁의 막바지에 토끼는 가장 위협적인 조직의 우두머리를 제거하기 위해 종태를 이용했다. 종태가 비록 상대의 목을 따는 데는 실패했지만 그것으로 전쟁은 막이 내렸다. 상대편 보스가 칼에 맞고 겁에 질려 동천바닥을 뜬 것이다. 그렇게 마침내 토끼는 3년 전쟁에서 승리하고 동천의 패권을 손에 넣었고 이제 동천에서 그를 찐따라고 부를 수 있는 사람이 단 한 사람도 없게 되었다.

이야기는 종태가 교도소에 들어가고 토끼가 동천의 패권을 손에 넣기 한참 전으로 거슬러 올라간다. 삼청교육대에 끌려갔던 삼촌은 교육기간이 다 끝난 뒤에도 한동안 집으로 돌아오지 못했다. 교육을 마치자 마자 근로봉사대로 끌려가 6개월간 강제노역에 동원되었기 때문이었다. 그해 늦가을부터 이듬해 봄까지 삼촌은 근로봉사대에 소속되어 군부대 벙커작업이나 군사도로를 닦는 일에 투입되었는데 근로봉사대의 목적이 노역보다는 격리에 있다 보니 사정은 삼청교육대와 별반 다를 게 없었다. 대원들은 여전히 잔혹한 폭력과 배고픔에 시달려야 했고 그 과정에서 다시 많은 사람들이 목숨을 잃거나 몸을 다쳐 병신이 되었다. 거기에 더해 영하 20도로 떨어지는 강원도 산골에서 겨울을 나느라 이번엔 팔한빙지옥의 끔찍한 추위와도 싸워야 했다. 온종일 노역에 시달리느라 녹초가 된 몸을 털이 다 빠진 모포 하나에 의지해 밤새 이를 딱딱 부딪치며 애써 잠을 청하던 그 숱한 겨울밤들은 대원들의 몸과 마음을 만신창이로 만들어 삼촌이 근로봉사를 끝내고 집으로 돌아왔을 땐 이미 반송장이 되어 있었다.

삼촌은 동천 출신의 반송장들과 함께 군용트럭에 실려와 동천경찰서 마당에 부려졌다. 때는 이른 봄이어서 경찰서 담장을 따라 개나리가 한창 만발해 있었다. 그 찬란하고 생경한 봄날의 개화를 바라보는 대원들의 심정은 어땠을까? 그간의 혹독한 고생을 떠올리며 눈물이라도 흘렸을까? 그렇진 않았을 것이다. 무자비한 폭력과 배고픔, 숱한 모멸과 수치심을 견디느라 갈기갈기 찢겨진 자존심에 영혼은 바스러질 듯 메말라 눈물조차 나오지 않았을 것이다. 그들은 그저 어리둥절한 표정으로 훈련복을 벗고 사복으로 갈아입었는데 누군가 삼촌에게 다가왔다.

　─ 권도운. 잘 다녀왔나?

　돌아보니 삼촌을 교육대에 집어넣었던 서 형사였다. 잘 다녀왔냐고? 삼촌은 능글맞게 웃는 그의 얼굴에 침을 뱉고 싶었다.

　─ 뭐, 달리 생각하지 말게. 어차피 누가 다녀왔어도 다녀와야 할 일이었으니까.

　서 형사도 삼청교육대의 실상에 대해 들었는지 미안한 표정으로 삼촌에게 담배를 한 대 권했다.

　─ 삼청교육대에 다녀온 사람들은 전과도 말소해 준다고 하니까 뭐, 홍역 한 번 앓은 셈 쳐.

　전과를 말소해 준다는 약속은 끝내 지켜지지 않았다. 게다가 삼청교육대에 끌려간 사람 가운데 전과자가 아닌 사람이 무려 40퍼센트에 이르다보니 삼청교육대에 다녀온 이력은 경찰서와 동사무소에 배포, 전산으로 관리되어 범죄수사에 활용하는 등 오히려 멀쩡한 사람을 전과자로 만든 꼴이 되고 말았다. 삼촌도 물론 전과자가 아니었다. 그런데 홍역 한 번 앓은 셈 치라니! 삼촌은 서 형사의 머리통을 깨부수고 싶을 만큼 살의를 느꼈지만 그저 아무 말 없이 담배연기만 폐 깊숙이 빨아들였다. 그러다 문득 자신이 담배를 한 번도 피워본 적이 없다는 사실을 깨달았다. 삼촌은 그때까지 담배를 한 번도 입에 대지 않았는데 그것은 무도인으로서 몸에 해로운 담배를 피우는 건 무책임한 짓이라고 생각했기 때문이었다. 하지만 모진 일을 겪고 난 뒤의 억울함과 답답함 때문이었을까? 삼촌은 서 형사가 건네준 담배를 자신도 모르게 무심코 받아 피웠는데 처음 피는 담배임에도 마치 오랫동안 담배를 피워온 듯 조금의 불편함도 느낄 수 없었다. 아니, 오히려 터질 듯 답답한 가슴이 조금이나마 가라앉고 폐 깊숙이 채워지는 알 수 없는 충족감에 그날 이후 죽을 때까지 손에서 담배를 놓지 못했다.

*

아버지는 반송장이 되어 돌아온 삼촌을 보고 억장이 무너지는 듯 마음이 아팠지만 달리 할 말이 없었다. 그저 땅이 꺼져라 한숨만 내쉬다 슬그머니 일어나 밖으로 나갔는데 저녁 무렵, 흑염소를 한 마리 사서 끌고 와 재종아저씨와 함께 뒤뜰에다 가마니를 깔고 흑염소를 잡았다. 몸이 상한 삼촌에게 먹이기 위해서였다. 엄마는 자식도 못 먹이는 귀한 흑염소를 먹인다며 나중에라도 은혜를 잊으면 안 된다고 삼촌에게 잔뜩 생색을 내면서도 매일 정성껏 흑염소를 고아 삼촌 방에 들이밀었다. 삼촌이 그렇게 집에서 몸을 추스르며 기력을 조금씩 회복해 갈 무렵, 한번은 읍내에 나갔다 우연히 길에서 토끼를 만난 적이 있었다.

 교육대 안에서 작은 봉기가 있던 그날, 다리에 총상을 입은 토끼는 국군병원으로 후송되어 끝내 다리를 절단해야 했지만 대신 근로봉사대로 끌려가는 것은 면할 수 있었다. 토끼가 계엄군에게 잡혀간 지 몇 주 만에 한쪽 다리를 잃은 채 집으로 돌아오자 오순을 포함한 가족들은 하늘이 무너지는 충격을 받았지만 도치처럼 목숨을 잃지 않고 돌아온 것만 해도 다행이라면 다행인 일이었다.

 ─ 야, 권도운!

 삼촌이 읍내 극장 앞을 걸어가고 있을 때였다. 토끼가 길 건너편에서 삼촌을 발견하고 큰 소리로 삼촌을 불렀다. 돌아보니 그는 목발을 짚고 뒤뚱거리며 길을 건너왔는데 왼쪽 다리가 없어 빈 바짓단만 허공중에 나풀거렸다.

 ─ 언제 나왔냐?

 ─ 두 달 전쯤에…….

 ─ 너란 놈은 참 운도 좋구나. 그 빨간색 곱표가 그려진 옷을 입고 훈련을 받다 맞아 뒈질 줄 알았는데…….

 그는 삐딱하게 말을 했지만 군대 동기를 만난 듯 반가운 표정이었다.

 ─ 다리는?

 삼촌이 토끼의 목발을 내려다보며 물었다.

 ─ 그냥 잘라냈지, 뭐. 평생 목발을 짚어야 되는데 써보니까 이것도 나쁘지 않아. 사람 다리보다 더 튼튼하고 부러져도 아프지도 않고 닳으면 새로 바꾸면 되고, 여러 모로 원래 다리보다 나아.

 토끼는 목발로 바닥을 툭툭 치며 짐짓 쾌활하게 웃어 보였지만 삼촌은 교육대 안에서의 일들이 주마등처럼 떠올라 섬뜩한 기분이 들었다.

— 어디 가서 차나 한잔 하지. 그러지 않아도 한번 만나보고 싶었는데…….

그날 삼촌은 토끼가 이끄는 대로 근처 다방으로 갔는데 카운터에 앉아 있는 여주인의 얼굴을 보고는 그만 그 자리에서 돌처럼 굳어버리고 말았다. 그 옛날 삼촌에게 순정을 바쳤던 첫사랑의 여자, 오순이 얼굴에 짙은 화장을 하고 자리에 앉아 있었던 거였다.

— 인사해, 내 마누라야.

토끼의 말에 삼촌은 더욱 당황해 차마 입을 열지 못하고 엉거주춤, 고개만 까딱했는데 어찌된 일인지 입가에 있던 커다란 점이 보이지 않아 삼촌은 자신이 사람을 잘못 봤나 잠시 의심했지만 땅딸막한 키에 넙데데한 얼굴이 틀림없는 오순이었다. 토끼는 삼촌을 오순에게도 소개했다.

— 이쪽은 나랑 삼청교육대에서 같이 훈련을 받았던 동긴데 알고 보니까 한동네 사람이더라고.

그러자 오순은 삼촌을 알아보았는지 어땠는지 가볍게 고개를 까딱해 보였다. 그리고 커피를 타기 위해 주방으로 들어갔다.

— 이 다방을 그럼 직접……?

— 응, 이건 마누라가 맡아서 하는 거고 난 이 위층에서 따로 당구장을 하고 있어. 외진 데라 손님은 별로 없지만 대신에 세가 싸서 그냥 버티고 있는 거야.

삼촌은 머리가 혼란스러워 그저 고개만 끄덕거렸는데 혼란은 그것으로 끝이 아니었다. 갑자기 다방 문이 벌컥 열리고 한 사내아이

가 토끼에게 달려왔다. 예닐곱 살쯤 되었을까? 새까만 얼굴에 개구
지게 생긴 아이는 옆에 세워둔 목발을 냉큼 집어 질질 끌고 가며 노
래를 부르듯 혼자 흥얼거렸다.
 ─ 우리 아빤 찐따! 찐따는 병신, 병신은 쪼다, 쪼다는 무녀리, 무
녀리는 바보······.
 아이를 발견한 삼촌은 갑자기 숨이 턱 막히는 기분이었다. 몇 년
전 시장 통에서 오순이 업고 있던 모습을 목격했을 땐 포대기에 싸
여 있어 겨우 머리만 볼 수 있었지만 아이는 어느새 학교에 들어가
도 될 만큼 자라 있었다.
 ─ 영수야, 그거 이리 가져와.
 영수? 저 아이가 혹시 그때 오순이 임신하고 있었던 바로 그 아이
일까? 아이는 토끼의 말을 들은 체도 안 하고 목발을 질질 끌며 다
방 안을 망아지처럼 뛰어다녔는데 까무잡잡한 얼굴에 작달막한 체
형이 자신과 닮은꼴이었다. 토끼는 영수가 자신의 아이라고 알고 있
는 걸까? 그렇다면 오순은 여태 그 사실을 숨긴 셈인데 혹시 나중에
라도 토끼가 자신의 친자식이 아니라는 사실을 알게 된다면 아이는
어떻게 되는 걸까? 또 혹시 나중에 아이가 친부라며 자신을 찾아온
다면? 아이를 바라보고 있던 삼촌은 온갖 복잡한 생각에 마음이 괴
로워 당장 자리에서 일어나 밖으로 뛰쳐나가고 싶었다. 이때, 오순
이 손수 커피를 들고 자리로 다가와 삼촌 옆에 앉았다.
 ─ 그러지 않아도 이이한테 말씀 많이 들었어요.
 토끼한테 내 얘기를 들었다고? 토끼는 나에 대해 뭐라고 말을 했
을까? 오순은 그 얘기를 듣고 그게 과연 나라는 사실을 알았을까?
 ─ 커피가 입에 맞을지 모르겠네요. 크림 두 개, 설탕 두 개 넣었

는데…….

 이때 삼촌의 머릿속엔 퍼뜩 옛날 역전다방에서의 일이 스쳐갔다.
 ― 우리 아빤 찐따! 찐따는 병신, 병신은 쪼다, 쪼다는 무녀리, 무녀리는 바보…….
 잠시 밖으로 나갔던 영수가 다시 목발을 끌며 안으로 들어오자 오순이 버럭 소리를 질렀다.
 ― 너, 그거 당장 안 내려놔?
 오순은 소리를 질러놓고 민망한 듯 웃으며 자리에서 일어섰다.
 ― 그럼 말씀들 나누세요.
 오순이 아이를 쫓아 자리를 뜨자 토끼가 커피를 입으로 가져갔다.
 ― 마셔봐. 우리 마누라가 생긴 건 저래도 커피는 아주 맛있게 타거든.
 삼촌은 자신의 앞에 놓인 찻잔을 뚫어지게 바라보았다. 정말 커피엔 크림과 설탕만 들어간 걸까? 만일 그게 아니라면 나는 어떻게 되는 거지? 옛날처럼 피를 토하고 쓰러지는 건 아닐까? 어쩌면 이번엔 피를 토하는 것으로 끝나는 게 아닐지도 모른다. 삼촌은 커피 잔을 내려다보다 힐끗 오순 쪽을 돌아보았다. 오순은 아이의 머리통을 쥐어박다 삼촌과 눈이 마주치자 어서 커피를 마시라는 듯 고개를 끄덕여 보였다. 삼촌은 다시 찻잔으로 눈길을 돌렸는데 그 안에 담긴 것이 마치 자신이 그동안 살아온 데에 대한 성적표처럼 느껴졌다. 긴 세월이 흘러 역전다방의 주인공들은 다시 한자리에 모여들었다. 그리고 아직 끝나지 않은 이야기를 마무리할 차례였다. 찻잔 속에 무엇이 들었는지는 알 수 없지만 엎을 수도 없고 무를 수도 없는 잔이었다. 삼촌은 토끼와 오순을 번갈아 바라보다 뭔가 결심을 한 듯 잔을 들어 뜨거운 커피를 단숨에 꿀꺽, 삼켰다.

엄청나게 뜨거웠다. 입 안에 불을 지핀 듯 목이 화끈거렸고 뱃속이 타들어가는 듯 뜨거워 비명을 지르고 싶었지만 삼촌은 애써 고통을 참으며 커피를 입 안에 들어붓다시피 단숨에 털어 넣었다. 순간, 다방 안이 텅 빈 듯 고요해졌다. 주위를 돌아보니 오순과 다방종업원들이 다들 놀란 눈으로 삼촌을 쳐다보고 있었다. 토끼는 삼촌의 표정을 보고 푸하, 웃음을 터뜨렸다.

— 아니, 뭐가 바쁘다고 커피를 그렇게 급하게 마시나? 커피 처음 마셔봐?

처음 커피를 마실 땐 잔뜩 긴장해서 미처 맛을 몰랐지만 입 안엔 달콤 쌉싸래한 향이 부드럽게 남아 있었다. 그리고 다른 이상한 맛은 느껴지지 않았다. 그제야 삼촌은 가슴을 쓸어내리며 오순 쪽을 쳐다보았다. 그녀는 겨우 20대 중반의 젊은 나이였지만 아이를 키우고 살림을 하고 장사를 하느라 얼굴이 상해 있어 한물간 마담처럼 노회한 모습이었다. 그런데 입가에 있던 점은 어떻게 된 거지?

— 내가 자네를 한번 만나보고 싶었던 건 다른 게 아니고 말이야…….

토끼가 커피 잔을 내려놓으며 신중하게 용건을 꺼냈다.

— 요즘 내가 큰 그림을 하나 그리고 있어.

— 그림?

— 뭐, 진짜 그림이 아니고…… 요 옆에 공단 들어오는 거 알지?

— 얘기는 들었어.

— 그 공단이 들어오면 동천이 발칵 뒤집힐 거야. 유동인구만 해도 30만이 넘는다고 하니까. 그런데 지금 동천은 술집 몇 개하고 다

방 몇 개, 제대로 된 나이트클럽 하나 없어. 이것만 갖고는 새로 유입되는 인구를 감당할 수 없어. 그러니까 내 말의 요지는 세상은 눈부시게 발전하는 데 비해 우리는 아무런 준비가 안 돼 있다. 이거야. 생각해 보면 참 부끄러운 일이지.

— 뭐가 부끄러워?

— 이런 답답한 친구를 봤나. 사람은 일만 하면서 살 수는 없는 거야. 열심히 일을 하고 나면 먹고 마시고 놀고 싶은 게 인간이거든. 그런데 이 근처에서 동천 말고는 갈 데가 아무 데도 없어. 그래서 그 많은 사람들이 결국 이 동천바닥에서 먹고 마시고 놀 거란 말이지. 어때, 생각만 해도 가슴이 벅차지 않나?

— 가슴이 왜 벅찬데?

삼촌이 의아한 표정으로 쳐다보자, 토끼는 답답하다는 듯 담배를 피워 물며 다시 입을 열었다.

— 내가 떡까지 먹겠다는 건 아냐. 난 그냥 바닥에 떨어지는 떡고물만 조금 주워 먹겠다는 거지. 그러니까…….

— 거지도 아닌데 왜 바닥에 떨어진 걸 주워 먹어?

고지식한 삼촌에게 토끼의 은유법은 전혀 통하지 않았다. 토끼는 답답하다는 듯 커피를 벌컥벌컥 마시고 탕 소리가 나게 찻잔을 내려놓았다. 그리고 자신도 당황해서 횡설수설하기 시작했다.

— 내가 뭐, 뭐, 깡패 짓을 하겠다는 게 아니잖아. 그냥 이 한 몸 바쳐서 응? 지역경제 발전에 이바지하고, 그리고 또 뭐냐, 그래! 향토사업, 그런 것도 하고, 또 나중에 잘 되면 장학재단, 뭐 그런 것도 설립하고. 그렇게 인재도 육성하고, 뭐 하여간 내가 하고 싶은 말의 요지는 뭐냐? 바로 준비된 자만이 떡고물을 먹을 자격이 있다, 이

말이야. 내, 내말이 무슨 말인지 알겠어?
　삼촌은 여전히 토끼가 하는 말을 이해할 수 없었지만 그가 흥분해서 열성적으로 떠드는 통에 그저 고개를 끄덕여주었다.
　― 그래, 이제 알아듣는구먼. 그래서 말인데, 내가 요즘 사람을 좀 모으고 있어.
　― 사람은 왜?
　― 일종의, 뭐랄까, 그래 조직이라면 조직이겠지. 뭐 밖에선 토끼파라고 부르는데 그렇다고 해서 나 혼자 다 해먹는 건 아니고 그냥 편의상 이름을 그렇게 붙인 거야. 그것 때문에 남들은 내가 무슨 깡패두목이라도 되는지 알지만 어디까지나 내 고향은 내 손으로 지킨다, 말하자면 향토애로 뭉쳐진 동지라고나 할까? 하여간 그렇다 보니 지금은 밑으로 애들이 좀 많아. 하지만 진짜 쓸 만한 애들은 드물지. 그래서 하는 말인데, 자네도 우리 조직에 들어올 생각이 없나?
　결국 풀어 말하자면 조직폭력배를 결성해서 한탕 해먹자는 얘기였는데 토끼는 이를 최대한 애매하고 두루뭉술하게 포장해서 설명하느라 얘기가 한참 길어졌다. 이에 삼촌은 눈을 멀뚱멀뚱하게 뜨고 쳐다보다 입을 열었다.
　― 난 조직엔 안 들어가. 왜냐하면 그것은……
　― 네가 무슨 말 하려는지 다 알아. 그건 무도인의 일이 아니다, 그거잖아.
　토끼가 말을 잘랐다.
　― 뭐, 그렇지.
　― 네가 세상 물정을 잘 몰라서 하는 얘긴데 지금 나한테 손 한번 잡아달라는 사람들이 많아. 이건 너한테도 좋은 기회니까 한번 잘

생각해 봐. 언제까지 지렁이처럼 흙만 파먹고 살 거야?

그리고 토끼는 화장실에 다녀온다며 자리에서 일어섰다. 삼촌은 토끼의 말이 무슨 뜻인지 잘 이해할 수 없어 혼란스러웠지만 언제까지 지렁이처럼 흙만 파먹고 살 거냐는 질문이 귀에 날아와 박혔다. 군대를 제대한 뒤에 삼촌은 자신의 미래에 대해 한 번도 생각해 본 적이 없었다. 이소룡의 꿈은 날아가고 몸은 만신창이가 된 마당에 미래에 대한 꿈을 꾸는 건 가당치도 않은 일이었다. 정말 나는 평생 지렁이처럼 흙이나 파먹고 살아야 하는 걸까? 만일 그게 아닌 다른 길이 있다면? 이때 오순이 토끼가 화장실에 가느라 자리를 비운 사이에 삼촌에게 다가왔다.

― 오랜만이네요.

오순은 보일 듯 말 듯 미소를 띠고 있었는데 그 미소에 씁쓸한 회한이 짙게 배어 있었다.

― 자, 자, 잘 지냈어요?

삼촌은 어색하게 말을 더듬었다.

― 뭐, 보시다시피…….

오순은 담배를 꺼내 물고 어깨를 으쓱해 보였다. 그날 밤, 역전다방에서 청산가리를 나눠 마신 이후 두 사람이 얼굴을 마주한 건 그날이 처음이었다.

― 죽지 않고 용케 살아났다는 소문을 듣긴 했지만 여기서 얼굴을 볼 줄은 몰랐네. 그래도 그 와중에 나를 병원에 데려다주고 도망간 걸 보면 한 가닥 양심은 남았던 모양이지?

삼촌은 차마 오순의 눈을 똑바로 쳐다볼 수 없어 빈 찻잔만 바라보다 겨우 입을 뗐다.

― 미, 미안해.

― 미안하다고? 흥! 7년이 지났는데 이제 와서 미안하다고? 차라리 그날 밤, 나를 그냥 죽게 내버려두지 그랬어. 그랬으면 서로 다시는 얼굴을 안 봐도 됐을 텐데…….

오순은 여전히 응어리가 단단하게 남아 있는 듯 담배 연기를 폐 깊숙이 빨아들였다 길게 내뱉었다. 두 사람 사이에 잠시 침묵이 흘렀다.

― 얼굴에 있던 점은……?

삼촌이 오순의 얼굴을 살피며 물었다.

― 빼버렸어. 난 그게 복점인줄 알았는데 점쟁이를 만나서 물어봤더니 눈물점이래. 그래서 그런가, 빼기 전엔 눈물 날 일이 참 많았는데 요즘은 울 일도 별로 없더라고.

그 눈물 날 일 가운데 하나는 아이를 밴 채 삼촌으로부터 버림받은 일이었을 것이다. 그리고 또 하나는 남편이 삼청교육대에 끌려갔다가 한쪽 다리를 잃어서 돌아온 일이었을 것이다. 아직 삼십도 안 된 나이였지만 오순은 그렇게 이미 산전수전 온갖 마음고생을 다 겪었을 터, 삼촌은 무거운 마음에 고개를 숙이고 있다 목발을 가지고 노는 아이를 가리키며 조심스럽게 물었다.

― 그럼 혹시 저 아이가 그때……?

그러자 오순의 표정이 무섭게 변하며 작은 소리로 말했다.

― 미친 소리 하지 말아요! 당신하곤 아무 상관도 없는 애니까.

삼촌은 움찔해서 입을 다물었다.

― 우리 그이가 옛날에 나를 울린 그 개자식을 반드시 자기 손으로 죽여주겠다고 약속했거든. 그런데 아직 그이는 당신이 바로 그

개자식인 줄 모르고 있어. 그러니까 오래 살고 싶으면 그런 소린 두 번 다시 입 밖에도 내지 마.

오순은 협박을 하듯 삼촌을 윽박질렀는데 때마침 토끼가 화장실에서 나오자 태연하게 웃으며 삼촌에게 물었다.

— 커피 한 잔 더 드릴까요?

그날 읍내 다방에서 토끼 부부의 아들과 대면하게 된 삼촌은 마음이 번란하고 괴로워 한동안 집 밖에도 나가지 않고 방에만 틀어박혀 지냈다. 떳떳지 못한 출생으로 인해 평생 무거운 짐을 진 채 살아왔는데 어쩌자고 다시 그런 불행의 씨앗을 뿌려둔 걸까? 자신이 평생 아비를 원망했듯이 그 아이도 출생의 비밀을 알게 된다면 죽을 때까지 자신을 증오하면서 살아가겠지? 삼촌은 아이가 자신처럼 그 불행한 태생에 발목이 잡혀 평생 엉뚱한 곳에서 의미 없는 짓거리로 인생을 낭비하며 살아가지나 않을까, 마음이 무거웠다.

몇 번의 좌절을 겪으면서 삼촌은 언제부턴가 자신이 겪은 불행이 모두 잘못된 태생에서 비롯된 일이라고 믿었다. 청산가리를 먹고 죽을 뻔한 일이나 배가 난파되어 홍콩에 가보지도 못하고 돌아온 일, 삼청교육대에 끌려가 죽도록 고생한 일이 모두 자신의 머리 위에 짙게 드리워진 서자의 장막 때문이라고 믿어 어느 자리에 가도 마음이 편치 않고 누구를 만나도 주눅이 들어 제대로 날개 한 번 펴보지 못하고 조금씩 나이만 먹어가는 중이었다.

이즈음 엄마가 한번은 넌지시 삼촌에게 혹시 맞선을 볼 생각이 없냐고 물은 적이 있다. 엄마의 친정 동네에 홀아버지를 모시고 사는 노처녀가 한 명 있는데 인물은 볼 거 없지만 눈, 코, 귀 다 제자리에 붙어 있고 사지 멀쩡한 데다 무엇보다 효성이 지극하여 서른이 넘도록 시집도 안 가고 홀아버지 수발을 하다 얼마 전 그 홀아버지마저 병들어 죽는 바람에 뒤늦게 마땅한 혼처를 찾는 중이라는 거였는데 중매쟁이들에게 으레 따라붙게 마련인, 살림을 야무지게 잘한다거나 음식 솜씨가 조촐하다거나 하는 그 흔한 찬사 한 마디 없는 것으로 미루어 짐작컨대 한 마디로 그냥 못생긴 노처녀라는 얘기나 다름없었다.

물론 태생도 수상쩍고 대학도 못 나온 삼촌의 입장에서 인물 좋고 집안 좋은 양가집 규수는 언감생심, 꿈도 꿀 수 없었지만 그렇다고 인륜지 대사를 아이들 놀이에서 짝을 정하듯 뒤집어라 엎어라, 식으로 정할 수는 없는 일, 삼촌은 엄마의 제안에 대해 천천히 생각해 보겠다며 완곡히 거절했지만 엄마는 일단 한번 만나보기라도 해라, 솔직히 삼촌 입장에서도 골라 가기는 어려운 일 아니냐며 밥 때마다 노골적으로 삼촌을 압박했는데 이는 군대도 제대한 마당에 마냥 집에 얹혀 지낼 생각 말라는 암시이기도 했다.

삼촌 또한 집을 나가 독립하고 싶은 생각이 없지 않았으나 모아놓은 돈도 없고 평생 농사를 지으며 살 자신도 없는 데다 적당한 여자를 만나 시골에서 적당히 농사나 지으며 사는 것이 왠지 자신의 인생이 아닌 듯 답답하게 느껴져 마음을 못 잡고 무시로 뒷동산에 올라가 먼 산을 바라보며 멍하게 생각에 잠겨 있는 시간이 점점 더 길어졌다. 게다가 이젠 마을 앞으로도 큰 길이 나 이전의 소 울음소리 평화롭던 농촌 풍경은 사라지고 하루 종일 드나드는 공사 차량과 불도저 소리가 지축을 울려 마음이 더욱 번란하기만 했다.

*

　토끼가 마을로 삼촌을 찾아온 것은 읍내에서 오순을 만나고 돌아온 지 두 달쯤 지났을 때였다. 그는 목발 대신 지팡이를 짚고 있었는데 다리가 잘려 나풀거리던 빈 바짓단 안엔 의족이 말끔하게 끼워져 있어 보기에 훨씬 나았다. 게다가 어디서 구했는지 오래된 마크 파이브를 타고 왔는데 건장한 체격의 부하들을 대동한 데다 멋진 라이방까지 쓰고 있어 제법 잘나가는 건달 조직의 우두머리 같은 분위기를 풍겼다. 그날 토끼와 삼촌이 어떤 얘기를 주고받았는지는 알 수 없지만 두 사람은 개울가에서 담배를 나눠 피우며 오랫동안 얘기를 나눴고 마크 파이브가 마을을 떠날 때 삼촌은 토끼의 옆자리에 타고 있었다.

　당시 동천은 무주공산을 차지하기 위해 몰려든 전국의 깡패들로 성시를 이루어 전라도 깡패, 경상도 깡패, 충청도 깡패, 강원도 깡패들이 한데 뒤엉켜 전국시대를 방불케 하는 치열한 전쟁을 치르는 중이었다. 이들은 활동 근거지에 따라 삼거리파, 사거리파, 오거리파, 중앙시장파, 종점파 등으로 나뉘어 싸웠는데 여기에 정체를 알 수 없는 타이거파와 라이온파, 타이거파와 라이온파가 연합한 라이거파, 라이거파에 반기를 든 신라이거파, 그 모든 파들이 다시 헤쳐모인 범라이거파가 전쟁에 합세했고 또 여기에 더해 토끼가 해체한 역전파에 향수를 가진 논두렁건달들이 모여서 만든 구역전파, 신역전파, 신구연합역전파, 범역전파 등 온갖 조직들이 난립해 활개를 쳤다.

　이때부터 삼촌은 토끼파의 일원으로 온갖 싸움에 앞장서서 공을 세웠다. 밤마다 거리에서 살벌한 싸움을 벌이느라 다치기도 하고 칼에 찔리는 위험에 처하기도 했지만 이상하게 마음은 편안했다. 마치 자신이 진즉에 왔어야 할 세계로 돌아온 듯 모든 게 매끄러워 아무런 결락이 느껴지지 않았던 것이다. 상대가 누군지 알 필요도 없었고 애써 변명할 이유도 없었다. 더 이상 말을 더듬지도 않았다. 삼촌은 교묘한 말보다는 서로 주먹을 내뻗고 몸이 부딪치고 피를 흘리고 지쳐 쓰러지는 육체의 언어가 더 편안하고 자연스러웠다.

조직 내에서의 입지도 나쁘지 않았다. 처음엔 체격도 왜소한 데다 말까지 더듬어 삼촌을 은근히 깔보는 축들도 있었지만 거구의 상대편 건달들을 전광석화 같은 솜씨로 제압하는 것을 몇 번 목격한 뒤부터는 아무도 삼촌을 무시하지 못하게 되었다. 당시만 해도 조폭들은 회칼 같은 본격적인 흉기를 사용하는 것을 꺼려해 상황에 따라선 상대편 두목과 일대 일로 맞짱을 떠서 승부를 가리는 형태의 싸움도 자주 벌어졌는데 그럴 때마다 토끼는 삼촌을 앞에 내세웠다. 그리고 삼촌은 로마 콜로세움에서 이소룡이 척 노리스와 대결을 벌일 때처럼 멋지게 상대를 쓰러뜨리곤 했다. 조직원들은 환호성을 질렀고 토끼는 이에 대한 보답으로 돈을 풀어 향응을 제공했다. 아마도 이때가 삼촌의 전성기라면 전성기라고 할 수 있을 것이다. 삼촌은 양복을 빼입고 반짝거리는 구두를 신고 조직원들과 함께 시내를 활보했다.

그렇다면 삼촌이 그토록 집착하던 무도인의 길은 대체 어떻게 된 것일까? 토끼가 집어주는 돈 몇 푼에 무도인의 영혼을 팔아버린 걸까, 아니면 백주대낮에 사람을 때려죽이는 삼청교육대에서 교육을 받는 동안 정의 따위는 발샅의 때만도 못하다는 걸 뒤늦게 깨닫게 된 걸까? 토끼가 내 고향은 내 손으로 지킨다며 입버릇처럼 애향심을 내세우긴 했지만 자신이 무슨 짓을 하는지도 모를 만큼 삼촌이 바보는 아니었다. 그렇다면 삼촌은 왜 무도인의 길을 버리고 저자거리의 건달로 나서게 된 걸까? 학창 시절부터 늘 독고다이로 외롭게 떠돌았던 삼촌에겐 어쩌면 무리가 그리웠을지도 모른다. 그래서 그 따뜻하고 달콤한 환대에 자신의 본 모습을 잃고 무도인의 길을 망각한 채 앞장서서 주먹을 휘둘렀을 것이다. 그것이 단지 외롭기 때문이었을까? 그 이유는 지금도 알 수 없다. 다만 변두리 삼류극장에서 외로움을 달래던 한 시골청년은 조금씩 싸구려 향락에 눈을 떠 틈만 나면 술집으로, 유곽으로 허겁지겁 달려갔다는 것이다.

 토끼는 전 방위로 압박해 오는 조직들에 맞서 싸우며 힘겹게 버티고 있었다. 새로운 조직은 끝도 없이 생겨났다. 뽑아내도 뽑아내도 질기게 다시 뿌리를 내리는 쇠비름처럼 신흥 조직들의 발흥은 계속되었다. 삼거리파와 사거리파가 연합한 칠거리파, 신라이거파와 범라이거파가 연합한 라이거연합파, 그 조직에서 각기 떨어져 나온 신칠거리파와 신라이거연합파 등 조직들 간의 합종연횡도 빈번히 이루어져 이를 둘러싼 배신과 음모, 원한과 복수 등 삼국지만큼이나 복잡한 사연들이 이리저리 얽히면서 할 얘기는 많아지고 싸울 일도 늘어나 어느새 퇴폐와 향락의 활기가 넘치는 거대 상업지로 변모한 동천은 밤마다 각목과 야구방망이가 난무하는 암흑천지로 변하곤 했다. 하지만 시작이 있는 이야기엔 반드시 끝이 있는 법, 치열한 전쟁을 치르는 동안 군소조직들이 하나 둘씩 와해되고 거대조직이 이를 흡수, 통합하면서 서서히 패자의 윤곽이 드러나기 시작했는데 제일 마지막까지 남은 조직은 외부에서 들어온 조직들이 연합한 범라이거연합파와 토끼가 구역전파와 종점파 등 토착 주먹들을 한데 통합한 동천파였다. 한 마디로 굴러온 돌과 박힌 돌 간의 싸움으로 요약할 수 있는 두 조직 간의 피 말리는, 아니 피 터지는 전쟁은 이후 무려 1년이 넘게 지속되었다.

동천의 도시화는 단지 상가건물이 들어서고 땅값이 오르는 데에만 그친 것은 아니었다. 당시 삼촌의 직함은 동천파 나와바리 안에서 제일 큰 나이트클럽의 영업부장으로 토끼가 마련해 준 여관방에서 조직원들과 함께 합숙생활을 하고 있었다. 새벽마다 삽을 들고 논에 나가 물꼬를 보던 시골의 한 순박한 청년이 이젠 밤마다 각목을 들고 거리에 나가 싸움을 벌이고 알 수 없는 헛헛함에 새벽마다 쓴 소주를 빈속에 들이붓고 취해서 잠이 드는 폭력배로 둔갑한 것이다.

그것을 뭐라고 부를 수 있을까? 자포자기의 삶? 꿈을 잃어버려 아무런 전망도 없던 삼촌에게 그것은 어쩌면 당연한 선택이었을지도 모른다. 삼촌은 갈수록 말수가 줄어들었고 눈은 늘 벌겋게 충혈되어 있었으며 입에선 악취가 났다. 이소룡은 더 이상 눈앞에 나타나지 않았다. 다만 아주 드물게 꿈을 꾸었다. 그것은 다름 아닌 홍콩의 꿈이었다. 술에 취해 잠든 콧속으로 피비린내인 듯 찝찔한 바다 냄새가 흘러들었고 귀에선 바람소리에 뒤섞여 끼룩대는 갈매기의 울음소리가 들리는 듯했다. 뒤이어 막이 열리듯 뿌연 안개가 걷히며 저 멀리 거대한 도시가 눈에 들어왔다. 해안을 따라 하늘을 찌를 듯 줄지어 서 있는 빌딩들은 아침 햇살에 부딪쳐 황금빛으로 반짝이고 거대한 배들이 빽빽이 정박해 있는 항구는 화가가 그림을 그려넣은 듯 더없이 아름다워 보였다. 그것은 언제나 손에 잡힐 듯 가까이 있었으나 절대로 다가갈 수는 없었다. 허겁지겁 달려가면 저만치 멀어지고 다시 달려가면 그만큼 더 멀어지는 안타까움에 삼촌은 꿈에서 깨어날 때마다 가슴이 먹먹해지고 뭔가 소중한 것을 잃어버린 듯 엄청난 상실감에 허겁지겁 담배를 찾아 급하게 빨아대곤 했다.

*

　차를 타고 버스터미널 근처를 지나던 토끼는 버스에서 막 내리는 건장한 체격의 사내를 발견하고 자신의 눈을 의심했다.
　— 차, 차 세워!
　그는 운전을 하고 있던 부하에게 다급하게 외쳤다. 끽! 차가 멈춰 서자 토끼는 차창 너머로 사내의 얼굴을 다시 한 번 찬찬히 살펴보았다. 그리고 곧 터질 듯한 분노와 함께 온몸에 전율이 일었다. 그는 운전을 하는 부하에게 사내가 눈치 채지 않게 뒤를 따라가라고 시켰다. 스물예닐곱쯤 되었을까, 순박한 인상의 사내는 방금 전 논에서 일을 하다 나왔는지 허름한 잠방이엔 개흙이 말라붙어 있었다. 그는 동천 제일의 조폭 두목이 자신의 뒤를 밟고 있는 것을 눈치 채지 못한 채 하루가 다르게 변모해 가는 시내를 신기한 눈으로 두리번거리며 걷고 있었다. 사내의 뒤를 밟는 동안 토끼는 온갖 잔인한 상상을 떠올리며 짜릿한 희열에 몸을 떨었다. 사내는 중심가를 벗어난 한적한 길가에 있는 종묘상 안으로 들어갔다. 그가 가게 안으로 사라지는 모습을 지켜본 토끼는 급히 부하를 시켜 숙소에 있는 삼촌에게 빨리 연락을 하라고 지시하는 한편, 근처에 있는 농자재상에 가서 튼튼한 곡괭이자루를 한 자루 사오라고 시켰다.

잠을 자고 있던 삼촌이 토끼의 연락을 받고 급히 달려간 곳은 도시 외곽의 버려진 연초건조장이었다. 삼촌은 건조장을 보는 즉시 그곳이 바로 오래전 삼촌과 오순이 오토바이를 타고 와서 처음으로 살을 섞은 장소라는 것을 깨달았다. 그리고 혹시 토끼가 오순과의 과거를 눈치 채고 자신을 해코지하려는 게 아닌가 하는 의심이 들었다. 하지만 곧 자신의 업보는 자신이 감당할 수밖에 없다는 생각에 자포자기의 심정으로 건조장 문을 열어젖혔다.

안으로 들어서자, 눅진한 담배 냄새가 훅 끼쳐왔다. 바닥엔 체격이 건장한 한 사내가 손발이 묶인 채 무릎을 꿇고 있었고 그 앞엔 토끼가 평소에 짚고 다니던 지팡이 대신 커다란 곡괭이자루를 들고 서 있었다. 사내는 이미 심한 구타를 당한 듯 몰골이 형편없어 삼촌은 그가 상대 조직원일 거라고 짐작했다. 그런데 부하들의 모습이 한 명도 보이지 않는 게 의심스러웠다.

— 무, 무슨 일이야?

삼촌이 묻자 토끼는 신나는 듯 어린애처럼 잔뜩 흥분한 목소리로 말했다.

— 야, 권도운. 내가 지금 누굴 잡아놨는지 알아맞혀 봐.

— 누, 누군데……?

삼촌이 어둠 속에서 사내의 얼굴을 살피며 물었다.

— 이 새끼, 누군지 몰라? 한번 잘 봐봐.

삼촌은 어둠에 조금씩 눈이 익숙해졌지만 사내의 얼굴이 퉁퉁 부어올라 도무지 누군지 짐작이 가지 않았다. 그러자 토끼가 답답하다는 듯 말했다.

— 이 새끼, 삼청교육대에 교관으로 있던 놈이잖아. 생각 안 나?

토끼의 말에 삼촌은 눈을 부릅뜨고 사내의 얼굴을 다시 한 번 살펴보곤 온몸에 전율이 일었다. 비록 얼굴이 퉁퉁 부어오르고 피범벅이 되어 있었지만 어찌 그 얼굴을 잊을 수 있었겠는가! 사흘 돌이로 대원들을 한 명씩 몽둥이로 때려죽였던 살인귀! 배가 고파 개밥을 훔쳐 먹었다는 이유로 불쌍한 도치를 백주대낮에 살해한 두억시니! 삼촌은 사내가 염마라는 것을 알아보자 분노가 끓어올라 득달같이 달려가 마구 발길질을 해댔다.

— 이 개새끼!

염마는 몸을 웅크린 채 두들겨 맞으며 비명을 질러댔다. 토끼는 옆에서 맛있게 담배를 피우며 삼촌이 두들겨 패는 모습을 구경하며 자기 차례를 기다리고 있었는데 곡괭이자루를 쥐고 있는 손에 잔뜩 힘이 들어가 있었다. 염마는 두들겨 맞으며 뭐라고 소리를 질렀지만 비명과 섞여 있어 무슨 소린지 잘 알아들을 수 없었다.

— 뭐라고?

삼촌이 잠시 매를 멈추고 묻자 염마는 덜덜 떨며 겨우 입을 열었다.

— 저, 저, 전 아니라고요.

— 뭐가 아니라는 거야?

— 사, 사, 사람을 잘못 본 겁니다. 전 삼청교육대 교관을 한 적이 없어요.

삼촌이 의아한 듯 쳐다보자 토끼가 대뜸 곡괭이자루로 염마의 어깻죽지를 힘껏 내리쳤다. 뼈가 부서지는 듯 단말마의 비명소리가 터져 나왔다.

— 이 새끼! 아까부터 자꾸 거짓말 치네.

— 저, 정말예요! 사람을 잘못 본 거라고 했잖아요.

토끼는 사정없이 곡괭이자루를 휘두르며 악을 썼다.

— 이게 누구 앞에서 사기를 치려고 그래! 우리가 핫바지로 보이냐?

염마는 매가 떨어질 때마다 비명을 질러대며 살려달라고 애원을 했다. 대원들의 생사를 좌우하던 살벌한 삼청교육대 교관의 모습은 온데간데없었다. 그저 고통에 몸부림치며 목숨을 구걸하는 한 가엾은 시골 청년이 있을 뿐이었다. 토끼는 외다리로 비틀거리면서 사정없이 곡괭이자루를 휘두르다 결국 휘청하며 바닥에 넘어지고 말았다. 삼촌이 토끼를 부축을 해 일으켜 세우자 그는 잠시 숨을 몰아쉬며 염마에게 말했다.

— 도치라고 이 동네 아는 동생이 있었어. 그 애가 개밥을 훔쳐 먹다 들켜서 너한테 맞아죽었지. 그런데도 끝까지 아니라고 잡아떼는 걸 보니까 넌 정말 악랄한 새끼로구나.

토끼는 손바닥에 침을 퉤, 뱉고 다시 곡괭이자루를 힘껏 움켜쥐었다.

— 잘못했다고 빌면 목숨은 살려두려고 했는데 스스로 명을 재촉하는 데야 나도 어쩔 수 없지.

토끼는 염마가 사람을 죽이기 전에 그랬듯 그의 귀에 대고 조용히 속삭였다.

— 염마, 너를 이제 사형에 처한다.

그리고 토끼는 염마의 머리를 노리고 곡괭이자루를 높이 들어 올렸다 힘껏 내리쳤다. 순간, 삼촌이 몸을 날려 사내 앞을 막아섰다.

— 아, 안 돼!

몽둥이가 삼촌의 어깨를 강타하자 삼촌은 비명을 지르며 바닥에 나뒹굴었다.
　— 뭐야? 너 미쳤어?
　토끼가 버럭 화를 내자, 삼촌은 어깨를 감싸 쥐고 힘겹게 입을 열었다.
　— 주, 죽이면 안 돼.
　— 뭐가 안 돼! 이 새끼가 사람을 얼마나 많이 죽였는데! 이런 새끼는 백 번 죽어도 싸!
　— 그래도 안 돼.
　— 저리 비켜!
　토끼가 곡괭이자루를 휘두르며 위협했지만 삼촌은 염마 앞을 가로막고 버텼다.
　— 안 비키면 너부터 죽인다.
　— 마음대로 해.
　두 사람이 실랑이를 하는 동안 염마는 바닥에 엎어져 살려달라고 울부짖었다. 어쩌면 읍내를 오가다 다방이나 극장에서 마주쳤을지도 모를, 또 어쩌면 읍내 체육대회에서 함께 땀을 흘리며 공을 찼을지도 모를 평범한 시골 총각이 어쩌다 그런 무시무시한 살인귀가 된 걸까? 삼촌은 세상을, 그리고 그런 세상을 만든 인간들을 이해할 수 없었다. 삼촌은 토끼의 곡괭이자루를 잡고 버럭 소리를 질렀다.
　— 우리는 개새끼가 아냐!
　그 말에 토끼가 멈칫했다.
　— 도치가 그랬잖아. 우린 개새끼가 아니라 인간이라고.
　— 알아, 씨발! 근데 이 새끼는 인간이 아니라 개새끼야. 그러니까 죽여도 상관없어.

— 이 새끼를 죽이면 우리도 같은 개새끼가 되는 거야!

두 사람은 서로를 잡아먹을 듯 상대를 노려보았다. 잠시 정적이 흘렀다. 염마도 울음을 그치고 두 사람의 눈치를 살폈다. 그러다 마침내 토끼가 곡괭이자루를 든 팔을 밑으로 떨어뜨렸다.

— 알았어. 그만 하자.

그제야 삼촌도 한숨을 내쉬며 뒤를 돌아보았다. 염마는 겨우 살았다는 듯 비굴한 웃음을 지어보였다. 그 얼굴이 너무 증오스러워 삼촌은 그의 얼굴에 침을 뱉어주고 싶었다. 그런데 이때였다. 삼촌이 잠시 방심한 틈을 타 토끼가 다시 곡괭이자루를 염마에게 힘껏 휘둘렀다. 퍽, 하며 두개골이 부서지는 소리가 들리고 염마가 옆으로 힘없이 쓰러졌다. 삼촌이 놀라 돌아보자 토끼가 한 번 더 염마의 머리를 힘껏 내리쳤다. 염마는 눈을 허옇게 뒤집고 잠시 경련을 일으키다 곧 바닥에 늘어져버렸다. 다시 살인이 일어난 것이다. 이번에 죽은 것은 교육대원이 아니라 교관이었다. 삼촌은 삼청교육대에서 도치가 죽었을 때처럼 몸이 덜덜 떨렸다. 삼촌은 뭐라고 말을 하고 싶었지만 입이 열리지 않아 그저 황망한 얼굴로 토끼를 쳐다보았다. 토끼는 곡괭이자루를 바닥에 내던지며 떨리는 목소리로 말했다.

— 이, 이 새끼가 우리 얼굴을 다 봤어. 그냥 보내주면 가만히 있을 것 같아? 당장 경찰서에 달려가서 신고를 할 텐데. 그럼 우린 좆되는 거야.

삼촌은 죽은 염마의 시체를 내려다보았다. 그는 눈을 부릅뜬 채 삼촌을 노려보고 있었다. 그런데 이때 삼촌은 시체에서 뭔가를 발견하고 그 자리에 털썩 무릎을 꿇었다. 그리고 망연자실한 표정으로 혼잣말처럼 중얼거렸다.

— 귀, 귀, 귀, 귀가 있어.
— 뭐라고?
— 여, 여, 여, 염마가 아니라고.
삼촌은 이전처럼 다시 말을 더듬었다.
— 그게…… 무슨 소리야?
— 이, 이게 염마라면 하, 한쪽 귀가 없어야 돼. 그런데 이 자는 두 귀가 멀쩡하게 붙어 있어.
— 귀가 뭘 어쨌다는 거야?
— 네가 염마의 귀를 물어뜯었잖아. 씨발! 이건 염마가 아냐!
삼촌이 버럭 고함을 질렀다. 그제야 토끼도 가까이 다가와 시체를 살펴보고 낭패한 표정으로 삼촌을 쳐다보았다.
— 이, 이게 염마가 아니라면 도대체 누구지?
— 그, 그걸 내가 어떻게 알아? 하지만 이, 이 자가 염마가 아닌 건 확실해.
— 호, 혹시 수술을 해서 다시 붙인 건 아닐까?
— 수술을 하면 바늘자국이라도 남을 텐데 아무 자국도 없어. 우리가 사람을 잘못 본 거야.
토끼는 울상이 되어 삼촌의 얼굴을 바라보았다.
— 씨발, 좆 돼버렸네.
순간, 삼촌은 토끼의 턱을 향해 주먹을 날렸다.
— 개새끼! 그러게 내가 죽이지 말라고 했잖아!

그날 밤, 삼촌과 토끼는 염마의 시체를 연초건조장 근처 야산에 묻었다. 사람들 눈에 띄지 않게 시체를 옮겨오는 것만 해도 쉬운 일이 아니었다. 부하들을 시키면 일도 아니었겠지만 이번엔 경우가 달랐다. 토끼가 옆에서 담배를 피우는 동안 삼촌은 묵묵히 구덩이만 팠다. 그는 자신에게 왜 그런 끔찍한 일들이 따라다니는지 알 수 없어 답답하고 혼란스럽기만 했다. 당시 교관들은 계급이나 이름을 알 수 있는 아무런 표식이 없어 대원들은 염마의 이름이 뭔지 알지 못했다. 게다가 늘 챙이 넓은 모자를 깊숙이 눌러쓰고 있어 실은 얼굴조차 정확하게 기억하지 못했다. 그런데 왜 삼촌은 그를 염마라고 생각했을까? 그리고 토끼는? 그저 증오와 복수심에 눈이 멀어버린 것일까? 사람의 얼굴을 제대로 식별하기 어려운 어두컴컴한 연초건조장 안에서 이루어진 엉뚱한 복수는 순박한 한 시골 청년을 불귀의 객으로 만들어버리는 또 다른 비극을 초래하고 말았다. 마침내 청년의 시체를 다 묻고 나자 토끼는 삼촌을 노려보며 말했다.

— 이건 죽을 때까지 우리 둘만 알고 있어야 해. 만약에 일이 잘못되면 나 혼자만 당하진 않을 거니까 입조심해.

토끼의 협박 아닌 협박에 삼촌은 울컥 화가 치밀었다.

— 뭐라고? 이 새끼가 정말!

삼촌이 주먹을 치켜들었을 때 토끼는 재빨리 손에 들고 있던 지팡이의 손잡이 부분을 빼들었다. 그러자 날카롭게 벼려진 칼날이 튀어나왔다. 그는 삼촌의 목에 칼을 겨누고 말했다.

— 너도 같이 저지른 일이잖아. 그러니까 우린 어쩔 수 없이 공범이 된 거야.

삼촌은 토끼를 노려보다 순식간에 몸을 돌리며 칼을 들고 있는 손을 발로 찼다. 토끼가 칼을 떨어뜨리자 삼촌을 재빨리 칼을 집어 들고 그의 목을 겨누었다. 눈 깜짝할 사이에 상황이 역전되었다. 하지만 토끼는 참나무에 몸을 기댄 채 눈 하나 깜짝하지 않았다. 그는 자신의 목을 겨누고 있는 칼날을 힐끗 내려다보며 말했다.

— 너는 왜 제대로 걷지도 못하는 다리병신이 여기까지 왔는지 모르지? 똑똑히 알아둬. 내가 진즉에 알아봤는데 너는 절대로 사람을 못 죽여. 그게 바로 너의 한계야. 하지만 나는 달라. 그러니까 앞으로 분수에 맞게 행동해. 무슨 말인지 알았어?

칼을 쥔 손에 잔뜩 힘이 들어갔지만 토끼의 말대로 삼촌은 차마 그를 찌르지 못했다. 그저 이글이글 타는 눈으로 한동안 토끼를 노려보다 그의 등 뒤에 있는 참나무에 힘껏 칼을 꽂고 산 아래로 뛰어내려갔다.

*

삼촌이 동천을 떠난 것은 죽은 사내를 토끼와 함께 야산에 묻은 지 두 달이 지난 뒤였다. 그동안 삼촌은 자신의 뒤꿈치를 집요하게 따라오는 운명의 정체가 뭔지도 알지 못한 채 다시 밤마다 갈고리에게 쫓겨 다녔다. 꿈속에서 갈고리는 염마, 또는 연초건조장에서 억울하게 죽음을 당한 청년의 형상을 하고 있었다. 깨진 머리에선 끊임없이 피가 흘러내려 얼굴을 적셨고 부러진 팔다리는 허깨비처럼 제멋대로 춤을 추었다. 갈고리는 때로 억울하게 맞아죽은 도치의 모습으로 둔갑했는데 넋이 나간 듯 한없이 공허한 눈동자엔 깊은 고통과 슬픔이 배어 있어 삼촌은 싸울 의지는커녕 달아날 생각도 없이 그저 눈을 질끈 감은 채 바닥을 엉금엉금 기어 다니다 잠에서 깨어나곤 했다.

　삼촌은 눈을 뜨자마자 아침부터 소주병을 찾아 나발을 불었다. 알코올 기운이 퍼져나가 머리가 몽롱해져서야 겨우 몸을 일으킬 마음이 들었기 때문이었다. 따라서 술에 취해 있는 시간은 점점 더 늘어났고 서른도 안 되는 젊은 나이였지만 그의 영혼은 이미 외로운 늙은이의 그것처럼 황폐해졌다. 그 와중에도 동천의 패권을 둘러싼 전쟁은 계속되고 있었다. 삼촌이 범라이거연합파에서 새로 등장한 젊은 실력자와 맞붙게 된 건 바로 이즈음이었다.

　나이는 정확히 알 수 없다고 했다. 이름도 모른다고 했다. 출신도 모른다고 했다. 그래도 몇 가지 소문은 있었다. 나이는 알 수 없지만 아직 군대도 안 간 햇병아리라는 소문이 있었다. 출신지는 정확하지 않지만 동천 어디께라는 소문이 있었다. 또한 이름은 알 수 없지만 '절곤이'란 별명으로 불린다는 소문도 있었다. 소문이 아닌 사실도 몇 가지 있었다. 발차기가 특기인데 공중을 날아 바닥에 떨어지기 전에 사방에서 달려드는 동천파 조직원 네 명의 턱주가리를 돌려놨다는 사실이 그것이었다. 또한 힘이 장사여서 몸무게가 백 킬로그램에 육박하는 상대의 허리를 붙잡아 부러뜨렸다는 것 또한 사실이었다. 쌍절곤을 귀신같이 돌린다는 것도 사실이었는데 그의 별명인 절곤이도 바로 여기서 유래한 거였다.

　절곤이에게 작살이 난 동천파 조직원들은 모두 그를 잡기 위해 혈안이 되어 있었다. 하지만 그는 워낙 조심성이 많고 신출귀몰해 좀처럼 꼬리를 잡히지 않았다. 그러던 와중에 그가 시내에 있는 한 나이트클럽으로 들어가는 걸 보았다는 첩보가 입수되었다. 이에 토끼는 급히 사람을 보내 삼촌을 호출했다.

삼촌은 조직 간의 전쟁에는 아무런 관심이 없었다. 그저 술에 취해 아무 데고 조직원들을 따라가 되는 대로 주먹을 휘두르다 돌아오곤 했는데 맞아도 그만 때려도 그만인 심정이어서 과거의 화려했던 솜씨는 온데간데없고 상대가 휘두르는 각목에 머리가 깨져 돌아오는 경우가 다반사였다. 이에 토끼는 늘 술에 취해 있는 삼촌을 점점 더 골칫거리로 여기게 되어 아는 동생들조차 삼촌을 대놓고 무시하기 일쑤였다. 그날 삼촌이 클럽 앞에서 절곤이 일행과 정면에서 맞닥뜨렸을 때에도 예의 술에 잔뜩 취한 상태였다. 라이거파 조직원들은 모두 네 명에 불과해 수적으로 단연 열세였지만 절곤이는 과연 듣던 대로 배포가 있었다.

— 흥, 어디서 누가 새로 눈 똥을 봤나, 왜들 개 떼처럼 몰려다니고 그래?

절곤이는 동천파 조직원 10여 명에게 둘러싸였지만 조금도 겁을 내지 않고 가소롭다는 듯 피식 웃어보였다. 이에 각자 각목을 든 동천파 조직원들이 일제히 소리를 지르며 달려들어 막 싸움이 벌어지려는 찰나였다.

— 잠깐!

누군가 소리를 질러 멈칫, 돌아보니 삼촌이었다. 삼촌은 술에 취한 와중에도 절곤이가 누군지 한눈에 알아보고 앞으로 나섰다.

— 자네가 절곤인가?

절곤이, 아니 종태는 그제야 삼촌을 알아보고 놀라 자신도 모르게 입속으로 웅얼거렸다.

— 사, 사부님……

― 다들 용쓸 거 없이 자네와 나, 둘이서만 승부를 보는 게 어때?

　갑작스런 사태에 종태는 어찌할 바를 모르고 서 있었다. 이때 삼촌이 조직원들을 향해 외쳤다.

　― 둘이서만 승부를 보는 걸로 했으니까 누가 됐든 지는 쪽에서 남자답게 물러서는 걸로 한다. 그러니 누구든 이 싸움에 끼어드는 놈이 있으면 내 손에 죽는다. 다들 알아들었지?

　술에 취해 있었지만 삼촌의 눈빛엔 힘이 있었고 표정은 단호했다. 그가 과거의 위엄을 되찾아 조직원들을 둘러보자 다들 순순히 고개를 끄덕였다. 이에 삼촌은 양복윗도리를 벗고 종태를 향해 공격 자세를 취했다.

　― 소문에 쌍절곤을 잘 쓴다고 하던데 어디 솜씨 좀 볼까?

　종태는 잠시 망설이며 삼촌을 쳐다보다 마침내 허리춤에서 쌍절곤을 꺼내들었다. 오래전 삼촌이 나를 통해 종태에게 선물로 주었던 바로 그 쌍절곤이었다.

　― 어쩌다가 내가 네 삼촌하고 맞짱을 뜨게 되었는지 모르겠지만 나는 그 상황을 받아들일 수밖에 없었어. 이제 와서 변명 같지만 뭐랄까, 왠지 거역할 수 없는 운명이라는 기분이 들었거든.

　접견실 유리창 너머에서 종태는 한숨을 쉬듯 당시의 일을 들려주었다. 그런데 삼촌도 종태와 같은 기분이었을까? 어둠 속에서 삼촌의 눈을 보니 왠지 그에게 그렇게 말하는 것 같았다고 했다. 아무 소리 말고 그저 자신이 시키는 대로 하라고.

　훗날, 결투가 벌어진 장소의 이름을 따 '동천나이트의 결(決)'로 알려져 동천시민들에게 널리 회자된 그 대결은 건달 사(史)에 길이 남을 명승부였다. 삼촌은 술에 잔뜩 취해 있었음에도 불구하고 조금의 흐트러짐도 없었다. 오히려 당황한 종태가 몇 번 실수를 해 쌍절곤을 손에서 놓치고 서너 차례 삼촌에게 발차기를 허용했다. 하지만 시간이 흐르면서 종태는 차츰 싸움꾼의 본능이 되살아났다. 동천파에 대한 적개심도, 자신에게 무술을 가르쳐준 사부에 대한 복잡한 심경도, 그 얄궂은 운명에 대한 원망도 모두 사라지고 오로지 승부에만 전념했다. 두 사람은 바람을 거스르며 주먹을 섞고 허공을 가르며 발을 맞물렸다. 몸과 몸이 부딪치고 수(手)와 수가 엇갈렸다. 오래 단련된 육체는 본능과 습관에 의해 움직일 뿐 무념무상, 생각은 이미 멈춘 지 오래였다.

빠른 풋워크와 화려한 발차기가 삼촌의 특기였다면 종태는 힘을 바탕으로 한 간결하고 파괴력 있는 주먹이 위협적이었다. 두 사람은 상대에 대해 너무 잘 알기 때문에 오히려 섣불리 공격을 하기가 어려워 몸놀림이 신중할 수밖에 없었다. 이때 생각을 잊은 건 두 사람만이 아니었다. 최고의 두 발레리나가 빠드되(Pas de deux)를 추듯 한 합(合)씩 주고받는 멋진 광경에 넋이 나간 양측의 조직원들은 눈에 보이는 대로 아무나 물어뜯는 들개의 야성을 잊고, 피아(彼我)를 잊고, 자신들이 처한 입장까지 잊은 채 망아의 상태에서 두 사람의 결투를 지켜보았다. 물론 그들에게 심오한 문학작품을 이해하거나 난해한 미술작품을 보고 감동을 느낄 만한 소양이 있을 리 없었지만 어울리지 않게도 그들은 잠시 예술성에 대해, 숭고함에 대해, 그리고 인생에 대해 생각했다. 뭐랄까, 먹이를 찾아 숲 속을 어슬렁거리던 늑대가 호수에 비친 아름다운 보름달을 보고 잠시 걸음을 멈춘 상황이었다고나 할까. 그들은 달빛처럼 교교히 내리비치는 가로등불 아래서 두 고수가 벌이는 현란한 퍼포먼스에 넋을 잃고 관람을 하는 동안 자신도 모르게 상대 조직원에게 담뱃불을 빌리고 빌려주고 고개를 끄덕이며 서로 미소를 지어 보이는 아름다운 장면을 연출하기도 했다. 또한 그런 미소를 짓다보니 자신이 왠지 조금 더 그럴 듯한 인간이라도 된 것 같은 착각에 뿌듯한 기분이 들기도 했지만 한편으론 문득 씨발, 이건 도대체 무슨 기분이지, 하며 한 번도 느껴보지 못한 낯선 감정에 스스로 당혹해 하다 결국 들개의 본성이 되살아나 나중에 결투가 끝나면 반드시 담뱃불을 빌려준 상대의 대가리에 빵꾸를 내줘야겠다고 마음먹기도 했다.

종태가 건달이 된 것은 어쩌면 지극히 자연스러운 일이었는지도 모르겠다. 그의 말대로 애비가 농약을 먹고 죽었는데 그 자식이 뭐가 될 수 있었겠는가! 역 앞에서 잡지와 주전부리를 팔던 종태가 자릿세를 요구하던 라이거파 조직원 다섯 명과 맞붙은 것은 조직들 간의 치열한 전쟁으로 동천바닥이 한창 시끄러울 때였다. 그날 다섯 명의 조직원들은 산만 한 덩치가 부끄럽게도 채 5분도 지나기 전에 역 광장 한복판에 개구리처럼 뻗어버렸는데 라이거파의 두목은 종태에게 복수를 하는 대신 회유를 선택했다. 그를 조직의 일원으로 끌어들인 것이다. 그는 종태의 예사롭지 않은 완력과 강기를 알아보고 그를 행동대장으로 중용해 종태는 단숨에 동천의 실력자로 부상하게 되었다. 라이거파의 두목은 호두까기라는 별명으로 불린 목포 출신의 건달이었는데, 설마! 건달들이 차이코프스키의 호두까기 인형을 알 리는 없었을 터, 상대방을 바닥에 눕혀놓고 호두를 까듯 대가리를 구둣발로 짓이기는 걸 좋아해서 붙여진 별명으로 사람들이 익히 알고 있는 그 아름다운 발레곡과는 아무런 관련도 없었다.

동천나이트의 결(決)은 어느덧 세 시간이 넘게 계속되고 있었다. 때마침 어디선가 짙은 안개가 밀려와 나이트클럽 공터를 자욱하게 뒤덮었다. 언제 싸움이 끝날지는 아무도 알 수 없었다. 구경을 하던 조직원들조차 다들 지쳐서 벽에 기대거나 바닥에 쪼그리고 앉아 담배를 피워 물었다. 하지만 모든 싸움에는 반드시 끝이 있는 법, 갑자기 무슨 생각이 들었는지 삼촌은 문득 방어 자세를 풀고 하늘을 올려다보았다. 희미한 가로등 불빛이 안개 속에서 위태롭게 깜박였다. 잠시 허허로운 눈으로 가로등을 올려다보던 삼촌은 다시 눈길을 내려 종태를 응시했다. 그 옛날 뒷동산에서 종태에게 무술을 가르쳐줄 때처럼 따뜻한 눈빛이었다. 조직원들과 종태는 무슨 일인가 싶어 의아한 표정으로 삼촌을 쳐다보았다. 이때 삼촌은 이소룡처럼 씩, 한 번 웃어보이곤 큰 기합소리와 함께 종태를 향해 힘차게 달려갔다. 그리고 땅을 박차고 허공으로 날아올랐다. 이때였다. 종태의 눈에 휑하게 비어 있는 오른쪽 옆구리가 눈에 들어왔다. 종태는 순간 의아한 생각이 들었다. 아무리 술에 취했다지만 삼촌이 그런 허점을 용인할 리가 없었기 때문이었다. 하지만 진정한 싸움꾼은 생각보다 몸이 먼저 움직이는 법, 종태의 주먹은 삼촌의 옆구리를 향해 번개처럼 날아갔다.

훗날, 교도소 접견실에서 만난 종태는 그때 삼촌이 자신에게 고의적으로 빈틈을 노출했다고 했다. 그걸 어떻게 아냐고 묻자 그것은 싸움의 당사자만이 눈치 챌 수 있는, 이심전심으로 전해지는 느낌 같은 것이어서 말로는 설명할 수가 없다고 했다. 따라서 옆에서 구경하던 양측의 조직원들은 삼촌이 실수로 종태에게 한 대 맞았다고 생각했을 뿐, 아무것도 눈치 채지 못했다.

하지만 아아! 장강의 뒷물결은 그렇게 앞물결을 밀어냈던가, 벽돌을 산산조각 낼만큼 강력한 종태의 주먹은 삼촌의 늑골을 부러뜨리고 말았다. 승패는 그것으로 결정이 났다. 그 또한 두 사람만이 알 수 있는 사실이었다. 삼촌은 극심한 통증 속에서도 다시 자리에서 일어나 싸울 자세를 취했다. 종태는 도무지 삼촌의 의중을 알 수 없어 잠시 망설였지만 양측의 조직원들이 모두 지켜보고 있으니 결투를 멈출 수는 없었다. 그는 다시 삼촌을 향해 달려가 발차기를 날렸다. 삼촌은 피할 생각도 없이 뻣뻣하게 서 있다 종태의 구둣발에 턱을 정통으로 얻어맞았다. 휘청하고 고개가 돌아갔다. 입에선 피가 흘러내리고 몸을 비틀거렸지만 끝내 쓰러지진 않았다. 오히려 피식 웃으며 입가의 피를 닦아내고 다시 덤비라는 듯 손가락을 까딱였다. 종태는 주먹을 몇 번 휘두르다 가슴팍을 향해 힘껏 옆차기를 날렸다. 그 강력한 힘에 삼촌은 와장창 소리를 내며 담벼락 아래 쓰레기통 옆에 나가떨어졌다. 그제야 뒤늦게 사태를 파악한 동천파 조직원들이 삼촌에게 달려갔다. 그리고 일부는 각목을 휘두르며 종태를 향해 달려들었다. 하지만 삼촌은 소리를 질러 조직원들을 제지시켰다. 그리고 앞으로 썩 나서며 단호하게 외쳤다.

— 다시 한 번 말하지만 누구든 끼어드는 놈은 다 내 손에 죽는다!

그 소리에 조직원들이 다시 뒤로 물러섰다. 삼촌은 주먹을 늘어뜨린 채 종태를 향해 좀비처럼 비틀거리며 다가갔다. 도치가 환생한 듯 무모한 다구빨을 세우는 삼촌을 종태는 착잡한 눈으로 바라보았다. 비록 의발까지 전하지는 않았어도 그에게 쌍절곤을 물려주고 짧은 기간이나마 가르침을 준 것은 사실이었다. 그런데 어쩌다가 서로 주먹을 맞대는 사이가 되었을까? 삼촌의 얼굴은 이미 피범벅이 되었고 다리는 힘이 풀린 듯 비틀거리며 겨우 몸을 지탱하고 있었다. 종태는 허탈한 듯 주먹을 내렸다.

― 승부가 난 것 같은데…… 그만하시죠.

하지만 삼촌은 피식 웃으며 대답했다.

― 재, 재수 좋게…… 몇 대 맞췄다고 건방을 떠는 건가? 이, 이 정도로는 까딱없으니까 계속해.

이미 승부가 기울어진 바둑판에서 던질 자리를 찾는 심정이었을까, 종태를 바라보는 삼촌의 눈빛엔 어서 제발 자신을 어떻게 해달라는 듯 간절함이 가득했다. 종태는 이를 악물고 고함을 지르며 삼촌을 향해 내달렸다. 동시에 삼촌도 주먹을 불끈 움켜쥐고 종태를 향해 달려갔다. 쿵! 하는 소리와 함께 안개에 젖은 두 사내의 몸과 몸이 부딪쳤다. 그리고 두 사람은 공터 한가운데에서 몸을 맞댄 채 석상처럼 우뚝 멈춰 섰다. 눈썰미가 있는 조직원이었다면 무엇이 어떻게 된 건지 알 수 있었을 것이다. 삼촌의 주먹이 허리를 숙인 종태의 얼굴을 빗나가 그의 어깨에 걸쳐져 있었던 데에 반해 종태의 주먹은 정확하게 삼촌의 명치에 얹혀 있었다. 단 한 합이었지만 그것으로 충분했다. 삼촌은 종태의 얼굴을 올려다보았다. 그리고 희미하게 웃어 보였다. 그의 눈빛은 마치 그렇게 말하는 것 같았다.

잘했다, 종태야.

그리고 삼촌은 짚단처럼 스르르 힘없이 무너져내렸다.

허공중에 외롭게 떠 있는 가로등불은 짙은 안개를 겨우 밀어내며 희미하게 빛을 발하고 있었다. 삼촌은 바닥에 누운 채 몽롱한 눈으로 가로등불을 올려다보았다. 입 안이 터진 듯 찝찔한 피가 혀 밑에 고였지만 이미 모든 것을 내려놓은 듯 한없이 편안한 얼굴이었다. 옆에서 지켜보던 조직원들은 결투가 이미 끝이 났지만 그 압도적인 비장미에 취해 아무도 자리에서 움직이지 않았다. 안개는 점점 더 짙어졌다. 종태는 우뚝 멈춰선 채 착잡한 눈으로 삼촌을 내려다보고 있었다. 삼촌은 몸과 마음이 너무 지쳐 바닥에 누운 채 그대로 영원히 잠이 들었으면 좋겠다고 생각했다. 그러던 도중 문득 뒤늦게 한 조직원이 아, 씨발. 이 더러운 기분은 또 뭐지, 싶어 담배를 한 대 피워 물고 상대편 조직원에게 담뱃불을 빌리려고 쳐다보자, 뒤늦게 잊고 있던 들개의 본성이 살아났는지 상대는 그동안 미소를 주고받던 말랑말랑한 표정과는 사뭇 다르게 태도가 표변해서 뭘 야려, 이 씨방새야, 라며 눈을 부라렸다. 순간, 차이코프스키의 호두까기 인형을 관람하듯 평화롭고 우아했던 그간의 분위기가 삽시간에 깨지며, 씹새끼들, 다 죽여! 하는 소리를 신호로 일제히 각목을 휘두르고 욕설이 난무하는 패싸움이 벌어졌다. 피아를 구분하기 어려운 짙은 안개 속에서 비명소리와 고함소리, 무언가 맞아 부러지는 소리가 나이트클럽 뒷골목에 가득 찼다. 이에 밤마다 뒷골목에서 패싸움이 벌어져 하루라도 싸우는 소리가 들리지 않으면 잠을 이루지 못하던 인근 주민들은 이상하게 오늘은 왜 이렇게 조용하지, 이 새끼들이 오늘 어디서 단체로 회식을 하나, 하며 이리 뒤척 저리 뒤척, 잠 못 이루다 비명소리를 듣고 나서야 그럼 그렇지, 하고 안심하며 뒤늦게 깊은 잠에 빠져들었다.

　삼촌은 가까스로 몸을 일으켰다. 그는 들개들의 개싸움을 지켜보며 자신이 다시 어디론가 고단한 발걸음을 재촉해야 할 때가 왔다는 걸 깨달았다. 세월은 흘렀지만 그 옛날 동천을 떠날 때처럼 온몸은 다시 만신창이의 상태였다. 부러진 늑골이 욱신거렸다. 삼촌은 가슴을 움켜쥐고 비틀거리며 한 치 앞도 보이지 않는 새벽안개 속으로 걸어 들어갔다.

*

종태로부터 삼촌에 대한 이야기를 들은 건 주말마다 교도소로 면회를 다니기 시작한 지 두 달 만이었다. 당시 나는 서울에 있는 한 대학에 입학해 변두리에 방을 얻어 형과 함께 자취를 하고 있었다. 서울의 봄을 맞아 한창 뜨거웠던 민주화의 열기는 광주에서 벌어진 끔찍한 비극으로 한풀 꺾였지만 학원가에선 여전히 간헐적인 시위가 벌어지고 어수선한 분위기가 지속되었다. 법대생이었던 형은 신입생 시절에 잠깐 서클활동을 하다 경찰서에 끌려가 호되게 경을 친 이후 뭔가 마음먹은 바가 있었는지 일찌감치 세상사에 마음을 접고 고시준비에 돌입해 하루 종일 도서관에 처박혀서 법전을 들여다보다 밤늦게야 자취방으로 돌아오곤 했다.

입학 초기에 나는 공부에 열의도 없고 가까운 친구도 없고 별다른 취미도 없어 늙은이처럼 햇볕만 찾아다니며 벤치에 누워 휘트먼의 시를 읽거나 극장가를 어슬렁거리기도 했다. 고향 친구를 통해 종태가 사람을 찌르고 교도소에 들어갔다는 소식을 들은 것은 바로 그 즈음이었다. 얘기를 듣는 순간, 나는 가슴이 철렁했다. 그리고 한동안 잊고 있던 죄의식이 되살아났다. 내가 종태네 소를 풀어놓지 않았다면 소가 수렁논에 빠져 죽는 일은 없었을 것이다. 그렇다면 종태 아버지도 농약을 마시지 않았을 테고 종태가 잘못된 길로 접어들지도 않았을 것이다. 나는 종태가 교도소를 간 것이 모두 내 탓인 양 괴로웠다.

 종태에게 면회를 갈 용기를 낸 것은 소식을 들은 지 한 달쯤 지나서였다. 그런데 어찌된 일인지 종태는 나에 대해 냉랭하기만 했다. 나 또한 이전과는 사뭇 다르게 변한 종태의 모습이 서먹했지만 그것이 내 나름의 참회였을까, 종태가 그러거나 말거나 나는 개의치 않고 매주 그를 찾아갔다. 한번은 면회를 갔다가 교도소 앞에서 종태의 형인 성태와 마주친 적이 있었다. 그동안 결혼을 해 아내와 다섯 살 먹은 사내애까지 딸려 있었는데 식구들 모두 추레한 입성에 궁기가 잔뜩 끼어 있었다. 성태 형 말로는 부부가 함께 동천역 앞에서 포장마차를 한다고 했는데 겨우 입에 풀칠이나 하며 사는 모양이었다. 나와 말을 나누면서 성태 형은 한사코 왼쪽 손바닥으로 오른손을 감싸 쥐고 있었는데 얼핏 보니 무슨 사고가 났는지 중간마디부터 손가락 네 개가 몽땅 잘려 있었다. 그는 나를 보고 반가워하는 와중에도 버젓이 서울에서 대학에 다니는 동생의 친구를 보며 질시와 부러움의 표정을 감추지 못했다. 그 모습에 나는 더욱 마음이 무거워 그들과 차마 눈을 마주치기가 어려웠다.

 ― 너 옛날에 그 선생 좋아했지?
 대화가 끊겨 잠시 어색한 침묵이 흐른 뒤에 종태가 문득 생각난 듯 물었다.

― 누구……?

― 있잖아. 영어선생, 올리브.

아! 올리브. 다른 아이들에겐 올리브였지만 나에겐 올리비아였던 여자! 나의 머릿속엔 불현듯 그녀가 하얀 플리츠스커트를 입고 흙먼지가 날리는 중학교 운동장으로 처음 걸어 들어오던 때의 모습이 떠올랐다.

― 얼마 전에 면회 왔었어.

― 그랬구나. 어떻게 지내시니?

따지고 보면 모든 사건의 발단이 된 것은 바로 그 올리비아 때문이었다. 혹시 내가 영문학과를 선택한 것도 그녀와 관련이 있는 걸까?

― 강남에 있는 무슨 중학교에서 근무한대. 결혼해서 애가 둘이라고 하더라.

― 결혼? 혹시…… 체육선생하고……?

― 뽀빠이? 아냐. 너 그 소문 못 들었구나.

― 무슨 소문?

― 우리 학교 졸업한 뒤에 뽀빠이가 영어선생 임신시켜 놓고 결혼을 안 해줘서 죽겠다고 약 먹고 난리가 났었대. 나중에 알고 보니까 뽀빠이가 엄청 바람둥이였나 봐. 그 학교 거쳐 간 여선생 중에 안 건드린 여자가 없었다더라.

그 무식하고 난폭한 뽀빠이가? 역시 아이들이 어른들의 세계를 이해하는 데에는 한계가 있는 모양이었다. 이때 나는 종태에게 오랫동안 궁금해 왔던 것을 물었다.

― 근데 그때 너 저녁마다 올리브 집에 갔었지? 거긴 왜 간 거야?

— 왜? 둘이 연애라도 했을까 봐?

종태가 피식 웃으며 대답했다.

— 과외 받으러 갔었어.

— 영어과외?

— 아니. 국어과외.

— 국어?

종태는 잠깐 망설이다 입을 열었다.

— 좀 창피한 얘기지만 난 그때까지도 영어는커녕 한글도 못 떼고 있었거든. 중학생이 그럴 거라고는 아무도 생각하지 못했겠지. 그런데 올리브가 그걸 눈치 챈 모양이야. 그래서 아무도 모르게 나한테 비밀과외를 시켜준 거지. 덕분에 지금 한글은 떼고 살잖아.

그런 일이 있었구나! 나 또한 종태가 그냥 공부를 못한다고만 생각했지 한글을 모를 거라고는 미처 생각지도 못했다. 그런 줄도 모르고 질투에 눈이 멀어 괴로워했다니! 종태도 오랫동안 마음에 담아왔던 얘기를 꺼냈다.

— 난 그때 네가 왜 화장실에다 그런 이상한 그림을 그렸는지 이해가 안 갔어. 그런데 나중에 곰곰이 생각해 보니까 그때 네가 올리브를 좋아했던 게 아닌가 싶더라. 어때, 내 생각이 맞았지?

종태의 질문에 나는 쑥스럽게 웃으며 고개를 끄덕였다. 따지고 보면 모든 비극의 출발은 바로 그 어리석은 사랑 때문이었다. 아니, 모든 사랑은 애초에 그렇게 어리석은 건지도 몰랐다. 종태와 옛날 얘기를 나누는 동안 나는 조금씩 마음이 편해지는 걸 느꼈다. 우리 사이에서 흐르던 냉랭한 기운도 어느 정도 사라졌다. 그렇게 그날, 올리비아에 대해 이야기를 나눈 이후 우리는 다시 이전처럼 허물없이 이야기를 주고받을 수 있었다.

*

　송태가 삼촌을 꺾은 것을 계기로 전쟁의 주도권은 동천파에서 라이거파로 넘어갔다. 이후에도 두 조직 간의 싸움이 여러 번 벌어졌지만 종태가 행동대장으로 있는 라이거파의 기세를 꺾을 수는 없었다. 그들은 동천파의 나와바리를 조금씩 잠식해 들어와 구역전파의 유서 깊은 근거지였던 동천역 앞 창녀촌을 제외하곤 거의 모든 구역을 손에 넣었다. 토끼는 크나큰 위기감을 느꼈다. 그가 은밀히 종태의 집을 찾아온 것은 바로 그즈음이었다.

　종태가 일을 마치고 집으로 돌아왔을 때 집 앞엔 평소에 못 보던 마크파이브 한 대가 세워져 있었다. 의아한 얼굴로 마당에 들어서니 토끼가 성태 형과 뭔가 다정하게 대화를 나누고 있다 환하게 웃으며 종태를 맞았다. 종태는 잔뜩 긴장해서 경계의 눈초리로 토끼와 그의 부하들을 둘러보았지만 토끼는 그저 잠깐 얘기나 나누려고 찾아왔다며 부하들을 물려 종태를 안심시켰다. 그리고 운전을 하는 부하만 대동한 채 종태를 마크파이브에 태워 한창 공사가 진행 중인 동천 벌로 데려갔다. 토끼는 차에서 내려 동천 벌을 그윽한 눈으로 바라보았다. 드넓은 동천 벌은 한때 누렇게 벼이삭이 익어가는 평화로운 들판이었지만 대규모 공단이 들어선 뒤부터는 거대한 회색 건물에서 시커먼 연기를 내뿜는 황량한 공단지역으로 변해버리고 버려둔 들판에선 참새 떼만이 시끄럽게 날고 있었다.

― 담배 한 대 줄까?

엉거주춤 서 있는 종태에게 담배를 건네며 토끼가 물었다. 종태가 무뚝뚝하게 고개를 가로젓자 토끼는 혼자 담배에 불을 붙여 연기를 길게 뿜어냈다. 그리고 멀리 공단지역을 바라보며 혼잣말처럼 중얼거렸다.

― 옛날엔 여기가 다 논밭이었는데…….

아직 공단이 다 들어서지 않았는지 바로 근처에서도 불도저가 오가며 땅을 파헤쳐 눈앞엔 붉은 황토가 흉물스럽게 펼쳐져 있었다.

― 아버지가 농약 마시고 죽었다며?

토끼가 담배를 빨며 물었다. 갑작스런 질문에 종태는 말없이 고개를 돌렸다.

― 뭐, 이런 얘기 꺼내서 좀 뭐하긴 한데 내 장형도 몇 년 전에 농약 먹고 죽었어.

농약 얘기에 종태가 새삼 고개를 들어 토끼의 얼굴을 쳐다보았다. 이후, 한 식경이 지나도록 두 사람은 벌판에 차를 세워놓고 뭔가 긴밀히 얘기를 주고받았는데 그 내용이 무엇이었는지는 알 수 없다. 다만 운전을 하고 온 토끼의 부하가 멀리서 바라본 장면은 그랬다. 토끼가 말을 하는 동안 종태의 눈에선 차츰 경계의 빛이 사라졌고 가끔씩 고개를 끄덕였고 그러다 눈물을 글썽였고 그런 종태의 어깨를 토끼가 두드려주었고 급기야 어느 순간, 두 사람은 와락 끌어안았다. 그리고 마침내 공장 굴뚝의 그림자가 벌판에 길게 드리워질 무렵 두 사람은 마크파이브 뒷좌석에 나란히 앉아 시내로 돌아왔다.

동천파의 나와바리를 야금야금 먹어 들어가며 동천의 패권을 눈앞에 둔 라이거파의 두목 호두까기가 정체를 알 수 없는 일단의 사내들에게 습격을 당한 것은 그가 내연녀의 집에서 늦잠을 자고 일어나 막 밖으로 나오던 길이었다. 골목에서 잠복을 하던 몇 명의 사내들이 갑자기 각목을 들고 튀어나왔을 땐 때마침 부하들이 점심을 먹으러 가기 위해 자리를 비워 호두까기는 일촉즉발, 위기의 순간을 맞았다. 무지막지한 사내들은 각목을 사정없이 휘둘러대 호두까기는 머리가 터지고 팔이 부러졌다. 하지만 호두까기가 누구던가! 일찍이 타이거파와 라이온파를 통합해 라이거파를 주창하고 그 라이거파에 반기를 든 신라이거파와 그들이 다시 헤쳐 모인 범라이거파를 모두 제거하고 그들이 다시 연합한 라이거연합파를 박살내고 그 조직에서 떨어져 나온 신라이거연합파마저 흡수해 범라이거연합파로 통일하는 과정에서 산전수전을 다 겪은 백전노장, 역전의 명수 아니던가!

그는 무차별적으로 린치를 당하는 와중에도 정신을 잃지 않고 상대의 어깨를 물어뜯고 박치기로 코를 깨놓고 손가락으로 눈을 쑤시고 각목을 빼앗아 상대의 머리통을 깨놓는 등 악전고투를 벌였다. 호두까기가 그렇게 혼자서 힘겹게 버티는 동안 뒤늦게 점심을 먹고 온 부하들이 합류했다. 순식간에 전세는 역전이 되어 마침내 호두까기는 위기에서 벗어날 수 있었다. 하지만 그는 거기에 만족하지 않고 도망가는 사내들 중 한 명을 끝까지 쫓아가 호두를 까듯 구둣발로 그의 머리를 사정없이 짓이긴 끝에 습격한 사내들이 토끼의 부하들이라는 사실까지 알아냈다. 이에 부드득 이를 갈며, 내 이 토깽이 새끼를 잡아 반드시 탕을 해먹으리라, 맹세하던 호두까기는 문득 의아한 생각이 들었다. 그들이 어떻게 미스 리의 집을 알았을까? 그리고 그날 내가 미스 리의 집에서 잔다는 사실을 어떻게 알았을까? 중간 간부급 이상의 조직원 몇 명 이외엔 아무도 미스 리의 집을 아는 이가 없었다. 그렇다면……? 깨진 머리통에 붕대를 감던 호두까기의 머릿속에 불현듯 다음과 같은 단어가 떠올랐다.
배신자.

토끼가 어떻게 종태의 마음을 얻어 그에게 배신의 칼을 쥐어주었는지는 알 수 없다. 하지만 담에도 틈이 있고 벽에도 귀가 있는 법, 호두까기가 미스 리의 집을 알 만한 조직원들의 얼굴을 하나하나 떠올리며 누가 자신을 토끼에게 팔아먹었을까 알아내기 위해 골몰하는 동안 어디선가 은밀히 종태가 토끼와 함께 차를 타고 지나가는 걸 보았다는 제보가 들어왔다. 그날 토끼를 만났을 때 그가 일부러 누구에게라도 눈에 띨 수밖에 없는 큰 길을 택해 지나갔다는 사실을 종태는 눈치 챘을까? 그래서 의도적으로 호두까기의 의심을 사게 해 결국 배신을 할 수밖에 없는 상황으로 몰아넣었다는 것을 종태는 알고 있었을까? 그래서 결국은 그것이 치밀하게 계산된 함정이라는 것을 알았을까? 아마도 그러진 않았을 것이다. 하지만 때 아닌 밤중에 호두까기의 수상쩍은 호출을 받았을 때 종태는 뭔가 느낌이 좋지 않았다. 그리고 자신에겐 이제 결심이 필요할 뿐 더 이상 아무런 선택의 기회가 없다는 걸 깨달았다.

호두까기를 만나러 가기 전, 종태는 오순이 운영하는 다방으로 토끼를 찾아갔다. 그리고 그 자리에서 가슴에 품고 왔던 커다란 회칼을 꺼내 테이블 위에 힘껏 내리꽂았다. 시퍼렇게 날이 선 회칼이 테이블에 꽂힌 채 부르르 떨었다. 종태는 겁에 질려 쳐다보는 토끼에게 자신이 호두까기를 손 보고 교도소에 들어갈 터이니 남은 가족을 돌봐달라고 부탁했다. 종태의 비장한 눈빛을 쳐다보던 토끼는 희색이 만면해 참 장한 결심을 했다며, 애향심이 있다면 그런 게 바로 애향심 아니겠냐며, 그것이 바로 동천의 젊은이들이 모두 본받아야 할 덕목이 아니겠냐며 감격해 했다. 또한 사지가 멀쩡하기만 하다면 자신이 진즉에 나섰겠지만 몸이 성치 못해 그럴 수 없는 게 그저 부끄러울 뿐이라며 눈시울을 붉히다 덥석, 종태의 손을 잡고 만일 호두까기를 제거해 주기만 한다면 옥바라지를 하는 것은 물론 구체적으로 종태 형에게 새로 들어서는 대형 상가건물에 고깃집을 내주는 한편 아이들이 대학을 졸업할 때까지 학비를 모두 대주겠다고 굳게 약조했다. 그리고 마지막으로 토끼는 무운을 빌어주듯 아끼는 고급위스키를 꺼내와 종태에게 한 잔 따라주었다.

위기에 몰렸던 토끼에게 다시 기회가 찾아왔다. 그것은 종태에겐 평생 살인과 전과의 멍에를 뒤집어써야 하는 일이었다. 하지만 맨주먹밖에 없는 그에겐 별다른 선택이 없었다. 장차 동천에서 건달 행세라도 하려면 그렇게 조직을 위해 희생하고 별이라도 하나 달고 나와야만 하는 게 그의 입장이었다.

그날 밤, 종태는 다방을 나와 호두까기가 기다리고 있는 나이트클럽으로 갔다. 클럽 입구에는 덩치가 큰 조직원들이 눈을 두리번거리며 기도를 보고 있었는데 왠지 분위기가 심상치 않았다. 종태는 모자를 깊숙이 눌러쓰고 입장하는 손님들 틈에 섞여 클럽 안으로 들어갔다. 그리고 곧바로 남자화장실로 들어가 몸을 숨겼다. 호두까기가 볼일을 보러 들어오기를 기다리는 동안 종태는 변기에 걸터앉아 품에 숨겨온 회칼을 꺼내들었다. 차가운 화장실 불빛 아래에서 칼날이 섬뜩하게 빛났다.

칼로 사람을 찌르는 것은 주먹으로 때리는 것과는 전혀 다른 일이었다. 그동안 싸움은 숱하게 해봤지만 사람을 죽인 적은 한 번도 없었다. 그래서 무서웠다. 밖에선 쿵쾅거리며 빠른 비트의 음악이 들려왔고 음악에 맞춰 심장이 마구 방망이질 쳤다. 농약을 먹고 죽은 아버지의 얼굴이 떠올랐다. 무덤 앞 상석에 기댄 채 죽어 있는 아버지의 흰 저고리엔 입에서 흘러내린 피가 꺼멓게 말라붙었고 고통에 몸부림치느라 발치의 잔디가 모두 패어 있었다. 종태는 눈을 질끈 감았다. 그리고 다시 장남으로서 일찍감치 식구들을 건사하느라 생활고에 찌든 형의 얼굴이 떠올랐다. 지난해엔 목재소에서 일을 하다 전기톱에 오른쪽 손가락 네 개가 잘려나가 형은 언제나 죄를 지은 사람처럼 왼손으로 손등을 덮고 다녔다. 좁은 화장실 안에서 종태는 질식할 듯 답답했다.

호두까기는 좀처럼 나타나지 않았다. 시간은 한없이 더디게 흘러갔다. 그래서 마침내 밖에서 인기척이 들리고 그 당사자가 호두까기라는 것을 알았을 때에는 반가운 마음에 저도 모르게 당장 밖으로 뛰쳐나갈 뻔했다. 하지만 종태는 칼을 움켜쥐고 때를 기다렸다. 소변기 앞에서 볼 일을 보고 있는 호두까기에게 다가가 등 뒤에서 그를 찔렀을 때는 마음이 더 이상 요동치지 않았다. 음악 소리도 들리지 않았다. 한 번, 두 번, 세 번, 모두 네 번을 찔렀다. 마치 잘 익은 호박에 칼집을 넣을 때처럼 너무나 쉽게 칼이 드나들었다. 호두까기는 비명도 제대로 못 지르고 그저 바닥에 쓰러져 황망한 눈으로 종태를 올려다보았다. 배에서 흘러내린 피가 하얀 타일 위에 고였다.

이때 손님 중의 한 명이 화장실 문을 열고 안으로 들어섰다. 그리고 안에서 벌어진 사태에 놀라 비명도 못 지르고 입만 딱 벌리고 서 있었다. 종태는 그를 밀치고 밖으로 뛰쳐나갔다. 현란한 사이키 조명이 어지럽게 돌아가는 홀에선 젊은 남녀들이 몸을 흔들어대고 있었다. 모두 종태 또래의 젊은이들이었다. 거대한 스피커에선 비지스(Beegees)의 스테잉 얼라이브(Stayin' alive)가 폭포수처럼 쏟아져내렸고 젊은이들은 폭포를 거슬러오르려 안간힘을 쓰는 연어들처럼 손가락으로 하늘을 마구 찔러댔다. 종태는 자신이 서 있는 곳이 꿈속인 듯 낯선 느낌에 다리가 허공에 떠 있는 기분이었다. 누군가 종태의 손에 들린 회칼과 옷자락에 묻은 피를 보고 비명을 질렀지만 시끄러운 음악에 묻혀 아무도 소리를 듣지 못했다. 종태는 춤을 추는 무리를 헤치고 밖으로 뛰어나갔다. 클럽 입구에서 조직원들이 앞을 막아섰지만 종태는 회칼을 휘두르며 그들을 따돌리고 클럽에서 빠져나와 네온사인이 반짝이는 거리를 따라 마구 뛰었다.

언제부터였을까? 거리를 내달리며 종태는 울고 있었다. 그것은 처음 살인을 저지른 것에 대한 죄의식 때문이었을까? 아니면 앞으로 교도소에서 보내야 하는 긴 시간에 대한 두려움 때문이었을까? 아버지가 죽은 이후 한 번도 흘려본 적 없던 눈물은 그날 밤 하염없이 흘러내려 차가운 뺨을 적셨다.

〈2권에 계속〉